Au pays de la nuit

Avant-propos

Au pays de la nuit se veut un roman dans la tradition balzacienne : histoire d'un jeune homme de lettres ambitieux qui monte à la capitale ; c'est aussi la fresque d'une époque et, sur sa thématique comme à maints détails qui sont autant de clins d'œil, un hommage danois à *Illusions perdues* et à *Splendeurs et misères des courtisanes.*

À la fin des années 1870, au moment où Lars Mikkelsen, venu d'une famille bornée de province, s'apprête à affronter la grande ville, ses élites et ses compromissions, le Danemark, travaillé par les forces de la modernité et les bouleversements de l'industrialisation, se trouve au seuil de « temps nouveaux ». Comme ailleurs en Europe, une lutte acharnée oppose gauche et droite, libéraux et royalistes, « progressistes » et « réactionnaires ». Dans ce contexte agité et encore incertain, la culture, et notamment la littérature, constitue un enjeu de pouvoir de premier ordre.

Or justement, la Scandinavie se trouve au seuil d'une révolution littéraire, la « Percée moderne », qui allait placer les lettres nordiques parmi les plus riches d'Europe, et à travers laquelle un romantisme souvent jugé essoufflé cédera le pas au réalisme. La figure de l'écrivain, journaliste, critique et essayiste Georg Brandes (1842-1927) est l'une des plus marquantes de cette époque : avocat de la libre-pensée, radicalement progressiste, pourfendeur des tabous, il attaque le romantisme et assigne à la littérature la mission de traduire les bouleversements sociaux et de servir le « progrès ». Il se fait ainsi beaucoup d'ennemis, d'autant plus qu'il est juif, mais il parviendra à exercer une grande influence sur la renaissance littéraire nordique et reste aujourd'hui encore très admiré. C'est le docteur Nathan Adler du roman.

Au pays de la nuit est l'histoire de Lars Mikkelsen, personnage solitaire, obstiné, torturé et... doué. Ses démêlés avec sa famille, ses sentiments et la ville de Copenhague conduisent à une réflexion sur l'écriture et le métier d'écrivain, sur le romantisme et le réalisme, sur les principes, l'obstination et la volonté d'indépendance face à la meute. En arrière-plan, Michael Larsen installe une enquête criminelle et recrée, comme dans ses précédents romans, les thrillers *Incertitude*, *Le Serpent de Sydney* et *Le Cinquième Soleil*[1], à travers sa passion documentaire, tout un univers original, riche, détaillé, dans un style cette fois plus recherché afin de mieux coller à l'époque.

Michael Larsen aime bien renverser les piédestaux, ou du moins se demander malicieusement si derrière les images monochromes, les clivages nets et les doctrines d'airain, ne se dissimulent pas quelques aspects plus sombres, opportunément occultés. Pourfendeur du conformisme, il se livre ici à une critique de l'imposture intellectuelle et du manichéisme grossier sur lequel la première s'appuie souvent, jouant avec les clichés, brossant un tableau au vitriol du petit monde de l'élite culturelle. L'Art est récupéré, la création désintéressée ne trouve pas sa place, tout est sacrifié aux ambitions, aux idéologies, aux choix politiques, dans un Danemark loin d'être lisse et vertueux : confiscation de la démocratie, antisémitisme sous-jacent, malhonnêteté omniprésente. Grands noms et nobles mouvements en ressortent sous un jour quelque peu désacralisé. Le roman d'éducation devient alors un vrai roman noir, un roman sur la corruption et sur les choix qu'elle impose.

Benjamin GUÉRIF

1. Ouvrages parus en français aux éditions Rivages.

À Maika Pi

Si quelqu'un se blesse, se souviendra-t-il
Que le combat n'est qu'un jeu ?

Johan Ludvig HEIBERG [1]

1. Johan Ludvig Heiberg (1791-1860) : aristocrate, critique et auteur de vaudevilles danois qui exerça une grande influence sur les milieux littéraires de son époque.

Toutes les notes sont du traducteur.

1

1902

Lorsqu'on finit par retrouver la jeune fille, le fait qu'elle était morte frappa bien moins les esprits que la distance qui séparait sa tête de son corps.

Il avait toujours tenu à cette introduction. Pour l'effet, mais aussi parce qu'elle lui rappelait Mønster, Rebekka Levi, Dreyer et Marie Otterup, et tous les autres. Il ne connaissait pas cette jeune fille, Ernestine Jensen, tuée exactement de cette manière six mois avant son arrivée à Copenhague. Il ne se souvint que plus tard de l'entrefilet paru sur le sujet dans le journal *Fædrelandet*[1], ce Noël-là, à Rørsmindegård. Un meurtre très brutal, on vient de le dire, qui restait apparemment inexpliqué. Comme les autres.

Elle fut, d'après Mønster, retrouvée un soir d'hiver dans la région des lacs derrière Lucie Mølle[2]. Le moulin se trouvait encore sur un reste du rempart ouest, derrière la place de l'Hôtel-de-Ville, le Halmtorv[3] de l'époque.

Il écrivait, assis au bureau de sa petite maison paysanne. Dehors, il bruinait déjà. On était la veille de Noël. À peu près la période où fut découvert le corps d'Ernestine Jensen. Et sa tête.

---

1. « La Patrie. » Journal danois (1834-1882), organe national-libéral, fer de lance du mouvement démocratique de 1848-1850, puis soutien du pouvoir conservateur dans les années 1870.

2. « Le moulin Lucie. »

3. Quartier proche de la gare centrale de Copenhague, réputé pour ses prostituées. Un *torv* est une grande place.

Le ciel, au-dessus de l'océan, devenait très menaçant. Nuages bas, vent de sud-ouest. Il crachinait.

Il se leva et donna une tape au baromètre. Chute de pression. Les pêcheurs s'y attendaient dès ce matin, en bas, sur le port. Ils s'en rendaient compte, le voyaient, le percevaient. La plupart avaient amarré leurs bateaux à la jetée est, celle de l'ouest étant en travaux. Ils étaient convaincus que la nouvelle jetée extérieure mettrait leurs embarcations en sécurité. Quelques-uns de ces vieux loups de mer restaient silencieux, à regarder l'océan. Ils avaient déjà vu des tempêtes. Et n'avaient pas l'air si certains que les remblais et les grosses pierres suffiraient.

Sa petite maison paysanne, achetée quelque temps auparavant, resterait debout. Même les plus fortes tempêtes auraient du mal à entamer les murs de *moler*[1] d'un mètre d'épaisseur. Mais il se sentait moins sûr de son toit de chaume. Et si la tempête changeait brutalement d'orientation, comme le craignaient les vieux pêcheurs, des carreaux pouvaient être brisés.

Il se leva et alimenta le poêle. Avant la tempête, il irait chercher du bois dans l'appentis, ferait une ronde et vérifierait que tout était bien attaché.

Même aujourd'hui, assis avec son cahier de notes devant lui, entouré d'ouvrages de référence et de romans, il était frappé d'avoir toujours su intérieurement à quel point il lui fallait écrire sur cette époque. Son époque. Il avait déjà, alors, intitulé le cahier : *La Grande Époque.* Et au fond, il avait toujours su que le meurtre servirait d'introduction au livre. Car en ce meurtre résidait une manifestation. Un défi. Son combat personnel. S'il avait jamais été d'accord avec Voltaire, c'était bien sur ce point : tous les genres sont permis, sauf l'ennuyeux.

Déjà à l'époque, il avait été fasciné par l'histoire de la fille, mais alors on n'écrivait pas ce genre d'histoires. Pas comme ça. Seuls des écrivains étrangers parlaient de meurtre. Eugène Sue et Edgar Allan Poe. Par contre, l'ampleur du problème, et finalement la difficulté d'écrire sur une époque, sur les gens

1. Argile siliceuse, diatomite stratifiée par l'eau de mer.

qui y vivaient, sur toutes ces années, la difficulté de relier tous ces événements et d'y trouver une cohérence, l'avait surpris.

Le ciel s'assombrissait au-dessus de l'océan, et discerner l'horizon devenait difficile. Il partit chercher des bougies dans les tiroirs. La maison était en hauteur, exposée. Comme à la pension à l'époque, il y avait un courant d'air sur le plancher. Il régla l'arrivée d'air du poêle, frappa le sol du pied, referma sa pèlerine pour se réchauffer, puis retourna écrire à son bureau.

Toutes ces indications, ces notes, ces livres ouverts. Les souvenirs jaillissaient, des épisodes oubliés dont il se souvenait brusquement.

Il se souvint même du village de pêcheurs, en bas, quand il était jeune homme. Un village alors complètement différent. Presque rien ne poussait sur ces escarpements. Un tout petit port sans équipement. Aucune digue. Des plantations de pins, de sapins et d'ormes bordaient désormais les côtes à perte de vue. En bas, en ville, on trouvait des établissements balnéaires et une voie ferrée, de sorte qu'on pouvait venir en train de Copenhague. En été, les curistes affluaient. Des vacanciers. Il y avait des vélos. Eux non plus n'existaient pas à l'époque. Il se souvint avoir entendu parler du vélocipède dès le début des années 1870, mais il s'agissait de guimbardes à grande roue. On ne voyait pas ces essaims d'hommes et de femmes à bicyclette. Et le téléphone. Et les tramways électriques. Même les automobiles, les autos, comme on les appelait, étaient apparues à Copenhague.

Il s'était toujours imaginé qu'écrire sur une époque qu'il avait vécue serait facile. Cependant, ou justement à cause de tout ce dont il se souvenait, il avait du mal à faire ses choix. De quoi parler ? Qu'est-ce qui était important ?

La plupart des progrès et des événements décisifs ne surgissaient pas de nulle part, mais se faufilaient, se produisaient presque comme par hasard et non sans opposition. La science médicale actuelle, qui avec Pasteur et tant d'autres grands noms avait ces dernières décennies accompli tant de progrès, était en réalité le produit d'une longue évolution faite d'intuitions et de retours en arrière. Ses succès n'étaient pas dus à une seule personne, ni à un pays particulier. Il pensa avec une certaine mélancolie au nombre de femmes et d'enfants qui auraient été sauvés si des collègues malveillants et envieux n'avaient pas barré la route au médecin hongrois Ignaz Semmelweis. Semmelweis savait, dès la fin des années 1840, que les fièvres puerpérales étaient souvent dues au fait que les médecins et les étudiants venaient directement de la salle d'autopsie, sans stérilisation. Il le savait et aurait pu le prouver. Mais personne ne le crut et on se moqua de lui. Il passa les dernières années de sa vie dans un asile pour malades mentaux. Chaque époque était une lutte pour le pouvoir. Une guerre.

De même avec la littérature, ce qui le concernait personnellement. Lors de son dernier séjour à Copenhague, il avait entendu de jeunes auteurs parler respectueusement de la « Percée moderne »[1], dont le Dr Adler s'était alors proclamé le promoteur. Il avait même entendu qu'on venait enfin de lui donner une chaire de professeur à l'université. Mais n'allait-on pas, à l'avenir, découvrir les limites de ladite percée ? Ne resterait-il pas, au bout du compte, qu'un ou deux écrivains de cette période ? Les chercheurs du futur ne révéleront-ils pas tout ce qui aura été oublié et dépassé ? Où était la vérité sur cette époque ? Était-elle un monstre que le Dr Adler essayait de combattre, ou essayait-il d'en faire un monstre qu'il pourrait combattre ? La vérité n'était-elle pas que beaucoup d'autres s'attaquèrent au monstre ? Comment voulait-on tout mesurer, peser tous les sacrifices en un seul coup d'œil rétrospectif ? Les auteurs écrasés, tenus à l'écart, jamais publiés ? Était-ce juste ? Croyait-on vraiment que personne ne mettrait jamais en lumière l'essence même du Dr Adler ? Que personne ne le démasquerait ? Sa traîtrise et celle de son mouvement ne seraient-elles jamais découvertes ? Ou alors viendrait-il une époque où de jeunes radicaux essayeraient par opportunisme de se réconcilier avec une Allemagne ivre de puissance en exploitant l'inquiétude suscitée par la grande Russie ?

---

1. Réaction des lettres scandinaves contre le romantisme et la société bourgeoise, étouffante de conformisme et de traditionalisme, à travers laquelle les littératures nordiques prirent place parmi les plus riches d'Europe.

Il lui semblait que, pour bien des raisons, sa propre vie avait ressemblé à cette époque. Comme au fond à toutes les époques. Une scission entre *ratio* et *cognito intuitiva*. Entre bon sens et sentiments.

Il était si jeune, si naïf alors. Si plein de rêves. En un sens, qu'il eût fini ici était aussi logique qu'inexplicable. Seul. Devant des livres. Perdu dans les profondeurs infinies et inexplorables de l'âme. À un moment, tout avait semblé différent. Mais déjà Ariel Levi lui avait dit qu'il possédait l'*ama nesciri* des mystiques ; le fait d'aimer rester inconnu. Et en un sens, il avait bien raison.

Pendant toutes ces années, il avait trouvé paradoxal que lui, qui pratiquement depuis le début avait su qui il était et ce qu'il était, se soit senti partout à ce point apatride. Cette errance éternelle, l'exaltation permanente, la rédemption qui sans fin se dérobe.

Il neigeait lorsque l'on découvrit Ernestine Jensen. La neige tombait sur ce visage, à plusieurs mètres de son corps. Elle se posait en se balançant sur les yeux bruns immobiles et fermés, et disparaissait dans la bouche ouverte et mauve de ce visage blême.

Un allumeur de réverbère, un peu en retard ce soir-là, crut d'abord avoir trébuché sur un mannequin ou les restes d'un mannequin abandonnés. Plus tard, il jura et rejura à l'inspecteur Leo Farker qu'il n'avait touché à rien.

Une neige épaisse tombait. Dans sa confusion, l'homme avait jeté sa boîte d'allumettes. Elle était presque recouverte de flocons lorsque, plus tard dans la soirée, Farker arriva avec le professeur K. L. Trier, médecin. Ils s'avancèrent le plus loin possible en break, puis terminèrent la route à pied, sur les lacs gelés. Le corps raide et blanc de la fille gisait à côté de la boîte d'allumettes. Un bras dépassait de la neige, dont la main était recourbée et presque fermée. Farker étudia, désespéré, la neige piétinée autour des restes. À la lumière d'une lampe à pétrole, il put constater que le meurtrier avait laissé de belles empreintes, mais depuis longtemps recouvertes de neige.

« Que pensez-vous de la blessure ? » demanda-t-il à Trier, qui s'agenouillait près de la fille.

Le sang rouge et chaud était un court moment sorti de la jugulaire, transformant la neige autour en boue noirâtre.

« Parfaitement nette. Comme coupée par une épée damasquinée.

– Ça, je m'en moque, répliqua Farker.

– Pourquoi ? Je peux vous assurer qu'elle ne s'est rendu compte de rien. C'est aussi la raison pour laquelle il n'y a pas davantage de sang. Son cœur a cessé de battre presque instantanément.

– Vous ne m'avez pas bien compris, dit Farker. Si la blessure est tellement nette, comment se fait-il que la tête se trouve si loin du corps ?

– Indépendamment du degré d'affûtage de l'arme du crime, le coup a été très puissant, expliqua Trier. Impossible d'exclure qu'il ait suffi à envoyer la tête si loin. »

Farker s'accroupit à côté du corps de la fille et souleva ses bras raidis au-dessus de la neige.

« Mais il n'y a aucun signe qu'elle se soit défendue, ce qui semble étonnant lorsque quelqu'un brandit une épée ou un sabre sous votre nez. On pourrait donc penser que le coup a été porté par-derrière. Ce qui rend peu vraisemblable que la tête soit tombée en arrière. Ou qui au moins exclut qu'elle puisse tomber *si* loin en arrière. »

Le professeur Trier souleva son haut-de-forme et se gratta la tête.

« Vous avez peut-être raison, Farker. Je verrai cela en l'autopsiant.

– Avez-vous remarqué qu'elle a toujours ses bijoux sur elle ?

– Oui, c'est curieux, admit Trier. »

Les interrogatoires suivirent. Les amis, la famille dès qu'elle fut enfin identifiée. Interrogatoires de témoins qui avaient vu Ernestine Jensen avant le meurtre. Interrogatoires de soldats de Sølvgade et de hussards de Grønningen, dans leur longue caserne basse. Farker y alla soir après soir. Il détermina plusieurs mobiles possibles, dans ces chambrées où les hussards se donnaient partout de grands coups d'estramaçon.

Depuis, il s'était passé tant de choses. Le château de Christiansborg avait brûlé et ne ressemblait plus qu'à un amas de ruines noircies, le moulin du Cygne avait également brûlé, les anciens hôtels particuliers familiaux de Copenhague avaient été détruits. Il y eut l'attentat contre le tsar russe, une infinité de suicides et de meurtres, des tentatives d'attentats et des exécutions. On avait construit la tour Eiffel à Paris, d'épouvantables catastrophes maritimes s'étaient produites, les puissances européennes avaient colonisé la totalité du continent africain. Que signifiait le simple meurtre d'Ernestine Jensen face à tout cela ? D'une certaine façon, pensait-il, il reliait toutes ces choses entre elles.

Le vent soufflait maintenant plus fort.

Et il était là, assis. Sans téléphone, sans lumière électrique. Là-haut, sur ce bord de mer reculé, la vie n'avait encore presque pas été modifiée par le progrès et le développement. On vivait simplement. On répandait de la marne sur les terres pauvres. On crépissait et chaulait les bâtiments des fermes et les maisons des pêcheurs à la Pentecôte, comme depuis toujours, et, à la première nouvelle lune de janvier, tout le monde sortait pour la voir, avec en main un objet de valeur pour prier les puissances supérieures.

En ville, le développement n'avait pas été si rapide que ça. Felix Kromann lui avait dit que l'hôpital Frederik, où il était maintenant médecin chef et professeur, en tout cas une personnalité très respectée, avait obtenu un appareil à rayons X et une polyclinique pour les maladies de peau et sexuellement transmissibles. Mais on avait d'abord eu l'électricité. Jusqu'à l'année dernière, les salles d'opération et les couloirs de l'hôpital étaient éclairés au gaz. Puis on avait découvert les groupes sanguins. Difficile alors de ne pas penser à Leo Farker. Si seulement il avait disposé de ces connaissances à l'époque. À l'inverse, on pouvait aussi dire : Farker aurait-il été quelqu'un d'autre, un autre genre d'enquêteur, s'il avait réfléchi différemment ? Il aurait peut-être même su qu'il n'avait pas besoin de ces progrès technologiques. Que la clé de l'énigme se trouvait en réalité devant ses yeux, dans le meurtre perpétré sur Ernestine Jensen.

Il n'existe jamais de vérité définitive, ni sur une époque ni sur quiconque ; et c'est bien la seule vérité définitive qu'on peut énoncer.

2

À l'époque n'existaient, sur la côte nord, au bord du Kattegat, que quelques villages de pêcheurs dispersés, aux petites maisons couvertes de chaume. Les plus septentrionaux se composaient de groupes de cabanes basses qui frissonnaient sous leurs épaisses fourrures de hérisson, comme écrasées contre le sol sablonneux.

Le long de la côte s'élançaient par endroits de petites jetées primitives, comme une suite de tuyaux d'orgue usés, rabotés et polis par la colère inlassable de l'océan. Ensevelis ici ou là dans le sable, victimes des tempêtes d'hiver, gisaient des restes de canots aux squelettes décolorés habillés de chêne marin desséché, battus par le vent de ces rivages exposés. Derrière les talus escarpés et les dunes, où ne poussaient que des touffes de bruyère basse et de rares roses du Japon, se trouvait une petite localité, quelques fermes, une auberge et une église. Sur de maigres parcelles, au sud de la ville, paissaient le bétail et les chevaux des pêcheurs, pour la plupart également closiers. Vers l'est, où le sable avait gagné au fil des siècles, ne restait que le vieux phare à charbon qui guidait les bateaux la nuit.

C'était avant l'époque que, depuis, on appelle « La Grande Époque ». Avant que les vacanciers de Copenhague ne découvrent l'endroit.

À la fin de l'été, on se rassemblait sur la plage pour le retour au port des petits bateaux en bois aux voiles rouges, lourdement chargés de hareng pêché au filet. Les femmes, en froc, plongeaient leurs grosses mains dans cet argent écailleux et frais, pendant que d'autres débarquaient les filets et les installaient sur les escarpements afin qu'ils sèchent au soleil. Certaines femmes s'installaient sur la grève pour nettoyer le poisson des paniers, d'autres aidaient maris et fils à hâler les bateaux sur les bancs de sable, et d'autres, plus âgées, aux visages tannés par le vent, raccommodaient les filets les plus abîmés.

Pendant la décennie qui inaugura « La Grande Époque », le village eut un port et les pêcheurs acquirent de plus gros navires. Avec les bateaux à réservoir, on pouvait parcourir la longue route jusqu'à Anholt et ses riches bancs de poissons.

Tard dans l'automne, les paysans commençaient à arriver de loin par les chemins creux enneigés, comme couverts de farine, leurs chariots débordant de pommes de terre. Ils descendaient les escarpements, passaient devant les filets des pêcheurs et s'avançaient dans l'eau jusqu'au jarret des chevaux. Là, les pommes de terre étaient chargées sur de petits canots qui iraient rejoindre les plus gros navires, ancrés plus au large. Ces bateaux emporteraient les pommes de terre à Copenhague.

Les paysans rentraient chez eux un ou deux jours plus tard, leurs charrettes grinçantes pleines de hareng, l'esprit étrangement calme. Ceux-là, si rares, ne subissaient pas les humeurs de l'océan, miroir des rêves des hommes.

Les chariots disparaissaient vers l'intérieur des terres sur de tortueuses routes de campagne, passant devant les moulins et les propriétés les plus isolées, gagnant bientôt un pays d'humus mauve décomposé. Ils apercevaient alors des fermes aux murs blanchis à la chaux paresseusement éparpillées dans un paysage accidenté de prés, de marécages et de ruisseaux, où sous les couchers de soleil ondulaient des chemins de poussière, bandes blanches et nonchalantes entre les parcelles, les murets de pierre et les haies basses et vertes. Depuis les buttes, on apercevait, par-dessus les terres labourées et les tas de betteraves, les reflets dans le ciel des grands lacs et du Kattegat. Et loin à l'horizon se devinait la silhouette de l'une des plus hautes églises de la région, celle de Strørød.

Personne ne savait avec certitude de quelle époque datait cette église, ni s'il en avait existé une autre dans la paroisse avant celle-ci. À l'origine, elle avait été construite en tuf calcaire, en craie et en gros galets, raison pour laquelle on l'estimait du XIe ou XIIe siècle. À l'origine, il n'y avait que la nef, plus tard nettement prolongée vers l'est. L'édifice fut ensuite tellement modifié que son aspect primitif fut pratiquement oublié. Le toit plat de la nef avait été transformé en voûte, on avait détruit et reconstruit le chœur, puis ajouté un porche au sud.

Après la guerre des Duchés [1], toutes sortes de controverses sur la foi et la connaissance se répandirent à partir des villes jusqu'au fond des campagnes. Le jeune nouveau prêtre, juste sorti du séminaire, dut mener un combat opiniâtre à l'aide de personnages et de symboles bibliques joliment ciselés pour retenir les enfants de la paroisse et les empêcher de retomber dans le paganisme, pourtant établi ici depuis des temps immémoriaux, bien antérieurs au christianisme.

Le vieux conseiller du consistoire Fenger, depuis longtemps à la retraite, se retrouva d'abord seul, puis trop âgé pour s'occuper de son domaine, Rørsmindegård, situé derrière de petites collines non loin de l'église et qui tombait lentement en ruine. Le domaine fut racheté par un négociant de Copenhague arrivé avec sa famille dans la région, qui pour avoir acquis la terre fut appelé « le propriétaire », ou *propitaire* comme disaient les gens du coin.

Le domaine se trouvait à la lisière de la forêt, au bout d'une allée de vieux chênes.

Les bâtiments aux toits de chaume, à l'origine simples dépendances d'une exploitation plus importante qui brûla de fond en comble des siècles auparavant, étaient composés de trois ailes auxquelles une quatrième fut ajoutée plus tard. Les colombages noircis au goudron étaient en chêne si solide qu'il semblait presque plus dur que les *molers* de calcaire blanc qui les soutenaient. Le négociant, homme entreprenant, avait peu après son acquisition drainé de sa propre main les zones humides ou marécageuses et, aidé de deux saisonniers, planté du bois d'œuvre procuré par des relations d'affaires.

Seule l'église du village, au sommet de la colline voisine, au sud-ouest, s'élevait plus haut dans le paysage. Theodor

1. Guerre qui opposa en 1864 la Prusse et l'Autriche au Danemark. Battu, le Danemark dut abandonner le Schleswig, le Holstein et le Lauenbourg, territoires qui dépendaient de ce pays mais étaient majoritairement germanophones. La nouvelle puissance militaire de la Prusse allait bientôt servir contre l'Autriche, puis la France.

Mikkelsen, qui avait une haute opinion de lui-même, trouvait cela non seulement convenable, mais aussi judicieux, puisque la maison du Seigneur prenait de cette manière de plein fouet les tempêtes qui, de temps à autre, s'abattaient sur le pays. L'épouse de Mikkelsen, Vilhelmine, que le négociant estimait avoir sauvé d'un destin religieux depuis son séjour dans les ténèbres d'une mission du venteux Jylland [1], avait insisté pour que la famille se rende au moins un dimanche par mois à l'église, ce que son agnostique de mari accepta en partie par souci de sa réputation dans la région.

« Mais que le prêtre ne vienne pas nous ennuyer », proclama-t-il devant des membres éloignés mais plus croyants de la famille, qui baissèrent la tête, mortifiés, frissonnant devant tant d'impiété.

De son petit Olympe, le négociant profitait, jusqu'au mur de la forêt sur l'horizon brumeux de chaleur, de la vue des moulins et d'une rivière qui zigzaguait parmi les fermes environnantes, où Mikkelsen semblait encore plus respecté que le seigneur de la colline avoisinante. Le commerce de céréales, où il avait fait fortune à Copenhague avant de commencer à placer son argent en valeurs, actions et acier, lui valait de parfaitement connaître le seigle et le blé, et malgré les deux pour cent de commission qu'il prenait, les paysans de la région étaient satisfaits de ce que rapportaient leurs récoltes.

Il étendit ensuite ses investissements, modestes et donc pas trop risqués, de l'acier et du charbon au moiré et au coton des possessions des Indes occidentales. Grâce à son talent naturel pour comprendre la conjoncture, le négociant réussit à mettre de plus en plus d'argent de côté.

Dans les années qui suivirent la guerre, les paysans de la région connurent une prospérité apparemment incompatible avec l'horreur et la déchéance dont ils sortaient. Chose sur laquelle on ne s'attarda pourtant pas longtemps. L'idée selon laquelle des États autrefois si puissants voyaient de nouveau leur grandeur quelque peu atteinte commença à se décanter, et Theodor Mikkelsen montra qu'il était temps d'enlever le brassard du deuil national et de se remettre au travail. Les

1. Territoire continental du Danemark, limitrophe de l'Allemagne.

discussions de grande politique étaient plutôt le fort d'érudits urbains qui ne se réveillaient pas au milieu de la nuit pour engraisser un porc vorace ou emmener paître des vaches.

Theodor Mikkelsen était un homme puissant, dont les yeux bleus glacés et désillusionnés se posaient tranquillement sur ceux qu'il rencontrait. Il se considérait comme un patriarche, et dans sa famille régnait une unanimité tacite pour lui reconnaître ce statut. Lorsqu'à l'occasion de Noël ou d'autres fêtes, des landaus de tantes, oncles, cousins et cousines venaient rouler devant sa maison, c'était autour de Theodor Mikkelsen qu'on se réunissait.

Le soir, on l'écoutait. Il pouvait mieux que personne expliquer la situation du monde, tant il avait voyagé et se tenait bien informé. Les autres étaient à peine sortis de leur commune, et ne connaissaient du progrès que ce qu'ils avaient appris de voisins capables de choses dont eux-mêmes ne seraient pas, à savoir quitter la simple condition paysanne pour acquérir le rang de gros paysan. Mikkelsen comprenait à fond cette vie chère dont eux ne saisissaient rien, et ils ne s'estimaient pas très intelligents lorsque le négociant expliquait le paradoxe selon lequel les prix des denrées de première nécessité pouvaient s'envoler alors que le pays avait connu une excellente récolte et que les granges des cultivateurs regorgeaient de céréales dorées au soleil. Ils trouvaient rassurant de savoir que tout se déroulait comme il le fallait, même si ça pouvait leur sembler étrange.

Les femmes jugeaient cette logique masculine et compliquée vite irritante, et perdaient patience devant les exposés du négociant. Ses considérations sur les mauvaises récoltes dans les autres pays les énervaient mais, contre tout bon sens, elles trouvaient un minuscule réconfort dans le fait que les choses puissent aller plus mal ailleurs. Surtout pour Vilhelmine, qui ne s'était jamais étonnée d'être allée pendant son enfance simplement chercher des œufs à la ferme voisine, chez elle dans le Jylland, alors qu'il fallait les payer à Copenhague.

À midi, Mikkelsen s'asseyait le plus naturellement du monde à sa place attitrée, au bout de la grande table en acajou, et lorsque les hommes s'en allaient dans le fumoir, on l'entendait commenter la situation politique et, un peu plus tard, les règles du jeu de l'hombre[1].

« Ne reste pas là et dors ; allez, rentre et couche-toi », répétait-il, railleur, aux enfants et aux employés. Dans son monde, on ne commandait jamais assez et, lorsqu'ils réussissaient quelque chose, ce n'était jamais assez bien.

Sa voix, retentissante et caverneuse, le caractérisait particulièrement. Chaque syllabe développait une puissante acoustique sonore, de nature à répandre crainte et respect autour de lui. Même le chien, un terrier téméraire et enchaîné qui se laissait engraisser et câliner par les femmes et les enfants, était pétrifié lorsque, la voix profonde du négociant le ramenait des champs à la maison, bas sur pattes et oreilles pendantes.

Avec son tempérament redouté et ses yeux froids perçants, Theodor Mikkelsen imposait sa loi chez lui, de façon sommaire et autoritaire. Il n'y avait aucun doute sur le fait que ses décrets n'avaient pas à être discutés, même si tapis et papiers peints adoucissaient la dureté de sa voix.

En dehors d'une pratique religieuse régulière, déménager à la campagne était la seule chose que l'épouse avait obtenue de son mari. La cause en était le frère de Lars, son aîné d'un an, atteint à la tête par un fiacre lorsqu'il était tout petit et qui souffrait depuis de dommages au cerveau. Vilhelmine, encore très religieuse, y avait vu le signe d'une colère céleste contre leur mode de vie mécréant. Elle craignait notamment que leur comportement matérialiste, éloigné de Dieu, eût déchaîné contre eux les puissances supérieures.

Sous la place d'honneur, au mur du salon et à côté des images des chevaux du domaine, se trouvait une étagère avec un vieux daguerréotype doré de toute la famille. Il y apparaissait que Vilhelmine avait été jolie. Sur un autre portrait de famille, elle était plus âgée et n'étreignait plus de la même manière la croix à son cou. Au premier plan, les enfants. Lars tenait la main de sa petite sœur. Près d'eux, William. À une époque où l'on nourrissait encore quelque espoir pour lui.

1. Jeu de cartes d'origine espagnole, dont sont issus le whist et le bridge.

Lorsque le père était débordé par ses activités en ville, Lars, son frère silencieux et sans vie, et sa petite sœur Amalie étaient livrés à eux-mêmes, à leur mère et aux employés du domaine. Le soir, on leur lisait *Les Mille et Une Nuits* et Hans Christian Andersen, et naturellement le catéchisme et les psaumes. Les contes évoquant de belles princesses, de lointains califes et des richesses incomparables constituaient un antidote versé dans leur sang contre la rationalité et la raison, devenues les maximes du père en un monde où le Seigneur n'apportait souvent pas l'aide dont parlait le prêtre. Raison pour laquelle le négociant préférait s'en remettre à sa tête bien faite et bien s'entourer.

Lars commença très jeune ses rêves fumeux d'endroits exotiques comme Samarkand, la Mésopotamie et les jardins suspendus de Babylone. Il n'oublia jamais tous ces jolis noms, qu'il coucha plus tard sur un cahier auquel il confia ses poèmes et ses attentes.

Un soir, sa mère l'emmena dans la chambre parentale et sortit, du fond d'une armoire, un petit écrin. Elle lui montra un anneau d'or.

C'était une alliance ornementée qui portait les mots latins :

« *AVE MARIA GRACI – ACIA PLENA DOMIV*, lut sa mère. C'est le salut de l'archange Gabriel à la Vierge Marie. Je te salue, Marie. Tu es bénie entre toutes les femmes. C'est une alliance très ancienne, et très chère.

– D'où la tiens-tu ? »

Elle lui posa un doigt sur la bouche et soupira :

« C'est notre trésor à nous. »

Ses yeux luirent, comme d'angoisse, sans révéler toutefois si elle avait peur que son trésor fût découvert par le Seigneur ou par le seigneur de la maison.

3

Étant donné le rôle secondaire que le négociant jouait dans la vie de ses enfants, la place qu'il occupait dans leur conscience était au fond remarquable. Lorsqu'il était grognon, ou que les enfants, à son grand agacement, lui semblaient prendre un peu trop leurs aises, il aimait à leur rappeler l'époque difficile de sa jeunesse et de celle de son épouse, car rien ne tombait du ciel. Lars et sa petite sœur écoutaient effrayés, leur père, décrire des conditions de vie sordides dans la pénombre permanente de taudis du quartier latin de Copenhague, les anguilles dans l'eau à boire, l'épidémie de choléra de 1853 et l'hiver glacial de l'année suivante.

Pour les enfants, il s'agissait d'un cruel avertissement. Le temps de leur père, si travailleur, était trop précieux. Ils passaient donc après les réunions à la maison de commerce, les journées de voyage à Copenhague et les voyages d'affaires en Allemagne et en Angleterre. Allaient-ils mordre la main qui constituait leur seul rempart entre la douceur de la campagne et un retour en ville, où les caniveaux débordaient d'immondices et où les pauvres étaient obligés, pour avoir du combustible, de voler les planches recouvrant les égouts puants ?

Aussi marchait-on à pas de loup lorsque le négociant Mikkelsen s'installait dans la petite bibliothèque pour parcourir ses listes de prix et sa correspondance avec les maisons de commerce de Hambourg. On savait que beaucoup dépendait de ce silence, de la concentration du père. On se taisait lorsqu'il parlait, on se tenait tranquille lorsqu'il dormait.

Il n'existait dans le mode d'éducation de la famille aucune affection, mais seulement des compliments de mauvaise grâce et de préférence des blâmes, tant on avait la certitude bornée que l'âme s'endurcissait comme le cep de vigne du Sud, qui ne semblait devenir vraiment résistant qu'après quelques durs hivers. Pour les cœurs moins tendres que celui de Lars, cette éducation avait pour seul résultat de transmettre la violence aux générations suivantes, qui à leur tour et avec les meilleures intentions distribueront leur compte de taloches et de bonnes raclées.

Un hiver, il neigea beaucoup bien avant Noël. Les pommes de terre venaient d'être mises dans le charbon et couvertes d'algues que les premiers flocons descendaient silencieusement dans l'air. Bientôt, toutes les fermes de Bavnebakkegård à l'est à Tokkekøbgård à l'ouest furent couvertes de blanc et, le soir, le paysage luisait, bleu clair sous le ciel noir. Puis les touffes de coton grossirent et s'épaissirent. Il gela sévèrement, et tous, dehors, pelletèrent la neige. Trine fut attelé au traîneau. On alluma le poêle d'appartement. Les fermes des alentours sortirent aussi leurs traîneaux, on mit des crampons aux sabots et des clochettes au dos des chevaux. Des tintements retentirent bientôt partout sur les pistes dégagées entre les talus de neige. La lune, toute blanche elle aussi, crût les nuits suivantes jusqu'à briller haut dans le ciel comme un soleil immaculé tranchant au milieu de l'obscurité. Ses diamants scintillants se répandirent sur les collines enneigées pendant que des colonnes de fumée montaient des fermes, rutilantes sous leur épaisse couche de sucre.

Au fourneau, on cuisinait de la bugne ; et lorsque arriva le grand jour, que les traîneaux des oncles et tantes arrivèrent au domaine, l'arbre fut habillé de guirlandes et de petits drapeaux danois. L'oncle Knud, aux délicats favoris, et le négociant discutèrent de la situation politique. Le premier estimait que le Danemark devrait soutenir la France contre les Prussiens, le second s'y opposait et soulignait la prospérité du pays depuis 1864. Il était, sur ce point également, homme très pragmatique.

« De plus, dit-il, où étaient les Français lorsque *nous* avions besoin d'eux ? »

Une fois le repas pris et le café servi, on apporta les cadeaux empaquetés et les petits pains d'épice. Plus tard, la mère s'assit au piano à queue avec William sur les genoux et joua *Noël, musique des anges*. De temps en temps, sa tête jaillissait à côté du visage de William, afin de regarder la partition sur le pupitre. Sur le dessus du piano chancelait un miroir reflétant la grille d'acier de la harpe et quatre mains qui, hésitantes et tremblotantes, s'y essayaient.

En les voyant tous les deux, Lars pensa au cadeau qu'il avait prévu depuis longtemps pour William puis totalement oublié. Il quitta la pièce, enfila ses sabots, disparut entre les hauts tas de neige et descendit en courant vers le petit lac du jardin, frappé avec quelque retard par ce qu'il venait d'entendre sur la guerre et l'ignominieux effondrement de 1864. Une paire d'innocentes cannes de jonc figées dans la glace, avec leurs têtes flétries, furent bombardées commandants en chef de l'armée allemande, puis Lars dénicha une petite branche pour en faire une épée française.

« Meurs, misérable Prussien », proféra-t-il en décapitant le premier.

Il oublia totalement pourquoi il se trouvait dehors.

De nombreux Prussiens tombèrent et bien du sang fut versé avant que son père et son oncle au manille [1] et favoris délicats se risquent dehors. Lorsqu'ils finirent par le trouver en bas dans la neige, il fut ramené par une oreille à la famille, qui retint son souffle devant cette atmosphère de Noël brisée.

« Alors, qu'est-ce que tu faisais près du lac ?

– J'ai taillé une flûte en saule pour William cet été, dit Lars, honteux, la voix si basse qu'on l'entendit à peine. Je l'avais cachée dans les roseaux, pour la garder au frais. William aime tellement la musique.

– Ne recommence jamais. »

Il reçut une claque sur le derrière qui lui fit si mal qu'il aurait failli vomir s'il n'avait pu aller s'isoler dans une pièce où pleurer tout son soûl. Il n'oublia jamais cette humiliation, surtout parce qu'elle eut lieu devant de si nombreux visages familiers, dont les expressions mi-indisposées, mi-compatissantes le rendirent malade. Famille lâche, qui n'osa pas protester contre cette inutile démonstration de force.

Peut-être cela cachait-il de l'amour. Comme la fois où le négociant l'éloigna, le bras tendu, de la trappe ouverte du

1. Cigare philippin doux, sucré, légèrement épicé.

grenier à foin, alors que l'enfant l'implorait d'être ramené, étourdi de vertige devant la certitude que lorsque l'on tombe, on ne fait plus ensuite que tomber et s'enfoncer dans le néant. Peut-être était-ce de l'amour. Comme pour dire : je fais attention à toi, je ne te laisse pas faire n'importe quoi. Peut-être s'agissait-il simplement d'apprendre quelque chose. Peut-être apprend-on ainsi à avoir peur de savoir. Ou apprend-on l'amour. Ou la peur de l'amour.

Lars grandit en opposition à toute la vie du domaine. Il découvrit que les valets de ferme installés là n'étaient que des fripouilles primitives, de la racaille qu'il craignait et méprisait à la fois. Ils embêtaient et humiliaient les enfants, les rabaissant dès que possible si toutefois ces derniers s'adressaient à cette engeance incomprise des grandes villes au lieu de seulement l'ignorer. En règle générale, ils travaillaient dans un mutisme obtus, mais chacun de leurs gestes, de la claque aux mouches aux coups de pied au chat ou au cochon, révélait leur insatisfaction devant leur piètre existence. Leurs haillons suants et malodorants lui restaient dans le nez, et les taches de leurs crachats noirs le rendaient fou. Les enfants devaient, sous la contrainte et avec la bénédiction du négociant (qui ainsi pensait endurcir sa descendance), assister à l'abattage des cochons, moutons et poules. Ces séances rappelaient des exécutions rituelles, ce qu'en un sens elles étaient également. Épouvantés, les enfants regardaient les poules, à qui ils avaient en secret donné des noms, courir sans tête dans la cour en battant des ailes, le sang jaillissant sur leurs pattes tremblantes. Pour l'épargner, Lars prenait la main de sa petite sœur, mais elle se libérait et il remarquait alors son regard admiratif pour ces hommes qui décidaient de la vie et de la mort. Contrairement à elle, il se sentait perdu, horrifié par ces êtres dépourvus de tout amour, qui mettaient presque un point d'honneur à penser que rien ne méritait la moindre dignité, le moindre respect. Même pas des œufs turquoise brunis au soleil derrière l'étable. Un jour, il trouva les œufs brisés par terre et la planchette où se trouvait le nid avait été enlevée.

Il se rendit compte qu'il devait absolument découvrir un univers moins grossier, une vie meilleure, des êtres plus nobles ; il sentait qu'il n'avait pas un caractère suffisamment misérable pour se laisser condamner, adulte, à s'asseoir en bon ordre dans une grande pièce afin d'écouter des bons mots lourds ou des exploits passés d'origine douteuse et de médiocre intérêt. L'inébranlable volonté de la famille ne se démentait pas chez Lars. Longtemps, le garçon pensa avoir trouvé des complices en les femmes du domaine, des environs et de la famille, qui toutes semblaient cousues d'un meilleur fil que les hommes, et capables d'égards, d'amour et de rêves. Mais elles aussi finirent par le décevoir. Lars, dont la conception de l'honneur et d'une vie meilleure découlait des contes et des rares romans présents sur les rayonnages de la maison, avait marié les femmes adultes dont il était tombé amoureux garçon avec d'élégants et mystérieux étrangers, des chevaliers et des barons de châteaux et de domaines lointains. Mais ni à la Chandeleur ni aux moissons ne venait jamais aucun étranger dans la région, on n'y voyait toujours que les mêmes têtes ; des hommes caractérisés par leur force brute, drôles quand ils avaient bu, mais qu'il méprisait lorsqu'ils ne tenaient plus debout ou arrosaient de bière les robes des femmes, la bave aux lèvres et le regard tanguant. Et les femmes qu'il avait admirées, qui n'avaient jamais pendant les fêtes de temps ni d'attention pour les enfants, se laissaient séduire par des valets de ferme tous plus repoussants les uns que les autres, détournaient à peine le visage devant la pire puanteur de gnôle et ne résistait jamais sérieusement aux désirs les plus basiques.

Lars commença à vagabonder dans les environs. Une fois le domaine perdu de vue, il devenait quelqu'un d'autre. Avec le fils du sellier d'en bas de Strørød. Leurs héros étaient les mousquetaires de Dumas et ils combattaient pendant la Révolution française. Des épées de bois étaient aiguisées avec du sable censé être de l'émeri, leurs lames formées et affûtées dans le style Napoléon.

Un soir, Lars surprit par hasard le garçon d'étable Oluf Jerker, un ancien officier de la garde royale, alcoolique, en train de voler à son père des bourgognes rapportés de l'étranger.

« Ose dire quelque chose à ton père. »

Lars, qui savait que ça ne changerait rien qu'il rapporte, le regarda et dit :

« Je ne dirai rien si tu m'apprends l'escrime. »

Ainsi, dans le grenier de la grange, Lars apprit-il l'escrime de Jerker, qui était adroit et connaissait par cœur l'*Essai sur le duel*[1] de Chatauvillard, son art de l'escrime et sa technique d'attaque. Il enseigna à Lars la différence entre l'estoc, qui était une épée, et le sabre ou le fleuret. L'épée est plus lourde et cause de plus grands dommages que les autres armes, lui expliqua-t-il, et c'est donc aussi la plus prestigieuse. Mais lorsqu'un jour il offrit à Lars une vieille épée, il souligna qu'on devait toujours faire son possible pour éviter le duel, à cause de la gouttière qui courait à partir de la pointe triangulaire et avait coûté la vie à tant de personnages courageux.

1. En français dans le texte.

4

En son temps, le négociant avait bâti sa fortune en une sorte d'opposition à son père Gustav Valdemar, dont le deuxième prénom fut donné à Lars.

Lorsque Theodor Mikkelsen acheta la patente de négociant, ce ne fut pas le parcimonieux Gustav Valdemar qui paya la caution nécessaire, mais un oncle du côté de son père. Cet oncle, Viggo Mikkelsen, connaissait l'importance de la main secourable que son propre beau-père, Julius Faber, lui avait déjà tendue, payant sans hésitation les trois cents *rigsdaler*[1] d'argent exigés à l'époque pour une telle patente avant de le prendre comme associé dans la maison de commerce Faber & Co, de Copenhague. Viggo Mikkelsen offrit donc à son neveu la même chance et se porta caution pour lui, après avoir financé son instruction dans les grandes maisons de commerce d'Altona et de Hambourg. En Theodor Mikkelsen, il voyait un reflet de lui-même. Un jeune homme studieux et éveillé, doué pour les chiffres, ayant le sens des affaires et prenant plaisir aux prospectives minutieuses, ce talent rare permettant de prévoir l'évolution des prix. Tout son être marchand, fait d'une étoffe terne, se concentrait sur les cours du café et les opportunités de vente. De telles aptitudes lui avaient permis, pendant la guerre de 1848-1850[2], de sauver la maison

1. Le *daler* (allemand *Thaler*) était une unité monétaire importante. Trois cents *daler* représentaient une forte somme.

2. Couronné en 1848, Frederik VII promulgue une Constitution plus démocratique, valable aussi bien pour le Danemark que pour les Duchés (Schleswig et Holstein). Lorsque les séparatistes des Duchés se soulèvent, le Danemark rétablit la situation mais la question n'est pas réglée. Quinze

de commerce déclinante. Alors que les autres firmes de Copenhague suspendaient leurs échanges avec le Jylland, Viggo Mikkelsen intensifia son activité, envoyant de gros chargements de denrées d'épicerie, de café, de sucre, d'indigo et de riz, contre du beurre, des céréales, de la laine, du cuir et des peaux.

De ses années de jeune commis dans le tissu, Viggo Mikkelsen se souvenait des importantes livraisons de coton des Indes et à quel point tout dépendait de la régularité des livraisons. Après la banqueroute de 1814[1] et en raison de la mainmise du textile anglais sur le marché européen, il ne perdit pas de temps à s'adapter aux méthodes des manufactures anglaises, de sorte que, avec la chute des barrières douanières dans les années 1840, son entreprise s'épanouit. Il fit commerce de moleskine et de *beaverte*[2], ainsi que de marchandises plus précieuses telles que la soie ou le maroquin.

Le jeune Theodor Mikkelsen était fort entreprenant. Il ne le montrait au quotidien, mais la main qui lui avait été tendue ne semblait pas compter face à son amertume devant le fait que ce n'était pas son père mais son oncle qui l'avait lancé. Là, Viggo vit sa limite. Lorsque l'aluminium devint une marchandise recherchée, Theodor pensa vite à exploiter la cryolite du Groenland, ce que ferait plus tard Tietgen[3], mais hésita. Il aurait pu jeter les fondations d'un véritable empire, mais il lui paraissait plus important de suivre et de calculer les prix des céréales des champs de son père, à Udsløse. Le jeune homme s'occupait surtout d'estimer la récolte et d'anticiper les prix. Il se forgeait une opinion sur ceux-ci à partir d'une nuée de chiffres et de relevés, de comptes relatifs à la récolte de l'année, des stocks restants de la précédente récolte, des prévisions de consommation, des variations du marché à terme et des inspirations des spéculateurs.

---

ans plus tard, c'est la guerre des Duchés et le Danemark perd ses territoires germanophones.

1. Allié de la France napoléonienne en raison notamment de contentieux avec l'Angleterre, le Danemark est entraîné dans sa chute : ruiné, il perd la Norvège au profit de la Suède.

2. Genre de futaine, en coton croisé grossier.

3. Carl Frederik Tietgen (1829-1901) : financier et industriel danois, grand innovateur, bâtisseur d'un empire.

Et il voyageait. Toujours, sans arrêt, le négociant partait en voyage ; il naviguait de Southampton à Hull, montait en carrosse à Køge, s'en allait à Kiel. Il put constater, après la guerre franco-allemande, que la prospérité qu'il avait prévue à partir de l'étude attentive de *Fædrelandet* et d'*Amtstidende*, désormais livrés par le postillon, était solide. Exactement comme après la guerre de 1864.

Seule sa mère, Anna Mikkelsen, ne semblait pas aussi enchantée des entreprises de son fils. Contrairement aux autres, elle suivait l'actualité politique presque aussi exactement que lui, et elle savait bien que, malgré toute sa bonne fortune, il n'atteindrait jamais les sommets dont elle rêvait lorsqu'il avait entamé son ascension. Il était et resterait un Mikkelsen. Pas un Tietgen. Et il s'était montré trop accommodant avec la famille de Vilhelmine, d'un piétisme suspect. Déménager là-bas alors que tout commençait à aller si bien à Copenhague. Lorsqu'elle regardait ce fouillis d'enfants et de petits-enfants aux doigts collants, qu'elle se donnait le plus grand mal à tenir éloignés de sa crinoline, elle ne nourrissait plus d'espoir de voir un jour l'un d'eux acquérir une véritable stature et apporter la gloire à la famille. Dans un lointain, lointain passé, à l'époque où Napoléon était une personne réelle et non l'esprit qui gouvernait aujourd'hui la France, elle avait fait ce genre de rêve. Mais c'était terminé. Il suffisait de voir William, créature apocryphe dont les yeux brillaient chaque fois qu'un vagabond ou une troupe de bohémiens de passage ouvraient leurs étuis à violon. Et la honte dont cette agitée de Vilhelmine avait couvert la famille en convoquant, un jour d'émotion, le prêtre, le maître d'école et les voisins pour écouter le pauvre gamin jouer de son harmonium. Mais oui, avait-elle juré, William avait joué tout seul un morceau de *La Passion selon saint Matthieu*, de Bach, que la famille venait justement d'entendre à l'occasion d'un concert donné à l'église du château de Frederiksborg où se trouvait l'orgue de Compenius [1]. Et là, le pauvre garçon s'était assis pour cla-

1. L'Allemand Esais Compenius fabriqua cet orgue (œuvre d'art en bois, ivoire et argent) en 1610 pour le duc de Braunschweig-Wolfenbüttel. Il fut envoyé au roi danois Christian IV en 1617 et se trouve à l'église du château de Frederiksborg.

quer les touches de ses nageoires maladroites, avec son regard de demeuré. Même à *Souviens-toi cet automne*, il ne put rien comprendre. Non, il n'y eut pas de miracle. La volonté inflexible c'était le rédacteur en chef de *Fædrelandet*... et les juifs.

Le négociant se souvenait de sa famille et de son milieu, et du fait que la véritable amitié ne se manifeste pas à travers l'aide attendue, mais au contraire par l'aide inespérée, aussi rare que les joyaux arrachés à la terre d'un commun effort et dans une pieuse générosité. Ce fut l'une des rares attaques de Mikkelsen contre le comportement de ses pères, et le silence de la vieille Mme Mikkelsen montrait bien qu'elle était d'accord. Son fils avait raison, sans qu'elle comprenne entièrement pourquoi. Et même elle, qui par ailleurs était l'une des rares personnes à ne pas craindre de le contredire, se rendait compte qu'il entendait ne pas être corrigé sur ce point. Son fils était d'une autre stature qu'elle, plus doué et d'un caractère mieux trempé.

5

En plongeant les mains dans la terre, Theodor Mikkelsen percevait ses grasses potentialités de rendement, alors que Lars y trouvait une satisfaction sensuelle. Sur ce plan-là, ils ne se comprirent jamais.

À l'école, Lars était indiscipliné et irrégulier, ce qui entraîna quelques remarques de la part du maître d'école Skjoldager. Son père les supporta stoïquement, parce qu'au fond de lui, il n'arrivait pas à se reprocher d'éprouver une certaine satisfaction de voir que son gars ne se laissait jamais faire. Cette impétuosité éveillait une jalousie craintive chez les garçons, et une admiration effarouchée chez les filles de sa classe de primaire.

Il ne craignait ni le pasteur, ni le maître d'école Skjoldager. Que Lars se confrontait à ces autorités, presque encore plus effrayantes que l'origine sociale des pères des enfants, ne fit qu'ajouter à sa réputation vite acquise d'assez redoutable témérité. Un autre événement lui valut un certain respect. Peu après la rentrée, il fut attaqué par quelques garçons plus grands, qui le guettèrent pour la seule satisfaction de pouvoir se défouler sur une nouvelle victime et lui enfoncer le pif dans la terre. Avant que Lars ait pu comprendre ce qui lui arrivait et se défendre, il était maintenu au sol par toute une horde de garçons plus grands qui l'insultèrent sans pourtant lui faire trop mal. Plus tard, il les retrouva et les corrigea un par un.

Ainsi Lars devint-il le meneur de ces garçons plus âgés, aux côtés de Kalle, un valet de ferme suédois qui conquit son statut grâce à sa force physique et parce qu'il fut le premier et le seul à traverser la glace du Sortemosen, une marmite de géant insondable. Plus tard, après qu'il eut quitté la paroisse, arriva la nouvelle qu'il s'était noyé dans l'Isefjord.

Les garçons formèrent une bande et, dans une caverne en forêt, mélangèrent leur sang en se jurant d'observer le silence absolu sur leurs activités. Les bavards seraient punis de dix coups de berce de Skovhuset, et même si la menace ne fut jamais mise à exécution, tout le monde en connaissait les effrayantes conséquences sur le charpentier Marensine, dont le bras n'avait fait qu'effleurer la plante avant d'enfler pour ensuite toujours rester abîmé. Dans leur repaire se trouvaient aussi leurs arcs et leurs flèches, garnies de méchantes pointes en clous aplatis par la locomotive Stender qui arrivait à grand fracas de Copenhague. Sur le long chemin du retour, ils devaient passer par Skovhuset, où vivait un mystérieux étranger que tous les gamins des environs craignaient. C'était une effrayante silhouette carrée, à la démarche de somnambule, dont les bras pendouillaient presque jusqu'au sol. Il avait d'épais cheveux noirs, une grande barbe filandreuse mal entretenue et un visage creux et lugubre, dont les petits yeux et les gros sourcils proéminents rappelaient la préhistoire. On le surnommait « le singe de Darwin », ou tout simplement « le Singe », et on disait de lui qu'il dévorait les enfants.

Par une fin d'après-midi d'hiver, cette troupe de jeunes téméraires de plus en plus nombreux repéra le Singe, parti à la rencontre du postillon chercher son journal. Il l'avait comme d'habitude sous le bras et rentrait chez lui à Skovhuset, à l'heure habituelle, de sa démarche caractéristique curieusement mécanique.

L'un des gamins de la troupe eut une idée qui instinctivement plut aux autres. Une première boule de neige s'abattit et explosa sur l'énorme dos du Singe, inaugurant un véritable feu d'artifice de neige et de glace qui prit son manteau de bure pour cible. Sur tout le trajet jusqu'à Skovhuset, les enfants le bombardèrent en chahutant. Le défi de plus en plus insistant de « tirer à la tête » finit par se transformer, à la lisière de la forêt, en un retentissant cri de guerre, mais le Singe poursuivait sa route comme si de rien n'était. Arrivé devant sa porte, il la déverrouilla, se retourna face aux garçons et les invita à entrer. Ces derniers se rapprochèrent, hésitants, surpris par cette hospitalité inattendue et tentés par le panier de pommes qu'il tendait devant lui, défi implicite à déposer les armes et signe de reddition. Rassurés d'être si nombreux, les gamins firent encore quelques pas. Finalement, deux des plus grands s'armèrent de courage : si les rumeurs voulant qu'il mangeât les enfants étaient fondées, il commencerait certainement par les plus petits.

Ils purent alors constater qu'aucun petit squelette ne pendait aux murs et qu'aucun crâne de bébé ne traînait par terre, comme on l'avait dit. Tout était propre et net, et sentait la lavande. Le chalet n'était pas grand, mais débordait de livres aux jolies couvertures dorées, maroquinées et brillantes que les gamins, sales, morveux et curieux, étudièrent à travers les vitres des bibliothèques en mâchonnant leurs pommes. Il n'y avait presque aucun meuble. Juste un bureau et une chaise basse. Sur le bureau se trouvait un encrier et, dans un plumier, son écritoire, une plume de corbeau comme celle de Balzac. Le Singe parla gaiement avec les enfants, sans la moindre allusion aux boules de neige.

Le Singe ne venait pas de la préhistoire mais de Copenhague. Il avait un petit appartement en ville, mais séjournait le plus souvent à Skovhuset, dans le calme et la tranquillité. C'était le poète Svend Sonne.

William, qui était toujours fatigué, restait souvent au lit ou pendu à sa mère au piano. Personne ne savait exactement ce qu'il comprenait, puisqu'en général il demeurait muet et taciturne, et n'arrivait pas à s'exprimer lorsqu'il finissait par essayer de parler. Avec le temps, Lars apprit à déchiffrer des signes à peine visibles dans les yeux de William, ses seules manifestations de vie. Peu à peu, il se rendit compte que, parfois, William préférait qu'il ne dise rien. Et donc il se taisait. Ils demeuraient alors tous deux silencieux, à contempler à tour de rôle le balancement, le retournement, l'oscillation et les sauts de la harpe éolienne, le choc des petits morceaux de métal, les pirouettes de lumière papillotantes et les cordes serrées ; et Lars étudiait l'éclat de lumière que le reflet de la lune déposait dans les pupilles de William.

Une matinée de fin d'été, quelques années plus tard, Lars fut appelé à la maison. Il lâcha le bâton avec lequel il se promenait et farfouillait, en bas du jardin près du lac, à la recherche de têtards et de salamandres noires. Il remonta en courant la pelouse et se retrouva en haut de l'escalier avec le négociant et les domestiques, à observer le fiacre noir qui émergeait des collines dans le lointain, sur l'horizon de fermes et de forêts.

J. C. Therslin, son épouse et leur fille Sofie leur rendaient une visite du dimanche dans un joli break décoré de Frederiksborg. J. C. Therslin avait, quelques années auparavant, hérité d'une carrière de marbre à Carrare, revendue depuis. L'argent fut réinvesti dans les chantiers navals de Helsingør et, après deux ans en Italie près de Livourne, la famille était revenue à Copenhague où Therslin gérait une entreprise de courtage en développement rapide.

Leur fille avait presque douze ans et, déjà, la beauté de sa mère en plus épurée. Lorsqu'elle descendit sur le marchepied, Lars se dit qu'il n'avait jamais vu de jeune fille aussi jolie de toute sa vie. Elle avait le grand sourire brillant de sa mère, l'élégant nez pointu de son père, de beaux cheveux flottants et une peau délicate et fragile comme de la porcelaine, couverte d'un joli petit duvet presque invisible, comme une pêche.

Quoiqu'elle fût un peu maigre, on pouvait déjà deviner ses formes féminines. Elle se mouvait avec la même grâce que sa mère. Son rire caressant s'insinuait dans les esprits, et il fallut parler un court instant de sa mystérieuse maladie, qui lui avait longuement fait perdre l'appétit, pour que son visage prenne un trait soucieux. Par rapport à ces gens somptueusement cultivés, Lars et sa famille paraissaient peu instruits et très médiocres sur le plan intellectuel, presque simples. Lars se vit confier la mission de prendre soin de la jeune fille et la traita avec une solennité outrée.

Il osa à peine toucher son châle aux motifs en aiguilles de cyprès lorsqu'elle se pencha au-dessus du miroir du lac en le priant de bien la retenir.

« Allez, je ne vais pas me briser en morceaux, dit-elle, avant d'ajouter en regardant, à demi-rêveuse, la surface qui se ridait sous la douce brise d'été comme un grand océan vert : Tu ne te sens jamais seul, ici ? »

Seul. Il n'y avait jamais pensé. Seul. Oui, seul, lorsque la lumière du printemps tombait des fenêtres de la grande pièce d'une manière si particulièrement vacillante et onctueuse, le montant de plomb et les croisillons dessinant au sol une treille renversée. Seul, à regarder la sombre silhouette du domaine dans le crépuscule, avec le chant indistinct apparemment sans fin d'un merle posé sur les derniers faîtages de bois.

La solitude, par opposition à Copenhague, à la ville et à la foule des hommes. Était-ce de cela qu'elle voulait parler ? Non, il ne se sentait pas seul dans ce sens-là. Toutes sortes de gens leur rendaient visite au fil de l'année, rompant la monotonie du quotidien. Il y avait l'oncle Knud, qui savait faire bouger ses oreilles, les marchés de novembre à Frederiksborg, les bohémiens et les saltimbanques, les avaleurs de sabres et les avaleuses de feu itinérants, et il y avait les forêts, les forêts infinies et la belle vue sur le lac de Udsløse.

Lorsqu'elle était descendue du fiacre, elle était une étrangère, l'après-midi ils étaient amoureux et le soir, ils furent sans aucun égard arrachés l'un à l'autre.

« Crois-tu en l'amour éternel ? demanda-t-elle.

– Je crois en l'amour qui dure l'éternité. L'amour malheureux.

– C'était joli, dit-elle. Triste, mais joli. »

Elle se pencha alors vers lui et l'embrassa sur le front.

Il s'assit à la fenêtre et suivit la fuite du break sur les chemins de campagne, clignant des yeux à la lumière brillante du soleil déclinant. Finalement, il disparut complètement, évanoui dans la poussière des collines. Et Lars demeura assis un moment, à fixer l'horizon, les fermes lointaines et les duchés perdus du Sud.

« Aujourd'hui, nous avons reçu une visite, William, lui dit-il. La visite d'une princesse. Je lui ai parlé de toi. »

Il recula pour lire l'expression de William, même si Sofie s'en était allée sans pratiquement rien savoir de son existence.

Elle lui manqua dès avant leurs adieux, tout comme il se souvenait déjà d'elle avant de l'avoir rencontrée. Et il savait parfaitement qu'un jour, dans un futur lointain, il rencontrerait à nouveau Sofie Therslin. Il savait aussi, d'une manière qu'il ne comprenait pas encore, qu'il ne souhaiterait rien de plus que de la voir pour simplement se réjouir au souvenir de cette journée-là.

6

Il commença à raconter des histoires et à écrire ses pensées. Il passait les tièdes nuits d'été à se reposer dans sa chambre avec William, avant de s'endormir. Celui-ci écoutait le carillon qui cliquetait métalliquement dans la faible brise, et lui, il lui arrivait de vivre ses histoires au point de les réciter. Alors, le bourdonnement dont William accompagnait souvent les bruits du vent cessait. Lars était le héros. En règle générale, il était gravement blessé sur le champ de bataille puis ramené au lazaret, où une charmante infirmière ressemblant étonnamment à Sofie Therslin changeait ses pansements. Elle lui parlait doucement sur son lit de malade, et chantait pour lui pendant qu'il flottait entre la vie et la mort. Il tentait, sans force, de quitter le lit afin de repartir au front, obligeant l'infirmière à appeler de l'aide pour qu'on le recouche, en plein délire. William le regardait fixement se relever à grand-peine, évidemment sans comprendre qu'il avait été atteint par des éclats de grenade. Ces mélodrames pouvaient durer des heures. La plupart du temps, l'infirmière se révélait être la fille du général en chef, qui avait toujours prévu un meilleur parti pour elle. Elle se retrouvait donc mariée et, après son héroïsme sur le champ de bataille, Lars devait encore montrer qu'il était homme d'honneur en refusant de se battre en duel contre le mari jaloux. Parfois, il était qualifié de « traître », alors qu'en vérité il avait occis un soldat allemand pour se vêtir de son uniforme et éliminer un bataillon entier d'Allemands. William restait rarement éveillé jusqu'au baiser obligatoire qui, indépendamment de l'histoire, finissait toujours par atterrir comme une fleur fraîche sur le front de Lars. Il devait alors consoler l'infirmière désespérée, William ayant été tellement maltraité qu'à son retour sa vie ne pouvait plus être sauvée. Parfois, l'histoire se situait pendant la Révolution française. L'infirmière portait alors un uniforme étranger et Lars combattait près des Tuileries contre une forêt de sabres et d'épées.

Très souvent, ces histoires se finissaient mal.

À douze ans, Lars changea de manière étonnante. Ce garçon auparavant si pétulant et heureux de vivre devint maussade et taciturne, méconnaissable pour les gens de la ville. Il s'enferma sur lui-même et se mit à passer beaucoup de temps dans les forêts autour du lac de Udsløse, où il inventait de nouveaux noms aux endroits, appréciant que les lieux et les choses restent indéfinissables, exotiques ou simplement innommées, qu'elles recèlent un mystère jamais percé. Il n'empruntait jamais certains sentiers parce qu'il préférait s'imaginer qu'un paysage complètement inconnu, un tout autre monde se cachait derrière telle colline, sous tel fragment de ciel où planaient des nuages déchirés. Il se faisait parfois Peau-Rouge, chevalier ou loup, mais le plus souvent choisissait de rester lui-même. Il se sentait attiré par le désespoir de l'automne, son obscurité et les tempêtes de novembre qui enfonçaient des spectres dans les tuyaux des poêles, arrachaient des touffes aux cimes et écorchaient les arbres de la forêt. Dès que les tempêtes détrempaient les champs, il fallait qu'il sorte. Il descendait jusqu'au lac, aux vagues hachées comme celles d'un océan. L'amertume emporte, la colère marque. Rien ne pouvait le retenir, en dépit des sermons qu'il recevait lorsqu'il rentrait à la maison trempé et ruisselant. Le médecin, appelé alors qu'il gisait au lit tremblant, brûlant de fièvre, tenait de grands discours sur les maladies de poitrine, les inflammations des poumons et les fièvres arthritiques, mais rien n'y faisait. Il savait que ce qu'il avait découvert ne voudrait ni ne pourrait le tuer. Lorsque enfin il se rétablissait, il quittait la maison, dépassait en courant l'église, Ræhr Mark et Hunstrup Enge, et atteignait la forêt où s'accrochaient de petits arbres, où des branches craquaient et des troncs se fendaient. Il traversait alors une cathédrale céleste de belles illusions jusqu'à atteindre sa place, son promontoire donnant sur le lac où roulaient de noirs nuages. L'écume gélifiée, fouettée par le vent, blanchissait ses rives, s'envolait vers les champs et se déposait sur le front des vaches.

Tout, autour de lui, chuintait et chuchotait sans arrêt, comme si des Titans combattaient ou de grands amoureux se rencontraient. Là naquit son besoin de créer. Là, comme étrillé par une main de géant, il se rendit compte de sa petitesse et à quel point *cela* était grand. Là, il commença à exister. Il sentait naître en lui des traits qui disparaissaient à l'instant même, et voulut les coucher par écrit. Le majestueux orgue de la Nature grondait des notes d'une beauté et d'une grandeur inconcevables. Il voulait embrasser tout cela, l'exprimer totalement et, en même temps, totalement le comprendre. Mais en réfléchissant, il oubliait, et ce qu'il saisissait lui échappait. Tout restait en permanence indiciblement prêt... à être non dit à jamais. Finalement, il lâchait prise et tombait, toujours plus bas, là où il n'y avait plus rien, dans le néant, dans le silence où les mots n'existaient plus.

Et toujours, il revenait. Chassé d'un endroit et attiré vers un autre. Sans savoir ce qui l'appelait ni ce qui le rappelait.

Il n'en parlait à personne. Qu'aurait-il pu dire ? Il trouva une délivrance lorsque pour la première fois, le maître d'école Skjoldager, de Strørød, commença à deviner ce qui s'agitait en lui. Il dissuada Lars de mentionner devant les autres qu'il entendait des sortes de voix car il risquait d'être mal compris, mais lui dit :

« Sois le Diogène de notre époque. Avance à travers la vie à la lumière de ta lanterne. Et cherche à éclairer la vérité. »

Cette reconnaissance solennelle, le fait d'être pris au sérieux par un homme instruit comme Skjoldager, impressionna le jeune garçon. Son maître lui conseilla une série de livres. Et immédiatement, il découvrit chez les grands auteurs, qu'il dévora avec l'avidité de celui qui n'a jamais reçu de nourriture intellectuelle, cette affinité sincère dont il manquait dans sa propre famille. La lecture de Oehlenschläger[1] et des romantiques allemands éveilla un sentiment profond en lui. Pourtant, il se laissait souvent distraire, les textes défilant sous ses

1. Adam Oehlenschläger (1779-1850) : chantre du romantisme national et de la nature, il voyagea en Allemagne, en Italie et en France. Il composa notamment des poèmes et des épopées.

yeux alors que son esprit alerte vagabondait au loin. Ce garçon rêveur pouvait de même regarder pendant plusieurs minutes les différentes parties d'un tableau se dissocier en épais bancs de brumes. Et la musique aussi : à partir d'une tierce confuse sur quelque lointain clavier, il brodait immédiatement de nouveaux accords. À l'instar de tous les tempéraments d'artistes nés et élevés dans un foyer étranger à l'art, il cachait ses occupations. Il écrivait en secret, contait par bravade et s'asseyait au piano lorsqu'il se savait seul. Mais il ne dissimulait pas son talent de dessinateur, évident depuis son enfance.

Je me sens mieux parmi les morts. Voilà qui ne dit rien sur eux, mais peut-être quelque chose sur moi. Ou sur les vivants, écrivit-il, sombre et introverti, dans un petit calepin.

Le négociant ne savait pas comment se comporter face à ce gamin, auquel il s'était toujours senti étranger et qui commençait à le braver. Ni les valets ni les bonnes n'en avaient encore rien entendu, mais la situation devenait intenable. Il s'était tellement habitué à faire la loi que quiconque émettait une opinion contraire à la sienne lui semblait indigne de s'exprimer. Il avait évidemment donné au garçon une tape sur la nuque et, une fois, une bonne volée, sans que cela n'arrange rien.

Sa mère avait à une époque été attirée par la volonté et le tempérament de son homme, mais gardait désormais ses distances. Elle voyait bien ce que celui-ci ne pouvait pas voir : cette révolte qu'il abhorrait chez son fils était parfaitement identique à la colère et à l'esprit de contradiction qu'il avait lui-même manifestés en son temps vis-à-vis de son propre père. Mais ce sang vif s'était, par son intermédiaire, dilué. La douceur et la mélancolie du garçon venaient en droite ligne de sa famille à elle. À travers cela, projection de son propre héritage, elle pouvait parfois prendre, en pensée, le parti de son fils. Elle le considérait alors comme un être plus grand, plus complexe et plus malheureux que son mari, mais sa personnalité faible et fuyante avait depuis longtemps passé un pacte avec la violente force de son homme, à qui elle donnait raison en tout, même dans les situations où son regard la trahissait. Cette tyrannie de l'esprit poussait le gamin, qui souffrait déjà que sa mère se retourne contre lui alors que tous deux savaient qu'il avait raison, à voir en elle une délatrice perverse. Pareil complot ne faisait que stimuler son indocilité. Son père, ce sabreur, s'échauffait à l'excès de voir son autorité défiée et se rabattait précisément sur la nature sentimentale et propice au compromis de Vilhelmine, qui à l'évidence avait égaré son fils. Elle réussit pourtant à le convaincre, alors que le garçon s'engageait sur une voie qui leur était à tous deux étrangère, de se montrer patient. Au fond, elle craignait qu'après avoir vu plusieurs membres de sa religieuse famille sombrer dans l'obscurantisme, son fils fût voué à l'hystérie et à la folie.

Un jour d'hiver, le vieux Gustav Valdemar Mikkelsen s'écroula comme un vieux chêne fatigué. La mort en soi n'effrayait pas Lars, déjà presque complètement adulte. Il disait toujours son *Pater*, mais ne l'adressait plus au Dieu chrétien. Il l'adressait au Dieu qu'il avait découvert, plus grand que toutes les constructions de l'esprit humain : la Nature.

Le grand-père fut inhumé à l'église de Udsløse par grand vent alors que la neige tombait en grands écheveaux épais, après être resté sur son *lit de parade*[1] près d'une semaine.

Les membres de la famille qui s'étaient déplacés et les habitants de la ville commencèrent à quitter le cimetière dès la première poignée de terre jetée sur le cercueil. Seul Theodor Mikkelsen resta, tête inclinée et mains jointes devant lui, à scruter le trou dans le sol.

Avec la maladie de William, l'idée que Lars devrait un jour reprendre le domaine et les affaires de son père était dans l'air depuis des années, mais il nourrissait d'autres projets. Il voulait faire des études, affirmait-il, sans encore savoir vraiment lesquelles.

« Je veux écrire, dit-il un jour.

– À qui ? demanda son père.

– Demande à faire du droit et ton père sera content, intervint sa mère. Commence par ta philo, tu verras bien ensuite. »

1. En français dans le texte.

7

Logé chez une famille, le jeune homme consacra ses trois années de lycée à Frederiksborg à de consciencieuses études, s'immergeant en silence dans Goethe, Schiller et Shelley. Il lut aussi Tieck, Fichte, Hoffmann et Schlegel. Son horizon s'élargit et il le comprit, parce qu'il avait déjà conscience de tout cela. On pouvait se diriger vers l'abîme de l'éternité plein d'espoir angoissé, longtemps repousser l'obscurité dans une peur latente et hurler de terreur, ou bien vivre pour une pensée à défaut de pouvoir mourir dans une foi.

Il voulait écrire et n'étudierait pas le droit comme le souhaitait son père, mais les langues. La philologie montrerait la voie à sa nature romantique. Rentré chez lui à Rørsmindegård pour les vacances de Noël et d'été, il étudiait Kierkegaard et Byron et ne parlait à personne. Son père voulut le détourner du latin.

« Des langues ? lui demanda-t-il incrédule. Les langues ne sont pas un métier. Le droit sert à quelque chose. Trouve-toi un travail convenable.

– *Verumque laborem* », répondit Lars en voyant poindre l'énervement de son père du fait qu'il n'avait pas compris cette simple traduction de ce qu'il venait de dire : « un véritable travail ».

Lars vivait dans son monde de rêves, radieux et introverti, si raffiné et éloigné de la réalité qu'il finit par se rendre compte que la vie ne pourrait jamais assouvir ses désirs. Au cours de sa dernière année d'études, il rendit visite à sa famille et s'enfonça dans les forêts proches du lac de Udsløse dans l'espoir de retrouver une fugitive sensation de bonheur, mais n'éprouva qu'un terrifiant vide existentiel. Le romantisme avait transi et écorché son âme d'un besoin de grandeur et de visions célestes, avant de disparaître aussi brusquement qu'il était apparu. Les mystères des sombres ébrasements et des cloîtres en ruine habillés de secrets, les bosquets ombragés et les vertes prairies qui s'étendaient au loin vers l'horizon sur le mur d'éther bleu de la forêt s'étaient changés en une trop concrète et matérielle réalité. Les odeurs des sous-bois et des épines blanches lui parurent doucereuses, le soleil brillait aussi bizarrement qu'un crâne d'œuf, et lorsque enfin une tempête s'annonça, elle lui sembla se retenir, ce qui l'irrita. Le voile de mariée des sureaux en fleurs, dont il avait aimé le parfum plus que n'importe quel autre, lui brûla le nez ; et il craignit que son âme, en quelques années humaines, n'ait vieilli d'un siècle entier, qu'il n'eût grandi et fleuri que bien peu et trop rapidement, pour ensuite se rabougrir et craquer comme un vieux buisson. Son esprit égaré et assombri vécut alors un long processus de destruction. Il se mit, avec la sotte arrogance de la jeunesse, à jouer dangereusement avec l'idée de se donner la mort, de mettre fin à toutes ses souffrances. Il savait naturellement qu'une telle pensée constituait un péché, mais le christianisme et la foi avaient depuis longtemps perdu leur prise sur lui. De plus, s'amusa-t-il, le Sauveur n'avait pas fait l'expérience de Frederiksborg par un jour de pluie. Il pourrait se pendre, ou partir sur la glace épaisse du lac du château par une sombre soirée d'hiver et se noyer comme Kalle le Suédois ; il pourrait se tirer une balle ou avaler un peu de l'acide prussique laissé pour les rats. Mais aucune de ces éventualités, par ailleurs singulièrement insensées, ne lui parut digne de considération. Il n'en déprima que davantage. Quel sens aurait-ce de se donner la mort, lui qui n'avait rien accompli, ne manquerait réellement à personne, n'aurait mené aucun combat et ne laisserait derrière lui rien dont on pût se souvenir ? Lui qui n'avait jamais réellement aimé. Ni été aimé. Quelle différence cela ferait-il ? Ce ne serait qu'un geste creux, une insignifiante démonstration de vacuité.

Une jeune fille qu'il avait vue et dont il s'était épris à Frederiksborg n'était pas sans rapport avec cette sensation immature de dégoût de la vie. Il s'agissait de Lydia, la fille de seize ans du rédacteur en chef Bagge, du journal *Amtsavisen.* Chaque jour, en descendant vers la grand-place de la ville, elle passait devant sa fenêtre à petits carreaux, et son visage, derrière le verre soufflé et les croisillons, ressemblait à celui d'une princesse de conte de fées. Elle incarnait l'absolue beauté. Son boudoir était source de tant de jolies rumeurs que les gens s'accordaient à penser qu'elle consacrait deux fois plus de temps que les autres à sa toilette, alors qu'en vérité elle en consacrait certainement deux fois moins.

Elle avait une démarche bien à elle, droite, réservée au point de sembler presque arrogante. Son menton était fièrement relevé, et ses longs cheveux rappelaient une traîne qu'un vent invisible gonflerait derrière elle. Souvent, elle s'habillait de façon juvénile et claire, et son léger hâle d'été faisait briller ses yeux lumineux, même dans sa petite robe couleur de vin blanc aux légers rubans rouge d'aniline. Ses yeux, d'un bleu presque pastel en été, se transformaient complètement l'hiver, lorsqu'elle portait des couleurs sombres : ils devenaient alors comme les miroirs de ses toilettes, ténébreux, aigue-marine, intenses et soupirants.

Elle avait en outre, malgré la conscience de son rang, un esprit noble et généreux qui avec prodigalité répandait sa beauté autour de lui ; et ce gage de beauté, distribué généreusement mais sans malentendu, poussait même les mauvais garçons, les biberonneurs, les ivrognes et les invalides de guerre aigris de la ville à lui témoigner le respect réservé aux seules personnes les plus raffinées et aux véritables princesses du château. Jamais aucune parole dure ni aucune interpellation désobligeante en sa présence. Même les garçons sous l'emprise du punch et d'un désir longtemps réfréné ne se risquaient pas à autre chose qu'à de serviles compliments. L'attention que ses sorties en ville éveillait chez les jeunes gens, qui la courtisaient à travers une sotte et vaine galanterie, n'était pas diminuée par le fait qu'elle apparaissait souvent main dans la main avec l'autre grande beauté de l'époque à Frederiksborg : son amie Julie, du même âge qu'elle, fille du prodigieusement riche négociant en charbon Rottwiit Hansen. Elle était effectivement aussi belle que Lydia, quoiqu'en même temps son contraire. Là où Lydia était espiègle, gaie et de belle prestance, Julie, dont la mère était d'origine française, semblait sombre, plus ronde et se déhanchait délicatement. Sa voix était plus profonde et plus suave, et ses yeux presque terre de Sienne recelaient une douce chaleur. Personne, naturellement, ne recourait aux paraphrases à connotation religieuse pour parler des deux belles jeunes filles marchant sous les feuillages de tilleuls tressés de lumière, mais leur amitié absolue, totalement dénuée de rivalité et de jalousie, recelait malgré tout quelque chose de plein de vie et de presque sacré.

Tout cela prit fin soudainement. Par un venteux soir de novembre où il pleuvait à verse, le cocher de l'administrateur du château, occupé à éviter les pires flaques, pressait de toutes ses forces son attelage trempé afin de se mettre à l'abri, lorsque Julie surgit à l'angle d'une maison, enveloppée dans son manteau. Elle ne vit pas la voiture, et le cocher ne la vit pas non plus. Les quatre chevaux la piétinèrent à mort, lui broyant le crâne, son sang s'égouttant, rouge, des petits canaux de sa poitrine.

Des deux, c'était à Lydia que Lars s'intéressait le plus ; elle dont il avait cherché le regard et espéré éveiller l'attention. Pourtant, l'annonce de la mort de Julie accabla une nouvelle fois de pensées morbides l'âme sombre du jeune homme, tout comme le reste de la ville commerçante, choquée et endeuillée. Lors de l'enterrement, il réalisa soudain dans l'église comble que c'était Julie qu'il avait toujours aimée ; et qu'il devait y voir un avertissement quant à son avenir. Mais ses yeux trouvèrent alors ceux de Lydia derrière leur voile de dentelle noire, et il vit à quel point, même dans la gravité de la peine, elle était belle. Pendant trois ans, il se fraya un chemin à travers les textes grecs et les fractions compliquées en rêvant d'elle et en pensant à elle quotidiennement.

Longtemps, la ville sembla paralysée de chagrin. Puis vint l'hiver et la chute des premières neiges. Elles descendirent sur Sibberup Vang et Kistrups Kobbel, tombèrent sur Glarborg Bakke et les fermes proches de Toruphus. Le vent les emporta vers Ostrupgård et Kollerup Enghave, elles tombèrent sur les forêts et fondirent dans les grands lacs du nord du Sjælland, se déposèrent sur les flèches en forme de stalagmite du château et sur les couronnes de fleurs de la tombe de Julie Hansen. Une tombe d'ores et déjà devenue très ordinaire, sur laquelle la plupart des couronnes s'étaient fanées et les fleurs étaient retournées à l'humus.

Après la mort de Julie, personne ne sut plus comment

approcher Lydia. Personne, et certainement pas ses prétendants, n'avait envie de l'embarrasser à parler de mort. Peu de gens revirent par la suite Lydia se promener près du lac. Un jour, au cours de sa dernière année, Lars entendit qu'elle s'était fiancée à un capitaine d'artillerie. Sans le moindre mot de sa part. Cela lui parut encore plus dépourvu de sens que la mort de Julie. Il se souvint alors à quel point elle semblait belle, même dans son chagrin. Comme tout cela devait prendre fin, il se résolut à lui envoyer une lettre insignifiante, d'une vexante apathie. Il redoutait tellement de perdre ce qu'il n'avait jamais eu. Il ne reçut jamais de réponse.

Lars s'ensevelit dans la tristesse. Il lut Heine. Plus c'était sombre et mystérieux, noir et maussade, mieux cela valait. Il explora la librairie Andersen et Schou, acheta E. T. A. Hoffmann et Schopenhauer. Il se procura même une arme à feu aux puces, un 7,5 mm nickelé ; mais un jour, profondément plongé dans ses ruminations, il en tira un coup par accident et s'en débarrassa. Il s'accrocha fermement à la vie à travers les apparitions et les revenants. Il lui fallait croire que cette redondance qu'il avait toujours ressentie était bien présente dans son existence, signifiait forcément quelque chose. Et il recommença à écrire. Plus qu'autrefois. Dans un but précis, et plus résolument qu'auparavant. Il écrivit, écrivit et écrivit. Des ébauches, des contes, des idées, des nouvelles. Ce qu'il n'écrivait pas, il le dessinait. Dessiner lui permettait de se souvenir. De sourcils arqués avec mélancolie. Du soleil tamisé par le feuillage. De la croûte de la neige qui crépite en hiver.

Le dernier printemps arriva, il commença à refaire jour.

De nouveaux domestiques vinrent au domaine. Des journaliers suédois. Le nouveau valet de ferme, Ingmar, et la nouvelle servante, Åsa, une fille ronde et souriante avec laquelle Lars flirtait en cachette.

Une fois, à la mi-mars, il se mit à repenser à la belle Sofie Therslin. C'était l'un des premiers jours tièdes du printemps, le ciel d'un bleu de porcelaine nuageux était très calme, les cygnes, poussant de petits cris, volaient vers le nord en formation d'éventail, et la lueur orange et mélancolique du soleil restait plus longtemps et plus souvent suspendue dans les carreaux du pignon. Bien sûr, depuis leur première rencontre elle avait toujours habité ses rêves, son visage enveloppé de fines draperies spectrales planant comme celui d'une fée de lumière au-dessus des eaux agitées du lac d'Udsløse. Dès qu'il l'avait vue, il avait su qu'il lui faudrait la revoir. Et la Nature, qui l'avait recueilli à l'époque où il fuyait sa famille étrangère, le repoussait maintenant avec la même distance glaciale et de la même manière catégorique qu'elle. Il y lut un signe. Il devait repartir de l'avant dans l'existence.

Il fêta ce dernier Noël dans sa famille. Le gros cochon de quatre-vingts kilos avait depuis longtemps poussé son dernier cri d'agonie, été dépecé et salé pour l'hiver, et ses jambons et sa couenne fumés en lard et en échine. Son sang avait été transformé en boudin et mélangé à du gruau de seigle, à des dés de graisse et à des raisins secs, puis le rôti de porc avait été découpé.

Le soir même de Noël, Lars fut envoyé chercher du bois à brûler. Il n'y avait pas de neige, mais il faisait très froid et le vent soufflait fort ; aussi crut-il, lorsque des bruits lui parvinrent de l'atelier, entendre des hallucinations.

Il s'approcha avec précaution de la petite fenêtre en fer forgé toujours fermée à clé. Les outils de son père, onéreux, y étaient rangés. Les bruits provenaient bien d'ici. Il jeta un œil à l'intérieur et aperçut le derrière blanc de son père sur l'établi qui remuait dans tous les sens, et la main de la jeune Åsa lui empoignant les fesses pendant que ses jambes, blanches comme neige dans leurs bas, tressaillaient bêtement de son genou jusqu'à son petit pied recourbé.

Il donna un coup de pied dans le mur et entendit le cri effarouché d'Åsa, puis se rua vers la maison.

Tout lui sembla si évident, d'abord sur le visage de son père, puis sur celui d'Åsa lorsqu'il la bouscula dans le garde-manger parce qu'il savait ce qui s'était passé. Mais apparemment, personne ne s'étonnait de leur absence ni de leurs joues écarlates.

Pendant toute la période de Noël, il tourna et retourna la situation dans sa tête sans savoir comment se comporter, bouleversé. Il avait du mal à regarder son père, Åsa ou sa mère dans les yeux.

Un jour, il rassembla son courage et dit à son père qu'il voulait lui parler.

Il s'était imaginé qu'un aveu de son père lui permettrait de retrouver la paix. Qu'à défaut de pouvoir partager les bons moments de l'existence, ils en auraient au moins un mauvais en commun. Que ses sentiments ne concernassent plus du tout sa mère, mais lui-même, lui serra terriblement le cœur. En outre, il hésitait à aborder un sujet aussi intime avec son père. Il était au fond trop jeune pour formuler les mots qui agitaient son esprit, et son père, trop vieux pour les entendre. Ces mots concernaient une fille qu'il était trop jeune, et son père trop vieux, pour toucher. Il remarqua à quel point son pouls s'accélérait, à quel point son impression d'étouffement l'empêchait de se débarrasser de ce qu'il avait à dire. Et son père ne se conduisait absolument pas comme quelqu'un prêt à rendre le moindre compte, ce qui entamait d'autant plus son courage.

«Bon, de quoi veux-tu parler ? » demanda-t-il, irrité.

Lars n'osa pas. Ce manque de bienveillance allié à cette absence totale de colère, de familiarité et de compréhension pour les tourments du jeune homme le firent taire. L'humiliation de devoir maintenant s'expliquer alors qu'il avait imaginé l'inverse aggrava les choses. Des larmes amères envahirent ses yeux. Il se cacha le visage et tourna les talons.

« Rien, ce n'est rien, dit-il en s'en allant.

– S'il s'agit de Copenhague, les choses sont réglées pour moi. Ta mère me dit que tu vas faire du droit après l'examen de philo. »

Les papiers du consistoire, avec la déclaration de l'université relative à sa demande d'admission, arrivèrent alors que le printemps était déjà bien avancé.

Quelque temps avant son départ, il somnolait sur la pelouse avec un livre lorsqu'il entendit soudain du bruit, là-haut dans la maison. Il jeta son livre dans l'herbe et y courut.

Lars entra. Son père criait à l'étage. Au bruit, il se trouvait apparemment dans sa chambre, qu'il partageait avec William. La cuisinière et l'un des valets de ferme du voisinage s'efforcèrent de lui barrer la route, mais il les poussa sur le côté et se rua dans l'escalier.

Sur le palier, il tomba sur sa mère, qui passa précipitamment devant lui, le visage baissé, une main pressée sur sa poitrine. Elle appela les hommes restés en bas et se retourna vers Lars :

« N'entre pas, Lars. Il est soûl. »

« Voilà l'autre incapable de fils. »

Son père se tenait devant lui. Il ne l'avait jamais vu comme ça. Ses yeux bleus froids étaient rouges d'ivresse, ses cheveux en désordre et sa manche de chemise, en lambeaux. Une trace de sang partait de son sourcil jusqu'à sa moustache noire hirsute, encore plus noire que d'habitude et collée par le sang.

« Que s'est-il passé ? demanda Lars.

– C'est Ingmar. Ils sont montés là-haut et se sont battus, répondit sa mère revenue dans l'embrasure de la porte.

– Pourquoi ? »

Sa mère leva la main à son visage. Elle éclata en pleurs et disparut dans les escaliers.

Son père s'était accroupi devant William.

« Et tu restes juste là à fredonner », lui dit-il d'un ton de reproche. William regardait fixement le carillon, content.

« Il écoute la musique.

– Voilà donc ce colifichet », dit son père. Il s'avança et s'apprêta à taper dessus, mais Lars lui agrippa le bras, de sorte que tous deux atteignirent le carillon, qui se détacha de son crochet, au plafond, et s'écrasa par terre devant la fenêtre, cliquetant. En voulant se libérer de la prise de Lars, son père reçut un coup de coude.

Il se toucha le nez et, à la vue du sang sur le dos de sa main, regarda Lars d'un air enragé.

« Tu lèves la main sur ton vieux père ? cria-t-il, menaçant, en avançant de deux pas vers Lars. Viens ici, petit morveux, que par Satan je te corrige comme tu ne l'oublieras jamais. Approchez si vous l'osez. Vous tous. Vous êtes tous contre moi. »

Lars savait depuis longtemps qu'il était plus fort que son père. Il pouvait lui mettre sur-le-champ une taloche, une bonne fois pour toutes. Mais il y avait quelque chose de tellement furibond dans ce que son père venait de dire. Quelque chose de désespéré.

« Je devrais te plaindre ? Est-ce que *je* devrais te plaindre ? »

Son père ne le frappa pas. Il devint soudain tout pâle, son visage se creusa et il commença à trembler. Sans réfléchir, Lars fit un pas en avant et le prit dans ses bras, réconfortant.

Il remarqua l'haleine alcoolisée de son père tout près de son visage. Ils avaient beaucoup bu dans les communs, lui et les domestiques. Et Ingmar avait dû avoir vent que la jeune Åsa n'était plus vierge, si du moins elle l'était en arrivant au domaine.

C'était comme faire face à un homme totalement inconnu, enlacer une personne dont il ne saurait rien. Il grava dans sa mémoire l'odeur de manille et de sueur. Lars voulut se libérer, mais son père s'agrippa à lui.

« Je m'en vais. Je dois partir d'ici, dit Lars en desserrant l'étreinte de son père.

– Tu... ne vas... nulle part.

– Dès ce soir. Adieu, lança Lars en disparaissant rapidement.

– Alors va-t'en... et emporte toutes tes merdes... avec toi. »

Il se rappellerait toujours cette étreinte. La seule qu'il eût jamais eue de son père. Il savait bien qu'il avait dû parfois le câliner, mais ne se souvenait tout simplement de rien. Si une fois, jeune garçon, alors qu'il s'était fait mal au genou, pensait-il. Il se concentra, afin de toujours pouvoir se souvenir de cette sensation, du contact du corps de son père. L'odeur de tabac et d'habits un peu sales. Il pensa que rien ne pourrait changer avant que ses parents deviennent si vieux qu'il faudrait les traiter comme des enfants. Que lui-même, comme son père, se tiendrait un jour devant un trou dans le sol, à regarder au fond. Et que jusque-là, il serait aussi adulte qu'indifférent.

Il se cacha toute la journée dans la forêt. Lorsqu'il revint le soir, Ingmar et Åsa étaient partis. Son père, couché, dormait et cuvait. Lars prit une échelle et grimpa avec précaution jusqu'à la fenêtre ouverte, puis se glissa à l'intérieur sans réveiller William, lui aussi couché et endormi.

Il ramassa le carillon, le rependit solidement au-dessus du lit et sentit une brise fraîche entrer. Il se retourna et vit William, réveillé.

« Je m'en vais, William. »

Il observa le regard de son frère, qui fixait avec un enchantement pétrifié les morceaux de métal suspendus cliquetant dans le vent. Lars s'affaissa sur le sol et contempla son lit vide. Il tendit le bras en arrière et prit la main de son frère.

« Joue, William. Que le monde t'entende jouer. »

Toute la soirée, sa mère avait guetté Lars depuis le salon. Elle sortit en courant dans la cour et l'implora, en larmes, de rester. Lorsqu'elle se rendit compte qu'il *voulait* s'en aller, elle lui tendit un paquet de billets, pressa ses deux mains sur celle de son fils et la serra fort. Comme si elle ne voulait pas lâcher. Les mains de Lars. Ou l'anneau qu'il portait.

« Je ne peux pas prendre ça, dit-il.

– J'ai obtenu de ton père qu'il te laisse un livret d'épargne. Ce sera télégraphié à ta pension, si tu arrives plus tôt que prévu. Je ferai suivre tes affaires. Tu peux garder l'anneau si... tu peux le garder. C'est le seul objet en or que j'aie. Je t'écrirai à ce propos.

– Je croyais que cela signifiait quelque chose...

– C'est pareil, désormais. »

On appela depuis la maison. La petite sœur était à la porte :

« Où est papa ? cria-t-elle.

– Lars s'en va.

– Adieu, Lars », dit-elle en rentrant.

Lars étudia le visage éploré de sa mère et éprouva un court instant de mélancolie à la pensée de cet adieu, qui n'avait pas été prévu mais qui malgré tout n'aurait pu se dérouler autrement. Pourquoi était-elle restée chez lui ? Toutes ces années ? Il percevait la force des liens qui unissaient les conjoints. Ou bien les enchaînaient l'un à l'autre. Mais il ne les comprenait pas. Il lui manquait le point de départ pour comprendre cette solitude à deux ; ces tables des sentiments dont il fallait connaître le premier chiffre pour comprendre les derniers de la chaîne. Il pensa aussi se confier à elle, lui parler de son père. Mais quelle différence cela ferait-il ? Aucune. Elle savait parfaitement tout cela.

Lars partit d'un pas rapide sur la route de campagne. À proximité d'une ferme, un garçon d'étable lui proposa de le prendre avec lui jusqu'à Frederiksborg.

Plus bas, dans la prairie, la vapeur formait une couche de brume d'un mètre cinquante de haut sur le sol. En cette tiède soirée d'été, le soleil semblait fermement collé au coin nord-ouest de la voûte céleste et ne plus jamais devoir en glisser. La silhouette noire d'un cocher conduisait, dans la lumière poussiéreuse, une carriole fatiguée sur de grands chemins battus par les vents, entre des champs de céréales couleur lilas doré et les lisières de forêts d'un épais vert velouté. Partout dans le paysage, en chemises blanches et pantalons noirs, des paysans et des garçons de ferme levaient leur chapeau pour saluer la voiture qui emmenait un jeune homme sur la route de Copenhague.

8

La pension de Mme Brandt se trouvait dans un immeuble en bois défraîchi, en plein quartier latin. L'ensemble du bâtiment, ainsi que les constructions voisines auxquelles il se raccordait, étaient un peu de travers ; aussi avait-on l'impression que chaque partie soutenait l'autre.

À l'intérieur de la petite cour, il y avait une galerie et, derrière, une dépendance où un cocher de corbillard, alcoolique, vivait avec sa femme et ses sept enfants. À côté de leur abri précaire en planches écaillées, aux coins bâillant et aux croisées de fenêtres pourries, se trouvaient les « toilettes », ou lieux d'aisance, comme Mme Brandt préféra les appeler lorsqu'elle fit visiter à Lars.

De chez le boulanger, de l'autre côté de la cour, s'échappait de la poussière blanche par les fenêtres ouvertes ; et dès le petit matin on entendait les gars pétrir vigoureusement la pâte à pain blanc et manier à grand fracas plateaux à four et moules à levain. La cour ne connaissait par ailleurs que la cacophonie habituelle des pleurs d'enfants, aboiements de chien et agitation de gras pigeons des gouttières.

Depuis la rue Lars Peder montait aussi, de bon matin, le vacarme des voitures de vidange, et des véhicules de brasseurs ou d'approvisionnement des nombreuses boutiques et épiceries de la rue. Sous la chaleur de midi, le soleil inondait la rue relativement déserte, ses petits marchands, leurs chapeaux et leurs parasols, ainsi que les nourrices qui se promenaient avec leurs bonnets campagnards et leurs voitures d'enfants à trois roues. En face, de biais par rapport à l'immeuble, un grand marronnier étendait son ombre dans chaque direction. Le soir, lorsque l'obscurité descendait, des essaims de moucherons voletaient dans le soleil rouge, traçant des fils invisibles sous ses grandes feuilles.

La pension était dirigée par Mme Brandt, dont le mari, le lieutenant Brandt du 1er régiment, était tombé au cours d'une retraite peu glorieuse à Sankelmark, en 1864. L'amertume d'avoir perdu son homme avait pris la forme d'une sagesse devant l'existence dont elle instruisit Lars dès son arrivée :

« Soyez attentif à vos études, et profitez de chaque seconde de la vie. Elle passe si vite. »

Elle le conduisit dans les combles de l'immeuble, où étaient aménagées de petites chambres. La mansarde de Lars se résumait au strict nécessaire : deux petites pièces, un lit dans l'une, une table et une chaise, une vieille armoire et un rayonnage dans l'autre. Il n'y avait pas de poêle, mais un plaid disposé sur la chaise, qu'il pourrait enrouler autour de ses pieds en travaillant. Le lit, dans l'autre pièce, était un peu plus soigné. Sur la paille se trouvaient deux épaisseurs de toile à matelas et deux de fil d'étoupe, deux traversins, ainsi que deux petits coussins et un grand en futaine. Lars Mikkelsen pourrait se cacher dans cet igloo si les courants d'air des fenêtres ou le long du sol devenaient trop forts. Cela ne l'effrayait pas. Il se souvenait encore des hivers où lui et William étaient couchés dans la chambre glaciale de Rørsmindegård, avant que le givre ne s'accumule sur le mur, rampant comme une toile d'araignée.

« Ça ne fait rien, pour le poêle, dit-il.

– Pour l'instant. Mais attendez l'hiver, répondit Mme Brandt en indiquant le coin lavabo, à côté de la table de travail. Lorsqu'il se met à faire froid, l'eau gèle.

– Je prends quand même volontiers les chambres, déclara Lars.

– Oui, oui, vous n'avez peur de rien, conclut-elle comme pour mettre ses propres réserves et reproches dans la bouche de Lars, qui ne faisait aucune objection. Je précise également que le prix est honnête, dit-elle en entraînant Lars, qui ne s'était jamais plaint du prix. Venez saluer les autres résidents. »

Pendant que la fessue Mme Brandt se dandinait devant lui, il eut l'occasion d'étudier de plus près cette femme fantasque. C'était une petite dame lourde, qui cherchait un peu son souffle à cause de « toute cette agitation à monter et descendre les escaliers », ce qu'elle abandonnait en temps normal à la fille de chambre Tine, dont on entendait toujours le pas dynamique à un endroit ou un autre de l'immeuble. Les cheveux gris de la veuve Brandt, bien tirés, formaient dans son cou une petite protubérance irrégulière. Lars comprit qu'on avait télégraphié pour prévenir de son arrivée précipitée.

La plupart des chambres n'étaient jamais louées pour une longue période, mais réservées aux paysans et commerçants qui venaient en ville, parmi lesquels se trouvaient beaucoup d'habitués. Lise Carlsen, la nièce célibataire de Mme Brandt, habitait dans l'une d'elles à l'entresol, presque en face de celle de la veuve. C'était une grande pianiste rousse aux yeux presque noirs, à l'élégante peau de porcelaine blanche bleuâtre et aux longs doigts parsemés de taches de rousseur. Elle était passée par l'institution de Holsteinsminde pour enfants négligés, et ne faisait plus que laisser monter au ciel le tintement de ses notes tintinnabulantes depuis la pension. De nature assez timide, elle semblait avoir totalement renoncé à se marier. On la voyait souvent dans le séjour à jouer du piano, pendant que Mme Brandt était occupée à son ouvrage de couture pris dans l'armoire à linge. Jouer du piano constituait le seul écart de Lise Carlsen, personne très religieuse dont le mode de vie ascétique se résumait à s'imprégner profondément du pasteur Frimodt, sauveur des tentations, dont les prêches pleins d'emphase aux bons samaritains de l'église Saint-Jean multipliaient les évanouissements.

« Elle est si exigeante. Vous pouvez vous en rendre compte à sa manière de jouer », dit Mme Brandt après avoir présenté la demoiselle à Lars.

Celle-ci s'était ensuite rassise devant sa partition pour faire résonner quelques mélancoliques accords en bémol mineur à travers la pièce et la salle de séjour attenante, où le lieutenant-colonel à la retraite Skou se dissimulait derrière *Fædrelandet.* La première chose que Lars remarqua du lieutenant-colonel décoré fut sa jambe de bois, qui comme une crosse de fusil jaillissait de derrière les épaisses portières et reposait sur un petit pouf. Il était si absorbé par sa lecture que Mme Brandt dut s'éclaircir la voix pour qu'avec un certain déplaisir, il rabatte son journal grand comme un drap, imprimé en caractères Antiqua.

Le lieutenant-colonel à la retraite Skou se comportait comme s'il avait pris racine dans le coin lecture de la pension Brandt. Sur une petite table à sa gauche était posée une cage en métal, avec un perroquet vert qui se balançait sur un perchoir. C'était Monrad[1], du nom de l'ancien président du Conseil, que le lieutenant-colonel avait acheté à la douane à un capitaine convoyant du bordeaux. Monrad, auparavant fort bavard, avait eu sa place attitrée sur l'épaule du lieutenant-colonel, mais était devenu maussade et taciturne depuis qu'on ne le sortait plus de sa cage. De temps à autre, il s'évadait grâce à une atroce chanson de marin dont il sautait quelques couplets ou lançait soudain sans raison une insulte à un passant, mais sinon se montrait silencieux, se balançant sur son perchoir, agité.

Le lieutenant-colonel était un homme grand, de belle prestance, à la barbe et à la chevelure blanches, toujours impeccablement habillé en veste, jabot de veau blanc, col droit et nœud de soie tout fait. Assis dans son fauteuil, il aimait discuter les articles de *Fædrelandet* sur des affaires du monde, avec lesquels il était en général d'accord. Aussi entendait-on surtout monter du coin lecture des bourdonnements approbateurs, pendant que sa main tâtonnait quelques instants sur une petite table derrière le journal avant d'atteindre un verre de schnaps. La guerre et ses exploits peu glorieux, qui tant d'années après la déroute était devenue l'esprit même du lieutenant-colonel, avaient marqué son caractère d'une fierté inflexible et son maintien d'une grande droiture. Seul son nez, qui avait les dimensions, l'aspect un peu noueux et l'irrégularité d'un topinambour, révélait qu'il n'appartenait pas à la classe des maîtres. Dans son coin, plein de verve et avide de discussion, le lieutenant-colonel ressemblait, avec ses petits yeux en épingle très rapprochés sous des sourcils blancs et touffus qui se rejoignaient, à une boule de méfiance neigeuse.

1. Ditlev Gothard Monrad (1811-1887) : politicien et théologien danois. Très lié à la presse nationale-libérale, il joua un grand rôle dans les événements de 1848, devint évêque en 1849 puis président du Conseil (1863-1864).

Il lui manquait la dernière articulation d'un index, ce qui lui donnait, au rythme de ses ingestions de schnaps, l'occasion de nombreuses considérations héroïques sur les temps de guerre, alors que la vérité était évidemment bien plus prosaïque : Mme Brandt lui murmura un jour à l'oreille de Lars que Monrad l'avait mordu.

À la pension habitait en outre le fils d'un prêtre de Thy, avec qui Lars se lia rapidement d'amitié. Cet étudiant en théologie de vingt-trois ans, Jens Peder Mønster, personnalité quelque peu effacée aux yeux tristes mais intelligents, attira tout de suite le jeune provincial.

Mønster habitait au même étage que Lars, au bout du couloir. Leurs petits appartements étaient identiques, sauf que celui de Mønster, un peu plus grand, disposait dans sa chambre d'un poêle relié à la cheminée. Mais là où chez Lars régnait un grand chaos longtemps encore après son emménagement, sur les deux pièces de Mønster pesait un ordre presque militaire que le lieutenant-colonel aurait apprécié. Au milieu d'une mosaïque d'images de chez lui se trouvait, accroché au mur, un portrait de toute sa famille : le prêtre de Thy se tenait derrière en *magnus pater* sanguin bénissant les siens les bras ouverts, avec l'infini pardon de la foi et un reflet d'argent sur ses grandes mains dû au révélateur du daguerréotype.

Mønster avait un certain nombre des traits rudes de son père. Les pommettes hautes, les joues creuses et les petites lèvres fortes. Mais le père, avec sa chevelure assez rare et sans barbe, ressemblait à un véritable roc, ses traits marqués et son menton rasé de près soulignant l'autorité d'un chef et la gravité de la religion ; alors que Mønster s'était autorisé une élégante moustache, dont il s'occupait presque avec une vanité d'artiste. Lars trouvait qu'il se présentait avec la dignité patentée du prêtre, même s'il n'en avait pas réellement conscience, à laquelle répondait une douce ampleur dans sa conception de la vie, dont il était par contre très conscient. Il s'agissait là d'une caractéristique élaborée avec difficulté, qui s'écartait considérablement du piétisme rigoriste et réactionnaire de l'engeance des pasteurs. Avec les années, il était devenu un grand admirateur du philosophe Rasmus Nielsen, alors célèbre et très controversé, qui par ses tentatives de bâtir des ponts entre tradition et progrès, entre foi et connaissance scientifique, s'était exposé aux critiques à la fois des nationaux-libéraux[1], qui redoutaient l'avenir, et des forces plus radicales, qui redoutaient le passé.

Mønster fut tout de suite attiré par la lueur d'émerveillement qu'il vit briller dans les yeux du jeune Mikkelsen devant la grande ville et sa nouvelle vie. Il lui renvoyait une certaine image de lui-même qui, plusieurs années auparavant, avait quitté la campagne plein de rêves déjà à moitié prêts à éclater, selon lesquels la ville devrait accomplir pour lui les miracles dont il était incapable. Cet été, il avait visité l'Exposition universelle à Paris et été impressionné, naturellement, par les progrès et les machines futuristes qu'il avait vues, mais aussi par l'immense étendue physique et les capacités intellectuelles du pays. En comparaison, la soif de grandeur du Danemark passait pour comique. On trouvait bien des fiacres de la même élégance dans les rues de Copenhague, qui atteignaient aussi, ici ou là, les dimensions des boulevards parisiens ; ses modèles architecturaux ; l'art ou les visions philosophiques du pays égalaient sporadiquement l'éclat de ce qu'on trouvait en France, mais le Danemark ne restait finalement qu'un fragment de rocher grossièrement taillé face à la mer du Nord, agrandi d'une série de petits morceaux de silex posés dans les détroits. Cette reconnaissance de la petitesse du Danemark le fit tomber sous l'emprise d'un amour malheureux pour une beauté parisienne, et il comprit que l'ardeur et la souffrance qui brûlaient dans les jolies filles des grandes nations étaient sa propre âme danoise, blême, effarouchée et mélancolique. Une âme si étrange qu'il réussit au mieux à comprendre et reconnaître cette frontière, ligne de démarcation de ses propres possibilités, son lot dans la vie. Ses utopies intimes étant en voie de liquidation rapide, il prenait plaisir à voir brûler en Mikkelsen ce feu qui jadis brûlait en lui, quoique avec des flammes moins hautes. Mønster avait préféré se retrancher

1. Fer de lance de l'opposition libérale au milieu du siècle, à l'époque de la lutte pour l'obtention de la « constitution démocratique » de 1849, les nationaux-libéraux s'affaiblirent après la guerre des Duchés et formèrent le parti de la droite (*Højre*), conservateur, représentant les fonctionnaires et les propriétaires fonciers.

derrière ses dehors élégants. Il était conscient que ses veston à basque, veste, montre à gousset en argent, faux-col raide avec cravate, chapeau haut-de-forme et canne ornée de jade, toute sa considérable consommation de vêtements palliait sa faillite intérieure et sa santé chancelante. Aussi, sa rencontre avec le beau provincial naïvement impressionné, aux saines joues rouges et aux bras puissants sous son simple manteau de bure bleu, constituait une jouissance quasiment douloureuse. Cette insouciante foi en l'avenir. Cette confiance aveugle en ses propres facultés. Cette foi en l'acceptation franche de son prochain. Et, par-dessus tout, cette force de la jeunesse qui lui permettait d'escalader les escaliers par bonds de chat, alors que Mønster s'y traînait comme Mme Brandt. Et, surtout, il n'avait pas cette maudite toux.

Les premiers soirs, Lars dîna avec tous les résidents de la pension. Ils mangeaient en silence, lapant leur soupe à grand bruit lorsque le lieutenant-colonel reposa sa cuillère et s'essuya la bouche.

« Alors, monsieur Mikkelsen, dans quoi allez-vous vous lancer lorsque vous aurez votre diplôme ? »

Lars marmotta quelques commentaires réservés sur le droit, mais souligna que la philologie lui trottait dans la tête.

« Et le service militaire ? demanda le lieutenant-colonel. Où et quand devez-vous y aller ? Vous ne ressemblez guère à ces jeunes asperges danoises qui n'ont pas la force de charger un fusil à aiguille ? »

Il lança alors un regard lourd de reproche en direction de Mønster, qui chuchota à Lars :

« Ça y est, on va avoir droit à la guerre. »

Lars s'efforça, par quelques formules énigmatiques, de faire bien comprendre qu'il avait l'intention de laisser ses projets militaires un peu de côté, mais le lieutenant-colonel l'interrompit, clignant de l'œil, et se tourna vers Mønster, méfiant :

« Qu'en dites-vous, Mønster ? Oh oui, je vous ai bien compris. Je sais tout de votre point de vue chlorotique, soi-disant humain, sur l'armée. Mais croyez-moi, c'est lorsque la guerre prend fin que la véritable guerre commence. Non, il n'y a plus de Prussiens pour marcher dans les rues danoises. Mais il y a les juifs. Vous ne fraternisez pas avec cette famille

Levi, peut-être ? Ça fait joli, alors que Bismarck chasse ce peuple égaré et sans foyer. Comment se fait-il que ça aille si bien pour eux, qui entrent et sortent sans relâche de la Bourse, avec vos traites et vos créances sous le bras ?

– Mais, objecta Mønster, le lieutenant-colonel sait bien que je viens d'une ancienne et respectable famille de pasteurs du Jütland ?

– Des pasteurs, ah ! explosa-t-il de colère, en cognant par terre de sa jambe de bois. Lisez donc votre Bible, où Dieu tout-puissant interdit la violence, alors qu'elle règne parmi les hommes sur terre. À l'époque, les hommes imaginaient la colère des dieux. Œil pour œil. Les chiens de rue recevaient le contenu des latrines. »

Lise Carlsen reposa brutalement sa cuillère.

Mme Brandt tira la manche du lieutenant-colonel :

« Vos métaphores, Skou, nous mangeons !

– Mais il s'agissait aussi des juifs, dit Mønster.

– Bon, rétorqua le lieutenant-colonel, les yeux brillants, voilà les apôtres de l'Église devenus de pieux agneaux ? Sans doute avez-vous appris des juifs comment on tire la couverture à soi ? » Il agita un bout de doigt menaçant. Monrad, instantanément intéressé, tourna la tête et cessa son balancement.

« Les généraux Rye et Schleppegrell. Les héros de 1848[1]. À l'époque, il y avait des hommes. En eux tempêtait un sang non contaminé, dense comme le jus des baies danoises les plus épaisses.

– Nous allons effrayer M. Mikkelsen avec tout ce bavardage guerrier », lança Mme Brandt d'un ton las, signal secret adressé au lieutenant-colonel, protestation silencieuse pour qu'il ne poursuive pas son histoire. Mais, comme en vertu d'un rituel précisément étudié entre eux deux, le lieutenant-colonel finit par incendier la jeunesse d'aujourd'hui, ses habitudes suspectes et ses idéaux douteux, son ignorance de la guerre véritable, de sa nature et de sa nécessité ; ce qui pour Mme Brandt revint une fois de plus à demander la permission

1. À l'époque, les Duchés germanophones s'étaient déjà agités, mais le Danemark, soutenu par l'Angleterre, avait réussi à rétablir la situation.

de s'attarder sur le souvenir du vieux M. Brandt. La retraite de Sankelmark avait été tout sauf héroïque, mais c'était M. Brandt, assura le lieutenant-colonel, qui avait héroïquement contre-attaqué à travers les lignes allemandes pour sauver le lieutenant-colonel, gravement blessé, la jambe arrachée sous le feu croisé.

« Les médailles que je porte lui reviennent en réalité », confia-t-il avec une emphase involontaire avant de se pencher sur la table et de serrer les mains repliées de Mme Brandt, son récit ayant tiré des larmes de ses yeux vitreux et rêveurs.

Lise Carlsen, qui s'était tue pendant le dîner, finit par fermer les yeux et dire :

« Ne pourrait-on pas cesser de parler de cette... guerre désespérée ?

– Nous nous sommes défendus, parce que nous sommes un pays. Et nous sommes un pays, parce que nous nous sommes défendus. Les jeunes d'aujourd'hui se trompent en croyant que l'on peut parler raisonnablement avec les Allemands. Ils se trompent lorsqu'ils croient que le monde est désormais trop civilisé pour partir en guerre. Il y aura toujours des guerres. Dès que Bismarck n'aura plus intérêt à la paix. Ne croyez pas qu'il en a fini avec nos petits pays timides. Un jour viendra où les traites des juifs devront être acquittées. Mais croyez-vous que ce seront les synagogues qui paieront ? Et on ne peut plus compter sur les Norvégiens et les Suédois. Ils nous plaignent tellement, engourdis de froid, mais perdront immédiatement tout courage au bruit d'une déclaration de guerre, comme leurs maudits sapins perdent leurs aiguilles. Non, il y aura toujours des guerres. Il y en a depuis qu'il existe des hommes. Et il y en aura tant qu'il en existera... » Il tourna diaboliquement le visage vers Lise Carlsen : « Et il n'y a pas de Dieu de Justice.

– Skou, pourtant... »

Lise Carlsen pâlit, comme prête à s'évanouir. On décida d'interrompre le dîner.

Par une tiède nuit de juillet, Lars resta longtemps, avant de s'endormir, allongé sur son lit les mains derrière la nuque. Il avait ouvert les fenêtres et contemplait le ciel, délicatement parsemé d'étoiles. Il s'accoutumait aux bruits de la maisonnée. Une conduite d'eau gargouillant comme un estomac aux points d'évacuation, un petit murmure entre les cloisons, des souris ou rats derrière le bois. Il repensa à chez lui, à Rørsmindegård, et vit le visage de William fixant la harpe éolienne étincelante. Il entendit ses parents, qui dormaient d'un sommeil de plomb. Alors que le renard rôdait dans les champs. Et que le chien de garde grondait et faisait cliqueter sa chaîne dans la cour.

Comment allait-il s'en tirer ? Il ne doutait pas un instant que sans l'argent de son père, il était perdu. Ses paumes devinrent moites à la pensée du comportement misérable de ce dernier. Son propre père, surpris comme un minable hypocrite, esclave de ses bas instincts. D'une certaine manière, que le grand chef chicaneur ait été percé à jour dans toute sa tartufferie creuse le réjouissait. D'un autre côté, son adultère avec Åsa s'était certainement répandu par commérage dans toute la paroisse, et tous pouvaient dire que le grand marchand et propriétaire terrien de Copenhague, qui ne craignait pas de prêcher la bonne moralité, n'était certainement pas sans tache. Les instincts les plus primitifs du genre humain. La honte. Comme toujours, les innocents étaient les plus durement frappés. Lui et le reste de la famille. Il ne retournerait jamais là-bas.

Tout le printemps, il l'avait haï. Le plus douloureux était qu'il avait eu besoin de son aide pour s'échapper de la maison et se soustraire à sa vue. Déshonneur sur déshonneur. La représentation finale dans la chambre des enfants avait fait confiner à la nullité définitive une pièce pitoyable, où cet homme sans amour avait en plus cherché à se dérober.

Et sa mère en pleurs. Il frémit en pensant à cet adieu pathétique. Sa famille se montrait insensible à toute émotion du cœur, puis excessivement sentimentale. Typique. Il fourra la main dans la poche de son pantalon, trouva l'anneau que sa mère lui avait donné et le tourna et retourna à la lumière de la lune. L'or coulait, jaune soufre, veine brillante dans un ruisseau de plomb. Et son père, qu'il n'avait jamais vu pleurer, était resté là, proche du choc nerveux, seul déchargement d'émotion dont il pourrait se souvenir en dehors de sa nature ordinairement grognonne et de ses accès de colère réguliers.

Il n'avait aucune idée de ce à quoi allait ressembler son propre monde, mais se promit qu'il serait différent. *Lui-même* devait être différent. Comme en tout autre jeune homme battait en lui un pouls droit et honnête, un cœur encore naïf et non corrompu qui distinguait le vrai du faux, et qui ne pouvait ni ne voulait faire de compromis. Une pensée en entraîna une autre, et elles dérivèrent peu à peu de ces sentiments si complexes vers des abstractions plus aisées à manier. Il s'imagina des régions reculées du pays où de petits bourgs s'endormaient, et où peut-être un veilleur somnolent couvait son sentiment messianique onctueux comme un berger qui, au milieu de la nuit, se déclarerait grand protecteur de l'univers, chef supérieur des moutons, défenseur des enfants des hommes. Comme son propre père tout-puissant, qui n'était pas si puissant que ça.

Les rues étaient calmes. La plupart des gens dormaient depuis longtemps. La lune, levée, éclipsait un ciel d'été lumineux, où il était difficile de discerner les étoiles. Il regarda le grand treillage traverser lentement le ciel et le triangle d'été au sud-ouest. Deneb, Véga et Altaïr. Accompagnées de quelques planètes particulièrement brillantes. Un véhicule de voirie roula en bas sur les pavés. Il se réveilla d'un léger assoupissement au bruit soudain de la chambrière d'un cocher arrivant en sens inverse, et fut d'un coup tout éveillé. Il se leva et alluma sa petite lampe à pétrole, sur son bureau. Il restait près de deux mois avant le début de ses études. Il compta le paquet de billets que sa mère lui avait glissé dans la main, le cacha avec l'anneau, puis trouva le calendrier de l'université emprunté à Mønster et le parcourut.

Il feuilleta les tables des planètes et les phases de la lune. Il y trouva aussi un compte rendu de la création du monde (en 3967 avant Jésus-Christ) selon Longomontanus[1]. Un récit auquel croyait encore sa mère malgré les fouilles des géologues et des archéologues dans les couches stratigraphiques du

1. Christian Sørensen Longomontanus (1562-1647) : astronome danois qui tenta de concilier les systèmes de Ptolémée, de Copernic et de Tycho Brahé (*Astronomia danica*, 1622).

monde entier. Malgré les outils et les tessons de poteries plus anciens de milliers d'années, et des fossiles datant de millions d'années. Il pouvait s'avérer difficile de dépasser, de se libérer des traditions et de la foi en les anciens dieux. Même pour ceux qui devaient pourtant le savoir.

9

Lars consacra ses deux premières semaines à vagabonder à travers la ville et à mettre en ordre ses deux petites pièces. Comme convenu, sa mère fit envoyer ses affaires. Elles arrivèrent par voiture à bras, depuis la gare centrale d'Axeltorv. Il traîna jusqu'à sa mansarde ses rares biens, qui en plus de l'épée consistaient surtout en livres et papiers, et se consacra au manuscrit auquel il avait travaillé ces dernières années au lycée.

Alors qu'il envisageait avec déplaisir de passer une éternité à la merci des humeurs de son père, il avait décidé, au fil de ses ruminations nocturnes et de ses soudains réveils en nage, de donner un autre cours à son existence. Cette dernière venait de prendre un tour inattendu : l'année qui commençait, quoi qu'elle pût lui apporter, constituerait à la fois un long ajournement et un long prélude à une nouvelle confrontation épuisante avec son père à propos de ses futures études, et donc du reste de sa vie. Il savait que le terne caractère commerçant de son père n'approuverait jamais quelque chose d'aussi peu rentable et abstrait que la philologie ; et il savait aussi que son propre être, esthétisant et mélancolique, se fanerait et mourrait si aux années d'études devaient succéder d'autres années d'études, puis une longue vie parmi les textes de lois dans un bureau d'avoué ou les tampons encreurs et les procès-verbaux d'un quelconque ministère. Lars ne pouvait pas non plus s'imaginer dans le monde des marchands. Il était totalement impropre à toute forme de commerce, car le mécanisme relativement simple qui régissait l'univers mercantile, c'est-à-dire acheter un produit et le revendre avec une petite plus-value, le répugnait au point d'avoir suscité chez lui une aversion de conscience piétiste, qui estimait que prendre davantage pour une marchandise que ce qu'on avait soi-même donné était du vol. Il ne trouvait rien de plus inintéressant que les marécages des cotations du café ou des comptes rendus de la Bourse dans les journaux, que son père avait toute sa vie étudiés avec l'intérêt passionné d'un amoureux. Des mots comme produit de vente ou répartition sur des bases de réciprocité lui semblaient relever du domaine du châtiment moral, et leur valeur utilitaire le plongeait dans les mêmes abysses négatifs où son père plaçait des verbes pleins de sens ou de jolis mais inutilisables bons mots latins. Leurs mondes étaient si différents que même un aveugle aurait vu ce qui les séparait. Il n'avait jamais complètement compris que quelqu'un d'aussi techniquement habile que son père, avec tout son génie commercial et son tempérament sociable, puisse se montrer si borné vis-à-vis des dimensions de l'existence qui ne concernaient pas les lingots d'argent ou les traites bancaires. Les céréales et les épices correspondaient pourtant, dans une perspective matérialiste, à la réalité physique d'un roman ; et les spéculations auxquelles il participait étaient bien à leur manière aussi impalpables et fugitives que des poèmes que l'on récitait, des aphorismes philosophiques ou des accords de piano. Avec les années, Lars réalisa vaguement, de plus en plus étonné, que l'incapacité de son père à se laisser entraîner par la sonorité d'un morceau de piano évoquant des gouttes tombant d'une stalactite, ou par une connaissance vertigineuse des énigmes de la vie des hommes, ne relevait pas de la pure mauvaise volonté : cette aptitude lui faisait tout simplement défaut. Il s'agissait d'un rejet caractéristique de tout ce dont on n'était pas soi-même capable, de ce qu'on craignait parce qu'on ne le comprenait pas. C'était la conséquence d'avoir négligé une dimension spirituelle dont on avait peut-être été pourvu au début, mais qui s'était dérobée, au bénéfice d'une adoration temporelle de tout ce qui était défini par un montant ou qui avait une forme permettant qu'on morde dedans, ou qui pouvait crépiter entre les doigts, avant d'être empoché. Lars ne voulait pas recevoir ne serait-ce qu'un øre [1] s'il pouvait l'éviter. Il ne lui restait que la plume et l'encre.

1. Centième partie de la couronne.

Lui qui avait cru disposer d'une vie entière pour écrire devait maintenant écrire pour vivre.

Lars savait que même s'il réussissait dans un an à imposer de haute lutte un choix d'études qui, aux yeux de son père, constituerait le meilleur chemin vers l'oisiveté ou la pauvreté, défendre une nouvelle fois sa raison d'être l'épuiserait. De plus, il serait toujours aussi insatisfait de demeurer totalement dépendant des moyens de son père, que celui-ci, avec son dédain coutumier, considérerait comme des aumônes.

Le roman par lequel Lars s'était un jour imaginé inscrire son nom dans l'immortalité s'intitulait *Le Meurtre du roi Godfred* ; mais étant donné les circonstances, il le vouait désormais à la mission plus prosaïque de le sauver des griffes du seigneur terrien. Il retrouva le manuscrit tout au fond de son havresac, petit paquet compact de feuilles in-octavo repliées, numérotées et enveloppées d'une épaisse ficelle.

Lars ne l'avait pas relu depuis un certain temps. Il le sortit de son emballage et commença à en tourner les pages, tendu. Comme tout écrivain qui se confronte à des textes ébauchés ou pas tout à fait récents, il clignait de temps à autre des yeux, déconfit dès l'introduction d'avoir écrit son nom sur cette prose maladroite. Mais page après page, il s'immergea dedans. Assis sur ses talons, il s'y engloutit, et constata avec soulagement que tout n'était pas bon à jeter. Il se releva, gagna son bureau, attrapa sa plume métallique et la trempa dans son encrier, retourna au début et s'attaqua aux ajouts et corrections nécessaires. Il remit la plume à sa place dans l'écritoire, alluma la lampe à pétrole et continua sa lecture.

Après être resté enfermé plusieurs jours, il s'affaissa par terre, étourdi, exténué et au bord de l'abandon. Il n'avait jusqu'ici couru que de courtes distances. Écrit des nouvelles. Un roman représentait pour lui une éternité. L'escalade de sommets couverts de neiges éternelles. Une montagne à gravir. Un Mont-Blanc.

Un soir, Mønster frappa à sa porte en toussant et cria que Lars devait donner signe de vie en donnant trois coups, sauf s'il était mort... Il se traîna vers la porte et l'ouvrit.

« Doux Seigneur, s'exclama Mønster en voyant Lars, les cheveux sales et hérissés, le menton bleui de poils raides. Vous avez l'air de quelqu'un qui a besoin d'un verre d'absinthe. Ou d'un revolver « bouledogue ». Arrangez-vous, nous sortons en ville. »

À l'époque, Copenhague s'étendait à partir du Sønder Boulevard, au-dessus de l'actuelle Rantzausgade, qui alors s'appelait Nordvestvej et était limité par une clôture en planches. Les zones maraîchères qui se trouvaient derrière et s'étendaient jusqu'aux fermes les plus proches étaient appelées le quartier de la rhubarbe, car on y cultivait surtout cette plante. Nørrebro s'arrêtait à *La Taverne du Phare*, sur Frederikssundsvej. Østerbro consistait en villas et en domaines patriciens petits et grands, et rappelait un village avec ses chemins de terre, ses champs et ses horticulteurs. Près de Kastelsvej se trouvait la zone d'entraînement du Génie, et entre les actuelles Viborggade et Strandpromenaden se situait le Fattiges Dyrehave. Une allée de grands arbres longeait Strandpromenaden, à laquelle étaient reliées par de petits ponts sur un long fossé de belles villas silencieuses cachées dans des jardins ombragés. C'est là qu'habitait la talentueuse écrivain Rebekka Levi, que Mønster connaissait notamment par son fiancé, Sigurd Dreyer.

Lars ne connaissait Copenhague qu'à travers les images de daguerréotypes et les xylographies de vieux numéros de *Illustreret Tidende*[1]. Il avait oublié l'essentiel de ce qu'enfant il avait vu de la ville et ne retrouvait pas ce dont il se souvenait. Presque aucune des lignes péniblement tracées dans le bois dur par le xylographe ne s'accordait avec ce qu'il découvrait maintenant. Le fort était tombé depuis longtemps, ainsi que la dernière redoute. Du vieux rempart nord ne restait plus que la tour de Jarmer, la tour du Coq ayant été détruite avec le port nord.

«Avez-vous tenté de vous suicider ? » demanda Mønster.

Lars sourit. Ses oreilles bourdonnaient encore de son manque de sommeil et de sa concentration intense. Il remarqua un fourmillement continu, marque de fatigue, sous ses joues et ses yeux.

1. Journal danois (1859-1924) illustré à la xylographie, qui traitait d'actualité, notamment littéraire. On y trouva des photos à partir de 1885. Georg Brandes y collabora.

« J'essaye... J'essaye d'écrire un roman.

– Ah, dit Mønster. Le grand roman de notre époque. Voilà qui peut tuer n'importe qui. »

La ville sommeillait dans la lumineuse et silencieuse soirée d'été. La plupart des gens étaient encore à la campagne, aussi entendait-on surtout, dans les rues et ruelles, le cliquetis des bouteilles et les chamailleries d'ivrognes bruyants sortant des tavernes en sous-sol.

Ils traversèrent la ville de part en part, tout en discutant et en entrant dans une ou deux tavernes, mais il n'y avait aucun signe de vie en dehors de quelques ivrognesses et femmes douteusement accoutrées.

« C'est drôlement mort, cet après-midi », dit Mønster.

Au fur et à mesure des bols de punch, des absinthes et des bières, les deux jeunes hommes commencèrent à se confier leurs rêves d'avenir. Mønster avait souhaité satisfaire à une époque les attentes de sa famille et entrer à l'université, mais rêvait d'autre chose. Lars voulait écrire. C'était clair et net. Mønster voyait son propre avenir de manière plus modeste et moins précise. Pour l'instant, il pensait chercher une place d'enseignant et finir dans une quelconque bourgade de province, sans aucun doute destiné à la vertueuse fille aînée du pasteur local. « Si toutefois quelqu'un accepte d'épouser un tel nigaud », comme il disait, voué qu'il était à insuffler un peu de l'esprit de la grande ville aux naïfs enfants des campagnards, ces petits morveux crasseux qui se dandinaient en sabots et vivaient sous des faîtages écroulés ou dans des ailes de fermes noircies au goudron.

« Ça doit être bon d'avoir les idées aussi claires, dit Mønster, surtout si jeune. »

Tous deux étaient instruits. Philosophie et romantisme danois et allemand constituaient l'arrière-plan culturel de Lars, ainsi que naturellement Walter Scott, Byron et Shelley, Paul de Kock, Eugène Sue et Xavier de Montépin, plus quelques autres frivolités lues en douce à la bibliothèque municipale de son enfance. Il ne connaissait que peu la nouvelle littérature française, et pas du tout des auteurs dramatiques comme Augier, Sardou, Feuillet ou Barrière, fréquemment joués au Hofteatret ou au Folketeatret. Mønster, comme Lars, connaissait son Shakespeare. Son père avait en son temps ardemment participé au débat autour de l'évêque Mynster[1] et Kierkegaard, aussi le célèbre philosophe lui était-il très familier. Mais il était également au fait de toute la dernière littérature traduite : Tourgueniev, Spielhagen, Balzac, Cherbuliez, Flaubert, Daudet et Zola. Parmi ceux-ci, Lars n'avait lu que Balzac.

Intéressé par les livres, Lars avait évidemment, à l'époque de Frederiksborg, regardé d'un œil vigilant la nouvelle littérature, en suivant de son mieux les noms qui apparaissaient. Ni lui ni Mønster n'étaient très impressionnés par leur niveau. Ils s'amusaient à creuser de vilains exemples tirés de livres récents et trouvaient l'emphase solennelle de cette littérature romantique présentée de façon anachronique aussi bouffonne que des pans entiers de la prétendue « nouvelle littérature », dans laquelle des auteurs contemporains débattaient compulsivement des problématiques les plus sottes, en oubliant apparemment que la grande littérature avait toujours, sous une forme ou une autre, abordé les questions fondamentales de l'existence. En même temps, tout jugement pénétrant sur la littérature semblait abrogé, car ce n'était pas de littérature que l'on traitait.

« C'est pourquoi j'ai presque totalement cessé de lire les critiques, dit Mønster. Ils ne parlent que de l'ambition des personnages, de pouvoir et d'influence, de politique et de positionnement. Cet éternel “positionnement”. Quel bourbier. Comme s'il fallait se limiter à une littérature si maladroite, naïve et imparfaite qu'elle ne constituerait aucune menace pour les dévots journalistiques et académiques. On dirait presque, par Dieu, que dans la presse de droite, on aime la littérature programmatique qui est précisément publiée parce qu'elle est si facile à identifier que la démolir est un jeu d'enfant. Cela leur épargne d'avoir à creuser plus profondément les textes, et ne les contraint pas à remettre en question leur flair artistique ni leurs capacités de jugement. Tout cela est si facile ! Presque rien ne s'élève au-dessus d'une langue lourde souvent appauvrie. On fait d'abord valoir son indigna-

---

1. Jakob Peter Mynster (1775-1854), théologien danois, pasteur (1802) puis évêque (1834), opposé au rationalisme et critique de l'hégélianisme. Il se méfiait de Grundvig et s'opposa à Kierkegaard.

tion, puis la batterie critique se déchaîne. Une critique médiocre, mais des dieux puissants. Ah, quelle misère. »

Mønster pensait que des écrivains insignifiants étaient particulièrement aimés à cause de cela, eux qui bien souvent insistaient fort maladroitement sur leurs attaques contre les conventions et l'ordre établi. « Ce sont les textes les plus minables qui libèrent l'arrogance souveraine des critiques. Ils sont assez malins, disait Mønster, pour ne pas haïr à l'aveuglette, et s'amusent à coups de citations qui sapent autant leur autorité de juges que celle des auteurs de telles balivernes. Tout le système devient transparent pour celui qui le devine, conclut-il en tortillant sa moustache entre ses doigts. Mais bon, je ne veux pas vous ôter tout courage, monsieur Mikkelsen. »

Séparément, ils admiraient chez l'autre ce qu'ils méprisaient en eux-mêmes. Mønster regrettait sa faible constitution, alors que Lars admirait la dignité avec laquelle il se déplaçait. Sa démarche lente et ses mouvements calmes lui conféraient une autorité tout académique. De plus, le sang bleu de la littérature ne coulait pas dans les veines de Lars, aussi éprouvait-il devant le fils du prêtre écrivain un certain sentiment d'infériorité.

« Je vous assure qu'il n'y a pas une goutte de poésie cachée en moi, lui confia Mønster, secrètement flatté que Lars lui prêtât de tels talents lyriques imaginaires.

– Mais vous savez écouter. Vous pourriez devenir un pasteur brillant, dit Lars.

– Mon respectable père est conscient de l'éventualité que j'étudie le christianisme. J'y crois, n'est-ce pas, parce que je doute. Non, pasteur, c'est bien la dernière chose que je deviendrais. »

Lars étudia les yeux de Mønster derrière son pince-nez argenté.

« J'en viens sagement à admettre que je n'ai pas la foi chrétienne, déclara Lars.

– Seigneur. On a l'impression de vous entendre avouer un crime. Personne ne croit plus en rien. À part au progrès. C'est tout à fait moderne. »

Près de Tivoli, il y avait encore une redoute écroulée derrière le bâtiment de l'exposition industrielle, Vejerboden et le vieil Halmtorv, où l'hiver on faisait du patin. Là-haut, sur les restes du rempart se trouvait l'ancien moulin de Lucie, avec ses ailes croisées fatiguées. Ils flânaient posément sur la promenade des Philosophes, sous les grands et vieux arbres.

« La littérature est ce qu'à une époque fut le théâtre, dit Mønster en désignant les maisons de la ville. Regardez ce qui se lit dans les chaumières. Un jour, Lars Mikkelsen, vous vous tiendrez là tel un Adonis, un héros adoré, entouré des plus jolies femmes, exposé à la lumière la plus pure des lampes à arc. Quelles relations avez-vous ?

– Aucune », répondit Lars. Il expliqua qu'il avait été invité à dîner chez le conseiller à la chancellerie Jørner de Frederiksberg, mais qu'il le devait à une initiative de sa famille, soucieuse de lui faire développer ses relations en vue d'études de droit.

« Du droit ? s'épouvanta Mønster. Je verrai ce que je peux faire. Je me rends dans un club de lecture chaque mercredi, chez Mme Marstrand, veuve d'un médecin. Nous organisons parfois quelques lectures le dimanche. Et parfois, des invités lisent. Je connais en outre un ou deux auteurs qui pourraient peut-être vous aider. »

Ils atteignirent le sommet du rempart, près du moulin, d'où ils pouvaient entendre les couinements de jeunes filles espiègles et deviner leurs robes et ombrelles blanches. Elles attiraient les rayons de lumière, en bas dans la pénombre du jardin, entre les lampions.

Du parc coulait une musique de cuivres brillants, certainement depuis une tribune ou une porte ouverte de la salle de concert. De la petite île, appelée Capri, on entendait de douces ballades de Bellmann [1].

« Ici, on patine en hiver. C'est très à la mode. Patinez-vous ? »

Lars hocha la tête.

« Oui, évidemment », soupira Mønster.

---

1. Carl Michael Bellmann (1740-1795) : poète lyrique suédois, auteur notamment de recueils de chansons et de poèmes dramatiques ou idylliques (*Épîtres de Fredman*, 1790).

Il faisait maintenant sombre comme lors d'une nuit d'été danoise. L'obscurité s'était répandue partout, confondant les formes alentour. Il ne restait qu'une auréole de lumière sur l'horizon nord-ouest. En bas sur le Halmtorv, près du restaurant *Parapluie* avec ses grands stores à l'italienne en demi-cercle, à l'angle de Vesterbrogade, l'allumeur de réverbères faisait sa tournée. Il montait sa longue perche et ouvrait le gaz, puis tirait sur le fil de la perche, au bout de laquelle se trouvait un briquet. Il y avait une petite étincelle, la lumière se répandait, puis un parfum douceâtre montait.

Ils parcoururent l'endroit et regardèrent le lac coulant autour de l'île. Il faisait sombre et n'y avait personne.

« C'est là qu'on l'a trouvée, dit Mønster en indiquant un groupe d'arbres plus loin.

– Qui ?

– Une jeune fille. Ernestine Jensen. Décapitée. L'année dernière, peu après Noël.

– Par qui ?

– Personne ne le sait. »

10

Chaque jour, il fallait qu'il s'asseye à la croisée de la fenêtre pour regarder à perte de vue les cheminées et les toits de tuiles moussues. Il s'estimait heureux de ne pas être, comme les travailleurs esclaves de Burmeister & Wain et de nombreuses autres usines, vidé de son lit au milieu de la nuit. Sa mauvaise conscience lui disait, lorsqu'il passait devant la raffinerie de sucre, plus bas dans la rue, que ses petits tracas l'obnubilaient. Un vieux vétéran misérable de la guerre se trouvait là, avec son chapeau à moitié vide, s'efforçant d'améliorer le soupir asthmatique de son harmonica. De temps à autre, Lars laissait tomber une petite pièce de monnaie dans le chapeau aux drôles de boutons. Il avait commencé, enfant, à se pénétrer de l'idée que rien ne pouvait garantir un être humain contre la misère s'il perdait sa santé ou ses capacités intellectuelles. La perspective de devoir un jour se débattre dans une existence humiliante de vagabond infesté de poux ou de casseur de pierre constituait pour lui un horrible cauchemar.

Le pays connaissait des difficultés. Mais lui vivait comme un prince par rapport aux petits enfants qui s'usaient chaque nuit à la raffinerie ou aux artisans qui chaque matin, en gilet et chemise retroussés, venaient faire claquer leurs sabots depuis leurs petits logements ouvriers loués à Nørrebro. Bien sûr, Mme Brandt se plaignait déjà qu'il utilisait trop de pétrole, mais elle se serait plainte tout autant si elle venait de gagner à la loterie.

Lars s'étira, bâilla et ouvrit la fenêtre. Partout résonnaient des coups de marteau et de masse qui soulevaient la poussière. Les échafaudages s'élevaient, les débris étaient jetés au sol, les truelles raclaient, les pelles s'activaient, les scies se déchaînaient et les burins frappaient à toute volée. Sur des bureaux d'architecte, les mains soigneuses d'anciens élèves de grandes écoles dessinaient des croquis à la plume et à l'encre, et les magistrats de la ville signaient de nouveaux projets alors que de la résine coulait des structures en bois déjà construites, côtes des futurs édifices.

Plusieurs jours durant, il s'était promené avec Mønster dans la vie nocturne de Copenhague. Le fils de prêtre s'était entretenu avec Aleksander Horn, poète connu, qui aurait bien lu ou écouté quelques lignes du « gars » avant de pouvoir surprendre son éditeur en lui recommandant un génie de province encore inconnu.

« Ce qui me rappelle que, justement, dit Mønster, je lirais ou écouterais aussi volontiers quelque chose de vous. »

Tôt un matin, Lars attrapa donc, après une promenade en ville, le manuscrit du *Meurtre du roi Godfred* et lut les dernières pages de sa première moitié pendant que Mønster, cigare à la bouche et l'épée de Lars en main, écoutait, les yeux rêveurs.

« Relisez-le, dit-il. Relisez la fin. »

Et Lars lut :

« *Jeune, il vit une beauté qu'il ne pouvait toucher. Âgé, il touchait une beauté qu'il ne pouvait voir...* »

Mønster, admiratif, regarda son ami qui, les doigts écartés, avait ramené ses cheveux mi-longs de son front sur sa tête.

« Mais vous *êtes* un auteur, cher ami. Vous *êtes* bien un auteur. »

Avec un sourire orgueilleux, Lars s'inclina, confus, un éventail de papier au bras.

Mønster le fixa, fasciné. Il l'avait non seulement mal évalué, mais sous-évalué. Pendant sa lecture, belle et sensible, douce comme du velours, Mønster avait presque senti des larmes dans ses yeux desséchés. Il ne regretta pas une seconde d'avoir, avec quelques doutes mais surtout à cause de la grande bienveillance née de leur nouvelle amitié, recommandé le jeune Mikkelsen à Aleksander Horn.

Mønster avait le don, héréditaire dans les longues lignées de prêtres, de davantage se préoccuper des petites gens boitillants de sa paroisse que de liberté individuelle. Il endossa donc en toute conscience la responsabilité de faire en sorte que les choses aillent mieux pour le jeune provincial que pour lui-même. Lorsqu'ils parlèrent des contraintes de la vie d'auteur et de tous les renoncements qu'elle impliquait, il reçut l'écho de ses propres années de jeunesse, amours malheureuses et rêves naufragés. Alors, le vicaire familier du marasme ressurgit soudain en lui. Il vit comment il pourrait semer un peu de son expérience et d'altruisme, non au bénéfice du genre humain, qui selon Mønster n'était pas voué à être sauvé, mais de cet être-là, ce garçon-là ; et empêcher que sa propre errance sans but à Copenhague fût aussi le destin du jeune Mikkelsen. Cette personne avait un don, une volonté, une force. Il y avait de l'obstination derrière ces yeux bleu de glace et ces lèvres fines. Pas comme chez Dreyer ou Hornemann, ni les pauvres dilettantes qui hantaient les brouillards de tabac bleutés des cercles étudiants, en proie aux émois infantiles de leur vain scepticisme et aux inflexibles pamphlets d'avocassiers. Le texte de Mikkelsen, *Le Meurtre du roi Godfred*, atteignait précisément l'équilibre entre l'ancien et le nouveau, entre le moderne et l'archaïsant, il jetait un pont entre la langue et les valeurs, comme disait le sec philosophe Rasmus Nielsen à propos du monde des idées et des pensées. Et en plus, il était sérieux. Lars lui avait montré sa petite bibliothèque des idées et des jolis mots, comme il l'appelait. Infatigablement, cette personne époussetait le dictionnaire de Molbech et d'autres épais ouvrages de référence, à la poursuite du mot juste.

Et toujours avec ce sourire taquin aux lèvres, cette petite ironie amère qui lui allait si bien mais qui pour d'autres, ceux qui le connaissaient moins bien, pouvait être mal comprise et estimée un peu suffisante. Mønster venait de comprendre que la gravité de son vaillant ami auteur était plus profonde qu'il ne l'avait d'abord cru. Certes, il s'y débattait vaillamment et avait dû endurer de grandes privations pour être déjà si loin. La lumière brûlait souvent tard la nuit dans la petite chambre de Mikkelsen. Le jour il écrivait, et la nuit il continuait. Plein de sympathie, Mønster s'interrogeait : dans quelle mesure des vies différentes partageaient-elles des possibilités ? Cela aurait dû être à lui, qui pourtant ne possédait pas la beauté de Lars ni sa soif des séductions de la vie mondaine, de s'asseoir seul et misérable à la fenêtre d'une chambre pour remplir des pages, dont le poète serait bien aise de considérer une seule ligne comme inspiration.

« Parfois, je crains de davantage me caractériser par ma volonté indomptable que par mes capacités, par l'emphase plus que par la poésie. La tendance au travail laborieux plutôt que la vitalité artistique spontanée », dit Lars en soupirant.

Mais Mønster avait remarqué le raffinement rigoureux du jeune homme jusque dans l'orthographe, oui, jusque dans le monde lilliputien des signes diminutifs, et déclara, encourageant :

« Seul le véritable talent fait l'expérience du doute. C'est ça, le vrai talent, le talent difficile, celui du cuisinier qui ne sert que des préparations divines. Comment croyez-vous que Balzac s'est échiné, dans sa petite chambre parisienne ? »

Mønster remarquait, chaque fois qu'ils abordaient des sujets comme la famille ou les affaires pécuniaires, la petite moue amère et pincée sur les lèvres de Mikkelsen. Il devina que son jeune ami n'était pas à l'aise sur le plan économique.

« Ça ne me regarde naturellement pas, dit-il un jour, allongé sur le lit de Mikkelsen, mais vous n'avez pas encore commencé vos études que déjà vous bûchez, comme si vous aviez une main au collet. J'en suis venu assez jeune à faire grand cas de la marche prudente de l'escargot, du caméléon et du cheval de trait, mais même pour un homme au rythme aussi posé que moi, vous semblez fort occupé. Personne ne vous oblige à débuter en tant qu'écrivain avant même d'être inscrit à l'université.

– Si, répondit Lars.

– Oui, alors n'en parlons plus. »

Lars se retourna vers Mønster, qui traînait sur le lit, une jambe posée sur l'autre et le pied en train de se balancer, tirant sur un cigare en brandissant de sa main libre l'épée de Lars.

« C'est un peu compliqué, expliqua Lars.

– Oui, aussi ne puis-je donc pas comprendre, rétorqua Mønster avec ironie.

– C'est seulement... »

Mønster remarqua que Lars ne se souciait guère du sujet de la conversation et bifurqua :

« Quel est votre niveau d'escrime, Mikkelsen ?

– Honorable, répondit Lars en se redressant dans son siège.

– Il vous faut un pistolet, dit Mønster gravement.

– Comment ?

– Dans cette ville, tout jeune homme qui se respecte a un pistolet, déclara-t-il en se rasseyant sur le lit avant de placer la lame par terre devant lui. Copenhague est une cité sans loi. Vous êtes en outre voué, avec votre nature fière, à être défié en duel. Et là, on rira de votre épée française. Essentiellement parce qu'on en aura une peur bleue.

– Je hais les armes à feu, répliqua Lars.

– Tout le monde hait les armes à feu, mais chacun en a une. Nous allons vous inscrire au champ de tir. J'y vais moi-même. Ma gloire incontestée y est de n'avoir jamais en toute une année touché aucun employé. »

Mønster se rallongea et, de la pointe de l'épée, souleva discrètement le loquet de la malle placée contre le lit. Il fronça les sourcils, désapprobateur, à la vue d'une veste sale et de deux plastrons décolorés à moitié chiffonnés.

« Et le jour où vous irez dîner chez le conseiller Jørner, qui sera présent et qu'avez-vous prévu de mettre ? »

Lars savait que l'inspecteur Leo Farker ferait partie des invités, de même que le correspondant au Sénat du journal *Dagbladet*, ainsi que quelques amis et membres de la famille.

« Aucune jeune dame ?

– Il y aura une jeune fille.

– Mais ça, dit-il en embrochant une chemise en fraise de veau avec l'épée et en la soulevant pour que Lars puisse voir à quel point cela faisait provincial, c'est encore bon pour sortir en société avec un gendarme, mais s'il vient une jeune dame ? »

Il lança l'épée à Lars, qui l'attrapa avant de se pencher sur la malle et d'en claquer le couvercle.

« Il est temps que vous changiez votre garde-robe, jeune Mikkelsen. Le Seigneur vous a donné un solide talent littéraire, mais votre style vestimentaire est une ignominie. Un plastron blanc brillant et une paire de nouvelles bottes propres et bien astiquées vous mèneront plus loin, aussi bien dans le monde des dames que dans celui de la littérature, que les alexandrins les plus harmonieux. Habillez-vous. Nous devons agir. »

Lars attrapa sa veste et s'apprêtait à pendre son épée au mur, à sa place habituelle, lorsque Mønster prit sa plume sur son bureau, se mit à faire de l'escrime avec et cria, au milieu de la pièce :

« Si c'était une agression, et la plume, un couteau ? Que feriez-vous ? »

Lars se retourna en un clin d'œil. On entendit un *svissj* et un bruit métallique sonore. Mønster en resta la bouche ouverte, à contempler, sidéré et la main vide, la plume plantée dans le mur, encore toute vibrante. Enfoncée de plusieurs centimètres.

« Doux Seigneur.

– J'ai bien dit que mon niveau était honorable », dit Lars.

Ils passèrent le reste de l'après-midi dans les petites rues de la ville, à s'occuper de Lars. Chez I. L. Schmidt, vêtements pour homme, au numéro 4 de Grønnegade, Lars fit coudre un nouvel assortiment de vêtements sous la supervision avisée du commis et de Mønster.

« Rien de tel que des habits adéquats pour vous faire un homme, déclara ce dernier. Mais lorsque le commis se piqua le doigt avec une aiguille, le visage de Mønster devint livide. Il chancela et s'effondra au sol.

– Comme Rochefort, je ne souffre malheureusement pas la vue du sang », dit-il en revenant à lui grâce à quelques gouttes de naphte rapidement apportées. Ils se rendirent ensuite chez Philip Levysohn, dans Ny Østergade, où Lars acheta une nouvelle chemise et, sur l'insistance de Mønster, un panama.

« Vous ne le regretterez pas. Ça tiendra bien deux ou trois saisons. Et maintenant, de nouvelles cartes de visite. Votre visage face au monde extérieur. Votre visage plein de personnalité. Je connais un imprimeur de premier ordre.

– Je n'en ai absolument pas les moyens, protesta Lars.

– Je ne connais aucun grand auteur qui n'ait été fauché comme les blés, dit Mønster.

– Mais je n'ai encore rien publié, répliqua Lars.

– Par contre, vous êtes extrêmement pauvre. C'est un début. »

Lars voyait à sa grande horreur ses billets changer l'un après l'autre de propriétaire. Les coups portés à son encaisse, bien trop réduite pour être appelée fortune, lui rappelèrent qu'il avait une mission impossible à différer. Aussi se réjouit-il, même s'il ne s'agissait que d'un sursis minuscule, que la photographie prise aux ateliers Busher, naturellement un petit peu plus chère que n'importe où ailleurs à cause de l'amour de Mønster pour l'exclusivité, dût attendre un jour ou deux d'être révélée au plomb.

« La qualité coûte un peu plus, mais sur le long terme elle sert davantage, notamment auprès des autres. Au cours de cette misérable vie terrestre, nous avons le maudit devoir de nous donner du mal. Ça, je l'ai appris à Paris. Bon, je ne suis pas un genre de Don Juan, mais je fais ce que je peux ; et lorsqu'un jour vous irez dans le grand monde, vous observerez sûrement la même chose que moi : bon nombre des jolies petites beautés parisiennes frétillantes ne sont, à mieux y regarder, pas si merveilleuses que ça. Mais elles ont appris à exploiter au maximum leur potentiel. C'est ce que j'appellerai “la vanité charitable”. Il peut s'agir d'un don gratuit et d'un véritable talent pour servir sa présence consciemment. Vous pouvez directement transcrire ça dans la littérature. Quelque chose de laid peut très bien être décrit comme beau, les réalistes s'y efforcent, quoique la plupart d'entre eux décrivent plutôt comme laid ce qui est beau. »

Lars ne pouvait pas non plus nier que la coupe de chez Giese, sur Kongens Nytorv, ainsi que l'odeur de la pommade et de l'eau miellée le grandissaient de quelques centimètres. Il se *sentait* réellement un homme neuf. En passant devant une vitrine, il leva le menton et se le caressa, évaluant les potentialités de ce visage rafraîchi.

« Peut-être doit-on aussi arranger la moustache ? »

Il vit dans la vitrine le sourire de Mønster s'élargir sous sa moustache.

« Si vous pouvez ? dit Mønster, réticent, avant d'ajouter plus sérieusement : Chaque instant dans la vie d'un homme constitue en théorie une occasion de tout changer, de changer de voie, mais n'êtes-vous pas émerveillé de voir que ces nouveaux départs soient si propices à la concrétisation des bonnes intentions ? »

Lars hocha la tête. Jamais encore il n'avait eu l'impression de prendre un nouveau départ aussi important que maintenant. Il se rendait désormais compte qu'il n'était qu'un grand enfant en quittant le lycée de Frederiksborg. Cette fois, il allait se révéler pour de bon. Il allait montrer, sans recourir aux relations de son père, qu'il existait un monde qui accordait de la valeur à ses qualités intellectuelles et à ses capacités artistiques ; que tout ne pouvait pas se mesurer à l'aune des *non*, *haud* et *laud*[1] du système scolaire, que les omissions des autorités constituaient leurs limites à elles et pas les siennes, et qu'il se trouvait un monde qui valorisait l'aspect de sa personnalité considéré par ailleurs comme sauvage et indocile. Un monde d'amour, un monde d'esprits libres et tolérants.

Mais gravité et désespoir se glissèrent sur son visage lorsqu'il se rappela sa situation économique irrémédiablement compromise. Mønster le remarqua aussitôt et provoqua tellement Lars que ce dernier réussit un instant à croire en lui, avant d'esquisser ses perspectives d'avenir finalement très difficiles. Sans présenter à Mønster tous les détails de sa rupture avec son foyer, il lui fit bien comprendre que les adieux avaient été tout sauf sereins.

« Il n'y a aucune honte à ne pas avoir d'argent, mais seulement à en parler. Vous devez me promettre, si jamais vous deviez connaître des difficultés, de me le dire. »

Lars trouvait trop douloureux de se reposer sur quelqu'un dont la situation était à ce point l'inverse de la sienne, et encore plus douloureux d'expliquer pourquoi. Il avait peut-être de l'argent pour un semestre, et avec les abus qu'il venait de s'autoriser, peut-être même pas.

« Tout d'abord, dit Mønster, ces trente couronnes. J'ai entendu du consistoire qu'on a perçu trop d'argent à l'association étudiante, et que cette somme sera remboursée. Mais inutile qu'aucun de nous le dise à mon honorable père. Et si vous aviez réellement pensé à porter à nouveau un chapeau de paille au printemps, mon petit bluff cousu de fil blanc peut bien tenir une saison.

---

1. *Non condemnendus, haud illaudabilis* et *laudabilis* : blâmable, passable, honorable.

– Je ne peux pas accepter cela, protesta Lars.

– Par contre, je ne peux pas les reprendre », rétorqua Mønster.

Et ainsi en alla-t-il.

Les jours suivants, Lars mit différentes choses en ordre et s'occupa de sa correspondance. Il reçut une réponse positive à sa demande de sursis pour son service militaire. Au début, il répondit de son mieux, avec sa plume désormais très endommagée, à un torrent de lettres affligées de sa mère par quelques lignes concrètes et convaincantes expliquant qu'il était entre de bonnes mains. Il mentionna le fils du pasteur, Mønster, et embellit un peu deux ou trois premières impressions de la ville.

Sa mère avait joint une liste de gens auxquels il devrait rendre visite. Elle s'était occupée en personne de tous les informer qu'il se trouvait à Copenhague. Elle concluait une lettre en l'avertissant qu'il devrait au moins remercier par écrit le conseiller à la chancellerie Jørner pour son invitation à dîner. Le conseiller pourrait s'avérer d'une grande importance pour sa carrière juridique, grâce aux relations qu'il avait encore dans les ministères.

Le regard de Lars s'arrêta sur ce qu'elle avait écrit à propos de l'anneau qu'elle lui avait donné. Sa mère lui disait que s'il avait trop de mal à croire en Dieu, il pourrait peut-être croire en la magie de l'anneau ; et là elle ne pensait pas à Mammon, mais à l'inscription médiévale, sacrée. Lars sourit. Si sa foi en Dieu vacillait, une superstition outrée était prête à lui succéder. Il se souvint comment sa mère lui avait lu une fois un conte d'Oehlenschläger sur Aladin[1] :

Lorsque plus rien n'aveugle le souverain de la terre,
Il voit l'émerveillement partout autour de lui,
Un esprit pour réaliser tout ce qu'il découvre,
Et l'Harmonie qui lui donne son anneau.

Et il se souvint comment, avec l'indulgence adulte que les enfants feignent parfois vis-à-vis des adultes qui se conduisent

1. *Aladin et la lampe merveilleuse*, paru dans *Écrits poétiques, 2* (1805).

comme des enfants, il avait dû lui expliquer que celui qui ne croyait pas en Dieu ne croyait pas non plus aux forces magiques ni à l'anneau des Nibelungen.

« Encore, écrivit-il au souvenir récent du lieutenant-colonel Skou, y a-t-il quelqu'un de vivant qui assista à la procession funèbre du roi dans les rues, avec les hussards, les hérauts et la garde. Il y a encore des gens qui se souviennent des soldats qui marchaient sur le Halmtorv en longs rangs bleus vers la gare centrale, vers Axeltorv et vers la déroute. Ne vous faites pas le moindre souci. Je suis entre les meilleures mains. »

Sa mère s'en tint à deux ou trois plaintes superficielles concernant les circonstances de son départ. Les époux semblaient par nature d'accord pour ne pas s'arrêter à ce qui est révolu, et surtout pas à ce qui est malheureux ou irrécupérable, mais Lars sentit quand même la présence d'une main, d'un esprit étranger dans ce passage. Elle poursuivit d'un ton léger par des considérations sur sa situation financière, expliquant que la maison prendrait en charge les dépenses liées aux cours ainsi qu'à l'achat des livres d'étude et couvrirait les frais de la pension chez Mme Brandt, et Lars ne douta plus que son père avait bel et bien dicté ces lignes. Il devait juste, écrivait-elle, montrer les quittances au correspondant de son père à la Caisse d'épargne, qui lui réglerait ces sommes. Il devait montrer cette lettre, ajouta-t-elle, au fondé de pouvoir à la Caisse d'épargne, C. J. Reisz.

Ne pas encore pouvoir répondre avec arrogance qu'ils n'avaient aucun souci à se faire parce qu'il se débrouillait très bien tout seul le rongeait.

11

Lars avait toujours été solitaire, mais cela devint évident durant ses années d'études. À Frederiksborg, pour ne pas se marginaliser il avait juste noué quelques relations superficielles, dépourvues de la profondeur qui peut exister dans les amitiés d'enfants. Il avait promis à deux ou trois camarades de lycée un peu originaux de leur écrire, mais escomptait en fait que tout cela prît entièrement fin et que chacun continuât de son côté. L'essentiel de son séjour à Frederiksborg avait été occupé par son amour malheureux pour Lydia, si sot qu'il pouvait difficilement en parler à d'autres, et sinon par ses études, ses lectures et les petites aquarelles qu'il peignait parfois. Sa rencontre avec Mønster s'était déroulée sous les meilleurs auspices, leur manière directe de converser lui permettait d'espérer bâtir une amitié pour la vie et de ne pas finir en loup solitaire. Mønster pensait apparemment la même chose. Il respectait les longues heures de travail de Lars à son bureau, mais l'interrompait de temps à autre, lorsqu'il trouvait que ça devenait un peu triste.

Ainsi, la veille au soir du dîner chez Jørner, il insista pour sortir dans un café-billard de Nyhavn, justement ouvert la nuit.

« Pas ce soir. Je n'ai pas le temps », dit Lars.

Mønster se faufila dans la pièce, s'assit sur le lit les jambes croisées et alluma un cigare.

« Qu'y a-t-il donc de si important ? » demanda-t-il en se triturant pensivement la moustache entre le pouce et l'index.

Lars se retourna.

« Voulez-vous écouter ? Il ne s'agit que de deux ou trois lignes. »

Mønster acquiesça et Lars commença à lire :

« *Les riches chevauchaient de la Bourse à la banque et du théâtre au banquet, les fouets de cuir des cochers de fiacre claquaient, les chevaux mordaient leur bride, les filles de bonne famille se trouvaient devant leur miroir et leurs mères, dans l'obscurité du Folketeatret. Les pauvres et les damnés, eux, attendaient dans la pénombre aux relents de moisi des appentis les plus isolés, des greniers les plus bas, des plus misérables taudis, sur des couches de paille humide ; ils attendaient que le froid, la phtisie ou la faim les assassine.*

– N'aviez-vous pas dit deux ou trois lignes ? chuchota-t-il.

– Pardon. L'inspiration s'est emparée de moi.

– Continuez à lire, jeune homme.

– *Tout ça, c'était Copenhague. C'était la toute fin de l'époque des grands moulins. Bientôt, le moulin du Cygne et celui de Helmers Bastion allaient être détruits. Les usines et le moteur à vapeur s'étaient imposés. Les remparts étaient tombés, la forteresse avait disparu, les coupés et les cabriolets passaient sur de larges boulevards comme on en voyait à Vienne, Berlin et Paris, tirés par des chevaux noirs aux muscles luisants, crinière au vent, le poil dressé à force d'être étrillé, ne ralentissant que devant les lentes processions escortant un mort sur le pont de Peblingsø, vers l'obscurité éternelle d'Assistens*[1]. *De la même obscurité surgissaient chaque matin, mais en sens inverse, d'innombrables véhicules chargés de nouveaux approvisionnements. Nouvelles marchandises, nouveaux destins. Bétail à viande, chevaux et cochons grognant en route vers l'orgie sanglante de Trommesalen, les boucheries de Gråbrødre Torv et Nikolaj Plads, puis jusqu'à Nytorv, où les mouches bourdonnaient sur le sang et les viscères échappées de ces centaines de voitures remplies de cadavres blêmes.*

» *La vapeur sous pression s'ébrouait, les essieux et les moyeux grognaient, les pistons poussaient, les chaudières bouillaient. Près de Nørrevolds Boulevard, la locomotive s'échinait sous une épaisse colonne de fumée blanche, toussant son charbon le long des rails et du ballast bistre. Au-delà du pont, près de Gyldenløvsgade et Peblingesøen, une longue file de voitures se traînait*

1. Le plus grand cimetière de la ville. Y reposent notamment H. C. Andersen, S. Kierkegaard et N. Bohr.

depuis la gare et Klampenborg Station. Dans son pire cauchemar, il prenait lui-même place dans ce train, qui le projetait à toute volée près de Ladegården et Fattiggården[1]*. Ou alors, il s'imaginait rentrer triomphalement chez lui, dans le nord du Sjælland. Aucune demi-mesure possible. Cet endroit, plein d'ivrognes et d'âmes en déroute, déchéance des déchéances, était lui semblait-il la seule alternative à la douceur de la victoire. Sa terreur. Il lui fallait conquérir cette ville* à tout prix[2], *la décrire à fond. Il imaginait le jour où sa propre œuvre paraîtrait. Chez Gyldendal ou aux éditions C. A. Reitzel. Il voyait d'ici les critiques subjugués, dans* Dagbladet *et* Fædrelandet, *dans* Berlingske Tidende, *dans* Nationaltidende. *Dans tous les journaux depuis* Socialdemokraten *jusqu'à* Folkets Avis *et* Aftenposten, *de* Illustreret Tidende *et* Ude og Hjemme *à* Dags-Avisen, *des journaux populaires à ceux d'actualité. Son nom serait partout connu, jusque dans les bourgades les plus isolées et les provinces les plus enclavées, jusque sur les îles les plus éloignées du royaume. En Norvège et en Suède, on le lirait et le célébrerait comme en son propre pays. Courriers express et télégrammes répandraient la nouvelle de sa gloire vers le sud, l'Allemagne et l'Italie, vers l'Espagne et la Suisse, et son nom finirait sur les premières pages de journaux tels que* Le Figaro, Le Monde et El País.

» Quaerendo invenietis ? *Il savait qu'il pouvait s'entendre dans le pouls de cette ville, écrire son âme. Inutile de chercher longtemps, il n'y avait qu'à voir, écouter et sentir.* »

Mønster le regarda, incrédule.

« Avez-vous fini ? Est-ce donc si important que vous ne vouliez m'accompagner en ville ? »

Mønster le regarda en secouant la tête et tira sur son cigare quelques longues bouffées pensives, qui firent disparaître son visage dans la fumée.

« Vous n'aimez pas ?

– Très joli, mais un peu trop narcissique à mon goût.

---

1. Quartier anciennement périphérique de Copenhague, qui s'est notamment développé à partir des années 1850. On y reléguait les pauvres, sans-abri, petits criminels, prostituées...

2. En français dans le texte.

Merci, Seigneur, d'avoir agité votre plume avec une telle emphase. Non, tenez-vous en au *Meurtre du roi Godfred.*

– De plus, je n'ai rien à me mettre, dit Lars, qui avait déjà sorti ses habits en vue du dîner chez le conseiller Jørner.

– Eh bien, empruntez-moi quelque chose. En fait, je voulais vous inviter dans un endroit où l'on danse et au café-billard, mais ce que vous venez de lire m'a donné une meilleure idée. »

Mønster consulta sa montre-gousset, qui pendait à son revers.

« Venez, dit-il en entraînant Lars dans sa propre mansarde, où il lui prêta une chemise, des manchettes et une veste.

– Où allons-nous ?

– Vous allez bien voir. »

Après avoir bu quelques bières bavaroises au café-billard de Nyhavn, les deux jeunes hommes remontèrent dans la rue et s'en allèrent le long des quais du port, où les travailleurs de nuit passaient et chargeaient les navires. La musique et le sempiternel cliquetis des bouteilles s'estompèrent derrière eux lorsqu'ils atteignirent le bord de l'eau dans l'obscurité du soir. Devant le port, les remorqueurs rayaient en tous sens et avec une persévérance d'insecte le miroir de la surface, traînant une succession de chalands à charbon. À la lumière de la lune, une vague blanche qui écumait dans le sillage d'un navire s'avança vers Refshaleøen, derrière un bassin à flot. Sur les ponts claquaient une série de charrettes chargées de cailloux broyés, de paille, de briques, de combustible et de tonneaux. Des tonneaux par milliers. Les taudis des ateliers portuaires et les innombrables cheminées sur les faîtes des toitures fumaient. Ils passèrent devant Marmorkirken[1], encore inachevée et entourée d'échafaudages. Une palissade noire, où des affiches éparses vantaient des théâtres secondaires de la ville, isolait le chantier. Ils croisèrent des ruelles, passèrent devant un taudis, puis s'approchèrent de petites baraques prêtes à s'écrouler, près d'Adelgade. Le lampadaire à gaz le

1. « Église de marbre » ou « Église de Frederik (V) », située au cœur de Copenhague. Dessinée vers 1740 et destinée à être très imposante, elle fut terminée à la fin du XIXe siècle

plus proche se trouvait loin et Lars lança à Mønster un regard soucieux.

« Vous avez votre revolver ? »

Mønster acquiesça.

« Mais il n'arrivera rien », le rassura-t-il.

Grâce à une allumette, il finit par trouver la porte qu'il cherchait. Mønster y frappa de son poing ganté. Peu après, un garçon brun de dix ou douze ans l'entrebâilla. Mønster demanda à voir *madame*[1], en français. Il eut d'abord l'air de refuser, mais après un moment de conciliabule méridional, Mønster fit signe à Lars d'approcher et lui tint la porte.

« Entrez, dit-il. Nous allons lire votre vie dans une boule de cristal, jeune Mikkelsen. Vous allez rencontrer Mme Cassandre. Une véritable devineresse. »

Mønster s'en alla discuter avec deux fils du même âge, pendant que Lars était invité par le garçon sale à s'asseoir sur une petite caisse devant une femme plus âgée vêtue d'un froc, aux étranges yeux tachés de blanc. Elle ressemblait à une sorcière de conte à qui il ne manquerait qu'une petite canne recourbée. Mønster posa une pièce d'or sur la petite table en bois graisseuse. Mme Cassandre farfouilla sur la table, mal assurée et hésitante, jusqu'à ce qu'un homme derrière elle lui passe un tas de cartes avec des personnages peints, qu'elle commença à distribuer.

« Elle va vous dire la bonne aventure. Lire les cartes », précisa Mønster en s'asseyant à côté de Lars.

La séance dura une demi-heure. Mme Cassandre demandait l'identité des cartes, sembla-t-il à Lars, et le petit garçon répondait. Ils parlaient un mélange de français, d'allemand et d'un charabia incompréhensible. Des bâtons d'encens fumant et de petites bougies furent allumés dans le local humide imprégné d'odeurs d'épices.

Mme Cassandre lui raconta quelques éléments de sa vie, bien généraux pour être appelés vérités. Apparemment en transe, elle continuait à disposer les cartes en balançant le

1. En français dans le texte.

haut de son corps. Finalement, elle s'arrêta et heurta des deux mains la table.

« *Mano*, demanda-t-elle.

– Donnez-lui une pièce, Mikkelsen. Elle va regarder votre main.

– Elle est vraiment aveugle ?

– C'est bien le plus invraisemblable, dit Mønster alors que Lars tendait une main hésitante par-dessus la table. Elle perçoit ça. »

Mønster suivait la scène avec la même curiosité féroce que s'il se trouvait dans un café-concert sinistre.

La vieille main, dont le contact rappelait le cuir, attrapa son poignet en psalmodiant. Elle commença à trembler, comme en proie à des spasmes. Après un paroxysme, ce fut le calme total, puis elle se rejeta soudain en arrière et lâcha sa main.

« *Feuer*[1], cria-t-elle en le fixant de ses grands yeux écarquillés. *Feuer, feuer.* »

Elle répéta plusieurs fois qu'elle voyait du feu, sans s'expliquer davantage, puis se recroquevilla et se mit à se lamenter. Ses fils adultes la prirent par les bras et l'escortèrent dans l'arrière-boutique, où elle fut allongée sur une vieille ottomane en crin craquelée et luisante de graisse.

« Pas plus, dit l'un. Elle ne peut pas continuer. »

Mønster se leva et ébouriffa les cheveux de Lars. Tous deux firent un léger signe de leur chapeau avant de partir.

« Je suis venu ici il y a quelques années et la même chose s'est produite. Elle a manifestement oublié à qui elle a déjà fait son petit truc. »

Ils reprirent place dans la taverne de Nyhavn et burent sec. Lars avait entre-temps un peu perdu sa bonne humeur. Il sentait dans sa main et ses bras rayonner le pouvoir de la sorcière, et avait alternativement froid et chaud jusqu'au coude. Il n'avait vu de bohémiens qu'à l'occasion des marchés de novembre à Frederiksborg ou lorsqu'une troupe de chanteurs et de comédiens itinérants passait par chez lui, et il s'agis-

1. « Feu » en allemand.

sait toujours de musiciens ou d'avaleurs de sabre, pleins de bonne humeur. Quelque chose, cette fois-ci, le préoccupait.

« Je ne croyais pas que les fils de pasteurs se mêlaient de ce genre de chose.

– Cela doit rester entre vous et moi, le prévint Mønster. Une fois, j'ai atterri ici dans un état d'ivresse très prononcé. Il m'a semblé que vous deviez faire cette expérience. Je crois que les pasteurs ont tort de ne pas prendre ça au sérieux. Les magnétiseurs, sorciers ou somnambules pullulent de plus en plus, et plutôt que de hurler à la superstition et, par là, de les diaboliser, on devrait se donner la peine de percer leurs farces à jour. Il est assez facile de ridiculiser la croyance, surtout avec un quiproquo. Demandez aux savants, tellement occupés à fustiger la Genèse, ce qui créa le monde tel qu'il est, et vous obtiendrez un véritable embrouillamini babylonien d'incohérences. »

Tard dans la nuit, ils rentraient chez eux en titubant dans les rues, bien ivres, lorsque surgirent d'une venelle deux personnes vêtues de noir.

Mønster attrapa les manches de la redingote de Lars et le tira de côté.

« Non, c'est trop amusant. Restez là, Mikkelsen. »

Mønster jaillit devant les deux hommes, leur bloquant le passage, et brandit devant le visage de l'un, courtaud, la croix qu'il portait à une chaîne.

« *Ce soir, on frappe à la porte de l'enfer !* » vociféra-t-il.

Cette citation de Grundtvig agit comme de l'ail ou un crucifix sur la créature démoniaque qui se tenait devant eux. On aurait presque pu croire un instant qu'elle allait reculer d'un pas. Le petit monsieur bien habillé, aux traits bizarrement comprimés, agita sa canne devant le visage de Mønster et l'admonesta :

« Vous devriez penser à lire quelque chose de sérieux, jeune homme. Quelque chose que j'aurais écrit. »

Sur ce, il se détourna et reprit son chemin avec son compagnon.

« C'est quoi, ce que vous avez écrit ? demanda Mønster. Je veux dire : vous avez *vous-même* écrit ? »

L'homme poursuivit sa route avec son compagnon, impassible.

« Maudits pasteurs », bourdonna le petit homme épais. Mønster se tenait toujours debout au milieu de la rue, ricanant bêtement. Lars sortit de sa cachette. Sans avoir tout à fait compris comment, il se rendait compte que Mønster avait mortellement insulté cet homme.

« De qui s'agissait-il ? demanda Lars.

– C'était le Dr Adler. Le spécialiste en littérature et philosophie le plus célèbre du pays. C'est à lui que tout le monde vous conseillera d'envoyer votre livre lorsque vous l'aurez fini. Aussi n'y avait-il aucune raison de vous mêler à ça. Surtout depuis que nous avons reçu de Mme Cassandre l'assurance qu'un jour vous illuminerez le firmament littéraire telle une étoile filante. »

Et Lars se demanda quel crédit Mønster y aurait accordé si c'était ses manchettes à lui que Mme Cassandre avait agrippées. Mais devant un diplômé en théologie capable, malgré des signes et avertissements qui selon lui n'existaient pas, de trouver son chemin jusqu'aux antres sombres des sorciers, mieux valait ne rien dire.

12

Par une fin d'après-midi d'automne au temps indéfini bien typique du Danemark, Lars prit l'omnibus au Halmtorv pour se rendre chez le conseiller Jørner.

Même dans ce quartier perdu de la ville, richesse et pauvreté se côtoyaient. Gens aisés et extrêmement pauvres se mêlaient, comme plus bas dans le quartier cher de Bredgade, où des enclaves pauvres s'imbriquaient entre les palais. Seul le ruisseau de Ladegård, qui courait depuis le lac Peblingsø pour se jeter entre Frederiksberg et Nørrebro, les séparaient. Les bâtiments jaunes de Ladegård, redoutés et mal famés, se trouvaient encore sur la rive de Frederiksberg. Lorsque l'omnibus passa devant, Lars remarqua, sous les saules bordant la route, un groupe d'enfants qui couraient et se battaient avec de sommaires épées en bois. Il leur sourit amicalement mais ils lui tirèrent la langue.

Des nuages bruns, presque noirs, roulaient dans le ciel. Le vent soufflait. Des fumées noires s'échappaient des cheminées des usines et de la centrale à gaz de Frederiksberg, et s'étendaient au-dessus des groupes de pauvres éparpillés qui arpentaient lourdement la ville dans leurs défroques de soldats en uniforme, leurs balais de bouleau derrière la tête.

La villa de Jørner se trouvait près de Thorvaldsensvej, dans un quartier tranquille aux propriétés à un étage et grands jardins avec arbres fruitiers, haies de noisetiers et vastes parterres herbacés. De la route partait une allée droite menant à un auvent élégamment sculpté.

Un fiacre roula devant le jardin à l'instant où il tira le cordon de la sonnette. La domestique qui lui ouvrit l'aida à se défaire de son chapeau et de son écharpe, puis pendit son parapluie encore mouillé à une patère du grand vestibule. Il déposait sa nouvelle carte de visite sur la soucoupe placée devant le miroir lorsque, dans l'escalier, apparut une jeune fille en robe d'été claire. Kis, la fille aînée du conseiller Jørner, était une jeune fille efflanquée d'un blond ardent, avec sept ou huit petites taches de rousseur amusantes sur le nez. La jeune fille qui la suivait, son amie Marie Otterup, attira tout de suite l'attention de Lars avec ses cheveux blonds, ses lèvres rouges comme des fruits d'églantier et ses yeux couleur de raisin blanc. Elle descendait l'escalier en bavardant avec empressement tout en enfilant, très concentrée, de longs gants à douze boutons, lorsqu'elle remarqua Lars, en bas dans le vestibule.

« Mon Dieu, dit-elle une main sur la poitrine, comme j'ai eu peur. Je ne vous avais absolument pas vu. »

Les jeunes filles rirent gaiement. Le regard de Lars s'arrêta un instant sur sa petite main nue, qui froissa l'un des gants devant l'échancrure en forme de cœur de sa robe.

Kis Jørner lui tendit la main.

« Vous devez être Lars Mikkelsen. »

Lars, distrait mais aussi un peu gêné par ces deux jeunes filles habillées pour sortir et fortement maquillées, marmottait quelques compliments sur leurs jolies robes de satin à l'instant où M. et Mme Jørner venaient le recevoir. Tout fut ensuite noyé sous les mots de la domestique, qui annonça que le fiacre des demoiselles les attendait. Mme Jørner leur cria quelques exhortations. Elles gagnèrent la porte, où elles mirent leurs manteaux et attachèrent leurs chapeaux avec empressement.

Soudain, le vestibule s'illumina et un puissant coup de tonnerre fit vibrer le sol. La porte s'ouvrit immédiatement.

« Voilà qu'il pleut. Encore. »

C'était Marie Otterup. Elle attrapa un parapluie à la patère et disparut à nouveau.

La domestique resta devant la porte à moitié ouverte, à les regarder. Il pleuvait maintenant des hallebardes. Elles couraient, robe relevée, les gouttes s'écrasant sur le bout de leurs bottes. Le bruit de la pluie couvrait en partie leurs rires, petits cris et gloussements. Près du marchepied, le cocher aida les jeunes femmes à monter dans l'équipage et referma la portière. Le fiacre se mit en route et la servante referma la porte.

Le conseiller Jørner était un petit homme étroit d'épaules âgé d'environ un demi-siècle, aux petits yeux de rongeur rapprochés et vigilants. Il guida Lars dans la grande pièce et lui offrit un porto, ainsi qu'un cigare. Ils levèrent leurs verres et trinquèrent. Lars réussit à apercevoir, à travers ses épaisses lunettes d'acier posées sur son nez un peu en l'air, ses deux yeux soudain largement écarquillés qui, avec leurs mouvements saccadés, lui donnèrent l'expression attentive d'une civette.

Il interrogea brièvement Lars sur son père et sa famille, non sans une légère affectation. Au moment où M. Jørner s'apprêtait à lui proposer à nouveau du porto, Lars aurait juré voir vibrer les narines de son pif pointu.

Lorsque les autres invités commencèrent à arriver, Lars s'assit dans un confortable fauteuil en chêne couvert d'un tissu pelucheux couleur cannelle, où il essaya de se mettre à son aise malgré son plastron blanc raide comme une planche. Il regarda autour de lui dans la pièce. La plupart des murs, safran, étaient exquisément parés de jolies peintures de paysage des meilleurs artistes danois. Au milieu de l'un d'eux se trouvait une grande cheminée de porcelaine où brûlaient des bûches bien sèches, en face d'un sofa également couleur safran, aux liserés et glands de soie et laine. Une couronne de lampes à gaz pendait au-dessus de la table. Dans l'un des angles, de petites étagères supportaient des bibelots devant un grand aspidistra. Un piano à queue ouvert se trouvait le long du mur. Sur le pupitre, un arrangement de *Tristan et Iseut.*

Lars se souvenait avoir entendu parler de la famille Jørner chez lui, à Rørsmindegård, mais ne savait rien d'eux.

Mme Jørner était assez nettement plus jeune que son mari. Elle avait les cheveux sombres, irréprochablement coiffés, retenus de manière juvénile par un peigne en tortue et une paire d'aiguilles à diamant dans le cou. Comme sa fille Kis, elle était vêtue d'une robe plissée gris farine aux minces bandes bleu violacé. Elle portait sur la gorge un ruban de velours sombre où brillait un petit diamant.

En entendant les voix dans le vestibule, elle délivra ses dernières instructions à la cuisine puis, sur le chemin de l'entrée, attrapa sur une table un flacon de cristal d'un vert marin, et étreignit deux ou trois fois le petit goujon de gomme attaché au bout d'un serpent gutta-percha dans une toile de soie noire. Une charmante douche d'eau de Cologne resta un instant suspendue, planant comme de la poussière d'argent avant de tomber sur les tapis.

Un grand monsieur mince aux cheveux presque complètement gris, aux yeux tristes et à la moustache un peu mélancolique rejoignit Lars à table. Le conseiller Jørner les présenta l'un à l'autre.

« M. Leo Farker, enquêteur de police. Et Lars Mikkelsen, étudiant. »

Les deux hommes se serrèrent la main. Le conseiller Jørner s'éclaircit la voix et regarda Lars :

« M. Farker peut vous en raconter sur la face sombre de Copenhague, monsieur Mikkelsen. M. Farker, ajouta-t-il à voix basse, s'est de plus retrouvé seul. »

Les deux hommes échangèrent un regard entendu.

« Je suis navré, dit Lars en serrant la main de l'inspecteur. De quoi votre épouse est-elle morte ?

– Elle n'est pas morte. Elle est rentrée à Fyn.

– Oh, oh, je suis vraiment navré. »

Farker fit de grands gestes de minimisation et prit place sur une chaise, à peu près en face de Lars.

« C'est ma foi encore le mieux, dit Farker. Je ne le prends pas si mal. Ce qui explique bien des choses, d'après mon épouse, une partie de l'explication. Est-ce du porto, là ? »

L'inspecteur expliqua, hésitant, que ces six derniers mois, une grosse et difficile affaire avait exigé toute son attention, et Jørner lui avait fourni un soutien inestimable non seulement sur le plan juridique, mais aussi humain. Une affaire si prenante que son épouse avait proposé qu'ils se séparassent, la vérité étant bien sûr qu'il y avait eu d'autres affaires aussi prenantes avant celle-là.

« J'ai choisi d'en parler tout à fait ouvertement. Pour combattre les cancans. Désormais je ne sais plus très bien ce qui est vrai. À cause des cancans. Mais la rupture n'a absolument rien eu de dramatique. Ma femme, ajouta-t-il, dirait sans doute que c'est bien ça le fond de la question. »

Lars reçut des salutations du reste de l'assistance : Victor Jørgensen, correspondant au Sénat de *Dagbladet*, son épouse, ainsi qu'un cousin plus jeune de Mme Jørner. Les hommes se perdirent rapidement dans une discussion sur la politique, les dernières mesures du gouvernement et quantité de bavardages juridiques, pendant que Mme Jørner rassemblait autour d'elle les femmes pour parler de la nouvelle mode parisienne.

Pendant le repas, l'inspecteur fut placé à côté de Lars et eut donc l'occasion de lui parler plus précisément de cette affaire si compliquée, qui lui avait coûté si cher sur le plan personnel.

« Cette affaire n'est ma foi pas encore résolue. Il s'agit d'une histoire effrayante », poursuivit Farker lorsque, après la soupe et le gibier, le domestique loué pour la soirée et la servante apportèrent le rôti. Du bourgogne remplaça à table le sherry et le vin rouge. L'inspecteur avait eu un petit accident avec le vin rouge, et s'efforçait d'en cacher les traces. Le verre avait marqué. Il semblait ne pas avoir l'intention d'en raconter davantage, ou alors avait été distrait par l'apparition des nouvelles bouteilles. Lars remarqua les taches hépatiques sur ses mains.

« Racontez donc à M. Mikkelsen comment vous avez failli l'attraper, demanda Victor Jørgensen. Failli. Mais il était trop malin pour les forces de l'ordre.

– Pourquoi trouve-t-on si fascinant un satané démon, seulement parce qu'il a la chance de se jouer de la police ?

– Vous le dites bien vous-même, Farker. Les criminels doués ont toujours fasciné.

– Nous parlons d'un homme qui a coupé la tête d'une jeune fille, insista Farker.

– Est-ce cette affaire ? Comme c'est drôle, dit Lars en se rendant compte qu'il s'agissait du meurtre dont Mønster lui avait parlé.

– Vous trouvez les décapitations drôles ? demanda Victor Jørgensen.

– Non, mais l'une de mes connaissances m'en a un peu parlé, s'excusa Lars.

– Rien qui puisse conduire à une résolution, je suppose ? demanda le correspondant au Sénat, quelque peu narquois.

– Sans doute est-il effectivement trop malin pour nous »,

conclut Farker, qui récapitula alors la dramatique chasse au criminel présumé entreprise de nuit, deux semaines après le meurtre.

Un tuyau anonyme avait conseillé de s'intéresser à la mansarde d'un immeuble de Islands Brygge, restée vide un certain temps. On tendit une souricière. Dix enquêteurs furent placés aux endroits stratégiques. Dans le froid glacial, le bâtiment fut encerclé. Tous ceux qui entraient ou sortaient de l'immeuble étaient arrêtés pour contrôle d'identité. On vérifiait leurs faits et gestes. Deux enquêteurs fouillèrent systématiquement le débarras avec des lanternes d'écurie après avoir bloqué la zone réduite où le criminel se trouvait. Il fut sommé de s'arrêter mais parvint à s'enfuir : il fracassa une porte du grenier, accéda à l'immeuble voisin et disparut d'une manière inattendue, en grimpant sur le toit par une fenêtre avant de s'évanouir. Les enquêteurs le poursuivirent, mais durent, comme les simples témoins de la rue, se contenter de regarder la silhouette noire du criminel courir sur les toits.

« De nouvelles pistes apparaissent constamment. Nous les remonterons infatigablement, jusqu'à l'attraper.

– De quelles pistes s'agit-il ? demanda Victor Jørgensen. J'avais l'impression que vous en étiez toujours au point mort.

– Nous remontons certaines pistes, dit Farker sans approfondir.

– Mais n'est-il pas vrai, ajouta Victor Jørgensen en reposant son couvert sur la nappe, que vous avez soit un soupçon, soit un mobile, soit l'arme du crime ?

– Vous savez parfaitement que je ne peux pas donner de détails concernant l'enquête, ni à vous ni à d'autres », trancha Farker.

L'inspecteur, qui se sentait un peu acculé à la défensive, changea de tactique. Il s'éclaircit la voix, tripota un moment le pied de son verre de vin et sourit :

« Mais nous ne sommes certainement pas les seuls qui laissent courir les criminels. À ma connaissance, le Dr Adler jouit pour l'instant de sa pleine liberté à Copenhague. Et si je me souviens bien, ce docteur banni est une créature que l'on doit à *Dagbladet*, n'est-ce pas monsieur Jørgensen ?

– Il y a quand même une différence entre terroriser les

gens et les exécuter, répliqua Victor Jørgensen. De plus, ses relations avec *Dagbladet* remontent à plusieurs années.

– Eh bien, dit Farker, il court des rumeurs tenaces selon lesquelles on aurait dû offrir une bonne place il y a quelques années au Dr Adler. Il aurait ainsi pu la refuser, ajouta-t-il en faisait une pause artistique afin de pouvoir mâchonner et maximiser son effet.

– Ce n'est tout simplement pas vrai, objecta Victor Jørgensen, déterminé, les mains nouées.

– Alors, messieurs, pourquoi ne pas vous accorder sur l'idée que Farker attrape cet audacieux communard, et que Victor Jørgensen écrive quelque chose sur cet heureux événement ? Qui sait ? Le meurtre pourrait aussi être élucidé ? »

L'interruption du duel par Jørner suscita un rire approbateur et bienvenu autour de la table, où on observait un silence tendu. Tous regardèrent avec intérêt leur *maître de plaisir*[1].

« J'aimerais plutôt écouter les projets de notre jeune ami, M. Mikkelsen. J'ai promis à son père de prendre soin de son avenir. Allez-vous chercher à intégrer l'un des ministères lorsque vous aurez fini ?

– Mes projets ne portent pas encore si loin. Pour l'instant, je fais ma philo.

– Voilà qui n'est guère précis. Le pays a un besoin urgent de jeunes avocats doués. Je me souviens bien de votre père et étais convaincu que vous étiez fait de l'étoffe particulière qui aime à dominer. *Iustus et bonus vir.*

– Mais aujourd'hui, les avocats sont bridés par les lois du pays, aussi est-ce plutôt le Parlement...

– Le Parlement ? Notre Seigneur nous en préserve. Dans quelle catastrophe croyez-vous que le pays se serait retrouvé si d'habiles juristes n'avaient pas en leur temps pris soin de maintenir les nationaux-libéraux[2] au pouvoir ? Personne, pas

---

1. En français dans le texte.

2. Représentant désormais la droite conservatrice, les nationaux-libéraux virent en 1872 la gauche (représentant surtout les petits paysans) l'emporter, ouvrant une période de confrontation : le roi gardant le libre choix des ministres, la droite, s'appuyant sur la Constitution alors en vigueur, continua à gouverner avec Estrup mais dut, face à une Chambre basse largement hostile, recourir à partir de 1877 à des « lois de finance

même la plèbe, ne souhaite que des gens en sabots et des coquins se rendent au banquet annuel du roi pour diriger le pays en ces temps agités. Enfin, vous n'êtes quand même pas déjà devenu radical ?

– Niels Christian, intervint Mme Jørner sur un ton de reproche.

– Je ne m'intéresse en fait que très peu à la politique », confia Lars, mais en voyant le correspondant au Sénat se raidir et lui envoyer un regard désapprobateur, il se dépêcha d'assortir son assez maladroit aveu d'un compliment : « Le repas est excellent, madame Jørner. »

Ce qui provoqua autour de la table plusieurs expressions de délice approbateur, acquiescements et autres assurances de l'excellence du repas.

« Nous devons nous souvenir de le dire à Ingrid. Elle est nouvelle à la cuisine, et nous sommes sa première place. Il est important qu'elle puisse repartir d'ici avec une lettre de recommandation convenable. Ou alors rester ici », conclut-elle en éclatant d'un rire, exaltée à l'idée inattendue d'avoir dit quelque chose d'amusant.

Plus tard dans la soirée, Mme Jørner paya son compte au serviteur loué, libéra la bonne et servit elle-même le cognac aux hommes dans le jardin d'hiver, puis s'assit avec sa fille au piano.

Lars lança un long regard langoureux dans cette direction. Il n'avait rien d'un aigle dans la conversation et devait s'efforcer de ne pas se compromettre davantage. Le conseiller à la chancellerie résolut d'exploiter au maximum la brèche que Lars avait lui-même ouverte en le bombardant de lois et de règlements, ainsi que des noms de politiciens que Lars trouva à peu près aussi intéressants que des fractions et des logarithmes.

« Vous vouliez bien devenir juriste, monsieur Mikkelsen ? »

Lars s'efforça de son mieux de l'interroger, de paraître intéressé et de demander des précisions tout en observant des

---

provisoires ». La dernière décennie du siècle vit l'élaboration d'un compromis entre les modérés des deux bords et la droite perdit finalement le pouvoir en 1901.

moments de silence appropriés, et donna de cette manière à la conversation un rythme qui, autant qu'il puisse en juger, convenait bien à M. Jørner : lui, parlait, Lars écoutait. Mais pendant qu'il parlait, Lars devait se souvenir très précisément de ce que M. Jørner faisait. Il avait une *Nebengeschäft*[1], comme il disait. Quelques agences. Mais ce n'était pas très précis. Comme le vieux négociant Mikkelsen, il faisait du commerce d'un peu de tout. Lars avait toujours trouvé singuliers les gens qui gagnaient leur vie en faisant un peu de tout. Cela lui paraissait trop dépassionné. Il aimait davantage ceux qui exerçaient une profession définie. Bien sûr, le travail était un outil permettant de se procurer le nécessaire ou même de faire fortune, mais pas seulement. Dans l'idéal, il voyait bien combien ne pas se perdre dans une existence sans but précis constituait un privilège. Il lui semblait souvent que les touche-à-tout se limitaient en fait à observer des listes de prix.

Peu après, Mozart monta dans la lourde atmosphère de fin de soirée estivale. L'épouse du correspondant au Sénat s'assit au clavier et se révéla femme de scène. Les pensées de Lars repartirent à la dérive, notamment vers les dames de la pièce attenante.

Jørner offrit aux hommes des cigares dans une jolie boîte en argent et en alluma lui-même un, puis s'intéressa de nouveau aux désordres et à la prostitution de Copenhague ; se révélant en fin de compte drôlement au courant de sujets dont par ailleurs il ne se souciait évidemment pas. Son propre père *in abstentia*. Les condamnations morales, mais avec un luxe de détails qui frisait l'indécence.

« Les plus grasses et les plus laides se trouvent dans Holmengade, expliqua Jørner. Dans Store et Lille Brøndsgade et Didrik Badskærs Gang. Là, je me suis laissé dire que c'est moins d'une couronne. Les plus jeunes vont sur Dybensgade, Hummergade, Knabrostræde et Laksegade. Et là, c'est aussi plus cher. »

Farker pouvait énumérer une liste d'endroits supplémentaires qui parla aussi peu à Lars que les noms des membres du Sénat :

1. « Occupation annexe. »

« Løngangsstræde, Farvegade, Mikkel Bryggersgade, Sankt Gertrudsgade, Landemærket, Vognmagergade, Helsingørsgade, Adelgade et Borgergade, Prinsensgade, Gothersgade, Halmtorvet, Knudsgade, Lille Kongensgade, dit-il en recomptant sur ses doigts pour s'assurer qu'il n'avait rien oublié. Tout cela est bien inoffensif. Et finalement, c'est mieux pour tout le monde.

– Indécent, estima Jørner, dont les yeux de rongeur vagabondaient de l'un à l'autre.

– Je suis totalement passé à côté, dit Lars. Je suis pourtant déjà allé dans plusieurs de ces rues.

– Vous pouvez les reconnaître aux jalousies en bois, expliqua Farker. Tous les bordels ont des jalousies en bois. Fermées, qu'on ne puisse pas regarder.

– Il me semblait que c'était justement ces précautions qui faisaient que tout le monde savait où ils se trouvaient, dit Jørner. Qu'on s'en rendait compte à cela.

– Mais comment savez-vous toutes ces choses ? demanda Lars.

– Quelles choses ?

– Sur la prostitution.

– J'ai, en tant que jeune juriste, siégé dans la commission qui prépara la loi du 10 avril 1874 sur les bordels à Copenhague.

– Mais n'est-ce pas cette loi qui a légalisé la prostitution ?

– En droit, on doit faire preuve de largeur de vue par rapport à ses convictions personnelles. Vous l'apprendrez avec le temps, monsieur Mikkelsen. »

Lars n'était pas d'accord. Devoir, plus jeune, intégrer les doctrines de ses aînés l'avait déjà suffisamment contrarié. Il ne faisait notamment pas le moindre cas des prophéties de ces gens qui cherchaient des excuses à leurs échecs personnels en les imputant à des décisions collectives. Mais il ne dit rien.

Lars fixa les vitres. La pluie était torrentielle. Il se réjouit intérieurement. Le vent soufflait fort, et de temps à autre une violente petite averse s'écrasait sur le verre. Les arbres du jardin ployaient sous l'humidité, et les plantes vivaces, pliées et courbées, débordaient des plates-bandes. La pluie semblait laver tous les parfums, et par à-coups les envoyer perpendiculairement à travers la porte du jardin entrebâillée.

Plus tard dans la soirée, en revenant des petits cabinets de toilette, il surprit avant de rentrer dans la pièce un échange entre Jørner et le correspondant au Sénat.

« Bien sûr, ce n'est pas un mauvais garçon, mais il n'est guère éveillé. J'ai promis... Ah, le voilà. »

Les invités s'en allèrent vers dix heures. Lars serra chaleureusement les mains de son hôte et le remercia de nombreuses fois pour le dîner. Il remit sa redingote mais ne put retrouver son parapluie. Mme Jørner l'aida à chercher, sans succès.

« Les bonnes, dit-elle en tapant dans ses mains. Marie a dû prendre le vôtre. Allez donc voir dans le salon, il se peut que vous ne reveniez pas tout de suite. Peut-être voulez-vous attendre ? »

Lars secoua la tête.

« Ce n'est rien.

– Je veillerai à vous le faire envoyer, monsieur Mikkelsen. Vous ne voulez pas emprunter l'un des nôtres, d'ici là ?

– Non, merci. Un peu d'eau ne va pas me faire de mal », répondit-il.

Il trottait à travers la ville, la tête bourdonnant encore d'alinéas juridiques, de servitude et de noms de rue obscènes. Il tenta de se débarrasser de la sécheresse du droit en se plongeant dans le meurtre, contrarié de ne pas avoir eu l'occasion de parler davantage avec Farker des détails de la mort de la fille. Par exemple, quelle quantité de sang répand une personne décapitée ? Que le roi Godfred sortît de l'histoire de manière si peu héroïque, sans confrontation avec Charlemagne, l'homme d'action, l'avait toujours un peu gêné par rapport au *Meurtre du roi Godfred.* Que sa propre garde rapprochée l'eût soi-disant assassiné suffisait peut-être. Mais cela semblait si abstrait. On pouvait bien se permettre de raconter une décapitation.

En atteignant les lacs, l'histoire du criminel mystérieux qui s'était enfui par les toits de Copenhague lui revint. Courir là-haut, poursuivi par la police, sur des briques glissantes de givre. Il commença à imaginer un décor. Une chasse à l'homme au-dessus des immeubles. Quelques criminels ayant trouvé leur chemin dans les vieilles catacombes abandonnées sous la ville, à la recherche d'un trésor caché peut-être par de mystérieux templiers. Peut-être dans un coffret. Un coffret en or, sacré. Susceptible de renfermer une ancienne malédiction. Peut-être découvriraient-ils les victimes de la peste du Moyen Âge. Et réveilleraient-ils un bacille endormi, qui serait resté des siècles à attendre, sans jamais complètement disparaître. Peut-être cette chasse dans les couloirs souterrains était-elle seulement une image pour autre chose.

Il se réveilla le lendemain tourmenté par une pensée toute différente. La sociabilité l'exténuait. Les Jørner étaient des gens à la fois très bien et étranges, mais ce genre de visite d'une vacuité retentissante allait tout simplement le tuer. Les quelques heures en société avec les Jørner l'avaient autant fatigué qu'une nuit entière à son bureau, plume à la main. Qu'il ait dû endosser la remarque méprisante de Jørner lui faisait encore plus mal. À l'évidence, il était utile d'apprendre qu'on pouvait sortir en ville discuter amicalement et courtoisement pour ensuite être frappé dans le dos, mais il gardait malgré tout la quasi-certitude que sa personnalité recelait quelque chose d'exceptionnel, qui suscitait le mécontentement. Quelque chose dans son être, dont d'autres ne se préoccupaient pas. Quelque chose qui l'engageait. Il isola des zones de son visage sur son petit miroir de poche et suivit leurs lignes du doigt. Les yeux froids ? Les lèvres étroites ?

Il entendit Tine frapper, ouvrit la porte à la volée et la tira à l'intérieur. Le sourcil froncé, il exigea d'une voix fort sérieuse qu'il voulait une réponse honnête à sa question ; mais avant qu'il puisse la poser, elle se mit à pleurer et avoua avoir un jour, par hasard, trouvé et nettoyé un joli anneau, ainsi que l'épée au mur.

« Je ne parlais pas de ça, dit-il. Je voulais vous demander à quel point il y a en moi quelque chose qui vous effraye. Je ne parle pas de maintenant, mais dans l'ensemble. »

Elle le regarda sans comprendre et n'osa pas répondre. Puis, non sans hésitation :

« Vous devriez sourire un peu plus. Il est possible que vous devez votre expression concentrée à des pensées très profondes mais on pourrait aussi croire que vous ourdissez les plus ignobles intrigues. Vous pouvez faire peur.

– Mais j'ai besoin de réfléchir, rétorqua Lars. La littérature, c'est ma vie.

– Vous devriez aller davantage au théâtre.

– L'art dramatique attendra. Pour l'instant, je m'occupe de mon roman.

– Pour vous entraîner à sourire, monsieur Mikkelsen. Assistez à des représentations. »

13

Le Dr Adler devait sa célébrité à une série de conférences qu'il avait tenues à l'université à la fin 1871. Ces cours avaient ébranlé la bonne société et fait tellement de bruit qu'on en parlait encore.

Des savants, de jeunes artistes et notamment des femmes furent séduits par la charge furieuse du jeune homme de lettres contre l'ordre établi. Ils avaient, en pleine extase, écouté ce fougueux juif déclarer de sa chaire et sans ménagement la guerre au Parnasse, gesticulant comme un Judas sommé de s'expliquer devant Jésus, tout en mouvements amples, éclairs dans les yeux et diction affûtée.

En habit, tel un Lumbye [1] dans la salle de concert de Tivoli, il avait brandi sa baguette de chef d'orchestre imaginaire, glapi ses arguments avec agitation et grandiloquence, le front ridé comme celui d'un bouledogue, et conclu en cyclone pendant qu'un accroche-cœur à l'huile de Macassar quittait sa place dans son épaisse crinière pour tomber devant ses yeux farouches.

Il était à la fois prélat et communard, savant et rustre, tout en un seul homme. Socialiste dans son indignation, mais avec une diction polie et grésillante de ministre. Et à la fin, il fut submergé d'applaudissements.

Le Dr Adler portait le deuxième nom de Cohen. L'insigne du sacro-saint. Un nom qui forçait à l'engagement. Le manteau pourpre d'une dynastie. Il était voué à la grandeur.

Son attaque était surtout injustifiée et inattendue. Critique

---

1. Hans Christian Lumbye (1810-1874) : premier chef d'orchestre de Tivoli (1843), il utilisa cette scène pour populariser de nombreuses œuvres danoises et étrangères, notamment des valses et des galops.

à la fois à *Dagbladet* et à *Illustreret Tidende*, au cours des années 1860 le Dr Adler s'était fait l'avocat du droit à la libre recherche. Il avait atteint une certaine gloire en tant que critique tranchant, doté d'une belle plume. Mais là où on attendait avec impatience sa série de conférences sur les dimensions nouvelles de la littérature européenne, là où on était en droit d'espérer une approche d'une rigueur de science exacte, on eut une véritable rébellion contre l'ordre établi. Un pur pamphlet. Non pas une introduction critique et esthétique à la littérature, mais une lecture tendancieuse des écrivains français et une charge politiquement orientée contre le trésor littéraire danois. Non du contenu mais de la propagande. Des considérations sur le délabrement de l'Église, de l'État et de la famille, sur l'absolution du suicide en tant qu'issue, bref une critique destinée à choquer la société au lieu d'un parcours littéraire et historique. Et la réaction fut immédiate. Plov et les hommes de lettres habités par le passé de *Fædrelandet* l'estimèrent complètement ahistorique. Qu'avait donc le mondialement célèbre H. C. Andersen ? N'existait-il donc plus de littérature valable ? Qu'est-ce qui n'allait pas avec Kierkegaard ? Et avec Blicher, Ingemann, Oehlenschläger ? Et Goldschmidt ? La liste des omissions et des disqualifications du Dr Adler était longue.

Lars se souvenait vaguement de quelques revues, à l'époque de Frederiksborg, dans lesquelles apparaissait le nom du Dr Adler, mais n'avait du personnage qu'une image extrêmement fragmentaire. Il se rappela certains emportements dans *Fædrelandet.* C'était tout. Quelque chose rappelant une querelle littéraire. Mais aussi loin que Lars se souvînt, c'était bien typique de l'époque. Il se rappela un numéro de *Dansk Rigstidende* du milieu des années 1860, qui un jour lui était par hasard tombé entre les mains au lycée à Frederiksborg. Il dépeignait avec un souci d'objectivité le célèbre critique P. L. Møller, qui s'était au cours de la décennie précédente brouillé à la fois avec Kierkegaard et avec Heiberg. Et auparavant, Heiberg s'était lui-même brouillé avec Oehlenschläger, et Kierkegaard en son temps avec H. C. Andersen. En plus de quoi existaient des querelles au sein de la littérature allemande.

La particularité du Dr Adler, expliqua Mønster, venait du fait qu'il était, depuis *grosso modo* ses conférences à l'université au début des années 1870, totalement interdit de riposte dans les journaux danois, et que ces mêmes journaux omettaient de parler de ses livres. Réaction caractéristique, qui provoquait naturellement l'indignation de la jeunesse, pour laquelle l'interdit est toujours plus séduisant. Cela faisait partie du jeu d'être étalé et ridiculisé dans des feuilles satiriques comme *Corsaren*, *Punch*, *Basaren* ou *Folkets Nisse* lorsqu'on se mettait un peu trop en avant, mais que finalement l'ensemble du camp conservateur empêchât *en bloc*[1] quelqu'un de placer un mot était inouï. Aussi Lars éprouva-t-il une sympathie immédiate pour le Dr Adler, et se sentit involontairement attiré et intrigué par cette personnalité récalcitrante, capable d'éveiller autant l'attention. Mønster ne s'était-il pas, au fond, montré inconvenant vis-à-vis de lui ? Qu'avait-il donc dit au Dr Adler ? Il se rappelait de son « maudits pasteurs » sifflant.

Le soutien et l'exclusion touchaient quelque chose de profondément personnel en Lars, qui se sentait lui-même sans foyer ni famille. Un paria. Pour l'instant, le Dr Adler était *persona non grata* et se trouvait la plupart du temps à Berlin. Dès l'instant où Lars et Mønster l'avaient rencontré dans cette ruelle, son visage s'était imprimé dans la conscience de Lars. Devant la provocation de Mønster, cette volonté indomptable, dissimulée derrière ses rouflaquettes, avait jailli de son casque de cheveux, violemment irritée. Le goût du combat. Sur le papier, il ressemblait à un national-libéral présentant tous les signes extérieurs de l'importance bien établie, avec plastron blanc comme neige et bien amidonné, vêtements irréprochables, redingote, chaussures récemment cirées ; mais intérieurement, c'était un artiste à la pensée souple, doté de la franche absence de préjugés des libéraux. Sous de nombreux angles, il apparaissait comme un idéal. Main ferme et attitude communicative et chaleureuse. On avait mentionné son nom au cours de la soirée chez Jørner, et Lars n'avait pu s'empêcher de remarquer l'admiration dissimulée derrière les injures. Particulièrement chez Mme Jørner.

1. En français dans le texte.

Les jours suivants, un plan commença à prendre forme dans l'esprit de Lars, assis à son bureau. Il était bien, lui, le jeune homme en colère, la nouvelle force vitale de l'art, la nouvelle voix de la littérature.

Mønster avait raconté que le renom du Dr Adler s'était, depuis ses conférences immortelles et si décriées, répandu à travers toute la ville et, oui, dans toute l'Europe ; et que tous les jeunes écrivains prometteurs de Copenhague lui envoyaient depuis leurs manuscrits afin d'obtenir son avis. Son pouvoir s'était installé subrepticement. Invisible, indésirable, mais grand. Si Lars parvenait à terminer la première partie du *Meurtre du roi Godfred* puis, par ce biais, pouvait s'assurer une opinion favorable du Dr Adler, une maison d'édition lui donnerait peut-être une avance qui lui permettrait de se sortir d'affaire. Peut-être même cette première partie serait-elle publiée en feuilleton dans un journal. Voilà qui lui donnerait le temps nécessaire pour terminer le reste. Quel triomphe d'amener l'un des hommes de lettres les plus craints et les plus respectés de Copenhague à témoigner de son talent ! Quelle revanche par rapport au foyer de son enfance, qui n'avait jamais pris son propos sur l'art au sérieux ! Et de quel argument indiscutable il disposerait si ou, plus exactement, lorsqu'on en viendrait à discuter de son avenir : il pourrait se sauver de l'engloutissement sous des monceaux de textes de loi, se sauver de la servitude !

Il se jeta sur son travail, porté par cette perspective prometteuse. Le manuscrit du *Meurtre du roi Godfred*, premier gros travail pour lequel il recherchait une forme et une expression exactes, demeurait inachevé. Ce livre commencé à seize ans était un chœur à plusieurs voix, une fosse d'orchestre aux instruments désaccordés. Il relut et rédigea, biffa et coupa. Il restait dans la lune à sa fenêtre, tambourinait des doigts sur son bureau, se levait, se rasseyait, entrelaçait ses mains devant lui, étirait ses bras et faisait craquer ses doigts. Il secoua ses épaules, attrapa son crayon et écrivit : *Le roi Godfred considérait le Nordalbingien*[1] *comme un territoire danois. Pour se venger*

1. Territoire situé au nord de l'Elbe, correspondant en partie au futur Holstein.

des Obodrites[1]*, il rassembla d'abord, en l'an 800, un contingent de Slaves de la Wilza. Le frère de Godfred, Halfdan, furieux d'avoir été évincé à la mort de Sigurd Ring au profit de Godfred, partit rencontrer Charlemagne ...*[2] Il laissa sa plume tomber, distrait par deux jeunes filles qui riaient en bas dans la rue. Il se trouvait maintenant au summum de la susceptibilité : tous les bruits, et même le silence, l'irritaient. Les petits cris de Brandt lorsque Tine abîmait une pièce de porcelaine ou perdait trop de temps à discuter avec les coursiers dans l'arrière-cour, les esquisses sans cesse interrompues de Lise Carlsen s'exerçant au salon de l'étage, les coups secs d'une horloge à balancier quelque part derrière un mur.

Parfois, Mønster venait le délivrer lorsqu'il était lui-même lassé de trouver des erreurs dans les prêches de l'évêque Martensen à Notre-Dame ou de s'efforcer en vain de renverser par la seule force de sa pensée la statue de Jésus, ou plutôt d'Hercule, comme il appelait le marbre du Sauveur de Thorvaldsen.

Ils faisaient des trous dans les cibles en carton de la Société royale de tir, en compagnie de ministres et de chefs de département du ministère de la Justice, qui pouvaient donner libre cours ici à une colère impossible à exprimer dans la langue ronflante du *Journal de la Cour suprême* ; de procureurs rancuniers et aigris exécutant enfin la juste sentence que le tribunal de la ville n'avait selon eux pas rendue à l'encontre d'un criminel ; ou de vaillants soldats qui s'entraînaient à projeter des pointes d'acier sur les cibles les plus éloignées, représentant des Prussiens haïs. Mais Lars n'était jamais complètement présent, même lorsqu'ils allaient ensuite s'asseoir dans la première salle du kiosque à musique d'Istedgade, afin de profiter de la vue sur Kalveboderne et Kalvebostrand. Il était physi-

1. Slaves occidentaux qui, au cours du haut Moyen Âge, peuplèrent une partie de l'Allemagne du Nord. Alliés à Charlemagne contre les Saxons, ils furent christianisés puis progressivement absorbés par les Allemands.

2. Le roi Godfred (Gudfred) est surtout connu pour ses démêlés avec Charlemagne à propos de la Frise et de certaines portions de la Saxe. Il attaqua aussi les Obodrites alliés des Francs, et renforça le Danevirke, ligne de fortifications du sud du Danemark. Il mourut assassiné en 810 par un membre de sa garde rapprochée.

quement là, réel, on pouvait lui adresser la parole et attendre de lui une réponse, mais en fait il se trouvait ailleurs. Loin de ce monde, comme dans un rêve ou sous l'effet de la fièvre. Et il comprenait plus intensément que jamais le proverbe qui disait : « Écrire est comme mourir. » Abandonner. Il lui semblait que l'existence ne devait à aucun moment être plus excitante qu'à l'instant du nécessaire adieu. C'était une transformation. Une métamorphose. Une chrysalide. Le purgatoire de Dante. Un enfer attendu. Comme près du lac d'Udsløse. Un lieu soudain tout différent.

Pourquoi ne pas peindre plutôt ? Le monde des peintres était si beau. Jeune homme, il bousillait ses couleurs Neurupin et voulait entrer à l'Académie des arts. Les yeux des peintres voient les belles choses. Il se souvenait qu'à l'époque où il peignait intensément, la peinture lui permettait, comme la littérature, d'accéder à une autre réalité. Mais en moins douloureux. D'un coup apparaissaient la profondeur de la perspective, les contrastes, l'étrangeté des ombres projetées par un monde normalement caché à l'œil, la texture de l'ensemble. Tous les grands écrivains peignaient. Leurs petites distractions apparaissaient dans tous les cahiers de brouillon, sous forme de paysages et de personnages à l'encre. Il s'agissait en réalité d'une déclaration d'amour, d'une expression de désir. Si Goethe avait pu choisir, il aurait choisi la peinture. La toile fixée, le papier à aquarelle épais comme du cuir, l'intensité de l'aigue-marine qui s'enfonce sur cette surface brute et grenue, les quelques minutes où l'ensemble luit de vie, où les couleurs, le papier et l'eau confluent.

Bien sûr, on entendait parler de peintres hystériques et complètement fous. Lars avait choisi d'écrire et ne connaissait pas la peinture à fond. Comme une langue étrangère dont on aime les sonorités, mais qu'on ne maîtrise pas dans les moindres détails et qu'on admire donc superficiellement.

Il était davantage présent lorsqu'il rôdait de nuit avec Mønster dans les quartiers interdits. Leurs sens s'aiguisaient en atteignant Vandkunsten et les petites rues étroites et sombres, qui semblaient délabrées à la faible lumière rougeâtre du gaz, ou étaient plongées dans des ténèbres de grotte. Il essayait alors de se rappeler les noms de rues entendus chez Jørner. Là entraient en jeu d'étranges existences nocturnes. Les stores à l'italienne éclairés, qui toute la journée ressemblaient à des capelines ou à d'innocentes paupières rabattues sur les immeubles de la ville, dissimulaient son visage nocturne de prostituées qui roucoulaient comme de gros pigeons ou de maîtresses aux gants de fil, peignoirs rouges aguichants et mamelons gonflés sous des chemises et chemisiers de soie blanche.

Il se souvenait de tous ces étranges diables et animaux nocturnes, car il savait qu'un jour il écrirait sur eux. Il gravait ses observations dans sa mémoire, puis les consignait dans un cahier.

Le professeur de mathématiques J. L. P. Deuntzer était fort intelligent et ressemblait, presque comme un cliché, à une chouette effraie. Il parlait rarement, et personne ne savait grand-chose de lui. Mais il se trouvait toujours là, assis ou debout à sa place habituelle dans les bars de nuit à tout observer de ses yeux d'oiseau, attentifs et broussailleux. On pouvait l'interroger sur tout, il répondait. Il informait, avec de grands yeux ronds et gais derrière ses épaisses lunettes, qu'un calamar géant de seize mètres quatre-vingts venait justement de s'échouer à Terre-Neuve ou que la pipe en tige de maïs avait été brevetée en Amérique, et connaissait le joueur de tennis à avoir remporté le tournoi de Wimbledon l'année dernière à Londres. Il connaissait Mallarmé bien avant le Dr Adler ou quiconque à Copenhague, et pouvait réciter *Les Fleurs du mal* de Baudelaire par cœur – et en français. Il y avait aussi le grand poète malheureux Taulov, qui écrivait tous ses poèmes au crayon noir et les vendait dans les cafés de la ville pour un Brøndum sans huile empyreumatique. Il croisait encore des joueurs et des proxénètes rubiconds luisants de graisse, aux visages meurtris, à la chevelure rare ruisselante de pommade comme de la friture, qui se retrouvaient dans des clubs secrets et pouvaient sans doute tuer des chevaux à coups de poing. Lars enregistrait tout cela et le couchait par écrit, sans être réellement présent.

Il se trouvait à l'époque viking. Cherchant à développer et à entretenir sa vision. Avec la monotonie du fakir, la concentration du derviche, l'hypnose du magnétiseur, la transcendance du médium et une grande sérénité. Et consciencieusement, lorsque Mønster et lui se séparaient tard dans la nuit, il s'asseyait à son bureau en sachant bien que lorsque Mønster essayerait le lendemain de le traîner dans un dancing ou un café, il devrait refuser. Ces sorties étaient des excuses, et il le savait. Ces petits écarts nocturnes anéantissaient l'emploi du temps rigoureux et exagérément optimiste prévu pour lui et son travail. Il lui fallait se ressaisir.

Il le fallait aussi pour une autre raison. Côtoyer ces marginaux, ces loups déguenillés et affamés, réveillait en lui une vieille terreur. Qu'il pût lui-même finir ainsi, que son destin fût peut-être de se retrouver un jour, pauvre, fou et incompris dans une cabane lézardée, avec un morceau de carton ramolli pour lit, ou de traîner en titubant avec des mitons crasseux, à vendre des poèmes écrits à coups de taches de graisse sur de vieux journaux. Une perspective très théorique, mais néanmoins possible. Il s'imaginait que le feu de la bohémienne Cassandre était bien réel, qu'il s'agissait des flammes du bûcher de rue où il se retrouverait un jour en compagnie d'autres immondes sans-abri puants, démoli par son infériorité et grelottant de froid. S'il ne se ressaisissait pas. *Verumque laborem.* Il devait présenter à son père un « véritable travail ».

Il passa les quelques semaines suivantes intensivement immergé dans l'époque viking, à écrire comme un notaire dont le client serait en train de se mourir. De l'instant où il ouvrait les yeux à celui d'aller au lit. Il descendait furtivement lorsque les hôtes de la pension avaient terminé leur petit déjeuner et avalait en hâte un bol de soupe au pain noir et à la bière. Il remontait de la cuisine avec un quignon de pain de seigle, qui lui faisait son dîner pour plusieurs jours. Il ne se laissa plus distraire par les pianotages de Lise Carlsen dans la grande pièce, ni par le boulanger qui, de l'autre côté de la cour, faisait du bruit avec ses plats et ses moules à pain. Il n'entendait plus Tine lui apporter de l'eau fraîche, percevait à peine le linge propre embaumant la lessive, il n'entendait pas les coursiers avec leurs bidons de pétrole, le bois de hêtre déchargé par l'escalier de la cuisine, ni les lourds sacs de jute pleins de sable jetés au sol, ni les crachoirs. Il n'entendait pas le cocher du corbillard rentrer chez lui soûl dans la nuit, rosser ou monter sa femme, ou les deux, et n'entendait pas non plus les petits hurler. Et il n'entendait plus le gazouillis clair des adolescentes dans la rue, juste sous ses fenêtres ouvertes.

Il était complètement dans son monde. Là-haut dans sa mansarde, jusque tard dans la nuit, sa lampe à pétrole devant lui. Chaque bonne idée l'astreignait à s'asseoir sur son siège, à son bureau, devant son écritoire, et son ombre grandissait alors sur le mur incliné du grenier, avant de se ratatiner jusqu'à disparaître lorsqu'il s'avançait vers le rayonnage pour vérifier, à l'aide de lexiques et autres livres spécialisés, la vraisemblance de sa soudaine inspiration. Mais tout s'écroulait invariablement, il y avait toujours quelque chose qui n'allait pas. Et pendant qu'il travaillait infatigablement à terminer *Le Meurtre du roi Godfred*, il bouillonnait intérieurement en pensant à son prochain travail : transcrire la musique de la ville en littérature. En tons de la langue. Comme Pythagore, qui un jour perçut des consonances pendant que des forgerons battaient le fer et put ainsi relier les mathématiques et la musique, Lars voulait découvrir la mystérieuse formule littéraire qui exprimerait le mieux la vie de la cité en mots. Comme le jeu de Bach sur la quinte. Comme Hegel et Heiberg, qui fouillaient les structures ternaires. Il serait l'explorateur du monde de la langue. Et il sentait que cette ville l'aimait comme lui l'aimait.

Il acheva son travail dans les derniers jours d'août et ne s'en rendit pratiquement pas compte. Tel celui qui, englouti dans de profondes pensées, s'est promené d'un bout à l'autre de la ville sans en garder aucun souvenir précis, il avait désormais sous sa main fatiguée cent trente pages. Sans révéler ses plans à Mønster, ils fêtèrent la fin de ses efforts d'un verre de Hennessy trois étoiles et de fromage d'Edam trouvés à la cuisine, dans la chambre de ce dernier où, au contraire de chez Lars, régnait un ordre olympien. Dans un coin se trouvait la guitare dont tous deux auraient voulu que Mønster sût mieux jouer. Les étagères portaient des livres toujours bien rangés aux tranches alignées comme à la librairie du coin, alors que chez lui un fouillis de papiers et d'ouvrages consultés jonchaient le sol pendant des jours.

« J'ai convenu d'un rendez-vous avec Horn vendredi soir au *Lieu de rendez-vous*, dit Mønster.

– Dois-je emporter mon travail ? demanda Lars.

– Non, je crois qu'il voudrait surtout voir quel genre de type vous êtes. »

14

Le lendemain, Lars clopinait, curieusement euphorique, parmi les tas de livres et de papiers disséminés sur le sol de sa chambre afin de les ranger, lorsqu'il eut une idée. En enveloppant le manuscrit du *Meurtre du roi Godfred*, première partie, il ajouta sur la première page une petite tache d'encre sous la ficelle, de manière à l'unir à la page, puis serra le nœud. Sans doute un érudit tel que le Dr Adler, amoureux de la littérature française, trouverait-il amusante cette allusion à Lucien de Rubempré, le héros d'*Illusions perdues* et des *Courtisanes* de Balzac ? Ou bien trouverait-il l'idée de Lars regrettable ? Non, ça irait. Un homme de l'envergure du Dr Adler prendrait ce genre de chose avec esprit, s'il la remarquait. Lars écrivit ensuite une brève lettre, qu'il joignit au manuscrit. Il y expliquait non sans flatterie, mais sans vraiment mentir, qu'on lui avait plusieurs fois recommandé le nom du Dr Adler, et il priait le révéré connaisseur de la littérature d'être aussi clair que possible sur la qualité du manuscrit.

Il parcourut ses notes concernant son prochain projet et s'amusa à chercher un titre à toutes les idées qui lui étaient venues en cours de route. Lorsqu'il voudrait un jour rassembler tout cela, il faudrait que ce soit dans un gros roman. *La Grande Époque*. Il appellerait le manuscrit *La Grande Époque*.

Il fut alors appelé en bas, où l'attendait une jeune dame. Il enfila un pantalon et passa rapidement un cardigan de laine, remplit d'eau la barrique du coin lavabo et s'en jeta quelques poignées au visage et sur les cheveux. En descendant, il trouva Marie Otterup en train de discuter avec le cocher du corbillard, ce qui, à voir son expression, ne lui plaisait guère.

« Votre parapluie ne vous a-t-il donc pas manqué ? demanda-t-elle en le lui tendant.

– Vraiment pas, répondit Lars, un peu confus. Je ne suis pas sorti depuis. »

Il fut frappé de voir à quel point, en pèlerine et mantille bleues, chapeau de feutre beige à plume et ruban à nœud papillon, elle semblait différente de la dernière fois où il l'avait vue ; comme elle était belle, plutôt que jolie.

« Vous n'êtes quand même pas tombé malade ? s'enquit-elle. J'ai vraiment très mauvaise conscience. Il faut m'excuser d'avoir pris votre parapluie par erreur.

– Ça ne fait rien. »

Elle lui tendit le parapluie.

« J'ai eu bien de la chance de l'avoir avec moi. En fait, il est tombé une petite ondée sur la route. C'est pourquoi il est encore humide. »

Elle le secoua un peu avant de l'abandonner.

« Mais il vous faudra rentrer. Ne voulez-vous pas l'emprunter, au cas où ça recommencerait ?

– Non, c'est trop bête, dit Marie, je suis venue avec. Maintenant, je dois me sauver », ajouta-t-elle devant Lars, interdit.

Il la suivit un instant du regard.

« C'était gentil de votre part de le rapporter », cria-t-il.

Elle se retourna et répondit, sur un ton quelque peu acide :

« C'était gentil à vous de le remarquer. »

Le cocher du corbillard suivit lui aussi des yeux le pas rapide de la jeune fille jusqu'à ce qu'elle disparaisse à l'angle de la maison, puis secoua la tête :

« Jolie petite chose. Et vous m'avez l'air d'avoir compris comment la charmer, dit-il.

– J'ai des choses plus importantes en tête, répondit Lars. Et je la connais à peine.

– Vous n'y arriverez pas comme ça. »

Il se racla la gorge une ou deux fois et envoya sur les pavés un crachat d'aspect malsain.

« Nous ne pouvons pas tous avoir vos manières raffinées », ajouta Lars en se sauvant par la porte entrouverte.

Lars ne voyait pas en le cocher un dépositaire de la vérité concernant les choses de l'amour, mais se sentait assez irrité de ne pas s'être montré plus courtois et agréable. Tel un moine chez qui l'aspiration monastique, confrontée à la personnalité féminine, se retourne vers autre chose. En fait, une partie de lui se réjouissait malgré tout qu'il n'eût pas, comme on l'aurait attendu d'un jeune homme non marié, servi une bienvenue baveuse à cette gracieuse apparition. Sa renonciation recelait une sorte de joie cachée d'eunuque. Quelque chose d'insensible à la titillation soudaine d'une odeur corporelle, au parfum épicé du patchouli ou du musc, à la couture bien nette d'un bas. Quelque chose d'authentique, une détermination inébranlable, un destin qui ne voulait ni ne pouvait être acheté ou corrompu. Une volonté qui ne s'écartait pas de son but. Il se sentit de plus en plus fier de ses mauvaises manières, et ce sentiment de supériorité le suivit toute la journée. En prime, il s'offrit le luxe d'un petit déjeuner dans une cave à huîtres de Badstuestræde.

Au moment d'envoyer son paquet au Dr Adler, au comptoir du bureau de poste de Købmagergade, il était d'une telle suffisance qu'en voyant l'employée qui ne se doutait de rien, il pensa : si seulement elle savait. Une crainte soudaine que le manuscrit se perde s'empara de lui, et il posa la main sur son paquet.

« Vous voulez l'envoyer, oui ou non ? demanda-t-elle, grincheuse, en lui reprenant des mains.

– C'est un manuscrit, dit-il.

– Tiens. Je croyais que le Dr Adler était un fabriquant de brosses.

– Et s'il est perdu ?

– Vous l'envoyez, oui ou non ? »

Il s'en sépara à regret, puis descendit vers l'école de navigation de Havnegade. Il aimait la vie du port. Le bois, le goudron, la sueur et les nœuds épais. La pluie avait cessé. Le soleil blanchissait la côte suédoise sous une cascade de lumière, rayée ici et là d'ombres de nuages qui couvraient encore la plus grande partie du détroit et des portions de quais.

Il s'assit sur un banc et contempla la file des gens devant les petits vapeurs en partance pour Kiel. Après l'Allemagne, le voyage continuait vers l'Amérique, la terre promise. De Kiel ou Altona à Hambourg, puis vers l'Angleterre.

« Pensez qu'on pourra bientôt traverser directement vers

New York », lança un vieil homme sur un banc, à côté de Lars.

Il s'assit en bourrant sa pipe, et se présenta, selon ses propres termes, comme ancien contrôleur des perceptions des redevances sur l'alcool.

« Gérant de la consommation, entre amis », chuinta-t-il. Oui, il avait entendu que le grand navire qu'ils construisaient depuis quelques années là-bas, chez Burmeister & Wain, à Thingvalla, pourrait rentrer des Indes et aller en Amérique.

« Là-bas il y a de la terre, pensez-vous. Et de jolies, jolies filles. Et un président qui ne reste en fonction que pendant quatre ans. »

Lars laissa pensivement son regard dériver sur le port, avec ses rêves de départs. De grands vapeurs de pleine mer viendraient un jour mugir le long de ces postes d'amarrage ; et de hautes cheminées inclinées fumeraient, comme courbées en arrière par le vent d'ouest et les nombreuses traversées vers l'Amérique. Avec leurs chargements de malheureux. Ou d'aventuriers. Fuyant le crime ou désespérés par leurs cartes dans la vie. Ou simplement faute de choix. On les reconnaissait à leur visage, ceux qui faisaient encore le détour par l'Allemagne. Des visages tourmentés par les soucis d'argent. Des visages d'opprimés. Des visages fiers. Qui s'en allaient à New York ou Chicago. Dans le Montana, le Wisconsin ou le Dakota. La plupart avaient en commun le fait qu'ils ne reviendraient jamais. Disait-on.

Lars rêvait devant l'océan, observant les ferries aux roues à aubes blanches d'écume, les remorqueurs et les bateaux de pêche suivis de mouettes, pendant que d'autres voyageaient. Il se souvenait des bateaux de pêcheurs que, jeune garçon, il voyait, là-haut dans le Nord, cingler avec leurs voiles brunes et rouges. Naturellement, cela pourrait lui arriver un jour. Devenir soi-même un infime point qui s'échappe au loin, ne laissant qu'un peu d'écume dérivant dans les vagues bien après avoir disparu à l'horizon.

Plus tard dans la journée, une partie de son ivresse se dissipa peu à peu, remplacée par le tracas. Copenhague n'avait pas lancé de fusées lumineuses, les pommes d'or ne jaillissaient pas de la fontaine Caritas[1] et les habitants restaient dans l'ensemble totalement indifférents au fait qu'un jeune inconnu venait de se recommander au diable sulfureux de la nouvelle littérature. Il y avait ces passages dont il n'était pas entièrement satisfait, même après les avoir réécrits plusieurs fois. De même avec la nouvelle littérature : à quel mouvement à proprement parler adhérait-on, et qu'est-ce que cela impliquait ? Il avait depuis plusieurs jours alternativement exclu et oublié de se procurer un exemplaire du livre du Dr Adler *Littérature d'exilés*[2], cette œuvre qui avait suscité tant de controverses. Il s'était informé à la bibliothèque de prêt de Jordan, sur Silkegade, mais ils ne l'avaient pas. Il s'était alors tourné vers quelques bouquinistes, sans plus de succès.

Il finit devant la librairie de Gothersgade, un vieil atelier de reliure remontant à 1684. Un escalier de pierre partait de la rue et disparaissait dans le bâtiment, vers la porte d'entrée.

La librairie, qui faisait l'angle, comportait un fouillis de petites vitres, depuis l'entrée de la cave à la librairie proprement dite, plus haut. Les arrivages étaient irréguliers, mais Lars venait s'y promener de temps à autre et contemplait les rayonnages, rêvant comme un adolescent de grandeur et de gloire dès qu'il imaginait son nom sur le plat de l'un des volumes, à côté des plus grands écrivains de l'époque. En secret, il contemplait son propre reflet. Il était si près du but. Il s'efforça de cerner cette hostilité dont Tine avait parlé, mais ne put la déceler. Était-ce donc une honte de croire en soi ? De vouloir offrir le meilleur dont on était capable ? Il savait au fond de lui qu'il pouvait surpasser nombre de ceux qui se chauffaient au soleil dans les vitrines, et s'excitait tout seul en s'imaginant l'admiration dont il recevrait sa part lorsque le monde prendrait connaissance de ses vers et de sa prose. Son pouls battait. S'imaginer les conséquences de tout cela l'étourdissait presque. Ses rêves allaient-ils s'accomplir ?

Devant la boutique, il repensa à Marie Otterup. Il devait

---

1. Monument Renaissance de Copenhague, sur Gammel Torv, dite également Fontaine aux pommes d'or.

2. Premier des six tomes de l'œuvre majeure de Georg Brandes, *Les Grands Courants de la littérature européenne du* XIXe *siècle*, qui traite des premiers romantiques en France.

présenter ses excuses pour son comportement maladroit et ingrat. Qu'allait-elle penser de lui ?

Il lui faudrait présenter ses regrets pour une autre raison : jamais plus il ne se permettrait de nourrir un amour comme Lydia, à Frederiksborg. Cet état de rêvasserie et d'attente innocente avait été prodigieux au début, mais n'accoucha que d'une pauvreté presque comique, qu'il attribuait à sa propre immaturité et à son besoin d'alors de *Weltschmerz*[1]. Aussi loin qu'il se voyait arriver en pensées et en actes, il restait, concernant les affaires du cœur, naïvement désespéré et privé d'assurance. Il lui suffisait d'entrevoir un joli visage de jeune fille dans la rue pour que son imagination s'emballe. Il édifiait un foyer où des flots de soie coulaient de robinets d'or, où la nymphe se baignait dans l'amour et dans une eau vert-de-glace, souriant aux miroirs des plafonds qui lui renvoyaient l'éclat de ses dents brillantes, de ses cheveux défaits et de sa peau lisse, blanche comme l'écume qui coulait sur elle comme un arc-en-ciel de neige bouillonnant. Mais les inconnues innocentes qui jamais ne s'annonçaient dans ses palais intérieurs autrement que par un mystérieux silence, quelque chansons de charme ou ritournelles célestes, se seraient sans doute senties embarrassées, quoiqu'un rien flattées, en apprenant la nature de ses pensées impétueuses, ou alors auraient pu secouer la tête et ricaner. D'après son expérience, il fallait pour leur résister, parler à ces apparitions, avant qu'elles ne s'élèvent dans ses fantasmes. Un jour, il avait demandé son chemin à une jeune fille pour aller à un endroit où il n'avait absolument rien à faire. Il l'avait vue plusieurs fois sur Østergade, et elle commençait à exercer sur lui ce pouvoir ensorcelant. Il s'avéra qu'elle était comédienne et habitait un petit appartement en forme de couloir sur Danmarksgade. Elle jouait principalement les nouveaux poètes norvégiens et espérait qu'ils réécrivent bientôt pour la scène. D'ailleurs, Kastelvej se trouvait à Østerbro. À partir de ce jour, il ne pensa plus à elle. Ce n'était pas plus difficile. Il pensait s'être éloigné d'elle entre autres en apprenant ces choses. Marie Otterup ne ressemblait sans doute pas aux beautés éthérées qui habituellement excitaient

1. Pessimisme sentimental, mal du siècle.

son imagination, mais être averti ne pouvait pas lui faire de mal.

M. Otterup se trouvait derrière son comptoir. Il n'avait pas la première édition, mais seulement l'édition révisée comprenant certaines corrections. Lars la prit.

Alors que M. Otterup se dirigeait vers ses rayonnages, Lars jeta un regard furtif dans l'arrière-boutique, mais elle ne semblait pas s'y trouver. Il ne voulait pas la demander. Ç'aurait été excessif. Peut-être ne s'agissait-il finalement que d'une bagatelle, pour laquelle elle trouverait étonnant, voire suspect, qu'il se donnât tant de mal. N'avait-il pas été remercié ?

« Y avait-il autre chose ? »

Lars secoua la tête, paya et s'en alla.

15

Marie Otterup se trouvait près du miroir de l'arrière-boutique et s'était serrée contre le mur dès qu'elle l'avait vu entrer. Dès qu'il fut reparti, elle se mit sur la pointe des pieds et le suivit avec curiosité jusqu'à ce qu'il disparaisse dans la rue. Elle sourit légèrement à l'idée qu'il n'était sans doute pas réapparu totalement par hasard.

Avant d'avoir été présentée à Lars chez le conseiller à la chancellerie, Marie Otterup avait déjà remarqué ce jeune homme qui écrasait fréquemment son nez contre les vitres de la librairie. Au début, elle l'avait trouvé rustre et mal élevé de venir se pavaner, souvent dans sa simple veste de bure usée, aux côtés du toujours propre et soigné Mønster. Il y avait quelque chose d'indéfinissablement irritant chez ce jeune fat, qui se présentait parfois à la boutique mais achetait rarement quelque chose, et marchait dans la rue comme s'il possédait le monde entier alors que ses bottes élimées révélaient qu'il était pauvre comme Job. Chez le conseiller Jørner, il n'avait pas saisi l'opportunité d'effacer l'impression que les vendeurs lui avaient donnée de ce garçon : il avait vraiment quelque chose de présomptueux. Et son comportement ingrat d'aujourd'hui !

Marie travaillait dans une ganterie de Strøget et ne prêtait main-forte à son père que lors des périodes les plus actives. Par l'un des vendeurs, elle apprit que M. Mikkelsen écrivait, ce qui ne l'impressionna pas. Elle connaissait par son père quelques écrivains, et leurs commentaires sur Kierkegaard ou H. C. Andersen ne lui avaient laissé aucune illusion : il ne s'agissait pas d'une engeance très aimable ni digne d'admiration, et elle s'était précocement promise que son futur homme ne serait en aucun cas un créateur. Elle ne s'était renseignée auprès du vendeur concerné que par pure et simple curiosité pour savoir ce que le jeune homme avait publié, et obtint la réponse qu'elle attendait, c'est-à-dire encore rien.

Lorsqu'il était entré dans la boutique, elle était encore en colère d'avoir attendu en compagnie du peu avenant cocher de corbillard, en plus au moment de la journée où une puanteur tenace d'ossements d'animaux imprégnait la ville depuis les usines de colle d'Amager. Après la mort de sa mère, elle avait plus que jamais compris pourquoi de nombreuses familles considéraient comme un manque de tact de parler de mort ; mais le cocher avait évidemment infligé à Marie le récit de la mise en terre de toute une famille empoisonnée une fois de plus au dioxyde de carbone : « Pensez, juste pour avoir oublié d'ouvrir la valve. » Quatre cercueils, dont deux « ma foi pas plus grands que des coffres à provisions ».

Et pas le moindre remerciement de la part de M. Mikkelsen, lorsqu'il avait fini par descendre. Ou alors avait-il remercié ? Il s'était exprimé de manière fort peu claire.

Cela faisait trois ans que la mère de Marie lui avait été arrachée après une longue maladie. Marie, aujourd'hui âgée de dix-huit ans, était à l'époque parvenue à se faire à l'idée que la maladie avait seulement accompagné sa mère, dont la perte laissa une profonde cicatrice dans son âme. L'encéphalite indiquait que l'horrible maladie s'était bien installée, mais au fil du temps, Marie se demanda de plus en plus dans quelle mesure on lui avait, par égard, caché la vérité sur son état. Des souvenirs étranges avaient peu à peu ressurgi : sa mère se comportait bizarrement dans certaines situations, au point qu'elle avait fini par en conclure qu'un genre de folie avait investi le cerveau de cette femme jadis si pondérée. Si telle était bien la vérité, ce dont elle se sentait de plus en plus convaincue, elle ne pourrait se libérer du sentiment d'avoir été trompée, non seulement par son père, qui avait surveillé l'armoire à pharmacie comme un tigre en cage, mais aussi par sa mère, qui lui avait assuré qu'aucune impureté susceptible d'expliquer ses douleurs derrière le front n'infectait le sang de la famille. Marie était particulièrement tourmentée de ne pas avoir été présente au moment de sa mort, alors qu'elle venait souvent s'asseoir à ses côtés et adressait pour elle de pressantes prières. Et là non plus, elle ne pouvait pas se défaire de l'impression d'avoir été dupée. Était-ce vraiment un hasard que le départ de sa mère se fût produit au moment où personne, pas même son père, ne se trouvait à proximité ? Elle s'efforçait de se faire à l'idée que sa mère souffrait tellement de vivre qu'elle avait pu mettre un terme de sa propre main à une existence insupportable. Mais impossible de s'accommoder d'une pensée aussi horrible. On ne renonce pas comme ça. Marie avait cependant compris que c'était la réalité, même si elle ne se l'était jamais vraiment avouée. Un terrifiant démon avait finalement investi la petite chambre sombre et fermée. Les bras de sa mère pendaient, flasques, de l'alcôve. Elle avait vu entrer en elle cet affreux chérubin, qui souriait hideusement à sa couvée.

« Nous devons nous souvenir de ta mère quand elle allait bien », répondait son père, préoccupé par toutes les questions de Marie.

Elle n'abandonna que très lentement les pensées peu chrétiennes qui lui avaient fait craindre de perdre elle-même la tête, qu'un esprit mauvais allait assombrir son esprit lucide. Mais la vie devait continuer, se dit-elle en rejetant toute spéculation plus approfondie concernant sa mère. Elle retrouva un sentier plus clair et se rendit compte que la réalité constituait le meilleur des recours contre les pensées dangereuses, aussi prit-elle un travail dans une ganterie et secondait-elle son père et les vendeurs à la librairie. Étant l'aînée, elle prit tout naturellement la place de sa mère une fois sa grande sœur Chatinka, mariée à un maître d'école, partie à Århus.

Les activités très tournées vers l'extérieur de Marie lui permirent aussi de se faire de nombreux contacts, et elle ne manqua pas de prétendants issus des bonnes familles de Copenhague. Mais elle ne s'en préoccupait guère. Elle prit en main une longue série de problèmes urgents relatifs à l'entretien de la maisonnée, de sorte que ses rapports avec son père devinrent plus égaux. Ni lui ni elle n'étaient pressés de la voir se placer pour de bon. Son père s'était adouci, autant du fait des nombreux artistes qui visitaient la boutique que des événements liés à la maladie et à la mort de sa femme ; et sa façon d'envisager les conventions était devenue plus libérale. Au pire, Marie et lui n'étaient-ils pas d'accord sur de curieuses bricoles. Comme maintenant sur Lars Mikkelsen, qui venait de quitter la boutique.

« Vous dites qu'il fréquente ce sympathique fils de prêtre, Mønster. Mais à mon avis il fait un peu l'effet d'un frimeur », déclara son père, occupé derrière son pupitre à inscrire des chiffres dans son livre de comptes, en lui lançant un regard par-dessus ses petites lunettes d'acier.

Après avoir disposé de nouveaux livres, Marie referma les portes vitrées des armoires, avança un pied et croisa les bras.

« Pourquoi dis-tu ça ? On ne sait rien de lui, non ? » commenta-t-elle d'un ton plus neutre.

Son père haussa les épaules.

« Un jour, je l'ai entendu parler de Kierkegaard. Mais pas comme s'il dominait la littérature la plus récente sur la philosophie. Il ne connaissait pas encore le livre du Dr Adler sur Kierkegaard. »

Marie ne répondit rien. Elle ne savait vraiment pas pourquoi elle cherchait à le défendre, car elle avait ressenti la même impression que son père et que les autres employés. Mais ces derniers ne voulaient voir en lui qu'un jeune écervelé, alors qu'elle discernait autre chose, qui l'avait déjà étonnée la fois où elle l'avait aperçu dans l'escalier du conseiller. Cette caractéristique, un étrange mélange de chaleur et de mépris dans ses yeux, avait immédiatement réveillé des pensées profondément enfouies, liées à la maladie de sa mère, et la laissait interdite. Et elle ne put arriver à déterminer si elle avait été plus absorbée par la joie de ses yeux mélancoliques, ou par la mélancolie de ses yeux joyeux.

Quelle singulière dualité. Un frisson lui parcourut soudain le dos. Elle ressentit un courant d'air et poussa la porte. Il avait dû oublier de la refermer derrière lui. Ou alors elle s'était rouverte.

16

À l'époque existait à Copenhague une infinité de cabarets, cafés, estaminets et auberges. Mønster allait souvent au café *L'Enfer*, mais aimait par-dessus tout le petit cabaret d'artistes *Le lieu de rendez-vous*, sale et confortable, qui se trouvait lui aussi dans Købmagergade.

Mønster s'asseyait à une table dans un coin, en compagnie d'un homme à grande barbe vêtu d'un manteau à l'espagnole, et buvait du punch. Dans ce local bien rempli, une épaisse fumée de tabac pesait partout comme une grosse toile d'araignée. Lars était un peu rasséréné après avoir, au cours des deux derniers jours, lu deux fois en entier le travail du Dr Adler. Il ne savait pas vraiment quoi penser de ce livre, qui le rendait un peu nerveux. Certaines lacunes l'empêchaient de complètement comprendre ce qui avait tellement scandalisé et mis en colère le Parnasse danois. Il y avait trouvé de grandes exigences vis-à-vis de la littérature, qui selon Lars ne relevaient pas véritablement de la littérature, et des conceptions curieusement naïves de son pouvoir ; un peu comme si, dans le temps, on avait candidement présenté le télégraphe comme un glorieux moyen de réunir les hommes et de stopper les guerres dans le monde. Lars ne croyait pas en ce genre d'utopie. Il était sa propre foi de Schopenhauer. Dans son esprit, la littérature devait divertir, émouvoir, remuer, provoquer et apporter un éclairage sur ce qui resterait sinon inaccessible. Mais considérer la littérature comme moyen d'éveil à un credo politique lui semblait détestable. Lars ne comprenait pas du tout la manière du Dr Adler de mélanger sans nuance romantisme et christianisme. Rien de ce qu'il avait vu et éprouvé si fortement dans la cathédrale de la Nature n'aurait pu germer dans une église, et jamais il n'aurait appelé christianisme ses propres évangiles : le souffle du vent, les nuages et l'océan.

Lars avait pâli au fil de sa lecture. Ce livre ressemblait un peu aux « exercice ! » et « repos ! » dans les rangs, un nouvel ordre du monde national-libéral. Mais l'alternative était pire : à vingt-cinq ans obtenir le droit de vote, à trente tamponner des amendes ou des droits de succession dans un quelconque bureau gris et triste, avec casse-croûte et serviette en cuir de Russie. Non, cette perspective était vraiment trop affreuse. Finalement, aucun gros dégât n'avait été commis. Personne n'avait dit qu'il lui fallait l'opinion du Dr Adler pour quoi que ce fût.

« Voici Aleksander Horn », dit Mønster en lui présentant le fameux poète.

Celui-ci fit jaillir son gros poing, un peu noir à cause de la chique qu'il venait justement de porter à sa bouche.

« Vous êtes donc un prometteur artiste de province », dit Horn en souriant largement, un peu gêné par sa chique, qu'il s'efforçait de remettre en place.

Mønster se leva :

« Asseyez-vous, Mikkelsen. Je vais nous chercher davantage de punch.

– J'ai lu plusieurs de vos poèmes dans l'almanach », osa Lars.

Horn acquiesça en souriant :

« Flatteur, répondit-il. Et arrivez-vous à les aimer ? »

Mønster revint avec des verres de punch fumants, qu'il distribua sur la table.

« Horn édite ses poèmes chez Kaufmann, lança-t-il en s'asseyant.

– C'est moins glorieux que ça en a l'air. J'ai dû aller rafler moi-même partout mon dernier recueil pour qu'ils ne refusent pas le suivant. Pas besoin d'être rentier pour s'apercevoir ce qui est intenable dans ce type d'activité littéraire. J'espère que ce ne sont pas des poèmes que vous écrivez, Mikkelsen ?

– En fait, je n'ai pas encore complètement terminé...

– Ne dites jamais ça, jeune homme. Un artiste ne parle jamais ainsi. Attendez seulement d'avoir à demander une avance, et vous en serez à mettre le point final, même si vous n'en êtes qu'au début du premier volume d'une trilogie. Le cycle est bien connu, et les éditeurs ne sont ma foi pas dupes. Ne dites tout simplement jamais la vérité. Vous écrivez suivant la mode actuelle ?

– Mikkelsen croit au grand récit, intervint Mønster.

– Ah, Ingemann, Walter Scott, Dumas ? Gardez votre foi. Aujourd'hui, on compose sur les unions contrariées et enfances lamentables d'amis artistes. Et il n'y a là pas beaucoup d'art et absolument aucun argent.

– Je crois que l'on peut réformer le récit classique sans le mettre au rebut », proposa Mikkelsen, surpris d'avoir pour la première fois défini ce qu'il voulait vraiment.

Ils burent leur soûl toute la soirée. Aleksander Horn récita plusieurs de ses meilleurs poèmes d'amour et sur la grande ville, et Lars se rappela Svend Sonne, de Skovhuset, à l'époque de son enfance. Chaleur et ardeur s'écoulaient de ce grand corps à la barbe grise et broussailleuse, et des petites fentes joyeuses encadraient son nez.

« Et l'amour ? demanda Horn en claquant Mønster dans le dos. Avec ce bedeau-là, on n'arrive jamais à grand-chose même si, bizarrement, il sort en ville assez souvent le mercredi, quand toutes les servantes se déchaînent dehors.

– J'ai choisi de voir venir, dit Lars.

– Choix raisonnable, jeune homme. L'art, le véritable art, il faut que vous le sachiez, se paye terriblement cher. Quelques-unes de mes meilleures idées, de mes meilleures lignes, se sont payées au prix le plus fort. Je suis lié à mon épouse et à mes enfants, ne serait-ce qu'en me comportant comme un cochon d'une exemplaire crétinerie vis-à-vis d'eux. Les plus grands moments de conscience me sont venus aux instants où je n'avais aucun autre alibi pour blesser mes proches que le soupçon intuitif de quelque chose de pratiquement imminent, oui, et parfois même pas cela. Et furieux ou plein de remords, mais proie d'une folie justifiée, je me suis rué hors de la maison pour gagner une chambrette, avec la peur dans les yeux de ma femme et des larmes dans ceux de mes enfants, pour écrire certaines de mes meilleures lignes. L'artiste sait quand il a besoin de solitude. Comme les chiens qui vont mourir. Il faut que vous le sachiez, Mikkelsen. Il y a un prix. Un prix effrayant. »

Lars opina gravement.

« Serait-il utile que j'envoie quelque chose que j'ai écrit ?

– Cette question me rappelle de façon stupéfiante celle que m'a posée un autre poète plein d'espoir il y a quelques années. Connaissez-vous le recueil *Cygnes blancs* ? «

Lars secoua la tête. Mønster regarda Horn, livide et sidéré, et fit de grands gestes de défense.

« Vous ne saviez pas que Mønster écrivait ? »

Mønster s'éclaircit la voix :

« Maintenant, il le sait. Vous savez, monsieur Mikkelsen, par rapport à vous, il ne s'agit que d'une petite parenthèse insignifiante dans la littérature danoise, dont il ne vaut pas la peine de s'occuper. »

Horn porta la main à sa bouche et chuchota à Lars :

« La presse a été un peu rude avec *Cygnes blancs.*

– Rude ? s'exclama Mønster, qui avait entendu Horn. Imaginez-vous plutôt quelque chose comme le Bain de sang de Stockholm [1], Mikkelsen.

– Vous exagérez, Mønster. D'ailleurs, je connais... quelqu'un qui l'a lu et trouvé excellent.

– Comme d'avoir une fiente de mouette sur son habit alors qu'on ne peut pas le laver, lança Mønster en grimaçant de dégoût.

– Pessimisme incorrigible, Mønster. Tout le monde a oublié l'affaire, conclut Horn en tendant la main vers sa redingote et sa canne, avant de se lever de toute sa stature.

– J'ai promis à ce bedeau de vous recommander, aussi vais-je de mon mieux propager la rumeur de votre talent aux éditions Kaufmann.

– C'est très gentil à vous, dit Lars, mais... »

Il fut soudain interrompu par Horn qui, le visage soudain blanc comme la craie et les yeux fixes injectés de sang, s'effondra sur la table en renversant verres et tasses autour de lui. Pendant qu'on le relevait à moitié dans le désordre des verres, il indiqua sa gorge et balbutia :

1. Le 8 novembre 1520, le roi danois Christian II prit la ville et fit massacrer les chefs du parti national suédois, qui tentaient de recouvrer leur indépendance par rapport au Danemark (qui dominait l'ensemble de la Scandinavie, grâce à l'Union de Kalmar). Trois ans plus tard, le Suédois Gustav Vasa s'emparait du pouvoir.

« La chique... elle... »

Aleksander Horn ne put en dire davantage que Lars avait sauté par-dessus la table et commençait à taper dans son large dos.

Le café fut plongé dans un silence total. Horn gisait sans vie sous Lars, qui tapait de toutes ses forces. Mønster éclata soudain d'un grand rire, au point de presque s'étouffer en toussant. Mikkelsen cria :

« Mais bon Dieu, qu'est-ce qui vous fait rire ? Aidez-moi, plutôt. »

Le grand corps de Horn commença alors à tressaillir. Il tourna la tête sur la table et sourit à Lars, tout en recevant encore deux ou trois coups de poing.

« Je dois bien le dire, vous avez une sacrée volonté. Vous venez juste de me battre comme plâtre pour m'empêcher de mourir avant d'avoir honoré ma recommandation. À moins que tout cela ne fût qu'altruisme. Dans ce cas, il faudrait plutôt vous recommander pour un triste pastorat dans le désert du vieux Mønster. »

Il se releva, et les gens tout autour commencèrent à rire. Lars rit aussi lorsqu'il finit par réaliser vaguement que Mønster et Horn lui avaient joué un tour.

« Ça promet, déclara Horn en donnant une petite tape sur l'épaule de Mønster. Il arrivera certainement à quelque chose. »

Les deux amis revinrent à l'agonie simulée d'Aleksander Horn toute la nuit. Il titubaient d'un bistrot à l'autre et se jetaient sur l'absinthe.

« Pourquoi n'avez-vous pas riposté ? » demanda Lars.

Ils parlaient de la mauvaise réception de *Cygnes blancs*. Des comptes rendus parus. Celui de *Dagbladet* surtout avait été sévère.

« Vous savez quoi, Mikkelsen ? C'est pratiquement impossible. Ce que Ludvig Gregersen a écrit sur mes poèmes dans *Dagbladet* était bien sûr monstrueusement faux, mais ce n'était pas ça le plus cuisant. Mon père écrivit une fois quelque chose de déplaisant pour Gregersen, ce qui le contraria beaucoup ; alors devinez pourquoi il m'a éreinté comme ça. Mais ce que personne ne peut s'imaginer, je crois, peut-être même pas le critique, c'est que l'écrivain reste seul, avec le sentiment qu'il n'a pas lu l'opinion d'un seul homme mais de tout le Danemark. Je souhaiterais que chaque critique dût se promener dans une ville où il ait l'impression que tous croient qu'il a fait des déclarations blasphématoires ou insulté le souverain, car c'est ça que l'on ressent. Écrire exige du courage. Et je n'ai pas ce genre de courage. »

Lars compatit avec Mønster, qui semblait très chagriné qu'on lui eût rappelé ce chapitre clos de son existence. Ce n'était pas le moment de demander un exemplaire de *Cygnes blancs*, mais il lui faudrait naturellement le lire.

Lorsqu'ils rentrèrent à la maison le soir, une lettre avait été passée sous sa porte. À côté se trouvait son manuscrit empaqueté dans du papier journal.

À la vue de la lettre, Lars eut mauvaise conscience et pensa qu'il ferait mieux de préparer Mønster au fait qu'il avait envoyé son manuscrit au Dr Adler.

« Qu'est-ce que c'est ? demanda Mønster. Un "admirateur secret" ?

– J'aurais certainement dû vous en parler, Mønster. Il est possible que j'aie complètement gaspillé votre temps et votre peine avec Aleksander Horn. Je voulais vous faire une surprise, mais ça a maintenant plutôt l'air d'un coup en douce, me semble-t-il. »

Lars agita l'enveloppe, embarrassé.

« Vous avez agi derrière mon dos, dit Mønster en clignant des yeux. Ça vous va bien. Lisez-la, monsieur. Et je peux presque deviner à qui vous l'avez envoyée. »

Lars ouvrit la porte et s'avança vers le bureau pour prendre un coupe-papier.

« À mieux y penser, peut-être devriez-vous plutôt la lire seul bien au calme », lui conseilla Mønster en repartant discrètement vers sa propre chambre.

Lars ouvrit l'enveloppe et lut. Puis, il s'assit.

Cher Monsieur Mikkelsen,

Votre aimable lettre me donne le courage de m'exprimer directement et sans détour. Vous êtes sans aucun doute un esprit noble et romantique, mais il s'est produit beaucoup de choses en littérature ces dernières années, certainement passées inaperçues aux yeux de la plupart des gens. En Europe, on s'est ainsi détourné des romans historiques passéistes au profit d'un réalisme qui s'intéresse au quotidien des gens. Autrement dit, votre travail ne s'inscrit pas dans la bonne tendance. Je vous aurais très volontiers répondu que vous avez un grand talent, mais il vous manque toute la formation de langue et de poétique indispensable à un écrivain. Vous ne devriez pas gaspiller votre temps de cette manière : je m'y connais et puis sans le moindre doute affirmer qu'il n'y a aucun talent dans les lignes que vous m'avez envoyées.

Veuillez agréer, Monsieur, mes sincères salutations.
Nathan Adler

Mønster entendit l'épée arrachée, un inquiétant silence et enfin le bon coup que Lars asséna de toute ses forces.

Lars se rassit, l'humiliante lettre entre les mains, avant de la froisser, furieux, et de la jeter au loin, puis il attrapa le manuscrit. Et il put alors constater, ce qui améliora un peu son humeur tout en renforçant sa colère, que la mince ficelle se trouvait encore exactement comme il l'avait placé, avec la tache d'encre dessous. Quel fumier. Quel salopard. Dans son indolence doctorale, il n'avait même pas eu la bonté de deviner le petit signe de reconnaissance de Lars envers l'une des apogées de la littérature française – ce petit démon francophile n'avait même pas deviné ce qui aurait dû être une allusion d'initié au boutiquier menteur de Balzac et qui maintenant dévoilait que *lui*, le Dr Adler, n'était qu'un infâme coquin.

Lars ouvrit la porte à la volée et se rua dans la chambre de Mønster, qui l'attendait assis avec le Hennessy trois étoiles.

Il était trop effondré pour s'exprimer clairement.

Mønster lui tendit un verre.

« Je devine que le Dr Adler a jeté un œil sur la première page de votre travail, a lu *Le Meurtre du roi Godfred*, puis une date, et n'a même pas ouvert le manuscrit.

– Il ne l'a pas lu, dit Lars, tellement agité qu'il arrivait à peine à reprendre son souffle.

– C'est ce que je viens de dire. Et dans une lettre écrite en exquis *persiflage*[1], je partirais de l'idée qu'il vous a indiqué que vous ne vous situiez pas dans la bonne...

– Tendance...

-... tendance.

– Comment savez-vous cela, Mønster ?

– Oh, je le devine.

– Mais vous m'avez vous-même recommandé le Dr Adler ?

– J'avais espéré réussir à compromettre votre intégrité. Il n'y a rien de plus accusateur pour nous autres qu'une âme sans tache.

– Que voulez-vous dire ?

– Je peux toujours vous le raconter. Prenez une gorgée. »

1. En français dans le texte.

17

Le cercle étudiant de Gammelholm était un vivier de jeunes pleins d'avenir. Là se fréquentaient les futures générations de ministres, juges à la Cour suprême, médecins et écrivains, venus des meilleurs lycées de Copenhague : l'école métropolitaine, l'École de la vertu civique de Christianshavn et l'école de la vertu civique de l'Ouest. Certains d'entre eux étaient tellement anxieux et disciplinés que même en plein délire de fièvre, des fragments de César, d'Eschyle ou des hexamètres hégéliens de Johan Ludvig Heiberg leur venaient aux lèvres. Certains venaient de familles d'officiers de haut rang, chez qui d'énormes têtes de tigres du Bengale aux dents aussi longues et blanches que des doigts d'enfant étaient suspendues en guise de monuments dédiés à la gravité de l'existence, après avoir rencontré leurs pères en voyage dans les jungles des Indes. Même les sinistres et profondes ténèbres des forêts primitives s'étaient glissées à l'intérieur de ces foyers, où la plus grande partie de l'année le soleil se frayait à peine un chemin à travers les épaisses frondaisons de rideaux drapés et les lourds branchages de glands et de toupets. Ces jeunes hommes avaient vu toute leur enfance leur père marcher d'un pas lourd et crissant de cuir sur les moquettes, en pantalons bleus rayés de rouge et uniformes à épaulettes, portant sabre et houppette dorée ; et n'hésitaient pas à lever leur chapeau pour saluer lorsque dans le quartier de Bredgade ou les environs d'Amalieborg, ils apercevaient le carrosse de la reine veuve Caroline et ses cochers en livrée rouge. Que ces jeunes hommes escortent leurs fiancées, et les bonnes faisaient la révérence sans se préoccuper de leurs robes qui, comme des fleurs, s'ouvraient. Des gravures sur acier des souverains, avec leurs insignes royaux, pendaient aux murs de ces foyers à côté des portraits de famille, suggérant une parenté encore plus directe avec la noblesse et la lignée royale. La solennité pesait lourdement sur ces pièces, où seul le reflet déformé d'un visage par ailleurs régulier au dos d'une cuillère à soupe argentée pouvait avoir quelque chose de comique.

Début septembre, Lars et ses condisciples furent officiellement candidats au bac et purent donc s'appeler *stud. phil*[1]. Au départ, il retrouvait souvent un petit groupe de jeunes hommes dans la salle de conversation, dont la porte d'entrée était surplombée du bas-relief d'*Orphée* de Géricault, pesant avertissement à la jeunesse sur les espoirs suscités par la création artistique.

Lars écoutait avec jalousie les sonorités de leurs noms : Harald Hornemann, Morten Kraft, Sigurd Dreyer, mais était rasséréné par les noms maladroits ou difficiles à porter, ceux qui rappelaient trop des poètes déjà bien connus alors qu'aucun n'était encore publié.

Hornemann, avec sa vue basse et son épaisse chevelure, clignait des yeux et ressemblait surtout à un employé du bureau du fisc de Frederiksberg, où sa famille résidait dans une villa de trois étages.

« Vous devriez vous débarrasser de Mikkelsen, dit-il. Lars Valdemar ferait assez crédible. Est-ce de la poésie que vous écrivez ? »

Hornemann, dont le père William deviendrait plus tard président du tribunal international du Caire, était destiné une fois ses études juridiques terminées à intégrer le cabinet de son père, Hornemann, Müller et Bruun, qui avait des bureaux sur Bredgade.

Ses yeux gris-bleu rusés, le plus souvent de minces fentes souriantes derrière son pince-nez argenté, lui donnaient une expression douce mais réfléchie. C'était un être pusillanime, qui n'élevait jamais la voix. Dans les discussions, il s'exprimait peu et de manière concise, et écoutait le reste du temps, curieusement réservé et exigeant sur le plan dialectique. Et on imaginait à nouveau un fonctionnaire des impôts.

« Vous vous rendez bien compte qu'avec les prestations de

1. « Studiosus Philosoficum..

Fattiggården, vous perdriez pour toujours votre droit de vote ? »

Assis dans la bibliothèque moite d'humidité, il étudiait les livres récemment acquis ou des magazines français, enveloppé dans le brouillard de tabac bleu soufre qui à la lumière du soleil s'échappait de l'embout noir. Ses mouvements calmes, presque languissants, donnaient l'impression qu'il était malade et devait impérativement partir vers le Sud. Mais il n'était pas malade. Pas de cette manière.

Morten Kraft composait des ballades de circonstance et des pièces de théâtre pour les fêtes du cercle étudiant, et peignait en outre de jolies marines. Son nom[1] lui allait de manière paradoxale : bien qu'immense, brun et trapu, il était tout en sentiments. Tout poussait sur lui : sa chevelure croissait sur sa tête comme si elle était cultivée, sa pilosité jaillissait de son nez, bouclait sur ses yeux au gré de ses prompts changements d'humeur, broussaillait derrière sa chemise et son plastron raide, se hérissait sous ses manchettes blanches et rigides, et courait le long de ses doigts. Il n'avait que vingt ans, mais une épaisse barbe presque noire, souvent teintée d'un reste de blanc zinc ou de bleu de Prusse à la commissure des lèvres. Ses joues rouges et ses yeux bleu pâle, qui parfois s'humidifiaient en écoutant un joli poème ou les cloches de la ville, lui donnaient une expression juvénile et avenante pour peu que l'on surmontât sa frayeur devant son étrange voix de fausset.

Dreyer était un esprit peu concentré au visage aristocratique, aux yeux rapprochés et au long nez pointu. Il se piquait d'une grande consommation de laudanum, qui devait certainement pallier un problème bien plus grave. Il composait ses poèmes sans réellement souffrir et *voulait* devenir écrivain plus qu'il n'en *était* vraiment un : sa fiancée Rebekka Levi, qui écrivait parfois sous pseudonymes de petits récits dans des hebdomadaires, lui trouvait un talent poétique exorbitant. Mais elle ne souhaitait guère le surpasser en quoi que ce fût, car elle aimait cet homme ombrageux et ne voulait pas le perdre.

1. *Kraft* signifie « force, énergie, vigueur ».

« Elle est d'une excellente famille et son éducation est irréprochable, disait Dreyer en glorifiant sa beauté effectivement exceptionnelle. Plutôt petite, aux joues rondes, elle avait les cheveux noirs comme du charbon, de profonds yeux bruns et des lèvres qui, chez la plupart des hommes de la famille Levi, rappelaient de façon comique la bouche de Disraeli, mais s'étaient par quelque miracle féminin changées chez Rebekka en une orchidée rouge sombre s'épanouissant de manière presque provocante. Des lèvres derrière lesquelles brillait une solide rangée de dents blanc perle.

Que Mønster eût déployé son aile protectrice de prêtre au-dessus du jeune provincial contrariait Dreyer, qui le cachait mal, mais le romantisme si convaincu et assumé de Lars s'enracinait à un niveau si profond, si authentique, qu'il produisait sur les autres une forte impression. Ils partageaient en effet tous, à l'exception de Hornemann, un caractère romanesque. Leurs poèmes tournaient autour des peines de cœur occasionnées par les inévitables amours perdues dans l'anonymat de la grande ville, alors que Mikkelsen avait une vision de la nature plus solide et mieux ancrée, sans doute due à sa jeunesse provinciale proche des ténèbres et des forêts. Qu'il connût Hölderlin, Heine et Schleiermacher les étonnait et donnait du poids à ses expériences personnelles. Chose essentielle, il reconnaissait ce qu'il avait lu et non vu par lui-même, et ce que d'autres avaient écrit. Cela donnait à ses poèmes et à ses sophismes une dimension nouvelle, et à tout son être une lueur d'authenticité lorsque dans la salle de conversation des étudiants ou dans les cafés, ils échangeaient des extraits de leurs compositions.

« Sans doute Mikkelsen est-il le penseur d'entre nous », affirma Morten Kraft.

Lui et les autres jeunes hommes du groupe étaient tous plus âgés que Lars, mais ce dernier se gagna vite une réputation grâce à son amour et à sa connaissance de Kierkegaard, dont l'ampleur et le contenu des écrits étaient encore en voie d'assimilation dans le *beau monde*[1] de Copenhague. Certains avaient tout lu de lui en n'en comprenant que la moitié, d'autres en avaient lu la moitié sans rien y comprendre.

1. En français dans le texte.

Lars en avait parcouru la plus grande partie au cours de ses années passées replié sur lui-même au lycée de Frederiksborg : *Le Concept d'angoisse, Ou bien... ou bien..., Miettes philosophiques.* C'était l'occasion de longues conversations philosophiques dans la salle des étudiants, au cours desquelles particulièrement Morten Kraft paraissait désorienté par le plus essentiel chez Kierkegaard, chose étonnante pour quelqu'un qui avait tout lu de lui. Un jour, Kraft se leva pour nettoyer sa pipe au lavabo contre le mur et regarda du coin de l'œil la table ronde, autour de laquelle une assemblée d'hommes plus âgés, qui depuis des années avaient terminé leurs études, se tapaient sur le ventre dans un épais nuage de tabac. En revenant à sa place, il se remit à bourrer sa pipe de bruyère, l'alluma, haussa les épaules et se pencha vers Lars :

« Avez-vous lu le livre du Dr Adler sur Kierkegaard ?

– Ouuuuuuuhhh, le Dr Adler, murmura Dreyer, l'index sur la bouche.

– Pourquoi chuchotez-vous ?

– Vous l'ignorez, Mikkelsen ? Le génie exilé du Danemark, le Dr Nathan Adler, est sur le chemin du retour vers ce professorat dont on l'avait si honteusement privé. Il est en route pour prendre l'université en main, oui, certainement toute l'université. »

Mønster s'assit entre ses condisciples plus jeunes et interrompit leur conversation :

« M. Mikkelsen n'a pas encore eu la possibilité ni les moyens de s'orienter dans la littérature la plus récente. Mais j'ai lu le livre du Dr Adler. Et même si, avec mes antécédents de pasteur, je peux me considérer comme prévenu, je suis sûr que M. Mikkelsen, qui est un esprit libre et indépendant, me donnera raison. Le Dr Adler semble exploiter une méconnaissance bien répandue de Kierkegaard. Aujourd'hui, les gens ne se souviennent que du fait que Kierkegaard a combattu les pasteurs, mais pas de ses raisons. Ce combat concernait ce qu'il y avait de plus essentiel chez le philosophe. Après réflexion, les pasteurs se ruèrent sur le livre du Dr Adler et sa mésalliance avec Kierkegaard, de sorte qu'il semblerait maintenant, superficiellement, que le Dr Adler se trouve aux côtés de Kierkegaard dans la lutte contre le cléricalisme. Rien ne serait plus faux. Mais le Dr Adler a habilement exploité le désaccord entre Kierkegaard et les prêtres pour se faire une place entre eux, là où ils sont effectivement d'accord.

– Et chez Kierkegaard, l'essentiel est... ? demanda Morten Kraft.

– Le christianisme. Sur ce point ne règne aucun doute. M. Mikkelsen objectera peut-être que c'est en plus sa faiblesse, et c'est un point de vue. Mais bâtir une synthèse sur du vent, comme le fait le Dr Adler, est inadmissible.

– Ne dites-vous pas cela juste parce que le Dr Adler est juif ? demanda Dreyer.

– Pour être gentil, je peux concéder que le Dr Adler n'a absolument pas compris Kierkegaard. Cela peut expliquer pourquoi il n'a pas obtenu sa chaire de professeur.

– Kierkegaard n'a jamais compris le romantisme, poursuivit Lars. Si donc le Dr Adler ne comprend pas non plus Kierkegaard, nous voilà avec un sourd et un dur d'oreille qui essayent d'expliquer ce qu'ils voient à un aveugle.

– Je crois que vous avez raison, admit Mønster. Mais vous sous-estimez, je le crains, l'intelligence du Dr Adler, et vous surestimez son sens moral. »

Il adressa à Lars un regard complice. Kraft soupira :

« Le Dr Adler ne comprend pas Kierkegaard, qui ne comprenait pas Hegel, qui sans doute ne comprenait pas lui-même ce qu'il écrivait. Ah, nous aurions dû choisir d'étudier les langues romanes ! »

18

Dans les cafés de la ville, Dreyer se montrait parmi les « nouveaux » écrivains, artistes et scientifiques. Lars pensait qu'il aurait dû être l'un des hommes les plus heureux du monde. Non seulement il allait s'allier à une riche famille juive avec le projet d'épouser la belle et brillante Rebekka Levi, mais son propre père, richissime, lui avait légué à sa mort deux ou trois millions et une plantation de tabac non loin de la ville. Dreyer était cependant une âme souffrante et malheureuse qui, disait-il, « étudiait surtout le droit non pour savoir ce qu'on ne devait pas faire, mais pour savoir précisément comment s'en tirer sans se mettre hors-la-loi ». D'une nature impétueuse et contrariée, il était pratiquement obsédé par « la nouveauté » et s'emportait souvent à l'occasion de vives discussions au cercle étudiant ou dans les cafés. Les mauvaises langues racontaient qu'il ne fallait pas dire ce qui lui avait fait le plus plaisir : la chance d'hériter de son père d'inépuisables millions et d'une plantation.

Quelques jours après leur discussion sur Kierkegaard, Dreyer revint sur le sujet au cercle étudiant. Il enviait déjà sa propre fiancée, dont la plume coulait plus librement que la sienne, aussi éprouvait-il quelque jalousie à entendre un jeune provincial lui faire la leçon sur le célèbre philosophe. Et que Mønster eût pris ce benjamin sous son aile l'irritait.

« Ménagez-vous donc, Dreyer, dit Mønster. Je me suis récemment laissé dire que le Dr Adler aurait déclaré, à propos de son livre sur Kierkegaard, avoir surtout voulu lutter contre son influence. Un homme d'honneur ne parle pas ainsi.

– Oublieriez-vous que le Dr Adler combat pour les faibles et les plus vulnérables ? répondit Dreyer.

– Vraiment ? s'enquit Mønster. Autant que je puisse le voir, la seule différence entre le Dr Adler et les nationaux-libéraux est qu'eux sont au pouvoir alors que lui ne l'est pas. En tout cas, il n'est pas socialiste, même si à une époque les socialistes le croyaient, ou bien *voulaient* le croire. Et s'il se veut si subversif sur le plan social, comme sa déclaration programmatique le laisse soupçonner, pourquoi ne s'est-il pas depuis longtemps rapproché de la gauche ? »

Dreyer se tut. Parce qu'il ne savait pas quoi dire, mais aussi parce que dans ce petit cercle, Mønster inspirait un puissant respect, non seulement à cause de son esprit, de son intelligence ou de son recueil de poèmes qui, comme le révéla un jour Morten Kraft, avait en fait obtenu de fort honorables critiques dans quelques journaux de province, mais aussi parce qu'il était issu d'une famille de pasteurs connue, vis-à-vis de laquelle il se permettait d'observer une franche distance. Mønster était difficile à mettre au pied du mur à travers la religion. Il ne dit pas un mot de l'*intermezzo* de Lars avec le Dr Adler. De même que, de son côté, Lars tut l'effroi que la critique de *Dagbladet* avait suscité chez Mønster – un effroi qu'il avait manifestement caché à son petit cercle. Ils pensaient que Mønster écrivait toujours.

« J'avouerais volontiers que si le Dr Adler a bien un talent, c'est qu'il nous mystifie tous. Que veut-il réellement ? »

Mønster avait raison. Le nom du Dr Adler rampait sur les murs comme la moisissure dans les chambres des étudiants, et un peu partout dans les paroisses de la ville, les gens très croyants étreignaient fort leurs crucifix en entendant son nom. Quelques-uns l'admiraient, d'autres le méprisaient. On l'éradiquait à un endroit, il en gâtait un autre. Et personne ne comprenait vraiment pourquoi.

Après voir été passagèrement refroidi de redevenir un banal *studiosus* au lieu d'être écrivain en herbe, Lars se demanda comment faire tourner les choses à son avantage. Le Dr Adler avait condamné son manuscrit sans le lire ; un tel dédain lui faisait très mal. Mais, frappé à distance, il avait, au contraire de Mønster, échappé au pilori public. Il lut le livre du Dr Adler pour la troisième fois, de manière bien plus critique et avertie. Il voyait désormais à quel point il s'agissait d'un livre singulier, et à quel point son argumentation était chancelante sur une longue série de questions. Comme il recourait à des oppositions fausses et à des points de vue inconciliables pour établir ses démonstrations. Il utilisait le besoin de révolte du romantisme pour le foudroyer. Et il foudroyait le romantisme pour susciter une révolte et se définir lui-même.

Il y avait quelque chose d'extraordinairement contraire à l'esprit danois dans le livre du Dr Adler. Il se réjouissait de la révolution de juin en France et de l'insurrection grecque, et en souhaitait une semblable dans son pays, sans montrer pourquoi une telle révolution y serait nécessaire, alors que les droits et libertés s'étaient établis au Danemark de manière assez peu sanglante. Mais Mønster affirmait très justement qu'appeler à une révolution exigeait une révolution dans un pays comme le Danemark. Et n'était-ce pas en réalité ce que le Dr Adler déplorait ? Si, bien sûr, sur le plan de la littérature, de la vie intellectuelle et de la conception du progrès. Les cossards régnaient sur le pays, pensait-il, un nombrilisme immature dominait la poésie et un romantisme végétatif et improductif, la prose. Mais était-ce si vrai ? Bergsøe n'avait-il pas écrit sur l'épidémie de choléra dans *Fra Piazza del Popolo* ? Et Blicher sur la pauvreté et le besoin ? N'existait-il pas de nombreux exemples de réalisme dans la littérature danoise, contrairement à ce que prétendait le Dr Adler ?

19

La haine rentrée du Dr Adler envers le christianisme étonnait vraiment Lars. Le premier jour, dans l'entrée du bâtiment de l'université, il avait admiré les décorations inspirées par l'Antiquité et été frappé par le fait que tout, dans les salles sacrées où le Dr Adler s'était lui-même élevé contre l'oppression de la pensée libre et lucide par la religion, témoignait du rattachement de l'université aux idéaux de la civilisation grecque, aux scientifiques et aux philosophes ; et bien que depuis la Réforme l'université eût été le centre de la vie intellectuelle de l'Église, il ne pouvait trouver un seul symbole chrétien sur les murs.

« J'apprécie vos observations, reconnut Mønster. Vous comprenez maintenant peut-être pourquoi on passe son temps parmi les pédérastes estudiantins à se consoler avec de l'absinthe et du laudanum. »

L'étudiant en médecine Jens Kayser, proche ami de Dreyer qui s'était joint à leur petite société, était aussi un grand défenseur des pensées progressistes du Dr Adler. Fils du célèbre Anders Kayser, le jeune Kayser se considérait déjà comme un futur grand nom de la médecine. À vingt-cinq ans, il avait déjà entrepris plusieurs voyages d'études à Leipzig et Paris, et préparait maintenant un plus long séjour à Berlin. Il était amical, sec et correct, mais s'était permis de prendre quelques mauvaises habitudes en parlant de vignobles que personne ne connaissait jamais et de maladies qu'on n'imaginait pas pouvoir attraper. Écouter tout ce qu'il savait sur la *vulnera* de la muqueuse du nez, l'eau salée et boriquée, la gaze iodoforme ou les contusions était fort pénible, et d'entendre ce médecin plein de morgue parler des statues couleur sépia des bords de Seine comme s'il s'agissait d'amis personnels ou des séduisantes maîtresses du quartier Saint-Germain, presque encore pire. Mais le comble était encore que ce *grand seigneur*[1], qui tel un Russe ne mangeait son caviar qu'à la louche, faisait la cour à Marie Otterup. Lars avait ressenti un coup de poignard en entendant son nom.

« Marie Otterup ?

– Vous la connaissez ? demanda-t-il. Oui, une gracieuse, très gracieuse jeune fille. Elle est venue ce printemps à l'hôpital Frederik avec sa petite sœur, qui s'était cogné le nez en tombant. Le diagnostic ne posa pas de problème. *Fractura nasi.* Les soins se passèrent si bien que le médecin chef Veksøe et moi n'eûmes même pas besoin de chloroformer la fillette. Ensuite, voilà, comme le dit Malgaigne[2], ce que disait d'ailleurs déjà Hippocrate, ces fractures guérissent *per primam* en six à sept jours. À part quelques petites difficultés à respirer par le nez, la fillette redevint jolie et intrépide. Je crois que sa grande sœur fut un tantinet impressionnée, mais là n'est pas le principal sortilège dissimulé dans un nez cassé. »

Après avoir méchamment dévisagé Lars, Dreyer éclata de rire.

« Je crois, parbleu, que Mlle Otterup a fait forte impression sur notre jeune benjamin, dit-il. Vous ne devriez pas dépenser tout votre argent en livres, monsieur Mikkelsen. »

Lars sourit, évasif, cherchant à faire comme si de rien n'était, mais se rendit compte à quel point ses joues rougissaient.

Mønster changea habilement de sujet :

« Je pensais, monsieur Kayser, qu'il vous plairait peut-être d'entendre Lars Mikkelsen nous parler de Søren Kierkegaard dimanche, chez la veuve du médecin Marstrand ? »

Jens Kayser regarda Mønster avec une indifférence cruelle et ignora complètement Lars, qui s'efforça de cacher sa surprise.

« Ah, vous aimez Kierkegaard ? finit par dire Jens Kayser. Hélas. Je serai alors à l'étranger. Mais vous savez, je pense aussi que le Dr Adler a raison d'affirmer que le temps des

1. En français dans le texte.
2. Joseph Malgaigne (1806-1865) : professeur de médecine et chirurgien français, qui écrivit un traité sur les fractures et luxations.

philosophes est passé. Le temps de la réalité a remplacé celui des fantasmes. Imaginez-vous un monde dans lequel la foi de l'Église est abolie, et la superstition reléguée dans les livres d'histoire. Je veux dire que nous avons maintenant *grosso modo* cartographié le cerveau humain. Darwin nous a enfin fourni un modèle utilisable. Et nous savons désormais grâce à la science médicale que l'être humain occupe le haut de l'échelle de l'intelligence pour la simple raison que son cerveau adulte est riche en corps gras contenant du phosphore. Nous connaissons sa chimie. Que pourrions-nous faire de Kant, Descartes et autres sophistes ? Nous sommes devant la solution de toutes les énigmes.

– Vraiment ? s'étonna Mønster. La science prétendit aussi assez longtemps qu'il n'y avait que sept planètes, avant que l'on découvre Uranus et Neptune.

– Neptune avait été calculée, dit Dreyer.

– Et sans doute à l'intérieur des atomes se trouvent de plus petites choses, et dans l'univers de plus grandes, poursuivit Mønster, impassible. Il y a quelque chose que vous devriez savoir à propos du Dr Adler, monsieur Kayser. J'imagine que vous devriez lire la version révisée de *Littérature d'exilés* avant d'associer son nom à la science. Mais ce n'est pas cela qu'il faut lire. Il vous faut trouver l'édition originale de 1872. Vous auriez alors l'occasion de ne pas en croire vos yeux. C'est une véritable déclaration de guerre. Et tout à fait non scientifique.

– À l'inverse, on peut objecter que l'exclusion qui le frappa ensuite n'était pas qu'un simple contrecoup, rétorqua Dreyer.

– Qu'aurait pu faire l'université de Copenhague d'un individu qui, simultanément, *simultanément*, salit la littérature danoise et demande à l'université la chaire de professeur de littérature et philosophie ? Quel individu pouvait sérieusement attendre, comme lui, une réponse positive ? Ces prétentions inouïes ne témoignent-elles pas d'une certaine mégalomanie ? Mais ne vous y trompez pas. L'homme n'est pas inoffensif. Pas du tout. Il sait que rien ne peut venir de vieux bonshommes discrédités depuis la guerre. Pour eux, il représentera toujours un chiffon rouge, le rappel de leurs propres erreurs. Mais pas pour leurs fils, qui voient les choses autrement. Pourquoi Adler est-il si intéressé par le professorat ? Que veut-il en tirer ? S'agit-il d'une simple affaire d'affront ? Ou bien a-t-il un plan ? Un plan pour conquérir la jeunesse ? L'université ?

– L'université ? s'exclama Dreyer.

– Vous exagérez, Mønster, déclara Jens Kayser.

– Attendez, vous verrez. »

« Je croyais que je devais lire mes poèmes chez la veuve Marstrand ? s'étonna Lars sur le chemin de la pension.

– Il faut m'excuser, Mikkelsen. Ces deux fanfarons me fatiguaient. Ne pouvez-vous pas dire deux mots sur le philosophe ? »

Mønster contempla avec curiosité Lars, qui avançait, penché en avant, plongé dans ses pensées lointaines, donnant des coups de pied dans de petits cailloux le long de la rue.

« Écoutez, vous ne vous consumez quand même pas pour Marie Otterup ? » demanda-t-il.

Lars tourna la tête vers Mønster.

« Je dirai quelques mots sur Kierkegaard. »

20

Le gros marronnier se dressait dans son manteau vert couvert de petits fruits ronds et piquants. Lorsque parfois la pluie se calmait, l'arbre déversait une averse aussitôt qu'un puissant coup de vent agitait ses énormes feuilles, grandes comme des plantes de pied.

Mønster n'avait jamais douté que la véritable force du génie résidait dans sa faculté à oublier que le génie existait, mais il demeurait impressionné par la puissance de travail titanesque du jeune Mikkelsen.

« Vous êtes infatigable », dit-il en voyant Lars à son bureau.

L'automne s'annonçait. Lars avait été très occupé à acheter les livres nécessaires, s'orienter parmi les cours et planifier le déroulement de ses études. Quand il ne discutait pas avec ses condisciples dans la salle d'honneur, il se plongeait dans la bibliothèque universitaire de Fiolstræde. Chaque fois qu'il passait devant les fresques de l'entrée, sur lesquelles Prométhée volait le feu aux dieux pour le donner aux hommes, il s'attardait sur la symbolique et en venait involontairement à penser à cette Cassandre, qui l'avait frappé avec son « feu ». Puis il l'oubliait à nouveau en se hâtant sur le chemin de la bibliothèque ou en descendant vers le cercle étudiant de Gammelholm, où il détaillait avec Hornemann les dernières éditions publiées.

Parfois, il allait flâner devant la ganterie de Strøget, où travaillait Marie. Il se reprochait son comportement de collégien, et prenait bien garde de ne pas s'attarder trop longtemps devant la vitrine. Voilà qui paraîtrait étonnant. À l'inverse, il se sentait vide, non libéré, s'il ne parvenait pas à l'apercevoir avant de rentrer chez lui étudier et travailler dans sa mansarde solitaire. Il n'avait pas souhaité cela. C'était juste arrivé. Une chaleur bizarre et inhabituelle s'était répandue en lui un jour où il la regardait présenter une paire de gants à un client, enfilant lentement, doigt après doigt, ses petites mains dans le mince chevreau, ajustant bien la peau nette et tendue. Un autre jour, il l'avait vue de dos à la bibliothèque, en train de ranger des livres. Sa gorge mince et courbée, parfaitement accordée à ses élégantes petites oreilles. Et cette chevelure raide relevée, dont seules quelques boucles tombaient de leurs barrettes en tortue pour descendre sur son cou en flottant comme des cheveux de fée. Finalement, il vit un jour comment elle se débarrassait vivement d'un carton à chapeau et abandonnait un client qu'elle était en train de servir parce qu'un petit garçon sale aux jambes couvertes de glace et de sang s'était mis à hurler devant la boutique, où il était tombé.

Lars avait été irrité d'entendre ce détestable étudiant en médecine Jens Kayser prononcer le nom de Marie. Non seulement une étrange jalousie montait en lui à la pensée de cet âne à stéthoscope ouvrant la porte de l'hôpital à la jolie fille du libraire, mais toute l'injustice de la vie, la terrible loi de l'amour révélée par cette mésalliance, l'accablait. Lars savait que se mesurer à un héritier millionnaire ou à un riche fils de médecin ne lui laissait aucune chance dans le combat pour s'attirer les faveurs des femmes.

Bien sûr, on entendait parler de couples chez qui la force de l'amour réalisait des miracles, typiques d'une littérature fort irréaliste. Et bizarrement tout le monde semblait célébrer (mais avec retenue, car en général les gens réels ne font pas aussi bien que ceux des contes) cet amour qui, sans l'aide de l'argent ni de la raison, soudait deux jeunes amants l'un à l'autre. Dans la vraie vie, les choses étaient différentes. Les après-midi sur Strøget, où de vieux riches sortaient leurs très jeunes femmes, corrigeaient cette vision littéraire irrationnelle des forces herculéennes de l'amour. Lars ne tenait pas et n'avait pas le *moindre* droit de tenir la femme pour responsable de cette trahison, mais il ressentait malgré tout une petite piqûre au cœur lorsqu'il entendait les jeunes filles ronronner parmi des colonies de diplomates en haut-de-forme et de consuls généraux à la moustache grise et raide, et trouvait généralement scandaleux de les voir chercher les faveurs de ces vieux phoques et se glisser bien au chaud sous leurs pardessus bordés de zibeline.

Mais telle était la condition de Lars et de tous les jeunes hommes dans sa situation. Et si l'on parvenait enfin, comme par miracle, à dompter l'un de ces fiers étalons, il y avait de quoi s'étrangler. Venaient les obligatoires fiançailles, dont en général on ne parlait pas avant de pouvoir se débrouiller seul, repoussant ainsi l'instant divin à une tache lointaine sur l'horizon. Si l'on était capable de supporter cette attente éternelle, les espérances en la grande délivrance devenaient à coup sûr un gigantesque anticlimax au moment d'exécuter l'acte. Avec la partie interdite du corps de quelqu'un, à laquelle on s'est entre-temps soi-même rendu totalement étranger. L'arénicole jadis si petit et innocent, qui soudain envoyait des rayons dorés et ravissait les bonnes d'enfant, était devenu au fil du temps un monsieur morne et vieilli, véritable affront au sexe féminin. Le moment venu, la terreur de la mariée encore intacte serait certainement si traumatisante qu'on insisterait bien davantage sur le droit conjugal si on ne pensait pas qu'à augmenter la portée d'une petite créature goulue de plus. Voilà à quoi ressemblait la réalité, si éloignée de ses fantasmes de jeune garçon.

L'être féminin ne lui était pourtant pas totalement inconnu. Jeune, il aurait pu très simplement folâtrer avec elles. Les garçons sont des garçons, ils prennent, et les filles se font prendre. Mais tout cela changea à la puberté. Comme si les jeunes filles, à travers une singulière chrysalide, redevenaient des nymphes. Il y eut bien quelques baisers et gestes déplacés envers deux ou trois bonnes dissolues sur Kirkestien[1] à Frederiksborg, mais les jeunes femmes lui étaient dans l'ensemble demeurées étrangères, inaccessibles. Des statues de sel rigides, bénites par les psaumes et les prêches dominicaux de prêtres véhéments sur l'innocence et la vertu. Cette vertu que leurs pères, désormais disparus sous terre, avaient eux-mêmes défendu glorieusement au péril de leur vie.

Lars rentrait chez lui en traînant les pieds lorsqu'il subit un nouveau choc inattendu. Il tourna dans Mikkel Bryggersgade

1. « Sentier de l'église. »

et tomba sur Alexander Horn, qui marchait avec hargne en frappant des chiens de rue errants à coups de canne.

« Je suis en colère. En colère », répéta-t-il en n'adressant qu'un signe de tête à Lars, qui lui emboîta le pas à petit trot afin d'entendre ce qui s'était produit.

« Pas assez français. Pas assez français, *mes* poèmes. Les frères ont, Dieu me vienne en aide, aussi infecté ma maison d'édition avec leurs bacilles français. Ôtez-vous de là, Mikkelsen, je suis en colère. J'ai en outre une élégie de premier ordre en tête, et celle-là je l'expédie chez Gyldendal. Ça les poussera peut-être à y réfléchir une nouvelle fois.

– Avez-vous entendu quelque chose ? essaya Lars aimablement.

– Entendu quelque chose ? J'ai *amplement* écouté. Mais ça aussi, ça doit être fini. Ah, et concernant votre histoire du *Meurtre du roi Godfred*, vous pouvez tout oublier. Le roman historique est mort. C'est vrai. J'ai entendu l'éditeur le dire en personne. Mais sans doute, poursuivit-il en clignant des yeux, cela a-t-il quelque chose à voir avec le fait que la maison d'édition vient justement de voir deux de ses romans historiques massacrés par Edmund Adler [1] dans *Morgenbladet. Sans doute*, cela a-t-il quelque chose à voir. »

Il s'arrêta soudain devant deux conducteurs de bestiaux en casquette de velours et sabots claquants, qui traînaient derrière leurs vaches. Ils esquivaient adroitement leurs excrétions puantes fermes ou molles, que la plus grande partie du troupeau abandonnait comme d'un commun accord. Puis ils entrèrent dans une distillerie.

« Et cette maudite cochonnerie », hurla Horn en déblayant, énervé, un tas d'excréments d'un violent coup de sa canne ferrée d'argent. Les paysans, armés de fouets à bétail, se retournèrent afin de voir d'où la bouse s'était envolée et Horn tourna les talons.

« Maintenant, je prends l'autre chemin, monsieur Mikkelsen, proclama-t-il en s'en allant promptement. *En colère*, tout simplement *en colère.* »

1. En fait Edvard Brandes (1847-1931), dramaturge danois promoteur du réalisme, essayiste et frère de Georg Brandes.

21

En fin d'après-midi, Lars s'assit lourdement devant sa fenêtre ouverte, distrait par le bruit de l'eau qui tambourinait contre les marrons, le claquement du cadre de la fenêtre et les petits grincements de l'espagnolette. Il avait passé la journée et la plus grande partie de la soirée penché sur ses papiers et ses livres, pendant qu'une épaisse fumée de pipe de terre, de cigarettes ou la vapeur brûlante d'un café en train de passer s'échappait discrètement par la fenêtre.

Après le message de mauvais augure de Horn, il s'était résolu à obtenir un autre avis sur *Le Meurtre du roi Godfred.*

Mønster avait raconté à Lars son malaise devant le massacre public de ses poèmes. Comme de recevoir une fiente de mouette qu'on ne pourrait laver. Il fut impressionné par l'emploi de ces termes par Mønster, car il ressentait précisément la même chose par rapport à la lettre du Dr Adler. Il ne digérait guère de s'être montré aussi naïf devant l'érudit. Lars eut également bien du mal à comprendre, une fois sa première colère apaisée, qu'une autorité comme le Dr Adler feignît d'avoir lu quelque chose alors que ce n'était pas le cas, et eût par-dessus le marché une opinion dessus. Mais Mønster lui confia que ce n'était pas la première fois. Après ses fameuses conférences, il était apparu que le Dr Adler ne connaissait que de seconde main, voire aucunement, toute une série des écrivains étrangers dont il avait parlé, fait l'éloge et, tel un autre Jean de France, assommé ses compatriotes. Un docteur en littérature aussi malhonnête était pour Lars encore pire qu'un manuscrit refusé. On pouvait retravailler un texte très critiqué, mais que faire à partir d'une intégrité douteuse ?

« Il n'hésite devant rien, avait dit Mønster. Il hait les pasteurs parce que ce sont eux qui ont écrit la littérature danoise. Il ne s'arrêtera pas avant que tous soient morts et disparus ou anéantis dans un oubli éternel. »

Lars relut son manuscrit, corrigea quelques erreurs importantes et le prépara à être réexpédié.

Le Meurtre du roi Godfred pouvait circuler quand même. Quelqu'un accepterait bien de le publier. De toute façon, il lui faudrait une autre opinion pour retrouver la paix de l'esprit. *Vir tenax propositi.* Personne ne lui ferait courber l'échine aussi facilement.

Lars s'intéressait surtout à certaines annonces dans les journaux concernant une petite maison d'édition de bon aloi, Hekademeia, sise à proximité de Snaregade. Cette petite maison publiait une partie de la bonne littérature étrangère et quelques-uns des écrivains danois qui lui semblaient de valeur. Il avait plusieurs fois entendu dire du bien de l'éditeur, Johannes Volquartz, personnage sans préjugés et doué pour flairer les jeunes talents.

Cette fois, il demanda à Mønster son avis.

« Je ne vais pas vous critiquer, commença-t-il. Hekademeia est un choix de premier ordre. J'aurais dû y penser. Promettez-moi par ailleurs d'être au sommet de votre forme pour votre intervention sur Kierkegaard. Rebekka Levi et Dreyer viennent tous les deux. Il serait bon de remettre à sa place cet arrogant poète de second rang. »

Deux lettres se trouvaient devant lui, sur son bureau. La première lui annonçait que son père venait en ville. Lars la lissa après l'avoir d'abord froissée.

La lettre était un rappel de sa situation.

Sa mère se plaignait au nom de son père, que leur arrangement économique semblait émouvoir. C. J. Reisz leur avait signalé que pas le moindre argent n'avait été dépensé.

Mais tout cela serait arrangé dès que son père arriverait à Copenhague. Il aurait avec lui un livret de Caisse d'épargne où tous les mois serait déposé un montant fixe propre à couvrir ses dépenses. On avait pensé à la maison, écrivait sa mère, que ce serait la meilleure solution pour lui, car il serait ainsi responsable de l'argent de ses études, de son logement, de sa nourriture et de ses vêtements. Il gérerait donc ses propres affaires. On craignait qu'il dédaigne cet argent pourtant considéré comme un don, puisqu'on ne pouvait voir sur le compte de son père s'il était retiré pour couvrir des frais fixes ou acheter des livres d'études. « Y aurait-il un malentendu, Lars ? » demandait-elle.

On peut tirer un cheval devant son auge, mais pas le forcer à boire, pensa Lars, irrité qu'en feignant de le considérer en adulte, on le maintînt en fait dans son rôle d'enfant. Imaginer qu'il ne devinerait pas le sens de cette généreuse visite à la capitale revenait à mésestimer son intelligence. Si la situation économique de Lars était vraiment la seule chose qui préoccupait son père, il aurait pu se contenter d'envoyer le livret de Caisse d'épargne.

Il n'était lui-même parti royalement que pour pouvoir établir un rapport de force entre eux. Un exemple limpide de dépendance : l'oisillon attend que ses parents régurgitent.

En somme, Lars redoutait leur future discussion. S'il connaissait bien son père, il ne lui rendait pas visite parce que le moment serait enfin venu d'une vraie mise à plat entre hommes. Il ne ferait pas la moindre mention des épisodes avec Åsa ou Ingmar. Et si Lars disait franchement qu'il avait vu son père avec Åsa ? Qu'il savait ce qui s'était passé ? Lorsqu'il serait seul avec lui. Ce n'était que la vérité. Mais il ne le ferait pas, et son père n'aborderait pas le sujet. Parler de ce qu'il avait vu reviendrait pour Lars à briser toute *étiquette.* Ce serait très douloureux et désagréable pour eux deux. Même s'ils ne partageaient pour ainsi dire rien dans la vie, ce serait pire que si deux personnes totalement étrangères se rencontraient et se racontaient leur moment le plus intime. Totalement impensable.

L'autre lettre était également de sa mère. Il releva qu'elle les avait envoyées séparément. Il fut d'abord surpris en ouvrant l'enveloppe, car elle contenait en plus un autre message, cacheté et adressé à un négociant en or inconnu de lui, August Bentzon, de Lille Kannikstræde. Lars devait, écrivait-elle, « remettre à M. Bentzon le mot ci-joint et lui montrer l'anneau. M. Bentzon saura entreprendre les démarches nécessaires pour l'évaluer ». L'anneau. Il l'avait complètement oublié. Et il avait même provisoirement oublié où il se trouvait, mais le retrouva en cherchant sur le rayonnage, caché dans le *Dictionnaire de danois* de Molbech.

Il retourna à la lumière et relut son inscription. Sa mère, malade de rêves. Cette indécrottable foi en les miracles. Mais quoi ? Cela pourrait bien lui rapporter quelque chose.

22

« C'est dans l'action qu'un homme est libre, et c'est lorsqu'il pense cela qu'il n'est pas libre. »

Mønster regarda Mikkelsen, admiratif, qui s'inclinait devant une salve d'applaudissements d'abord hésitants, puis enthousiastes. Pour Kierkegaard, le paradoxe était la plus haute vérité accessible sur terre. Au cours de sa petite conférence, Mikkelsen avait tourné avec ses propres aphorismes le paradoxe que le grand philosophe cernait dans toute son œuvre sans pourtant jamais l'expliciter. Il avait, réflexion après réflexion, mis en évidence une limite au talent du philosophe et souligné les potentialités du sien, sans craindre de s'avancer sur le propre terrain du maître, cet homme de paradoxe *par excellence*[1], ni de fixer le fond de l'abîme devant lequel Kierkegaard reculait. Kierkegaard aurait supprimé pareille connaissance, refusé de la formuler. Mikkelsen avait par contre reçu le message sans hésitation. Mønster traversa la troupe rassemblée en se demandant s'ils comprenaient toute la portée de ce qu'ils venaient d'entendre. S'ils saisissaient complètement que Mikkelsen débordait sur sa propre époque. Pour un fils de pasteur triste et pessimiste, cet exposé n'aurait pu être plus violent.

La petite société de lecture réunie chez la veuve Marstrand, dans l'appartement de Frederiksborg Allé, comprenait Mønster, Morten Kraft, Dreyer, Rebekka Levi et quelques amies, la veuve elle-même, plusieurs de ses connaissances et ses trois nièces. L'une d'elles, Massi Ravnkilde, vint féliciter Lars, surtout pour ses poèmes.

1. En français dans le texte.

« Croyez bien que je regrette de n'avoir pu attirer mon fiancé ici. Il est journaliste chez *Dagens Nyheter* et pourrait peut-être vous aider.

– Très stimulant. Mais j'ai surtout aimé les poèmes », dit une autre.

Les commentaires se déchaînèrent dans la pièce, où la veuve apporta café et gâteaux.

« On aurait dit Kierkegaard lui-même. Juste en remarquablement plus court, chuchotait-on de manière flatteuse.

– Comme dans la scène la plus importante de *Hamlet*, déclara quelqu'un.

– Quelque chose de triste, là-dedans.

– Il est certainement romantique.

– Il est perdu. »

Pendant la lecture, qui avait duré une heure, Dreyer s'était assis en *tête à tête*[1] avec Rebekka Levi. Elle bâillait légèrement et donnait de petits coups d'éventail pendant que lui écoutait, concentré, étudiant le garçon de Frederiksborg les yeux plissés. Puis il sourit de travers :

« Pas idiot, dit-il. Vraiment pas idiot du tout pour un auteur de province.

– Merci, Dreyer », répondit Lars à cet éloge inattendu.

Rebekka s'était ennuyée, même si la sensibilité du jeune Mikkelsen l'avait impressionnée. Surtout dans l'un de ses poèmes. Elle ne l'aurait pas cru si sensible, ce qui lui fit un peu regretter que Marie Otterup ne fût pas présente. Assise, elle joua à s'imaginer quel effet produirait leur couple. Les deux étaient invités à son bal, et l'effroyable M. Kayser, qui ne parlait jamais d'autre chose que de maladie, était heureusement empêché par son voyage à l'étranger, de sorte que Marie pourrait difficilement s'excuser. Elle ne saisissait pas très bien ce qui fascinait tant Dreyer en lui.

Mikkelsen avait abordé l'esthétique, l'éthique et la pensée de Kierkegaard sur l'être de réflexion. Rebekka Levi ne s'intéressait pas énormément à la philosophie, et s'occupait de ses sourcils d'un noir de jais en chuchotant de derrière son éventail à Dreyer que M. Mikkelsen avait, lui semblait-il, un goût

1. En français dans le texte.

pour l'éthique. Une lourde lassitude l'accablait toujours lorsque les syllogismes profonds commençaient à rappeler les taillis secs et impénétrables des mathématiques. En outre, Dreyer était si ombrageux et jaloux que Rebekka avait vite décidé de ne pas trop s'intéresser à cet exposé philosophique. En règle générale, il critiquait ce qu'il ne comprenait pas parce qu'il ne le comprenait pas, aussi fut-elle certaine, dès l'introduction de M. Mikkelsen, de devoir bientôt écouter la liste des erreurs qu'il avait commises. Notamment lorsque au début il avait un peu grimacé, rougissant et bégayant légèrement d'une manière qui, sinon, lui allait bien. Dreyer tenait à avoir raison, et elle savait d'expérience qu'il était plus commode de lui donner satisfaction. Lorsqu'elle ne savait vraiment pas si tel était bien le cas, elle suivait la règle de toujours, en société avec lui, paraître un peu plus bête qu'elle n'était. Pour préserver l'ambiance.

Mønster serra la main de Lars en souriant avec chaleur.

« Diablement déprimant. Fort sublime. Vous m'avez sauvé ma journée, Mikkelsen. »

Dreyer se faufila furtivement entre eux.

« Vous pensez aussi, dit-il, que Kierkegaard aurait dû traduire dans ses raisonnements que l'esthète, en tant que contraire dialectique du moraliste, ne peut pas recouvrer l'innocence de l'enfant ?

– Seule une jeune vierge peut, si je puis me permettre, nourrir le prêtre sans perdre sa vertu, déclara Lars. Kierkegaard ne peut réussir que s'il pourvoit soudain l'esthète d'une réflexion qu'il ne peut pas avoir tant qu'il se comporte comme l'enfant non encore éveillé. Pour moi, poursuivit-il en regardant Mønster, le christianisme est son fétu de paille. Pour moi, il n'y a aucun moyen de revenir en arrière à partir du moment où on a commencé à réfléchir en être humain. On peut s'efforcer de redevenir pareil à un enfant, mais la naïveté authentique est perdue pour toujours. Sur ce point, j'ai toujours préféré Schopenhauer.

– Cela semble très contraire à la réalité, dit Rebekka.

– Mais c'est justement cela que Kierkegaard ou le Dr Adler ont compris, rétorqua Lars, qui se laissait maintenant entraîner par la discussion. Le romantisme est-il à ce point l'ennemi de la réalité, comme tous deux le croient ? Pour moi, c'est le contraire. Le véritable romantisme, s'entend. Comme si, pour pouvoir contribuer à quelque chose de nouveau, on devait trahir ce qui existe.

– Quoi ? Qu'est-ce que vous ne comprenez pas ? demanda Dreyer, manifestement irrité.

– Ce qui est métaphysique, dépourvu de centre de gravité, ce qu'on ne peut mieux décrire qu'en ne le décrivant pas.

– Mais vous, vous êtes l'élu, le lauréat immobile ?

– Non, vous me comprenez mal, Dreyer. Je suis avec la malédiction... »

Mønster sourit largement :

« N'est-ce pas tout simplement horrible ? »

La conversation se poursuivit, plus tard dans la journée, au jardin de Frederiksberg. De nombreux couples se promenaient, les pelouses étaient de véritables bouquets de piqueniqueurs, parasols et chapeaux fleuris. Ce jour-là, Lars comprit à quel point il était différent du petit cercle rassemblé ici. Pas meilleur, mais différent. Dreyer et les autres radicaux qu'il avait rencontrés manquaient tout simplement des données de base pour comprendre ce dont il venait de parler. Dans le milieu de Dreyer, Kierkegaard était mal compris, à cause notamment du livre du Dr Adler, et traînait une réputation un peu ternie. Derrière leurs références rapides et blasées aux philosophes se cachait une peur abyssale de prendre position sur leurs propos. Ils ne concevaient pas que la dimension grandiose du long postulat d'impuissance de Kierkegaard ne résidait pas dans son contenu, mais dans la beauté avec laquelle il le présentait. L'effort humain. Et le démenti consubstantiel. La marque distinctive, limites propres à l'être humain par rapport aux systèmes absolus. Lorsqu'ils devaient montrer quelque chose de meilleur que ce qu'ils critiquaient, ils désignaient presque toujours quelque chose de pire.

Lars voulait trouver dans l'art une beauté qui n'existait pas dans la vie, mais ces gens n'estimaient pas la beauté de l'art suffisante et espéraient découvrir dans la vie une beauté que n'offrait pas l'art. Ils semblaient ignorer que la beauté qu'ils désiraient leur était apportée par l'art, ce qui constituait un paradoxe. Mentalement, ils ressassaient encore frileusement les bobards et autres histoires à faire peur dont nourrices sanguinaires, serviteurs vindicatifs ou cochers et concierges sadiques les tourmentaient enfant ; de sorte que lorsqu'ils marchaient seuls dans une rue obscure, ils se retournaient dès que le vent soufflait et que les arbres projetaient des ombres crochues. Ces personnes effarouchées n'aspiraient pas au réalisme mais à être délivrées de leurs fantasmes débridés, ces fantasmes qui leur dessinaient des silhouettes de monstres sur les murs des greniers et leur faisaient mouiller leurs draps si au même instant claquait une porte isolée ou gémissait une latte de plancher au clou rouillé. Ils écartaient les déductions les plus importantes sans prendre position, en vertu d'un dogme bien arrêté qui lui rappelait son père : les philosophes étaient finalement incompréhensibles. Comme s'ils percevaient intuitivement qu'ils ne pourraient pas vivre avec la connaissance.

Tous étaient doués, intelligents, instruits, et auraient dû savoir que si les systèmes philosophiques ne recelaient aucun sens, ce ne pouvait s'expliquer que par soit leur manque d'effort, soit l'incohérence des systèmes. Le plus grand de ces froussards, le Dr Adler, gouvernait ces pitoyables vieillards claquant des dents. Ce docteur qui obligeait toujours cochers et employés de rue à attendre dehors qu'il fût monté sain et sauf chez lui, alors que *lui*, cet homme des ténèbres, était terrifié devant son propre escalier non éclairé.

Il voyait maintenant à quel point le Dr Adler avait réussi à s'imposer grâce à ses livres, sa personnalité, sa célébrité, son message. Le Dr Adler avait une petite friandise pour toutes les minorités. Pour les femmes et leurs hommes infidèles, pour les suicidés, pour la jeunesse qui, presque comme une loi naturelle, exigeait toujours de régler ses comptes avec les choses instituées, pour les pauvres, pour les socialistes, pour les terroristes, les nihilistes, les sans-confession. En une seule et même personne se formulaient toutes les révoltes. Il endossait toutes les souffrances sur ses ailes usées de chauve-souris gémissante en gutta-percha. Noir et enragé, il voltigeait à travers la nuit et endossait les forfaits des pécheurs. Et la méchanceté concentrée de la classe supérieure et de la bonne société se déversait sur lui. Le martyr et le sauveur en une seule et même personne. Lorsque les nationaux-libéraux clouèrent ses ailes déployées, il souffla profondément et leur échappa.

Comme le loup qui ronge sa propre patte pour se libérer du piège. Mønster avait raison. Cela *devait* se passer ainsi. Le Danemark raide et boutonné réagissait aux attaques et aux exagérations du Dr Adler avec une arrogance et une intolérance intransigeantes qui finalement mettait ses arguments en valeur. Il était l'emblème de tous ceux qui n'avaient toujours fait face qu'à l'adversité. Pour le plus grand nombre, même dans les meilleurs cercles, le Dr Adler personnifiait l'être humain face à l'adversité. Un théâtre brillant. Exilé à Berlin. Le fils pourchassé et perdu. Il mettait en scène sa propre édition des Français exilés qu'il admirait depuis la Révolution.

Lars flânait à côté de Dreyer et de Rebekka pendant que Mønster, d'excellente humeur, agitait sa canne ornée de jade en fumant un cigare.

« Racontez-moi, mademoiselle Levi, dit Lars, ce que vous pensez d'une littérature écrite avec la cervelle et non avec le cœur ? Par dessein et non par nécessité.

– Peut-être est-ce totalement impossible ? Le premier n'exclut-il pas nécessairement le second ?

– J'étais bien certain qu'avec votre talent évident, vous seriez d'accord avec moi sur le fait que la littérature doit demeurer totalement indépendante des questions politiques.

– Quel flatteur. Et ce, juste devant mon fiancé...

– Je suis sûr que Dreyer vous a félicitée pour votre feuilleton dans *Ude og Hjemme*...

– À vrai dire non, répondit Rebekka en chatouillant le nez de Dreyer avec un brin de paille pêché dans un petit bouquet. Que penses-*tu* à proprement parler de ma petite histoire ? »

Inopinément, Lars avait touché le point douloureux du rapport de concurrence au sein de leur couple. Dreyer, déjà un peu maussade, repoussa Rebekka et s'éloigna gravement jusqu'à l'île au pavillon chinois.

Lars et Rebekka le suivirent un instant des yeux.

« Excusez-moi, dit Lars. Je ne voulais pas...

– N'y pensez pas, répondit Rebekka. C'est de ma faute, Sigurd est si fier... »

Elle planta alors le bouquet de fleurs dans les bras de Lars, releva de deux doigts sa robe et partit chercher Dreyer, près de l'eau. Elle tira vers elle son bras d'abord un peu récalcitrant, puis y installa le sien. Ensemble, ils flânèrent, allant et revenant au bord du lac.

Mønster et Morten Kraft rejoignirent Lars.

« Qu'a-t-il donc ? » demanda Mønster.

Lars haussa les épaules :

« Je ne sais pas.

– Dreyer a entamé un grand roman... Je ne crois pas qu'il puisse en venir à bout...

– Rebekka est jolie, mais peut-être trop douée pour Dreyer.

– Dreyer devrait plutôt continuer ses poèmes. Vous en a-t-il lu quelques-uns, Mikkelsen ? Il y fait preuve d'un certain talent. Et n'est pas homme à aimer les détours de la vie... »

Rebekka, Mønster et Morten Kraft avançaient sur le sentier du jardin. Lars rejoignit Dreyer, qui était démonstrativement revenu sur ses pas et se tenait sous le toit pointu du pavillon.

Lars se plaça à côté de lui, mais Dreyer s'éloigna par un mouvement en sens inverse, se posta sur l'arche du pont, s'appuya sur le parapet et regarda en bas, dans l'eau.

« On dit que Kierkegaard écrivait toujours sur du Réaumur 13 3/4. Croyez-vous que c'est ça, le secret, Mikkelsen ? »

Lars s'avança vers lui.

« Comment cela va-t-il avec votre roman ? »

Il sourit :

« J'ai prévu qu'il sorte l'été prochain. Si les critiques sont mauvaises, je pourrai ainsi me noyer dans de l'eau chaude. »

Il sauta brusquement sur le parapet et commença à se balancer d'avant en arrière. De la rive, Rebekka l'aperçut et lui cria de redescendre.

« C'est dans l'action qu'un homme est libre... »

Il adressa à Lars un sourire fou furieux, mais soudain perdit l'équilibre, battit des bras et tomba en arrière.

Rebekka cria en entendant le bruit de chute dans l'eau :

« Dépêchez-vous, Mikkelsen, Sigurd ne sait pas nager ! »

Sans enlever sa redingote, Lars sauta par-dessus le parapet. Une fois dans l'eau, il entendit les autres ricaner sur la pelouse et se rendit compte que Dreyer lui tapotait l'épaule. Il se retourna et le vit qui souriait largement, de la vase près de l'œil et des algues dans les cheveux. L'eau ne leur montait qu'au ventre.

Dreyer se tordit les mains et dit de manière efféminée :
« Vous vouliez *réellement* me sauver la vie ? Quel héros. »

Rebekka ne put s'empêcher de rire.
« J'admire votre conduite, monsieur Mikkelsen. Mais comme vous aviez l'air drôle. »
Trempés, Dreyer et lui pataugèrent vers les trois autres, qui avaient du mal à les reconnaître. Ils se dirent au revoir à la sortie du jardin.
Lorsque Lars la vit avec le soleil de l'après-midi derrière elle, il remarqua à quel point elle était vraiment belle. Dreyer lui tendit le bras. De très bonne humeur, elle repoussa la redingote dégouttante. Une nouvelle fois charmé, Lars regarda fixement ses lèvres pleines et bien formées et sa rangée de dents blanches qui semblaient presque manger le plaisir. À l'ombre douce du chapeau, elle sécha ses yeux humides et s'éclaircit la voix. Son visage retrouva un sérieux aquilin, ses sourcils joliment calligraphiés levés haut sur son front :
« Souvenez-vous de la fête vendredi prochain, monsieur Mikkelsen. Vous pourrez y demander vous-même au Dr Adler ce qu'il attend de la littérature. Je ne peux naturellement pas garantir qu'il va se montrer, mais je sais que papa l'a invité. »

23

Un après-midi, Lars assista avec d'autres étudiants, aux côtés de négociants et de diplomates étrangers, à une séance du Sénat, puis flâna pour tuer le temps devant les pavillons du pont de Marbre, sur le canal de Frederiksholm, avant d'aller retrouver son père à l'Hôtel d'Angleterre. De nombreux parlementaires en déplacement passaient devant lui en papotant joyeusement du foyer Karen Jensen de Nørrevold ou d'autres foyers universitaires où ils logeaient. L'idée d'être débarrassés de la poussière des textes de loi semblait mettre ces campagnards d'excellente humeur. Ou bien ils imaginaient, en atteignant les grandes auberges du quartier de Vestergade et leurs écuries, que cette odeur plus familière d'ammoniaque, de crottin de cheval et d'excréments liquides avait flotté jusqu'à eux en séance.

À la Chambre des députés, Lars avait aperçu Victor Jørgensen dans la loge de la presse, assis sous la voûte avec une poignée de collègues. Mais, soit il ne l'avait pas reconnu, soit il n'avait pas pardonné son manque d'intérêt et de respect pour le travail du Parlement. En tout cas, il l'ignora lorsque Lars leva son chapeau de soie.

Quelques années auparavant encore, les représentants de la presse avaient leur loge sur un podium posé par terre, mais après une bataille au cours de laquelle l'un des parlementaires accusa Skovsøe, le patron actuel de Victor Jørgensen, de volontairement déformer les points de vue de la gauche dans les colonnes de sa feuille, ils avaient été renvoyés à leurs nids-de-pie, là-haut sous le plafond. Skovsøe et son collègue allaient passer quatorze jours en prison pour avoir giflé l'audacieux parlementaire, qui refusait le duel. Lars entendit finalement pas mal de grossièretés sur les journalistes pendant sa visite à

Christiansborg. Vautours et charognards revenaient souvent pour parler des gentlemen de la presse. Chez le conseiller Jørner, les injures avaient été proférées tout bas et, de même que pour le Dr Adler, avec une certaine admiration cachée, mais la conception corrosive que Mønster avait de ces souteneurs à plume semblait fort répandue.

Lars passa devant les vendeuses de poules de Gammeltorv et les paysannes d'Amager à grandes coiffes qui vendaient leurs fruits et légumes. Il arriva aux échoppes de Grønttorvet, sur Højbro Plads, et entendit les femmes de pêcheurs de Skovshoved proposer leur poisson près de Gammel Strand. On aurait dit qu'elles brocardaient les passants. Il y avait maintenant davantage de vie en ville. Les derniers vacanciers étaient rentrés chez eux, et les landaus, breaks et voitures à bras fourmillaient, heurtant durement les pavés pointus de la place et des rues. Quelques élégantes berlines brillaient encore du reflet du soleil sur la laque noire.

Tard dans l'après-midi, Lars traversa Kongens Nytorv en direction de l'hôtel. Il laissa son pardessus au vestiaire et se tint un instant devant le grand panneau de glace du vestibule, afin de rajuster son habit. Des rires relâchés éclatèrent soudain dans la salle à manger. Sur les tapis, une foule de serviteurs élégants aux gants blancs s'activaient en sourdine, tendant leurs factures à des grossistes en vins et conseillers d'État dont plusieurs, enveloppés de fumée bleue de cigare, partageaient leurs pensées entre les chiffres et l'aventure qui les attendait dans l'une des maisons de passe de la ville ou ailleurs, dans le boudoir d'une amante mariée.

Derrière un garçon qui prenait une commande, il aperçut son père assis à l'une des dernières tables, seul. Lars l'observa un instant. Le revoir lui parut si étrange. Il lui sembla plus petit que dans son souvenir, mais peut-être était-ce dû aux dimensions de la salle à manger. La dernière fois, il l'avait retenu alors que le sang coulait sur son visage, et maintenant il était assis derrière la nuée de mots de *Fædrelandet*, en jolie petite veste et chemise blanche. Là encore, il éprouva cette étrange sensation de culpabilité. Sa culpabilité à lui. Comme si c'était lui qui avait commis quelque chose de mal. N'était-il pas finalement très contradictoire et hypocrite d'espérer quelque chose de personnes comme son père et sa mère, alors qu'il souhaitait en réalité ne plus rien avoir à faire avec eux ?

« Alors, te voilà ? dit son père en se levant lorsque Lars atteignit la table.

– Salut, père.

– Salut, garçon. Assieds-toi. »

Les deux hommes s'assirent l'un en face de l'autre. Son père replia son journal. Une fois qu'ils eurent reçu les cartes, il mit la main sur ses lunettes en demandant à Lars, toujours aussi désintéressé, comment s'étaient passés ses premiers moments en ville. Ce qui réveilla chez Lars une conception plus tendre des rapports humains. Enthousiasmé, il mentionna sa rencontre avec le poète Aleksander Horn.

« T'es-tu décidé ? demanda-t-il lorsque le serveur s'approcha de leur table.

– Je crois que je prendrai du pâté de pintade.

– Non. Mange donc quelque chose de bien. Prends du bœuf ou un bon steak. »

Il trouvait en son père quelque chose de simple et d'ordinaire qui, à sa grande surprise, réveillait chez lui une certaine sympathie. Son impassibilité lui sembla assez authentique, surtout maintenant qu'il avait pris connaissance des défauts et limites du beau monde.

« Commençons donc avec un bœuf tartare », décida-t-il en rendant les cartes au serveur.

Dans la famille Mikkelsen, on ne revenait jamais en arrière. On ne parlait pas du passé s'il recelait des épisodes non réglés. Il ne valait pas la peine de s'en occuper. Ainsi, les parents n'avaient jamais partagé avec leurs enfants des moments de leur jeunesse commune, à part quelques souvenirs sans aucun intérêt. Le négociant avait répété deux ou trois histoires sur son service militaire qui le montraient sous un jour flatteur. Le reste se limitait à d'insignifiantes esquisses. Ils firent comme si rien n'était arrivé, passant totalement sous silence le départ précipité de Lars.

« Poète ? Hm-hm. Tu t'apprêtes peut-être à devenir radical ?

– Fais-tu allusion à l'amour libre ? »

Il regarda Lars avec vigilance. Un instant, il parut vouloir dire quelque chose, mais sourit de manière forcée.

Lars s'efforça de rassembler son courage, mais ne parvint pas à desserrer les lèvres.

« Ta mère a été chez le maître Skjoldager avec William. Il sera bientôt très capable. »

Lars ne put réprimer un sourire.

« On en est où, maintenant ? La *Neuvième* de Beethoven ? » demanda-t-il sèchement.

Son père ne put garder le masque.

« Je ne le sais pas. Tu me connais, je ne suis guère musicien. Mais cette fois, il ne s'agit pas que de ta mère. Skjoldager est réellement impressionné. D'après elle. Il dit que William joue. D'après ta mère. Alors, peut-être. Je ne sais pas. Mais le gars a l'air content.

– Qu'en dit William ?

– Pas un mot. »

Tous deux rirent. Un éclat de rire si spontané qu'aux tables voisines, les visages se tournèrent sans savoir s'ils devaient partager la joie des deux messieurs. Une joie qu'on pouvait prendre pour une marque d'esprit, trouver chaleureuse ou encore très inconvenante.

Ils ne discutèrent guère pendant le déjeuner. Lars demanda des nouvelles de sa sœur, de sa mère et des personnes qu'il connaissait à Strørød. Son père lui parla surtout des nouvelles machines à vapeur. De croissance. Des nouvelles centrifugeuses et de l'agriculture, qui était en crise. Lui-même avait vendu quelques terres. De nombreux petits paysans souffraient. L'avenir était aux productions animales et aux laiteries, pensait-il.

Arrivèrent sur la table le fromage en pot et le cognac, ainsi qu'un chèvre en tranches sèches recourbées comme des copeaux arrachés au rabot d'un atelier. Au café, Lars contempla le négociant en train de chercher son portefeuille. Un rayon de mélancolie glissa sur son visage en repensant soudain à un souvenir de son enfance. Son grand-père mis en terre. Quelles idées l'avaient donc traversé, ce négociant, lorsqu'il s'était trouvé là, à regarder le vieux au fond, dans l'obscurité ? Quelles pensées, quel sentiments l'avaient assailli ? De la colère ? De la haine ? Du chagrin ? De l'amertume ?

Du soulagement ?

Le revoir de cette manière, en étranger, lui donnait l'occasion de porter sur son père un regard extérieur. Comme une image inversée de lui-même. Les mêmes yeux bleus de glace, mais pour la première fois il remarquait chaque détail. Le voir ici, dans la grande ville, parmi des gens plus grands et plus riches que lui, le rendait plus petit et assez étrangement plus sympathique. Les cheveux qui lentement s'éclaircissaient en haut du crâne. Les rides au front.

Il avait jadis été jeune homme, comme Lars, mais Lars ne savait pour ainsi dire rien de cette époque. Où en était-il alors ? Il avait dû faire l'expérience de chagrins et de déceptions auxquels Lars ne fut jamais initié. Ses yeux. Ils devaient bien, parfois, s'attarder sur le reflet du miroir et s'étonner de ces rides, des dents tombées, de ce regard fatigué, de ce fouillis de lignes sur sa main. Il arriverait un moment où ces yeux se rendraient compte qu'un nouveau trou serait creusé au cimetière de Udsløse, alors qu'il n'y aurait plus personne autour d'eux. Ne souhaitait-il donc rien dire avant que la neige ne commence à tomber sur Ræhr Mark et Hunstrup Enge ? Sur les noires forêts et les grands lacs du nord du Sjælland ? Non, il n'y avait rien à dire. Il était une langue morte, une collection de signes fossiles que personne ne pouvait plus déchiffrer. Comme les hiéroglyphes et les écritures cunéiformes. Ces mains qui tripotaient les billets dans sa poche. Ces mains que, jeune garçon, il redoutait. Lars se contemplait lui-même, par projection des différences. Il avait adoré et admiré d'autres personnes. Mais pas son père.

Lorsqu'il le vit poser le livret de Caisse d'épargne devant lui sur la table, récupérant ainsi la position sûre du patriarche, il se promit qu'il ne ferait jamais rien d'aussi risible vis-à-vis de personne ; et il se fit le serment qu'il mangerait les saletés des rues plutôt que de toucher une seule fois à ce livret.

Au grand mécontentement de son père, Lars insista pour payer sa propre moitié du repas.

« Arrête donc tes bêtises, protesta son père.

– Je peux me débrouiller.

– As-tu complètement perdu l'esprit ? Si tu poses ne serait-ce qu'une pièce sur la table, je te déshérite sur-le-champ.

– Comme tu veux.

– Tu as ton livret de toute façon. Tu dois apprendre à le gérer. Pourquoi ricanes-tu ?

– Je ne ricane pas, répondit Lars en grimaçant, je m'entraîne à sourire. »

Lars se rendit compte de son besoin stupide d'agresser son père et laissa tomber une remarque sur le nombre de fois où il avait déjà dû s'expliquer sur son nom.

« Ton nom ? Qu'est-ce qui ne va pas avec ton nom ? Plusieurs remarquables juristes s'appellent Mikkelsen », dit-il.

Lars nota avec une certaine joie maligne qu'il pourrait peut-être outrer le négociant.

« Lorsqu'on veut écrire, Lars Mikkelsen est-il vraiment le premier nom auquel on pense après, Byron ?

– Écrire ? Tu continues avec tes projets absurdes ? Comment t'imagines-tu qu'un jour, avocat et père de famille, tu trouveras le temps d'écrire des livres ? »

Après avoir pris congé de son père, qui passait la nuit à l'hôtel, Lars se promena au hasard.

La ville résonnait de temps à autre des grondements creux des forages de chez Tuborg, et dans les sous-sols de l'Hôtel Royal, à l'angle de Fortun et de Ved Stranden, palpitaient les nouvelles rotatives du roi de la presse Gravesen. Juste au-dessus sur Højbro Plads se trouvait le *Fædrelandet* du rédacteur en chef Plov [1], qui défendait quotidiennement à longueur de colonnes son attitude intrépide et sa propre poésie de plus en plus bancale, lui qui dans les années 1860 avait contribué à conduire le pays dans le marécage où il se trouvait. D'abord l'effondrement [2], ensuite la faillite de la France, puis la première loi provisoire. [3]

Il s'obligeait à penser que, vis-à-vis à son père, il se trouvait au-delà du temps de la révolte, mais c'était faux. Un passé

1. Il s'agit du poète Carl Ploug, l'un des principaux rédacteurs de *Fædrelandet* pendant plus de quarante ans. Il exerça, à travers son style académique, une grande influence sur le journalisme de son époque. Sous sa houlette, le journal, fer de lance dans les années 1840 du combat pour une constitution « libre », se rapprocha de plus en plus des nationaux-libéraux. Dans sa fable *Histoire du Petit Chaperon rouge* (1872), Georg Brandes ironise sur *Fædrelandet*, l'ancien journal d'opposition qui, désormais, s'attaque aux nouvelles libertés comme le loup agresse le Petit Chaperon rouge.

2. Face à la Prusse, pendant la guerre des Duchés, en 1864.

3. En référence aux lois adoptées à partir de 1877 par le gouvernement conservateur alors que la gauche était majoritaire à la Chambre.

lourd, non apuré, pesait sur sa relation avec cet homme. Il savait que leurs rapports ne seraient jamais bons, mais peut-être parviendraient-ils à devenir plus égaux. Il devait apprendre à contrôler son besoin de mettre en avant le monde qu'il aimait, le monde de l'art, que son père ne comprenait pas et dédaignait. En somme, s'il gardait quelque lien avec eux à l'avenir, il devrait apprendre à ne pas se mettre à nu de la même manière que par le passé. Et éviter d'essayer de rendre leur univers plus riche qu'il n'était. Ce serait une errance éternelle, de déroute en déroute. Sa déroute. S'il devait les revoir, il fallait cesser de les aimer.

Et plus un mot sur leurs désaccords. Voilà comment se conduire.

Toute sa vie, on avait répété à Lars qu'adulte il devrait se débrouiller seul. Mais il ne s'y était pas préparé. Il n'avait jamais examiné cette idée sérieusement. Même lorsque qu'il sut qu'il poursuivrait des études, et resterait donc totalement dépendant du père dont il souhaitait s'affranchir. Jamais il ne s'en était vraiment représenté le prix. Cursus, logement, nourriture et vêtements, cigarettes et tabac. Il lui fallait se libérer complètement. Se montrer plus travailleur. Il était *possible* de vivre de son écriture. Un homme comme Carit Etlar vivait de ses livres, Ingeborg Sick aussi. Il prendrait peut-être un jour en considération la fondation Ancker[1]. Maîtriser la loi des finances. Arriver au ciel.

Lars réalisa son profond besoin de se soûler. Pour la première fois de sa vie, tel était son seul désir. Son seul but, cette nuit, serait de se soûler.

1. Fondation du grand propriétaire C. A. Ancker (1828-1857), consacrée à soutenir des artistes.

24

Le lendemain matin, ou plutôt en plein jour, il se réveilla avec un mal de tête indescriptible et l'affreux sentiment d'avoir scandalisé la moitié de Copenhague, ainsi que de s'être scandalisé lui-même.

Tine, inquiète pour lui, passa la tête par la porte. Il lui donna l'ordre de descendre à la pharmacie la plus proche et de trouver une aide pharmacienne pour lui mélanger un gramme d'acide acétylsalicylique.

« Ce n'est sûrement pas bon pour l'estomac.

– Je n'ai pas mal à l'estomac. J'ai mal à la tête. »

Il tourna le visage vers elle pour accommoder et eut l'impression que ses globes oculaires s'embrasaient. Sa tête retomba mollement sur l'oreiller, battant de douleur.

« Des pommes de terre crues fendues sur le front devraient vous faire du bien, dit-elle.

– Ne me parlez pas de nourriture, répondit-il. Si, mademoiselle Tine, vous ne descendez pas rapidement, je serai obligé de me plaindre de vous au ministre de la Justice lui-même, en m'appuyant sur la loi de Christian V du 13 juin 1830. »

Qu'il lui soit resté quelque chose de la soirée chez le conseiller Jørner l'égaya.

Ignorant tout de la peine depuis longtemps abolie dont on punissait la prostitution, Tine claqua la porte, effrayée, et disparut.

Elle mit une demi-heure à revenir, qu'il passa étendu sur son lit à se tourmenter en essayant de reconstituer les événements de la nuit.

À la hauteur de Rundetårn, il était d'abord tombé sur Mønster, qui venait du café *L'Enfer*. De ça, il se souvenait. Ils avaient un peu erré dans la ville, Mønster indiquant discrètement les quartiers de « l'amour de condition mercantile », comme il les appelait, et qu'il connaissait étonnamment bien.

« Ne me les aviez-vous pas déjà montrés, Mønster ? »

Mønster s'arrêta soudain et dit :

« Je ne raconte que ce que je sais. Savoir quelle rue éviter ne signifie pas s'abandonner au vice. »

Plus tard, il se montra plus franc.

« Là, dit-il en faisant un signe de tête en direction de l'un des estaminets en sous-sol. Lise l'Appliquée. Il ne faut pas la laisser venir dessus, ni utiliser ses mains... d'après ce que j'ai entendu. »

Lars avait été tellement absorbé par son travail qu'il ne connaissait guère cet aspect de la vie urbaine. Avec Mønster, il avait observé, intéressé, cette vie d'insectes nocturnes, mais toujours de l'extérieur, sans jamais participer. Une nuit, alors qu'il rentrait, l'un de ces épais hannetons en chemise lui avait adressé des phrases obscènes en relevant sa robe de manière provocatrice. Il n'avait pas estimé pouvoir répondre. Impossible de s'imaginer en compagnie de ce genre de filles. Notamment parce qu'il ne se voyait absolument pas comme un homme susceptible de leur rendre visite.

Cette nuit, Lars comprit pour la première fois que Mønster cherchait à lui raconter quelque chose. Et plus il y pensait, plus il soupçonnait que toute cette conversation virile chez Jørner constituait en réalité un message codé destiné au novice de province. On lui avait dit tout ce qu'il fallait savoir : où se trouvaient les plus jolies et de quels endroits mieux valait se tenir éloigné, où exactement il pourrait trouver qui... si toutefois il parvenait à se rappeler cette série de noms de rues. On pouvait faire ce qu'on voulait de ces filles, les filles des rues, dans les embrasures de portes ou les cages d'escaliers, ou encore des petites bonnes dissolues ou effrayées comme Åsa, chez lui au domaine. Les filles potelées de Nyhavn et les petites princesses des quartiers des hôtels n'avaient pas besoin de perturber le fiancé, l'homme marié, l'artiste ou, pour ce genre de faute, le prêtre prudent.

« Essayeriez-vous de me dire quelque chose, Mønster ?
– Oui. On achète la discrétion d'une pièce en or ou en se conduisant proprement », répondit-il.

Pour une fois, Mønster paraissait faible et fatigué, préférant rentrer dormir alors que Lars s'efforçait de lui donner envie d'une grande virée en ville.

« Vous ? Dormir ? Vous êtes malade, Mønster ? »

Mønster sourit, pâle, s'excusant presque :

« Je ne me sens effectivement pas très bien. Je crains d'être en train de m'enrhumer. »

Lars continua son chemin à travers la ville, seul. Il essayait maintenant de se rappeler où. Les verres de schnaps succédaient aux verres de schnaps.

Payait-il pour boire ou buvait-il pour payer ? Il ne le savait pas. Buvait-il pour se convaincre d'accepter l'argent de son père ou pour y être obligé ? Il sentait le crépitement des billets dans sa poche et le livret de Caisse d'épargne brûlait contre sa poitrine.

Il donna quelques pièces de petite monnaie à des garçons sales coiffés en brosse, à la vareuse tachée de graisse et de restes desséchés de caroubes, qui lui tournaient autour en mendiant. Le patron, un grand homme chauve au ventre pendant et aux yeux en boules de loto, les jeta dehors avec des gestes étudiés, en protestant. Pourquoi les gens mettaient-ils donc des enfants au monde ? Pour une vie pareille. Pourquoi n'étaient-ils pas au lit ? Une fois les premiers dégâts commis, on ne pouvait plus rien faire. Il pouvait le voir dans leurs yeux. Ce n'était pas de la reconnaissance qui brillait dans ces yeux-là, mais un froid calcul. Était-il donc assez soûl pour qu'on se mette à plusieurs pour l'attaquer et le voler ? Le monde était cruel, sans cœur.

Il ressortit dans la rue déjà grisé. Tout tournait autour de lui. Il étudia, pensif, le joli travail de stuc sur les immeubles et lut les offres affichées dans les vitrines. Il découvrit et étudia au-dessus d'une tasse de café et d'une autre à grog, les petites annonces d'un journal. Il pourrait prendre des élèves. En grec, latin et allemand. Mais pour quoi faire ? Ne savait-il pas où il allait ? Pourquoi perdre ainsi son temps ? Ce qui le poussait à trotter sur cette piste d'escargot glissante n'était-il pas justement ce qu'il combattait ? Pourquoi, alors qu'au fond de son cœur il se savait artiste, ne pourrait-il pas conquérir ce monde en racontant les plus belles aventures ? Il essaya d'expliquer tout cela à une créature entre deux âges rencontrée dans la taverne en sous-sol où il s'arrêta ensuite, et cette personne, pendue au bar avec une amie, le comprit parfaitement. Elle était d'une nature très maternelle et l'écoutait en se composant un visage soucieux et encourageant. Elle lui effleura affectueusement deux ou trois fois les cheveux, lui leva le menton et lui recommanda de ne pas se laisser démonter par n'importe quoi. Ils étaient étonnamment d'accord sur tout, même sur la question de ce que coûtait l'amour, mais il apparut qu'elle en pensait autre chose que lui. Il dut précipitamment faire machine arrière sous une salve d'injures et d'accusations pour lui avoir fait perdre son temps.

Il regarda fixement les devantures de verre illuminées au gaz. *P. H. Senhen*, doreur sur Ny Adelgade, à l'angle de Kongens Nytorv. Plus loin se trouvait *Weinrich & Sonnes Terracotta*, des boutiques de bijoux et de mode, des commerces de fourrure. Si on était riche. Mais seulement si on était riche. Il tomba peu après dans un autre estaminet, dont le comptoir luisait sous des rangées de verres à alcool. Cette fois, il exigea des grogs à huit øre pièce. La première fois qu'il avait lu Balzac, son jugement était encore immature. De son point de vue rigoriste sur la littérature, les chiffres n'avaient rien à voir avec les belles-lettres. Les chiffres étaient laids, ils lui rappelaient ses leçons. Ils étaient antipoétiques. Mais le Français avait raison et savait une chose que Lars n'avait pas encore bien saisie : à quel point tout était question d'argent. D'où sa litanie railleuse de grosses et petites sommes. On devrait tenir un livre, pensa Lars, qui ne consisterait qu'en rentrées et dépenses. Enthousiasmé par cette surprenante idée, il passa d'une compagnie à l'autre tout au long de la nuit et eut beaucoup de succès jusqu'à ce qu'après un nouveau *sjus*[1] il comprît que son idée quasi géniale était déjà plus ou moins contenue

1. Cocktail d'eau gazeuse et de cognac, whisky ou madère.

dans le très commun et assez peu révolutionnaire livre de comptes.

Il commença à perdre ses cigarettes dans les rues et les tavernes, et l'obscurité s'étendit sur sa mémoire. Il dut renoncer à reconstituer une cohérence entre les fragments épars et les visions fugitives de situations et de visages dont il se rappelait vaguement. Il s'était quelque part présenté sous le nom de d'Artagnan et adonné à l'escrime avec une queue de billard, avant d'être jeté dehors et d'aller s'asseoir avec un punch parmi de pauvres hères de Regensen. Un quelconque ours l'attrapa alors durement par le cou et, se rendant compte qu'il était trop soûl pour se battre, le menaça d'appeler la police, mais cela n'eut aucune conséquence car il s'agissait déjà d'un représentant des forces de l'ordre. Il se fit passer pour un ventriloque puis, lorsqu'il fut pris de hoquet, pour un dompteur de cirque, un baron de la Bourse et l'écrivain bien connu Las Mikkel. Un visage féminin se glissa soudain parmi ses éclats de souvenirs de la nuit. Une femme portant un voile sur le visage et une robe bleu insecte, à l'angle de la petite rue interdite de Helsingør, qui descendait en biais de Adelgade vers Borgergade. Il ne se souvenait pas de quoi ils avaient parlé, mais se rappelait par contre son sourire dans l'obscurité, devant le café *La Corne verte*. Une frayeur le traversa. Qu'avait-il fait cette nuit ? N'avaient-ils que parlé ? Ou était-il parti avec elle ? Elle l'avait tiré par le bras.

Et cette singulière conversation. Avec qui ? Quelqu'un qu'il connaissait. Oui, certes, mais qui ? Un visage flou, un homme. Soudain, ça lui revint. Une étrange conversation sur la mort. Mais c'était loin. Il avait dû perdre conscience à peu près à ce moment.

Et brusquement, ses derniers souvenirs nets, le matin. Le bruit des sabots des travailleurs qui claquaient dans les rues.

Il avait titubé jusqu'à l'immeuble *Omegn* et la Caisse d'épargne de Copenhague, dans Niels Hemmingsensgade, et attendu devant, à moitié endormi, qu'elle ouvre.

« Que souhaite monsieur ? Retirer ou déposer de l'argent ? »

Lars resta là, son livret de Caisse d'épargne en main. Il hésitait. Il ne pouvait pas.

« Je voulais seulement savoir, dit-il en sortant un billet de dix couronnes de son porte-monnaie, si vous pouviez me changer ça ?

– Ne croyez-vous pas que vous devriez plutôt rentrer chez vous et dormir ?

– Suis-je libre ? répondit Lars, obligé de se cramponner au comptoir pour garder l'équilibre. Savez-vous qui je suis ? Je suis... Las Mikkel... Lars Nikkelsøm... Nik-kel-søn. »

25

La villa de l'agent de change Jakob Levi était l'une des premières sur Strandboulevarden. Au bout, la cheminée blanche du four à chaux dominait les hauts arbres de cette longue artère, sous lesquels de petits ponts enjambant un cours d'eau menaient aux villas. De l'autre côté de la route, une grande palissade en planches entourait un vaste lieu de stockage, bouchant un peu la vue sur le détroit.

Rebekka se tenait devant l'entrée du jardin avec l'un de ses petits frères et Dreyer. Ils distribuaient leurs cartons de bal aux invités, qui continuaient ensuite dans ce jardin, véritable parc, sous un portail d'ormes commençant à jaunir. Des flambeaux bordaient le chemin, dont les flammes dorées tremblotaient paisiblement en cette tiède soirée de la fin septembre.

« Ma fille me dit que vous êtes quelque peu mystique, monsieur Mikkelsen », dit Jakob Levi en venant accueillir Lars et Mønster devant la maison. Il les emmena sur une terrasse où étaient disposées des tables et des bougies. La plupart des invités étaient déjà arrivés. « Ne laissez pas échapper l'occasion de discuter avec mon frère Ariel, il est le seul dans notre famille à avoir davantage étudié la Torah. Nous autres sommes plus indifférents, au Dieu tout-puissant. Avec toutes les insatisfactions que cela devait engendrer. »

Lars le savait bien. Rebekka avait raconté un jour que sur le lit de mort de son grand-père bien-aimé, son père avait juré qu'il irait pendant toute l'année de deuil matin et soir à la synagogue pour dire la prière kaddish des morts. Une semaine plus tard, il renonçait honteusement à honorer sa promesse, le rituel de deuil très strict lui prenant bien trop de son temps normalement employé à la Bourse et avec ses relations d'affaires.

« Globalement, vous observerez dans cette famille d'importantes limites à l'observation du message religieux. Même Ariel ne vit pas complètement en accord avec les *mitzvot*. Mais il s'est plongé plus profondément dans l'étude des Écritures hébraïques, sacrées et mystiques. Ses connaissances ont beaucoup plu à monsieur Mønster, n'est-ce pas ? »

Mønster acquiesça.

« Mais je dois avouer que je suis souvent désorienté par de nombreux concepts du judaïsme.

– *Désorienté ?* Alors imaginez-vous devoir vivre d'après eux ! »

Rebekka était la seule personne juive que Lars connaissait, en dehors de quelques commerçants. Au fil des années avait prospéré un très ancien préjugé vis-à-vis des familles juives et de leurs réseaux conspirateurs, selon lequel ce clan à papillotes et petits chapeaux mystérieux veillait, par le biais de rites compliqués et de conjurations cultuelles, à ce que la situation économique de leurs croyants orthodoxes fût bonne. De là une image particulièrement crédible et nuancée des juifs, pourtant très différents les uns des autres et dont la bonne fortune était en réalité fort variable.

Lars savait que Jakob Levi partageait les pensées souvent explicitées du Dr Adler selon lesquelles les juifs devraient se laisser assimiler par la société danoise plutôt que de se placer en opposition à elle, mais il trouvait aussi parfois que ce dernier, avec sa franchise sans tact, se dérobait à sa mission. Il ne faisait finalement que conforter les pires préjugés des milieux conservateurs à propos d'une religion étrange, et des passions véhiculées par d'autres cultures.

« Le Dr Adler va trop loin, dit Jakob Levi en guidant les jeunes hommes et leur présentant quelques invités. Il est si pressé d'effacer les spécificités juives qu'on ne peut s'empêcher de soupçonner qu'il a dû, dans son enfance, davantage souffrir que nous de provocations. »

Une rumeur voulait que le Dr Adler eût un midi scandalisé la maisonnée par ses manières, raison pour laquelle il était longtemps resté *persona non grata* chez les Levi. La famille ne mit cependant pas fin à toute relation avec lui, heurtée comme elle l'était par la désagréable teinte antisémite des manchettes qui escortaient l'universitaire, notamment dans les journaux nationaux-libéraux.

« Mais pour moi, il a entrepris une croisade contre les religions, ce qui en soi est presque religieux. Avez-vous lu *Aron et Esther, ou un chapitre de la vie de Rabbi Nathan Clausener*, de Goldschmidt, monsieur Mikkelsen ? Le Dr Adler est un véritable Clausener. Doué pour interpréter les Saintes Écritures. Ou un prophète autoproclamé. Avec sa propre paroisse. Comme Moïse sur le mont Horeb. Mais sans doute est-ce Dieu qui, dans ce cas-là, frémit ? Il n'est pas naturel pour nous d'absorber ainsi Dieu. Aussi ai-je également un peu de mal à comprendre sa colère contre la foi, alors qu'en même temps il nous demande à tous de l'adorer.

– *Demande*-t-il cela, papa ? lança Rebekka, qui avec Dreyer accompagnait les derniers invités vers la terrasse, dans une robe de tartan rouge sombre plissée très décolletée. Il me semble que tu dis d'habitude qu'il l'*exige* ? »

Il la fit taire d'un commentaire choqué sur sa robe. Elle l'avait jusqu'ici gardée presque dissimulée sous sa mante, qui maintenant reposait sur son bras. Dreyer et les deux jeunes hommes protestèrent, assurant M. Levi du caractère convenable de cette robe. Mønster pensait que dans certains cas il fallait autoriser la mode des poètes parisiens mais pas leur morale.

Rebekka rit et monta l'escalier au bras de Dreyer. Il s'agissait *bien* d'une robe hardie, qui sous son échancrure osée moulait sa taille, ses nombreux plis et drapés ajustés par des dentelles. Un feuillage de perles de jais reflétait les lumières vives, renvoyant des éclats blancs acérés comme des lames.

« Vous êtes la reine du bal, osa Lars.

– Faites attention aux grands mots. Vous n'avez pas encore rencontré tout le monde », répondit-elle en souriant sournoisement.

Rebekka avait récemment parlé de M. Mikkelsen à Marie, sur qui il avait à l'évidence fait bien moins bonne impression. Marie lui avait raconté l'épisode du parapluie, mais en insistant jusqu'à paraître un peu suspecte. Rebekka méditait donc l'idée de les rapprocher au cours de la soirée. On pouvait bien s'amuser un peu lorsqu'on était soi-même casée et n'avait plus à se soucier de ces choses-là.

Elle se défit de Dreyer et chercha Marie, cachée au milieu d'une troupe d'amies à l'autre bout de la terrasse. Elle escomptait que Lars, quoi qu'il fît, observerait son petit détour parmi les cavaliers et les jeunes filles parés pour la fête, qui conversaient avec animation derrière des éventails.

Elle revint peu après. Il se dépêcha de lui faire promettre un quadrille.

« Mais je suis tellement débordée, sourit-elle, enchantée. Vous êtes vous-même fort élégant ce soir, chuchota-t-elle ensuite derrière son éventail grand ouvert. Ce qui fut d'ailleurs remarqué à plusieurs reprises.

– Mais vous ne pouvez naturellement pas me dire par qui ? »

Elle secoua la tête, l'air innocent.

« Non, je suis la discrétion même. »

Elle retourna valser sur la terrasse, voir d'autres invités. Les verres et les assiettes murmuraient et cliquetaient. Morten Kraft et Hornemann se joignirent à Lars et Mønster. Dans la foule, Lars essaya d'apercevoir Marie Otterup, mais en vain. Il découvrit à la place Kis Jørner, qu'il salua.

Les jeunes hommes s'essayaient, rouges et maladroits, à un mélange de fanfaronnades de paons et de conférences sur la chimie et les atomes, et surtout s'efforçaient de s'assurer une place sur le carnet de bal des jeunes filles.

« Je déteste danser, dit Mønster. Mais je déteste tout autant ne pas danser. »

Le soleil affaibli dispensait ses derniers rayons orangés à travers les arbres du jardin, caressant une frise lumineuse ocre à peine distincte sur les dernières dalles entre les ombres épaisses des piliers du parapet.

Après quelques délibérations, échanges de carnets de bal, négociations et substitutions, les jeunes hommes bien habillés entreprirent, un peu fébriles, de causer aux jeunes filles. Celles-ci, impatientes, étalaient grand leurs éventails décorés ou arpentaient la terrasse en relevant leur satin jaune, noir ou framboise. Les adultes avaient eux tout leur temps et revenaient une nouvelle fois à la littérature et à la politique.

« Sans doute peut-on quand même obtenir un cigare ? dit Mønster, qui frotta une allumette, se mit à tousser et la ré-éteignit. Et ma santé ne supporte pas les galops, ces horribles cochonneries », ronchonna-t-il.

Lars aperçut enfin Marie, mais au moment de s'approcher d'elle, Dreyer apparut devant lui et l'éloigna en lui prenant le bras. Il lui parla d'une question qui l'étonnait depuis la conférence sur Kierkegaard. Peu après, Jakob Levi fit tinter un verre pour attirer l'attention et Dreyer chuchota :

« Vous feriez bien de vous souvenir, monsieur Mikkelsen, que Marie est pratiquement fiancée ? »

Il tapa Lars sur l'épaule et désigna Levi, qui parlait déjà.

« Notre futur gendre, Sigurd Dreyer, disait-il, nous a raconté que le consistoire attendait qu'on ne fasse pas trop de fêtes cette année au cercle étudiant, aussi nous sommes-nous permis de vous inviter ce soir. »

Pendant le discours, Lars contempla Rebekka, qui se tenait contre Dreyer. Tous deux admiraient Jakob Levi. Lars ne pouvait s'empêcher d'envier à Dreyer la famille dans laquelle il allait entrer. Ils semblaient tellement simples et aimables malgré leur richesse. Le nom de Dreyer apportait naturellement du crédit à cette famille, mais le nom de Levi s'était progressivement si bien installé parmi la meilleure société de Copenhague et y était si respecté que ça n'avait plus grande importance. Dreyer apportait la fortune de l'héritage de son père, mais cela non plus ne signifiait plus rien. Levi était déjà si riche. Ce soir, il était difficile de voir l'insatisfaction qui cependant gouvernait les rapports au sein de ce joli couple. À l'évidence, aussi bien Dreyer que Rebekka aurait souhaité que ce fût lui qui eût son talent à elle. Elle lui avait même proposé, disait-on, d'envoyer toutes ses histoires sous différents pseudonymes.

Levi finit son discours, et la foule commença à franchir les grandes portes-fenêtres pour gagner le salon, où on allait danser.

Marie Otterup restait dans son coin sur la terrasse, attendant que les derniers invités, dont MM. Mikkelsen et Mønster, fussent passés de l'autre côté. Puis elle se dirigea résolument vers eux.

Elle ne se sentait pas très sûre de la portée de son acte, car elle-même avait éprouvé une certaine inquiétude lorsque

M. Mikkelsen s'était soudain dirigé vers elle. Que Dreyer lui eût maladroitement barré la route l'avait comme soulagée. Mais aussi un peu déçue. Elle s'était très consciemment dissimulée aux yeux de Mikkelsen, mais aussi rendu compte, lorsque son cœur avait commencé à palpiter, qu'elle craignait qu'il ne la trouvât pas du tout. Que signifiait cette pagaille ? N'avait-elle pas une place disponible sur son carnet de bal ? N'avait-elle pas éconduit deux ou trois demandes pour cela ? Quoi qu'il en soit, Dreyer ne lui serait d'aucun secours. Elle savait très bien avec qui elle voulait danser. Et savait par Rebekka à quel point Dreyer croyait que son bon ami Jens Kayser était l'homme qu'il lui fallait.

Elle devrait bien décider par elle-même de dire oui ou non à Jens Kayser si l'occasion se présentait jamais, et devrait aussi décider d'éviter un homme comme M. Mikkelsen.

« J'aurai vraiment fait tapisserie ce soir, dit-elle en arrivant derrière les deux hommes, à moins naturellement, monsieur Mikkelsen, que vous ne dansiez la deuxième valse avec moi ?

– Inouï que vous ayez à le demander, s'étonna Mønster en donnant un coup de coude à Lars avant de porter d'un geste chevaleresque outré sa main gantée à sa bouche.

– Nous nous croisons enfin, dit Lars. C'est une grande joie pour moi de vous saluer à nouveau, mademoiselle Otterup. À dire vrai, mentit Lars, qui avait promis la deuxième valse à Lea, la petite sœur de Rebekka, je n'ai aucune partenaire de valse. J'ai bien essayé de vous retrouver, mais ça ne m'a pas réussi.

– Vous craigniez peut-être la réponse ? »

Mønster rit, s'attendrissant pour Lars.

« M. Mikkelsen valse bien, déclara Marie. Et j'aime beaucoup les valses.

– Je ferai de mon mieux », promit Lars dans un sourire.

La *Marche de Riberhus* commença, rythmée par des mains gantées de blanc. Les couples s'avancèrent et la première danse s'ouvrit, accompagnée par un pianiste caché derrière son instrument dans un coin de la grande salle à manger. Lars remarqua quelqu'un contre un mur, qui suivait avec intérêt ses mouvements sur la piste de danse. Un homme mince au long visage étroit, avec de grosses lunettes d'acier sur un grand nez recourbé. Il portait une calotte et un sarrau, et souriait avec bienveillance à toutes les salutations autour de lui. Cet homme aux épaules extrêmement étroites avait quelque chose de voûté, d'un vieillard. C'était Ariel Levi.

En dehors de Kis Jørner, Lars ne connaissait presque aucune des jeunes filles invitées, et s'était, pour se montrer gentil, engagé à valser avec les deux sœurs de Rebekka. Miriam, l'aînée à lunettes quelque peu agitée, et Lea, la cadette, qui avait obtenu la permission d'être présente. Presque tout le temps absorbé par la piste, il ne ressentait pas le besoin d'apprendre à connaître Ariel Levi. Une fois les danses avec Kis Jørner et Miriam terminées, il s'inclina devant Marie pour la deuxième valse en observant que Lea était très occupée à discuter avec Rebekka.

« Je suis tellement ennuyé de ne pas avoir pu regretter mon comportement du jour où vous avez été si aimable de me rapporter mon parapluie », dit-il en posant un gant sur sa taille fine. C'était dur comme de l'acier sous la robe, à cause des baleines du corset.

« Vous y pensez toujours ? dit-elle en tournoyant sur la piste, minimisant les choses. Vous savez, monsieur Mikkelsen, vous n'êtes pas le premier artiste distrait que je rencontre. »

Il plongea son regard dans ses yeux verts :

« Je me réjouis que vous le preniez si bien, dit-il. Sauf que je ressemble à un sale gamin ingrat. »

Il remercia pour la danse en s'inclinant galamment devant elle lorsque la musique s'éteignit.

« C'est passé vite, dit-il.

– Vous faites des compliments, maintenant ? Ou respirez-vous enfin plus facilement ? Je suis troublée », protesta-t-elle en souriant.

Lars dissipa vite les malentendus. Ils sortirent respirer l'air frais avec de nombreux autres danseurs et elle déclara :

« Sans doute y aura-t-il de nombreuses valses en extra, ce soir. »

Il y eut plusieurs danses. Mais après la délicieuse valse avec Marie, Lars dut supporter les grossièretés qui jaillirent progressivement et planèrent autour de lui, obscurcissant sa joie. À plusieurs reprises, il entendit des sarcasmes envers son nom :

« Mikkelsen, dites-vous ? Quel nom de paysan.

– Et il écrit ? soupira-t-on. Alors, ça doit être dans *L'Ami du peuple.*

– Vous devriez prendre un pseudonyme. On peut beaucoup pardonner à un poète qui a un joli nom. Même de mauvaises manières et des *terzinas* hésitants. »

Tels furent les commentaires secs de Miriam.

« Plusieurs personnes m'ont conseillé de prendre Valdemar pour patronyme, répondit Lars.

– Valdemar ? Mais monsieur Mikkelsen, y aurait-il du sang noble dans votre famille ? »

Il planta son visage dans ses lunettes et lui soupira à l'oreille :

« Alors on a dû le perdre. »

Lui et Marie ne purent s'apercevoir. Elle échappa à sa vue en dansant avec Dreyer.

Lars s'efforça tout le temps d'éviter Ariel, ce personnage ressemblant à Quasimodo qui arpentait la pièce comme son ombre. Ni le Talmud ni la Torah, ni rien d'autre, quel qu'en fût le nom, ne l'intéressait. Il aurait préféré danser davantage avec Marie.

L'éviter finit cependant par s'avérer impossible.

« Ariel, se présenta-t-il en tendant la main à Lars. Ma sœur perdue m'a dit que vous vous intéressiez à l'*unio mystica* ?

– Oh non, il y a longtemps, répondit Lars. Lorsque j'étais gosse. Et je ne connais strictement rien au judaïsme.

– Pourquoi vous mentez-vous à vous-même ? Vous irradiez cela de loin, mon ami. L'expression soucieuse, les yeux impatients. Savez-vous que les prophètes mettent toujours de la mauvaise volonté à recevoir les messages de Dieu ?

– Je ne suis pas précisément un prophète, rétorqua Lars, décidé à écourter la conversation en indiquant que c'était l'heure des rafraîchissements. C'était passionnant de parler avec vous, monsieur Levi, mais M. Mønster en sait beaucoup plus que moi sur le sujet.

– Avez-vous entendu parler des concepts de *torat hasod* ou de *torat hanistar* ? »

Lars secoua la tête.

« Désolé, monsieur Levi.

– Allez donc, dit-il, allez donc, mais vous faites fausse route. *Ce que ces yeux virent étaient des rêves que vous ne pouvez atteindre.* Vous ne serez jamais heureux. »

Il tendit à Lars la carte d'un bureau à la synagogue de Krystalgade.

« À cet endroit, je suis enterré sous de vieux textes hébraïques. Si jamais vous avez un jour envie d'en parler, ou de les explorer par vous-même, contactez-moi. Mais ne me faites pas perdre mon temps avant d'avoir l'esprit clair. »

Les rafraîchissements furent servis. Un buffet était dressé sur une table de réfectoire, dans la pièce prévue à cet effet. Ariel Levi disparut. Lars rejoignit les autres, un peu troublé par ce discours mystérieux.

Tard dans la soirée, la grande salle fourmilla soudain d'activité autour d'un certain nombre de notables sortis du théâtre. Ils arrivèrent juste au moment où les jeunes traversaient les pièces, en plein galop de Rubenstein. Ils évitèrent joliment ce train bruyant, suscitant des éclats de rire.

Parmi les invités se trouvait le Dr Adler.

Il menait une petite troupe qui parlait, entre autres, de quelques-uns des nouveaux poètes et artistes. En passant devant Mønster, il le regarda froidement et dit :

« Vous, je vous ai déjà vu à un tout autre endroit. Espérons pour nous deux que je ne me souvienne pas où. »

Il s'attira, en célébrité, l'attention d'une bonne partie des jeunes gens.

Lars observa, curieux, aussi bien le Dr Adler que la troupe d'admirateurs qui semblait encercler le petit homme. Il trouvait qu'abstraction faite de différences évidentes sur les plans de l'apparence et des capacités intellectuelles, le Dr Adler lui rappelait à un inquiétant point son propre père. Cette outrecuidance ergoteuse, ses gestes qui donnaient l'illusion d'un caractère bien trempé, cette image de soi, cette faconde enjôleuse, quoique si éloignée du sinistre mutisme de son père, produisaient le même effet. Ces phrases creuses et ces guirlandes de mots entortillés, capables de bercer n'importe quel sceptique jusqu'à ce qu'il s'endorme. Il aperçut Dreyer, qui dévorait le Dr Adler de ses yeux brillants.

Le Dr Adler était un universitaire magnétiseur dont les points de vue étaient bien reconnaissables, mais dont le vocabulaire, les variations et les petits écarts par rapport à ses conférences ou articles créaient l'illusion qu'il était une source pratiquement inépuisable de renseignements. La vérité, pour autant qu'elle pût s'exprimer de si diverses manières, finissait par ne revenir qu'à une seule et même chose : la vérité vue par le Dr Adler.

Soudain, le sang de Lars se glaça.

« J'ai récemment reçu un manuscrit, confia le Dr Adler. Sur l'époque viking. Au style horriblement démodé. Ça a eu raison de mon courage... »

Mais il ne put en dire davantage. Car alors que la honte de l'horreur montait aux joues de Lars, le Dr Adler fut interrompu par Rebekka qui, au même instant, rejoignait le groupe et, par sa beauté captivante, détournait les pensées du docteur.

« Je vais plutôt vous sauver, Dr Adler, dit-elle en l'attirant avec elle. Mentionner un auteur qui n'est pas présent pourrait être mal compris et interprété comme l'une de ces marques d'indiscrétion dont vos critiques vous accusent. De plus, nous allons encore danser une farandole et plusieurs personnes vous demandent. »

« Et nous courons comme de joyeux idiots, dit Mønster à un moment où la farandole s'éternisait tellement et dans une telle pagaille qu'ils se retrouvèrent l'un en face de l'autre.

– Vous avez parlé à Rebekka Levi du manuscrit que j'ai envoyé au Dr Adler. »

Mønster le regarda, inquiet :

« J'ai peut-être été amené à le mentionner. J'en suis terriblement ennuyé, Mikkelsen. Mais vous pouvez faire confiance à Mlle Levi. »

Lars chercha à plusieurs reprises à attraper Rebekka, mais elle réussissait à lui échapper chaque fois qu'il la bloquait dans un coin. Il se sentait humilié vis-à-vis d'elle depuis qu'elle l'avait sauvé d'une ridiculisation publique. Il *voulait* lui expliquer que ce petit homme risible n'avait même pas ouvert son manuscrit, et qu'il en avait la preuve. Comme si ce rabaissement absurde était aggravé par le fait qu'elle fût la seule à connaître l'affaire et seulement dans sa version dénaturée.

Mais comme la soirée s'avançait, il réalisa que seuls ses rapports avec Rebekka étaient concernés, et se ravisa en comprenant qu'elle ne voudrait naturellement pas voir son bal anéanti par le comportement sans tact du Dr Adler.

Plus tard, le petit groupe d'invités qui avait déjà écouté le Dr Adler se reforma autour de lui, renforcé de quelques nouvelles personnes admirant elles aussi ce spécialiste reconnu de la littérature.

« Le romantisme ? grogna le Dr Adler. Chaque fois que j'entends le mot "romantisme", je sors mon pistolet. »

Des applaudissements nourris accueillirent la remarque.

Lars s'aperçut que Rebekka se rapprochait derrière son dos.

« Et c'est maintenant que je ne dois rien dire ?

– Oui, c'est maintenant que vous ne devez rien dire. Que le Dr Adler soit venu ce soir est si important pour Dreyer. Je vous en serai très reconnaissante. Comportez-vous plutôt en bon cavalier. »

Elle le fit se retourner, afin qu'il puisse apercevoir Marie dehors sur la terrasse, vêtue d'un manteau à collet, avec une petite ombrelle contre la rosée. Elle discutait de manière conspiratrice en flânant avec une amie, jetant de temps en temps un coup d'œil vers la maison.

« Vous remarquerez qu'elle a encore son ruban de velours caché dans la main pour le cotillon. »

Le cotillon se déroula en même temps que la remise des prix. Lars obtint le ruban du chapeau de Marie et ils valsèrent à nouveau. Mais la magie s'était envolée. Ne pas sauter à la gorge du Dr Adler lui avait demandé de gros efforts.

« Vous semblez tellement absent », dit Marie.

Lars sourit, tout pâle.

« En fait, je suis seulement fatigué. »

Alors que la soirée tirait sur sa fin, les jeunes filles enfilèrent des caoutchoucs plus pratiques. Les premières voitures roulaient devant la villa lorsque Marie s'approcha de Lars et de Mønster.

« La voiture que je devais prendre est déjà pleine, aussi ai-je pensé que vous et Mønster voudriez peut-être vous promener jusqu'à la maison ? Le temps est si délicieux ce soir. Et avec deux chaperons aussi stylés, mon honneur ne craint franchement rien. »

Tous trois dirent au revoir à la famille Levi et au reste des invités, puis se mirent en route d'un bon pas vers la ville. Mønster s'avérait extraordinairement courtois et déployait son remarquable esprit pour impressionner Marie, qui manifestement ne se contentait pas de passer de temps en temps des livres par-dessus un comptoir. Elle maîtrisait une bonne partie de la nouvelle littérature, qu'elle trouvait pourtant sournoisement ennuyeuse, opinion qu'elle souligna d'un bâillement démonstratif. Elle préférait Walter Scott et Dickens. Lars plongea dans ses ruminations, mais les deux autres s'efforcèrent de l'inclure dans la conversation. Marie cherchait avec difficulté des sujets de discussion appropriés et craignait d'avoir dit quelque chose qui l'eût rendu si sombre et triste.

« Mønster nourrit de grands espoirs sur vous, dit-elle. Quel genre de littérature écrivez-vous ? »

Lars essayait cahin-caha d'être présent, mais l'attaque du Dr Adler avait constitué le point culminant d'une agression qu'il avait ressentie toute la soirée. Il avait même un moment imaginé que toute la société se liguait contre lui et éprouvait la plus grande envie de se décharger de ce que Rebekka Levi lui avait fait garder pour lui – certainement pour de bonnes raisons tactiques qui lui profiteraient plus tard, mais qui le mortifiaient.

« En tout cas, je n'appartiens pas à l'adlerianisme. J'écris avec le cœur », dit-il d'un ton pointu.

Marie remarqua le ton et s'y attarda plus qu'au contenu de sa réponse, mais ne comprit pas le rapport et, ne sachant pas ce qui l'avait incommodé, l'interpréta comme une attitude blessante pour elle. Et elle vit soudain l'arrogance dont beaucoup parlaient chez ce poète soi-disant beau et talentueux.

« N'est-ce pas singulier pour un jeune homme de se référer à une bande de vieillards peureux en robe de chambre ? Ne devriez-vous pas, en tant qu'artiste, être contestataire et vous placer du côté du Dr Adler ? »

Lars se rendit compte qu'il en était inopinément venu à la blesser, et voulut s'expliquer. Mønster essaya de servir d'intermédiaire, mais rien n'y fit. Marie trouvait soudain ce jeune fat irritant, avec son aplomb injustifié. Qu'avait-il fait qui lui permette de porter un jugement sur un érudit tel que le Dr Adler ? Qu'avait-il écrit, *lui* ?

« Ne trouvez-vous pas légèrement tragi-comique qu'un homme adulte comme le Dr Adler semble regarder les femmes avec davantage de libéralité qu'un jeune homme de dix-neuf ans ? Que la jeunesse de notre époque ? Mønster a eu la bonté de me raconter qu'on discutait désormais sérieusement au cercle étudiant de l'adhésion des femmes, mais à cela aussi vous vous opposerez ? »

Lars ne put dire un mot. L'air supérieur qu'il avait pris aux yeux de Marie aiguisait de plus en plus sa mauvaise volonté vis-à-vis de ce valet de ferme présomptueux et moralisateur.

Si Mønster savait une chose sur les femmes, c'était qu'il fallait à tout prix éviter les discussions lorsqu'on avait raison, aussi s'efforça-t-il en vain de suggérer que l'attitude de Mikkelsen était seulement due au fait qu'il n'arrivait pas à se dépêtrer de ses regrets. Mais Lars, qui refusait d'admettre le même soir plusieurs attaques contre sa personne, se méprit complètement sur l'envie de discuter contenue dans sa question et voulut en découdre :

« Ne trouvez-vous pas un peu singulier, mademoiselle Otterup, que ce bon samaritain pour les femmes n'ait pas, en sept ou huit ans, exprimé officiellement une seule idée en leur faveur ? Ne peut-on imaginer que la haute opinion que le Dr Adler a de la femme n'est en réalité qu'un petit artifice bon marché uniquement destiné aux beaux yeux à courtiser ainsi qu'aux bavardages mondains sans conséquence ? »

C'était Mønster qui lui avait raconté cela.

« Dans ce cas il le fait bien, dit Marie. Et pour ce qui est de courtiser, vous pourriez peut-être prendre des leçons... »

Mønster sortit son mouchoir blanc de sa poche et l'agita pour ramener la paix. Le reste de la promenade se déroula dans un quasi-mutisme. Marie préféra faire comme si Lars n'était pas là et se mit à vanter de manière un rien démonstrative les gants Randers de Mønster.

Dans Helsingørsgade, Lars aperçut la dame qu'il avait vue pendant sa virée d'ivrogne. Elle reconnut manifestement Lars, car elle sourit et les fixa sans aucune gêne lorsqu'ils passèrent devant elle. Marie le remarqua également, irritée par le fait que M. Mikkelsen ignorât qu'on ne daignait pas regarder une femme dans la rue à cette heure de la nuit. Seule et en ce lieu. Surtout en sa compagnie.

En arrivant devant la porte de chez Marie, elle leur tendit la main et les remercia de leur escorte. À Lars, elle fit l'adieu suivant :

« On se retrouve vite seul si l'on se contente de tourner en rond, de bouder, de secouer l'univers et de se soustraire à tout. Vous devriez vous estimer heureux de votre amitié avec M. Mønster. Et en ce qui concerne votre avenir, monsieur Mikkelsen, vous devriez peut-être réfléchir aux écrivains qui ont su maîtriser la question financière. »

26

Assis seul dans sa chambre, il s'ensevelit sous les reproches. Que s'était-il donc passé ?

Il éteignit la flamme de la bougie entre deux doigts et regarda fixement les toits dans les ténèbres.

Sa fierté avait été mortellement blessée. Cette fichue fierté. Cette inflexibilité idiote. Digne d'un grand d'Espagne.

Le doute l'avait envahi. Un doute global. Sur lui-même. Sur ses projets, ses rêves, l'amour. Il s'était senti honteux, rabaissé. Comme un chien.

D'abord, ces humiliations concernant son nom. Il avait mijoté en son for intérieur des plans grandioses autour de sa détermination, cette détermination qui était la sienne mais que la Providence, secondée par sa désespérante famille qui l'avait affublé de ce nom d'esclave, essayait de mettre en échec. Il allait prendre un *nom de plume*. Un *nom de guerre*[1]. Un nom si tranchant que les hommes le prononceraient avec respect, les femmes avec vénération. Un mépris caché devait frapper ses origines, pour qu'on se fît du grand nom élu de la littérature une opinion piètre au point de le qualifier de paysan. Un pseudonyme, oui. Une identité cachée. Une autre voix. Ce serait une solution à toutes les sales combines de l'existence. Mais là, son humeur changea de nouveau. De même qu'une sensation juvénile de supériorité et de courage sans limite pouvait l'emporter, surtout lorsqu'il n'écrivait pas, le découragement et le doute le frappaient parfois, assis à son bureau devant un tas de papier blanc.

1. En français dans le texte.

Il éprouva une soudaine et puérile nostalgie. Il se souvint brusquement de ces instants quand même agréables, dans les salons, avec son père dissimulé derrière son journal, William, sa mère, les femmes qui tout l'hiver remuaient et s'agitaient, tissaient la bure et la futaine, les draps, teillaient les foins et tressaient les bas. Soudain, il rêva d'une vie simple à la campagne et, les mains moites, eut honte de son orgueil qui l'avait fait rougir de lui-même et de son nom ; et lui avait fait croire qu'il était à part.

Il ressentit alors un respect presque obséquieux pour des noms comme Hornemann, Kraft ou Dreyer et s'aperçut que c'était évidemment à de tels patronymes, avec leurs titres, décorations et histoire familiale compliquée, de régner sur ce monde à travers le récit ; et pas à son nom d'esclave paysan qui n'évoquait qu'un romantisme rural anachronique de toit de chaume et de puanteur chaude de foin et d'engrais. Il pouvait bien désespérer d'avoir cherché à forcer l'inertie de l'histoire. Puisque, contrairement à d'autres, il ne pouvait pas puiser de légitimité dans sa lignée et y trouver le fondement de ses aptitudes particulières, il voyait plutôt, dans ses humeurs les plus noires, l'absence totale d'auteurs ou d'artistes parmi les siens comme un manque, un défaut, une accusation. Il s'adressait de durs reproches, comme tous les véritables artistes, en de violentes autoaccusations d'étourderie ou d'imposture. Était-il un tant soit peu poète ?

« Le doute est la véritable marque de noblesse du génie, disait habituellement Mønster. Le génie, selon Taine, ressemble davantage à une maladie qu'à une floraison. Quelque chose aurait été mauvais dès le départ si vous n'aviez pas eu mal. »

Et de nouveau, son humeur changeait. Ce n'était pas son nom qui conditionnerait son destin. Ce qui représentait déjà une demi-victoire pour ses rivaux devait l'aiguillonner, le pousser à écrire plus puissamment et se montrer deux fois plus travailleur qu'eux. Il écrirait jusqu'à devenir aussi pâle que la lumière du matin qui l'atteignait au moment où il rampait dans le sommeil.

Et le Dr Adler. Ce petit juif risible avec ses rides de bouledogue et son casque de cheveux. Ils l'aimaient. Le chef de meute jappe et tout l'attelage hurle avec lui.

Après que Kalle eut traversé la glace et disparu dans l'eau froide et sombre de l'Isefjord, il était lui-même devenu un chef. Du troupeau de ceux qui disaient oui, de l'armée des gamins, des morveux atteints de *genu valgum*. De l'avancement. Mais dans quel but ? Qu'est-ce qui poussait à mener les autres ? Pouvait-il se laisser griser par ceux qui le suivaient ? Était-il un vain Narcisse, un joyeux idiot ou un despote tyrannique ? N'était-il plus capable de cela, de mener les autres ? Peut-être Kalle avait-il traversé la glace et disparu dans l'eau froide pour cela. Parce qu'il doutait.

Il s'était lui-même senti choisi à l'époque, près du lac d'Udsløse. Désigné pour remplir une mission. Il se souvenait du roi Skjold de Grundtvig, le petit garçon d'épis et de paille qui vint comme Moïse dans un panier de joncs. Élu, comme le David biblique ou Giotto, le petit berger de Vasari. Il avait fixé l'intérieur de dix mille soleils, vu les plus beaux mondes, s'était cru susceptible d'une mission grandiose. Mais il l'avait à nouveau manquée. Le jeune Werther s'était tué pour cela. Goethe le savait. Le Dr Adler ne le concevait pas, ou ne voulait pas le concevoir.

En lisant le Dr Adler, Lars avait aperçu une autre forme d'élection religieuse du génie créateur ; un dur écueil dont il ne s'était pas soucié. Toutes les paroles du Dr Adler sur le sceau du souverain et la puissance de la volonté avaient pour Lars des connotations indéfinissables qu'il n'aimait pas. Il trouvait extraordinairement rusé et irresponsable de se vouloir communard parisien ou révolutionnaire français ici, au pays. C'était précisément à la pointe d'un régiment de la plèbe que le Dr Adler se voyait. Mais au fond, le risque d'un raisonnement tronqué, manipulateur et profondément populiste existait bien dans ses livres. Naturellement, le Dr Adler aimait Voltaire davantage que Rousseau. Le Dr Adler était l'homme du progrès. L'homme du développement. D'abord, Copernic avait réduit la Terre à un simple satellite et éloigné Dieu du centre de toute chose, où l'on plaçait désormais la volonté humaine. La puissance obstinée de la machine, la puissance humaine de la vapeur. Le Dr Adler n'avait en réalité aucune intention de supprimer Dieu : il souhaitait le remplacer.

Mønster et à un non moindre degré Lars, avec ses principes, sa conscience et sa conception de l'honneur, étaient de pures reliques, des restes stupides d'un temps perdu. Des pouilleux en déroute.

Et Marie ? Il y avait vraiment de quoi en rire. Quel avenir auraient-ils ensemble ? Comment pourrait-il jamais lui expliquer qu'il n'avait pas d'argent et que c'était de sa propre faute, son propre choix ? Ou plus exactement : qu'il n'avait eu aucun choix. Personne ne voulait comprendre cela dès lors qu'il s'agissait d'argent. Qu'avait-il gagné à ne pas manger dans la main de son père ? Rien. Personne ne comprenait sa victoire. Personne ne saisissait l'envergure de la débâcle.

Il avait à peine osé la toucher pendant la dernière valse. De crainte que soudain elle n'éclate de rire ou le repousse.

C'était ça, le doute. Le doute qui consumait.

Pour se calmer l'esprit, il se résolut à faire un tour. Il emprunta la même route qu'ils avaient prise plus tôt durant la nuit. Des bars et cafés de la ville lui parvenaient des cris et le cliquetis des bouteilles, mais autour de Kongens Have, désormais presque désert, régnait le silence. Aucune femme n'était visible dans Helsingørsgade.

Il revint chez lui, se rassit à son bureau et regarda fixement à travers les carreaux. La condensation coulait des croisillons et se déposait en petites flaques dans les rainures du mastic. Ce n'était pas seulement l'humiliation de la soirée ou ce lettré ridé qui crachait son autosatisfaction au nez des autres. C'était aussi ce qui s'était passé avec Marie. Tout ça à la fois. Ce vieux sentiment éprouvant de toujours se trouver en compagnie des mauvaises personnes au mauvais moment.

Il sentait cette piqûre au cœur quand lui et Mønster erraient la nuit et que le bruit d'une compagnie retentissait dans les rues par les fenêtres ouvertes, ou qu'il apercevait un court instant, là-haut, l'ovale d'un visage de femme. Comme un spectre vagabondant sans repos, indécis, tel un Novalis perdu. Cent ans trop tard, dans une ville étrangère, avec le nom d'un autre. Parfois, il sentait aussi cette piqûre en rentrant chez lui aux premières lumières brumeuses du matin. Les ruelles se remplissaient lentement de bruits : sabots des chevaux sur les pavés, chiens errants, fatras des caisses qu'on déménage, roulement des voitures, ouverture des volets des boutiques. Ce sentiment mélancolique pouvait se perdre lorsque les silhouettes vacillantes des travailleurs et des jeunes femmes en route pour les usines et les bureaux fourmillaient dans les rues du centre-ville, un instant baignées de soleil, et l'instant suivant teintées de l'obscurité d'une rue latérale bleue et fraîche. Un halo doré autour du chapeau d'une dame, le souffle chantant de la brise du matin dans des plumes, un visage flou. Et parfois, son âme se sentait mystérieusement liée à ce visage qui, lorsqu'il se retournait pour mieux le voir, était déjà loin.

Ce matin-là était ainsi. Avec un frais soleil bouillonnant et de la vapeur montant des durs pavés réchauffés. Les oiseaux étaient encore là. Et comme un bûcher de sons crépitants, tous les buissons et les arbres de la ville, toutes les allées et les parcs s'allumèrent de l'intérieur. Juste de l'autre côté de la rue, un merle chantait ses fioritures.

Il se sentait déchiré entre deux mondes. Dans le premier, il ne pourrait pas vivre, dans le second il mourrait. Peut-être Ariel Levi avait-il finalement bien vu en lui. Il s'était depuis longtemps juré que les préceptes de Schopenhauer sur l'ascétisme seraient sa règle de vie. Pour son nom, la gloire et la vérité, mais aussi pour quelque chose de beaucoup plus important, profondément enraciné en lui. Pouvoir être loin. Il n'y parvenait qu'en travaillant. Être l'instrument et non celui qui en joue. Bienheureuse perte de soi. Aucun son, aucun temps, rien. Seulement l'humble création. Un monde totalement différent de celui du Dr Adler. Il lui fallait écrire pour s'éloigner ainsi. Le temps ne pouvait se dissoudre que de cette manière en instants heureux et disparaître. Disparaître du monde.

Lars se pencha sur le papier et écrivit :

Moins que tout autre être humain tu comprendras d'où tu viens, même si tu te préoccuperas de cette question davantage que tout autre. Plus que tout autre être vivant tu ressentiras ta parenté avec le genre humain tout en demeurant pourtant l'homme le plus seul qui soit. Et nul autre comme toi ne connaîtra si bien l'amour au point qu'il ne te soit jamais permis. Car ton destin en littérature est de mener les femmes aux hommes qu'en réalité elles dédaignent.

Il écrivit encore et encore, jusqu'à se rendre compte qu'il n'était pas seul. Il se retourna et vit Mønster à la porte. Il crut d'abord qu'il s'était peint la bouche en rouge par plaisanterie, mais lorsqu'il s'avança en vacillant et tomba devant lui, Lars comprit qu'il s'agissait de sang.

27

Plus tard ce jour-là, une tête coupée s'échoua près de Dragør, d'une pâleur de cire à cause de son séjour dans l'eau. Des étoiles de mer mortes et de petites coquilles de moules tombèrent de ses cheveux lorsque la police et les hommes de loi autorisèrent l'autopsie.

Leo Farker ne comprenait pas. Avant même que le professeur de médecine K. L. Trier, qui l'assistait déjà au moment de la découverte d'Ernestine Jensen, n'étudiât la tête, il savait que le crime avait été commis par le même homme.

« Les poissons se sont régalés, mais il se pourrait que ce soit la même coupure bien nette », dit le professeur Trier.

Le vent soufflait fort sur l'île plate. Les deux hommes, tenant leur chapeau, peinèrent pour revenir à la voiture qui les attendait.

« Pouah, quelle puanteur, s'exclama Leo Farker en s'y asseyant. Comment des gens peuvent-ils vivre ici ? »

Il parlait de la puanteur douceâtre des os d'animaux de l'usine de colle.

« Au contraire, on peut dire que la puanteur nous suit, Farker, déclara le professeur Trier après qu'il se furent bien installés et que les chevaux eurent commencé à trotter.

– Que voulez-vous dire ?

– On ne peut pas être certain du temps que la tête a passé dans l'eau, mais je vous assure que ce n'est pas très longtemps, si vous voyez ce que je veux dire. »

Farker opina :

« Je comprends. Vous vous souvenez qu'il nous faut encore garder le secret ? demanda-t-il.

– Je ne dis rien, rétorqua le professeur Trier. Je ne fais que mentionner ce fait. Non sans quelques regrets, naturellement. Car ça ne vous avance à rien. »

On découvrit plus tard le corps dans la saulaie entourant le très mal famé lac Lersø. Le quartier situé entre Haraldsgade et Tagensvej était une vaste zone non construite entièrement occupée par des saules à hauteur d'homme. Les vanniers de la ville fréquentaient avec prudence les abords de cette jungle, afin d'y chercher de la matière première gratuite. Ni eux ni les vagabonds ne se risquaient plus loin. Là où les broussailles s'épaississaient et la lumière se raréfiait, on trouvait des oiseaux morts pendus aux branches, victimes abandonnées d'oiseleurs qui, à l'aide d'appâts et de colle forte les attiraient cyniquement vers une mort certaine. Plus loin dans la saulaie, le Lersø était traversé de petits sentiers empruntés par des êtres minables et redoutés, qui vivaient là les mois d'été. Le rebut de la ville. Les sauvages.

Faire du feu était totalement interdit, mais de la fumée s'élevait quand même des tipis dans les froides nuits d'été ou à l'arrivée de l'automne humide et glacé, certains nomades n'étant pas encore repartis vers leurs caves ou asiles. À partir d'un débarcadère naturel, ils trouvaient, entre de gros rats et un fatras de détritus, des peaux pour leurs tentes, composées de vieille toile cirée disposée sur des rameaux de saule reliés pour prendre la rosée ou les grosses pluies.

Deux jours après que la tête eut été rejetée à terre sur Amager, l'un de ces êtres minables mais redouté surgit au poste 1, sur Gråbrødre Torv. Les fonctionnaires de garde entendirent l'homme et firent envoyer un message à Leo Farker, qui se trouvait au poste de police de Store Kongensgade, où ses collègues de la Sûreté avaient reçu, suite à une couverture massive de l'affaire de la tête coupée par les journaux, plusieurs demandes de renseignements concernant son identité. La jeune fille assassinée s'avéra être une fileuse de dix-huit ans, Alberta Grüner, qui habitait à Valby et y travaillait pour l'une des plus grosses filatures de la ville. L'une de ses amies, Adda Johansen, s'était manifestée dès le lendemain du jour où Alberta Grüner n'était pas venue à son travail. Elle avait accompagné Mlle Grüner jusqu'à sa disparition. Leo Farker auditionna lui-même Adda Johansen, qui expliqua qu'elles étaient allées danser pour cinq øre à l'auberge *La Bouteille*, près du ruisseau de Harrestrup, aux abords de la ville. La clientèle était habituelle : filles de paysans des environs et soldats de Avedørlejren, garçons à tout faire du coin, voyous et brutes de Vesterbro. Pour cette raison, des fonctionnaires en uniforme stationnaient toujours sur les lieux des bals du dimanche, prêts à s'occuper tendrement des plus bagarreurs. Et justement ce soir-là s'étaient produites beaucoup de bagarres et de choses indignes, aussi lorsque quelques soldats préférèrent continuer la soirée en ville, les filles décidèrent de les suivre. Alberta déclara qu'ils pourraient passer la nuit chez une sœur habitant Jagtvejen. Ils terminèrent à la taverne *La Lanterne* de Frederikssundsvej, à l'extrémité de Nørrebro, où son amie disparut soudain. Adda Johansen, elle-même terrorisée par le nombre des hommes ivres, se persuada qu'Alberta était chez sa sœur. Ensuite, elle obtint que le fils du tenancier la reconduise chez elle.

Leo Farker recueillit autant de noms et de descriptions de jeunes soldats qu'Adda Johansen put se rappeler. Personne ne connaissait encore l'arme du crime, mais Farker nota que bien des gens ce soir-là possédaient des armes, car tout soldat gardait, d'après le règlement, son sabre-baïonnette durant son temps libre. Adda Johansen décrivit en outre tous les hommes dont elle arriva à se souvenir, aussi bien à *La Bouteille* qu'à *La Lanterne*. Elle donna les noms d'autres personnes présentes. Enfin, elle expliqua en détail à quoi ressemblait Alberta Grüner ce soir-là et ce qu'elle portait. Bijoux, bracelets, vêtements et chapeau.

Farker s'assit devant le clochard surnommé « Toit-de-Chaume » à cause de ses cheveux incroyablement épais et hérissés. Il lui demanda d'abord tous les détails concernant la découverte du corps. Quand l'avait-il trouvé, comment, était-il seul ?

À la vue du morceau de robe que Toit-de-Chaume avait rapporté, Leo Farker ne douta pas qu'il s'agissait du corps d'Alberta Grüner. Ce bout de robe correspondait parfaitement à la description d'Adda Johansen : satin bleu sombre, avec des motifs floraux couleur cyclamen qui changeaient selon la lumière. Il s'agissait bien d'Alberta Grünen.

« Pourquoi avez-vous emporté un morceau de sa robe ? Nous savons qu'elle avait des bijoux. Vous n'avez pas pensé qu'un pendentif ou une bague nous aurait bien plus aidé à l'identifier ?

– Mais ses doigts..., commença-t-il.

– Qu'est-ce qu'ils ont ?

– Ils étaient coupés.

– Coupés ?

– Deux ou trois d'entre eux.

– Par qui ?

– Par qui ? Que voulez-vous dire ? Par celui qui lui a aussi coupé la tête.

– Mensonges, estima Farker d'un ton dur.

– Que voulez-vous dire ?

– Vous lui avez coupé les doigts, n'est-ce pas ? C'est bien vous qui lui avez coupé les doigts ?

– Non, non ! répondit-il.

– Ainsi, tous les objets de valeur de cette enfant se sont envolés, de sorte que nous ne puissions pas l'identifier ? À quoi cela sert-il d'accourir avec un morceau de robe si nous ne découvrons jamais son identité ? Ne comprenez-vous pas, stupide ivrogne, clochard pouilleux, que vous avez détruit des pièces à conviction dans une affaire de meurtre ?

– Mais, dit-il doucement, et les marques de naissance ? La cicatrice ?

– Vas-tu finir par te montrer plus malin ? As-tu bien compris que tout ça peut te coûter ta propre tête ? »

Farker se leva et chuchota à l'un des fonctionnaires de garde :

« Mettez-le en taule jusqu'à ce que nous soyons sortis, puis laissez-le partir. »

Farker ne savait pas si c'était Toit-de-Chaume ou un autre sauvage de la jungle de saules qui avait mutilé le corps de la fille, mais restait convaincu que lui ou le voleur des bijoux était de la graine d'assassin. Par contre, il était à peu près aussi certain que ce n'était pas le meurtrier qui avait coupé les doigts. Ernestine Jensen avait toutes ses affaires sur elle lorsqu'ils la retrouvèrent. Farker était sûr qu'il s'agissait du même meurtrier.

Farker partit lui-même s'occuper du cadavre. Des mouches tournoyaient autour. Les poissons avaient en partie dévoré le visage d'Alberta Grüner, puis les rats, renards et blaireaux s'étaient aussi servis sur le corps.

K. L. Trier fit emporter les restes à l'hôpital Frederik. Une fois l'autopsie terminée, il alla, taché de sang, voir Leo Farker, qui à moitié endormi attendait sur une chaise dans le couloir de l'hôpital.

« Vous allez devoir auditionner à nouveau Adda Johansen, dit-il.

– Vous le pensez ? Est-ce exactement comme avec Ernestine Jensen ? »

Le professeur Trier opina :

« Exactement la même chose. Huit ou neuf semaines. »

28

Valby se trouvait en dehors de la juridiction de Farker, mais son travail était très respecté loin au-delà des limites de Copenhague. Tout le monde avait entendu parler de sa légendaire résolution de l'affaire du meurtre du rentier Jørgensen et de son déguisement en docker, à Klampenborg Station, qui avait permis l'éclaircissement d'une série d'affaires de bonneteau. Leo Farker envoya sa demande au juge cantonal de Søndre Birk et obtint immédiatement l'autorisation de poursuivre son enquête au-delà des limites de la commune.

Farker passa une journée à Valby, à fouiller la petite chambre basse de plafond et très humide où avait habité Alberta Grüner. Il n'y trouva aucune piste utilisable. Ni Ernestine Jensen ni Alberta Grüner n'avaient tenu de journal, ce qu'il avait espéré, aucune d'elles ne s'était confiée à quelqu'un. Il ne doutait pas que ces petits livres, avec leurs confidences et leurs rêves secrets, avaient été récupérés. Mais par qui ? Qu'écrivaient les jeunes filles dans leur journal ? Eh oui, le nom de leur amoureux. En revanche, Farker put parler au concierge, et quelques voisins reconstituèrent une liaison qu'Alberta Grüner devait entretenir depuis un bon moment. Plusieurs détails lui permirent d'aller discuter avec un boutiquier du quartier. Lorsqu'en soirée les sirènes de l'usine commencèrent à hurler et que les fileuses affluèrent en masse à la porte, Leo Farker mit la main sur Adda Johansen et l'emmena à la voiture qui l'attendait sous les regards inquiets de ses collègues. Les chevaux se mirent à trotter et Leo Farker se tourna vers la fileuse terrorisée.

« Maintenant il va falloir bien réfléchir, mademoiselle Johansen. Vous êtes mêlée à une affaire très grave et nous

nous demandons ce qui vous pousse à protéger le petit ami d'Alberta Grüner.

– Mais, dit-elle faiblement, Alberta n'avait pas de petit ami.

– Qui est Ole Nielsen ?

– Mais c'était fini entre eux !

– N'est-il pas vrai que lui et Alberta se sont disputés, et qu'Ole Nielsen était très malheureux après la rupture ? »

Elle éclata en sanglots et se cacha le visage entre les mains.

« Si, mais...

– Était-ce l'enfant d'Ole Nielsen qu'attendait Alberta Grüner ?

– L'enfant ?

– Ne saviez-vous pas qu'Alberta Grüner était enceinte ? »

Elle secoua la tête, effrayée.

« Est-ce lui qui vous a demandé de mentir ?

– Mais c'était *moi* qu'il aimait.

– Que dites-vous ? » demanda Leo Farker en posant un bras consolateur sur Adda Johansen qui, tout en pleurant, raconta en un torrent de paroles hachées son couple inconnu d'Alberta Grüner, comme Ole était malheureux d'avoir choisi la mauvaise, comment ils avaient menti derrière le dos de leur amie et caché leur amour interdit, et comment Ole Nielsen lui avait demandé de le tenir en dehors de ça, parce que les choses n'allaient pas très bien pour lui en ce moment et qu'il craignait d'être soupçonné. En effet, il avait commis par le passé quelques petits vols et tout le monde allait croire que c'était lui.

Assis un bras autour de l'épaule de la fille, Leo Farker compatissait avec la malheureuse enfant, mais d'une manière bizarre, distanciée. Et il imputa au caractère parfois cru de son boulot de ressentir au fond un extrême soulagement. Il se trouvait désormais sur la piste de « son homme ».

L'expérience d'années de travail systématique et au fond très routinier lui avait appris que la plupart des mystères pouvaient être résolus non pas comme dans les romans-feuilletons fantaisistes, où un détective a, sous l'influence d'une drogue quelconque, une géniale intuition inattendue, mais au contraire par un opiniâtre et minutieux travail de police. La réalité était prosaïque. Il y avait une victime et un coupable, et il s'avérait presque toujours que victime et coupable se connaissaient.

En règle générale, les mobiles étaient également évidents. Il s'agissait d'avidité ou de jalousie. Une chose aussi insensée qu'un meurtre par décapitation sans mobile ne se produisait à peu près jamais. Les meurtriers condamnés à mort étaient justement décapités. L'argent, le fait de se débarrasser d'un enfant mal formé, l'amour ou le besoin motivaient aussi des assassinats. Mais il existait toujours une raison.

Leo Farker avait jadis, comme tous les autres membres du corps, été un vigoureux jeune homme. Gardien de la société, il avait administré son secteur avec rudesse envers les rustres de la rue. Au fil des années, affecté à la police d'investigation et monté en grade, il s'était laissé gagner par plus de dignité. Il s'était fatigué, avait grisonné. Mais il restait l'homme de la puissance publique. Un symbole de la loi et de l'ordre. Un éboueur du péché. Il méritait bien ce titre, quoiqu'il ne se mentît plus à lui-même. Il était consciencieux et à tous égards loyal envers l'État. Mais sa plus grande peur n'était pas qu'un criminel s'échappe. Sa vraie terreur, c'était le mystère non éclairci. Comme le Edwin Drood de Dickens. Le criminel dont on ne découvre jamais l'identité.

Des meurtriers lui avaient parfois échappé. Mais il savait toujours qui ils étaient. Et d'être confronté à une affaire où il n'aurait aucune idée du coupable ni des mobiles du crime l'effrayait. Une affaire dont on ne viendrait pas à bout. Cette peur l'avait rattrapé pendant l'enquête sur le meurtre d'Ernestine Jensen. Il se mit alors à boire davantage. Son couple n'y résista pas. Et il avait morflé. Aussi sentait-il le soulagement gagner tout son corps à écouter Adda Johansen sangloter, assis dans cette voiture. À l'époque, il avait douté du mobile concernant Ernestine Jensen. Même avec une grossesse évidente, une petite voix intérieure lui avait dit que ce n'était pas le bon mobile. Cette affaire était une récidive. Une jeune fille décapitée et une grossesse. Il ne pouvait pas s'agir d'un hasard. Ole Nielsen était son homme. Forcément. Il avait forcément aussi connu Ernestine Jensen, et c'était la seule chose qui le rongeait, car lorsqu'il essayait de se souvenir des noms de ceux à qui il avait parlé ou qui étaient liés au meurtre d'Ernestine Jensen, il était presque certain de n'être jamais tombé sur un « Ole Nielsen ».

« Cet Ole Nielsen, dit Leo Farker en regardant la jeune fille, où donc habite-t-il ?

– Il habite Dyvekestræde.

– Dyvekestræde ? » Leo Farker plissa le visage de dégoût. « Sur Amager ? »

29

À peine les détails sanguinolents communiqués à la presse furent-ils connus, qu'une grande partie de la ville ne parla plus que du meurtre. Dans un tel contexte, la maladie de Mønster ne signifiait rien ; il n'était qu'un être humain dans cette grande ville, avec des courants d'air à ses fenêtres mal isolées et une mauvaise hygiène, tombé malade de la tuberculose. À la pension, l'annonce que Mønster avait toussé du sang et s'était évanoui constituait en revanche la seule nouvelle importante en ce jour marquant, qui avec le soudain changement de temps semblait annoncer un automne moite, en attendant l'hiver. Il faisait froid et il ventait.

Toute la maisonnée se trouvait sens dessus dessous. En bas, dans la salle de séjour, Skou clopinait sur sa jambe de bois.

« Est-ce le typhus ? »

Dans la confusion, il avait négligé les papillotes en papier de soie blanc des pointes de ses moustaches, et rappelait un morse transi avec de la glace plein la barbe.

Lars raconta au médecin que Mønster avait déliré.

« C'est normal. Ce n'est que la peur. Ça passera. Il faut bien aérer, ajouta le docteur.

– Mais nous allons tous périr du rhume de cerveau », intervint Mme Brandt. Accablée par un sentiment de culpabilité non fondé concernant la nourriture de la pension, par ailleurs fort grasse, elle offrit au docteur un authentique punch de Carlshamn. Le docteur consulta, surtout pour s'en vanter, sa montre à ancre en argent brillant et estima qu'il pouvait accepter.

Lars, préoccupé, s'enquit de l'état de Mønster.

« Le stéthoscope ne donne pas un résultat très encourageant. J'en déduis qu'il a de la condensation dans le haut de l'un des poumons et un spélonque tuberculeux.

– Est-il en train de mourir ? demanda Tine.

– Il va mourir, mais pas tout de suite. Quelqu'un a-t-il prévenu sa famille ? »

Le docteur rangea le stéthoscope dans sa sacoche de médecin et y trouva quelques médicaments. Lars remplit un formulaire de télégramme devant lui.

« Vous devez écrire clairement qu'il s'agit de tuberculose pulmonaire, mais évitez de trop dramatiser, il n'est quand même pas encore parti. »

Lorsque Lars eut fini le télégramme, Tine fut envoyée au bureau de poste principal de Walkendorfsgade. À son retour, elle et Lars se relayèrent pendant le reste de la journée pour poser des compresses froides sur le front brûlant de Mønster, et ensemble retournèrent le garçon inanimé dans son lit, afin de changer les draps détrempés. La potion à la morphine du docteur fit peu à peu cesser sa sinistre toux. Entre-temps, il interrogea scrupuleusement Mme Brandt sur la nourriture servie à la pension et prescrivit à Mønster de beaucoup s'alimenter, puis de puissantes doses d'arsenic.

Par la suite, le docteur revint régulièrement examiner Mønster.

« Il doit arrêter le tabac, dit-il à Lars. Complètement. »

Lars manqua les cours de l'université et veilla sur Mønster, toujours nébuleux et dont la fièvre ne baissait que lentement.

Il attisait le feu du poêle lorsqu'il faisait trop froid et ouvrait la fenêtre s'il faisait trop chaud. Il s'asseyait avec ses livres d'étude et s'endormait sur eux.

Sur le rayonnage de Mønster, il trouva le livre du Dr Adler sur Kierkegaard et commença à le feuilleter, puis le remit en place et partit à la découverte de sa bibliothèque. Il y trouva pas mal de littérature sur la théosophie et autres sorcelleries. Il tourna les pages du Livre de Prédiction des Miracles et pensa à ce que Mønster avait raconté sur l'autre grande famille de pasteurs, les Mynster. À la mort de l'évêque Jakob Peter Mynster, il n'y avait pas moins de huit mille volumes dans la vieille résidence épiscopale de Nørregade. Le plus inattendu était qu'on ne découvrit pas seulement des livres de Kant et de Fichte, de Schelling et Schleiermacher ou, naturellement, de Kierkegaard en papier glacé cartonné noir avec des mots respectueux de l'écrivain, mais aussi des œuvres de Montaigne, Spinoza, Pascal, Schaftesbury et Hume.

« L'esprit réceptif ne fut pas inventé par le Dr Adler », disait Mønster.

Lars continua à chercher sur le rayonnage et trouva un petit livre étroit d'Ariel Levi, sur la mystique juive.

Mønster se reposa deux ou trois jours puis revint lentement à lui et put peu à peu s'exprimer. Il fit signe à Lars de s'approcher, mais c'était toujours les mêmes bavardages enroués et délirants sur le diable et les démons.

« Le faux prophète », murmura-t-il avant de sombrer à nouveau.

Mønster releva à grand-peine la tête et voulut chuchoter quelque chose à Lars. Il indiqua sur le rayonnage le livre sur Kierkegaard.

« Tout se flétrit. Tout se flétrit autour de lui.

– Flétrit ? Qui ?

– Le Dr Adler », dit Mønster, irrité, avant de se laisser retomber sur l'oreiller. « N'avez-vous pas remarqué comment tout est lié à ce... Méphistophélès ? Depuis le soir où je l'ai embêté avec Grundtvig, ma toux n'a fait qu'empirer...

– Ça pourrait aussi être de la faute de Grundtvig. N'aurait-il pas dû écrire "royaume des morts" au lieu de "enfer" ? Il s'agit d'un psaume de Pâques, et le Christ n'a pas fini en enfer après la Résurrection.

– Soyez sérieux un instant, Mikkelsen. Je suis près de mourir...

– Vous n'êtes pas près de mourir, Mønster, vous avez une méchante toux depuis que je vous connais... Personnellement, je crois que ce sont les cigarettes.

– Au moins, je sais maintenant ce qui un jour me tuera.

– Vous ne pouvez pas être certain que c'est ça qui vous tuera.

– Si, on en meurt. Tôt ou tard.

– Ce que je veux dire, c'est que quelque chose d'autre peut vous tuer avant. »

Mønster rit rauquement :

« Bon sang. »

Il inspira difficilement deux ou trois fois, puis dit avec gravité :

« Et là, après l'avoir à nouveau rencontré chez les Levi. Vous auriez dû voir le regard qu'il m'a lancé. C'est ce que les prêtres disent de lui, il n'oublie jamais... » Il regarda fixement devant lui, un regard vide et serein : « Je n'ai jamais compris la haine.

– Mønster, ne dites-vous pas souvent que nous autres les hommes avions découvert le mal juste pour mieux discerner le bien ? Oui, parfois peut-être juste pour pouvoir finalement apercevoir quelque chose de bien ?

– Le mal n'existe pas. Il n'existe qu'une justice pharisaïque non reconnue, une jalousie dépourvue de conscience et une infinie stupidité. Aussi devez-vous admettre que mon analogie avec l'enfer et les mares de soufre bouillonnant sont davantage une image qu'à prendre à la lettre. J'ai parfaitement conscience que le Dr Adler n'a aucune corne sur le front et qu'il existe une explication rationnelle à son caractère démoniaque.

– Je crois que vous fantasmez abondamment... cédez pour le moment aux dispositions héréditaires...

– Si je recouvre la santé, Mikkelsen...

– Lorsque vous recouvrerez la santé, Mønster...

– Si je ne meurs pas...

– Vous ne mourrez pas, Mønster... Le médecin l'a dit lui-même...

– Vous devez me promettre de ne jamais, jamais, vous ranger à l'avis de cet homme. Vous devez observer une lointaine distance... Vous entendez, Mikkelsen ?

– J'écoute, mais je crois que vous exagérez un peu.

– Je ne suis pas superstitieux, vous le savez très bien. Je vous confie ce que je ressens devant cet individu. » Il s'allongea, regarda fixement en l'air et déclara, curieusement rasséréné : « Cet homme hait. Il se souvient et il hait. Si je me rétablis...

– Lorsque vous vous rétablirez...

– ... nous irons à Paris. Il faut absolument que vous découvriez cette ville. Vous adorerez Paris. Vous vous sentirez chez vous à Paris. »

Il rit un peu péniblement.

« Je sais bien que je ne vais pas mourir. Pas maintenant. Mais je ne suis pas non plus un idiot. Mon temps est désormais compté. Vous ne devez pas faire mauvais usage de votre talent, Mikkelsen.

– Maintenant, il faut vous reposer, que vos forces reviennent.

– Promettez-le moi.

– Je vous le promets.

– Et le Dr Adler ?

– Je vous promets, Mønster, de renoncer aux radicaux. Et à toutes leurs œuvres... »

30

En fin d'après-midi, Lars dévalait l'escalier lorsqu'il aperçut une jeune femme dans la pénombre. C'était Marie Otterup.

« Vous m'avez une nouvelle fois fait peur », dit-elle en portant la main à son cœur.

Elle était couverte d'une cape dolman sombre. Un chapeau de feutre posé de biais et bordé de plumes dissimulait ses longs cheveux. Son visage atteignait un degré surprenant de dépouillement : blancheur de lait, oreilles dégagées et cheveux cachés sous le chapeau. Seules quelques mèches flottaient comme des plumes floconneuses sur sa nuque. Elle serrait entre ses gants à douze boutons en cuir de Russie clair un bouquet de fleurs et un livre. Après s'être raidis en s'apercevant, ils s'excusèrent en même temps pour la soirée chez Jakob Levi.

« C'est gentil de votre part de vous excuser, monsieur Mikkelsen, mais c'est vraiment moi qui m'excuse. Malheureusement, il m'arrive de céder à un besoin de discuter et d'être contrariée. Je serais très ennuyée d'avoir dit quelque chose qui vous aurait blessé.

– Je l'avais mérité, dit Lars. J'ai beaucoup réfléchi à ce que vous m'avez dit. Vous êtes une femme très douée, mademoiselle Otterup, et je ne suis encore qu'un jeune homme guère pondéré. Je m'emballe et j'en suis très ennuyé. Mais cela ne se reproduira plus. »

Cette dernière remarque semblait si définitive qu'elle fit sursauter Marie. Puis elle saisit avec retard son compliment. Elle battit des cils et apprécia l'éclairage misérable de l'escalier car un rouge brûlant lui montait aux joues.

« C'est effrayant pour Mønster, dit-elle en montant, hésitante, sur la marche suivante.

– Ça aurait pu être pire, répliqua Lars. Ça aurait pu être moi. »

Il accompagna la remarque d'un sourire, mais Marie ne la trouva pas amusante.

« Pourquoi dites-vous de telles choses ?

– Quoi donc ?

– Pourquoi êtes-vous si dur ? »

Il la regarda, effrayé.

« Je crois que vous m'avez mal compris, mademoiselle Otterup. C'*est* épouvantable pour Mønster. C'est précisément pour cela qu'on a peut-être tous besoin d'en rire un peu. »

Elle ne répondit pas, mais sourit de manière forcée.

Lars fit un pas vers elle et posa la main sur son bras :

« Est-ce vraiment ainsi que vous me voyez ? Arrogant, bouffi et incapable d'empathie ? »

Elle ne parvint pas à répondre. Avant de se confondre en regrets pour expliquer qu'il était si souvent mal compris, il se souvint du conseil de Tine : sourire davantage. Le travail distrayait sa capacité à être présent parmi les autres. Et Marie fixait avec un mélange d'émotion et de scepticisme ce jeune effronté maladroit comme si elle l'avait déjà jugé. Ce qui aurait été bien plus facile que de se mettre en colère contre lui. Mais ces mots, ces sentiments, cette présence, cette honnêteté la troublaient, car elle pensait maintenant reconnaître l'homme avec lequel elle avait dansé et dont elle sentait encore les mains sur son corps. Elle ne comprenait pas le froid et l'indifférence qui s'étaient emparés d'elle ce soir-là. Qui l'avaient fait douter. Et elle se retrouvait là, à avoir un peu peur de lui dans la pénombre.

« Non, mais je devrais plutôt... »

De nouveau, il lui attrapa le bras, et le contact la brûla presque comme si c'était Lars la victime de cette effrayante maladie contagieuse.

« Qu'avez-vous donc apporté à Mønster ? »

Soulagée que la conversation s'oriente vers un sujet moins périlleux, elle montra le livre à Lars :

« Ce n'est quand même pas très normal que les pasteurs s'intéressent à l'occulte, dit-elle. J'ai trouvé ce livre qui, je pense, va lui plaire. »

Il s'agissait d'un ouvrage d'un écrivain russe, Helena Petrovna

Blavatsky, que Lars ne connaissait pas. Il s'intitulait *Isis dévoilée*, était paru l'année précédente et traitait des anciens mystères de l'Égypte. Marie lui confia qu'elle avait eu beaucoup de mal à trouver ce livre et, passionnée, se mit à lui en révéler le contenu, n'ayant pu s'empêcher d'y jeter un œil.

Lars fixa Marie, fasciné.

« Comme c'est courageux de votre part, dit-il.

– J'ai grandi avec les livres. Dans ma famille... mon père... Nous ne sommes pas très religieux, ni chrétiens devrais-je dire...

– Ce n'est pas à cela que je pensais, précisa Lars. Vous êtes venue ici. En sachant Mønster malade.

– Oh, quoi, il n'a pas attrapé la peste. Tant qu'il ne commence pas à m'embrasser, il n'y a pas grand danger. »

Elle rit, gênée et confuse qu'il reste là à l'observer sans rien dire. Elle se sentit un peu idiote et raffermit sa prise sur la rampe. L'envie d'interrompre la conversation semblait se lire sur son visage, mais elle resta sur la même marche.

« Et s'il le fait ? demanda Lars. S'il vous embrasse ?

– Non, maintenant il faut vraiment... » Marie monta rapidement deux marches et passa devant Lars, mais se retourna après une courte pause indécise sur le palier : « Peut-être est-ce l'ironie ou la distance que vous vous permettez vis-à-vis des choses importantes de la vie qui effraye les gens, monsieur Mikkelsen. À un instant on croit parler sérieusement et sincèrement avec vous, mais juste après on se retrouve en plein doute et on se sent maladroite.

– Il n'y avait pas de suggestion d'ironie dans mes paroles, dit Lars en souriant. Je sais à quel point Mønster sera content... d'avoir un livre sur les vieilles momies.

– Vous recommencez. Pourquoi faites-vous cela ? demanda-t-elle.

– Qu'est-ce que je fais ?

– Vous vous moquez des autres.

– C'était uniquement pour dire quelque chose d'amusant, dit-il en la regardant, fasciné.

– Je me sens tellement bête en votre compagnie, lança-t-elle. Bien d'autres ressentent la même chose.

– Vous pensez toujours aux autres ?

– Je pensais surtout à vous, monsieur Mikkelsen.

– Que voulez-vous dire ?

– Je vous l'ai déjà dit chez Levi : vous risquez de vous retrouver très seul. »

Lars ne répondit rien. C'était la vérité, et, dans la pénombre, il pouvait presque lire sur son visage qu'elle regrettait ce qu'elle venait de dire.

« Je ne vais pas vous retenir davantage, mademoiselle Otterup. Montez donc plutôt voir Mønster. Si vous tardez encore, vos fleurs vont finir par servir de couronne mortuaire. »

Elle se retourna résolument sur ses maroquins à hauts talons, qui amplifiaient de façon excessive quelque chose chez elle, et se dépêcha de monter l'escalier.

En bas, Lars cria :

« Mønster aurait trouvé ça drôle. »

Marie respirait violemment. Elle hésita devant la porte, puis frappa. Elle était irritée de s'être à nouveau sentie indécise et mal assurée devant ce jeune garçon, dont il avait été si libérateur de découvrir le côté peu sympathique après le bal. Les étincelles qui suivirent l'avaient convaincue que sa première impression était la bonne. Mais la même nuit, elle lut et relut son carnet de bal avec sa petite signature stupide presque illisible, douloureusement convaincue d'être tombée amoureuse de lui. Elle remarquait que dès qu'ils se disputaient, il s'éloignait doucement, à son grand désespoir ; et qu'elle continuait à le contrarier juste dans l'espoir qu'au moins il disparaisse. S'imaginait-elle. Car au plus profond d'elle-même, elle savait bien que pendant qu'il s'estompait lentement dans les ténèbres, ses yeux froids, volontaires et pleins d'assurance, se gravaient dans son âme. Le lendemain, elle se réveilla et pleura encore de savoir qu'elle l'aimait et lui appartenait presque ; chose terrible car lui ne lui appartenait pas. Plusieurs fois les nuits suivantes, elle se réveilla à cause d'effrayants cauchemars. Elle se traînait sur un rocher escarpé et, sentant la présence d'une autre personne, levait les yeux en tressaillant. Sans arriver à voir si c'était Lars ou sa mère.

Elle avait essayé de mettre Rebekka de son côté. Mais chaque fois qu'elle critiquait quelque chose chez lui, Rebekka prenait sa défense, n'ayant apparemment que du bien à en dire. Elle racontait douloureusement comme il avait rougi de manière charmante en ânonnant l'introduction de sa conférence sur Kierkegaard chez la veuve du médecin Marstrand.

« Et ennuyeux comme ce fut, ce ne pouvait être que fort intelligent », disait Rebekka.

De fait, Marie ne liait pas la concentration de l'artiste ou la vocation profonde à l'éclat juvénile, immature et un peu incertain qu'il lui semblait toujours voir dans ses yeux. Mais même Dreyer, si négatif et réservé, avait été impressionné, disait Rebekka.

Et il y avait bien cette affliction dans ses yeux. Et ces soudains accès de sincérité. Elle ne comprenait pas l'agitation qu'il éveillait en elle. Cela la troublait. Elle remarquait que son pouls s'accélérait et ne voulait plus s'apaiser. Comme s'il devenait soudain quelqu'un de complètement différent, plusieurs personnes en même temps, ce qui la séduisait et l'inquiétait à la fois.

Elle reprit deux ou trois profondes inspirations devant la porte de Mønster. Hésitante, elle essaya de se rendre une contenance en posant avec précaution le dos du gant en chevreau contre la porte.

« On croirait presque que c'est vous qui avez de la fièvre, dit Mønster à la vue du rouge aux joues de Marie. Ces maudits escaliers finiront par tuer quelqu'un. »

31

Chaque jour, Lars passait devant la Caisse d'épargne de Niels Hemmingsensgade et, chaque jour, il essayait de se convaincre qu'il n'y avait pas de honte à accepter l'argent de son père. Mais il ne pouvait pas. Chaque jour, sa provision de billets s'amenuisait. Elle avait maintenant tellement rétréci qu'on ne pouvait plus parler de « paquet ». Mais il ne *pouvait pas* se résoudre à poser le livret de Caisse d'épargne sur le comptoir. Car chaque mois qui passerait ferait de lui un homme de plus en plus aisé et, chaque mois, il deviendrait de plus en plus difficile d'aller au compromis. En effet, cette somme d'argent croissante étalerait sa dépendance de manière exponentielle, ce qui ne ferait qu'accentuer son esprit d'opposition. Il se disait avec une emphase désespérante que là était le véritable combat pour son âme, son intégrité. C'était l'épreuve. Le véritable test de l'existence. L'arrachement. Il était question d'honneur. Qu'il ne pût supporter une telle débâcle était aussi sot que vrai. Ce père qui durant l'enfance de Lars avait rationné ses marques d'affection, ne les distribuant que comme un genre d'aumône, n'aurait pas la permission de poursuivre cette humiliation maintenant qu'il était adulte. C'était largement absurde, se disait-il lorsqu'il essayait de se convaincre, car l'argent donné par sa mère venait aussi de son père. Mais c'était différent, se contredisait-il, car l'argent venait d'elle et avait, étant donné la somme, certainement influencé sa manière de gérer la maisonnée et fait réfléchir sur l'abondance et la privation. Aucune arrière-pensée ne se cachait derrière ce don.

Enfin, un jour lui parvint une lettre de Hekademeia.

Lars l'ouvrit au coupe-papier et la lut plusieurs fois, avant la porter à sa bouche pour l'embrasser de façon sonore.

« Intéressant » et « talentueux » étaient quelques-uns des plus jolis adjectifs de Johannes Volquartz sur *Le Meurtre du roi Godfred.* Il invitait Lars à le rencontrer au sujet du manuscrit.

Enfin une personne bien. Une personne qui, comme Mønster, voyait ce que Lars voulait faire. Édifier le pont qui manquait encore entre les littératures « classique » et populaire. La prose qui réunirait un Jens Peter Jensen et une Ingeborg Sick, Aleksander Horn et Carit Etlar. Tel serait son but.

Il attrapa l'épée au mur et la planta par terre avec force. Il allait leur monter. Là, il allait pouvoir se battre. D'homme à homme. Jusqu'à la mort. Sa plume était devenue son épée. On prendrait sa mesure à son texte, pas à son jeune âge ni à son idéalisme. Il ne voulait pas des radicaux arrogants du café *L'Enfer*, d'éditeurs déserteurs et effrayés ni des attaques par-derrière de lettrés agitateurs. Le Dr Adler. Ah. Ce petit clown ridé. Et le regard appuyé de Rebekka, compatissant, presque maternel. Inadmissible. Personne n'avait à s'apitoyer sur son sort. Pas de cette façon.

Seul ? Peut-être. Mais la solitude était sans doute le prix à payer.

Lars se rendit chez Hekademeia par un jour un peu nuageux. Il avançait en équilibre, espiègle, sur des planches couvrant les ruisseaux, une extraordinaire puanteur d'urine et de parfum lui taquinant les narines. L'odeur de ces immondes ruisseaux des rues se mélangeait à l'eau de parfum français des femmes, à celle, aigre, de la morue salée pendue par bancs entiers dans les échoppes et à celle, sûre, des orteils noirs qui s'échappait des fenêtres ouvertes, là où l'on opérait les cors au pied. Copenhague était une ville prodigieuse. Avec sa lumière matinale et ses coqs qui chantaient chaque matin, les sifflements des sirènes d'usines et les aboiement des chiens. Avec la Nouvelle Carlsberg et les nombreuses petites brasseries dont émanait une puanteur de houblon, avec les distilleries dont suintait une mauvaise odeur douceâtre d'alcool de mélasse fermentée, avec la vapeur visqueuse des tanneries et des teintureries, avec ses imprimeries et ses libraires ; et cette odeur que Lars aimait : l'odeur riche et délicate du bon vélin des formats octavo et quarto.

Dans une venelle, Lars monta trois marches menant à une porte. Il indiqua son arrivée à une petite loge de concierge, attendant avec optimisme de repartir avec une avance ou une promesse de rentrées prochaines.

Johannes Volquartz était un homme grand et mince aux yeux amicaux, un peu effarouchés. Sa moustache semblait agrandie par la petitesse de son visage amusant. Il modulait doucement ses mots et se montra excessivement amical, presque servile dans son comportement. Il fit signe à Lars d'entrer et le pria de s'asseoir.

Il lui offrit un alcool d'églantier que l'un des écrivains de la maison, un ornithologue du Jütland, avait lui-même fabriqué. Au cours du monologue qui suivit, dont le point de départ était son manuscrit, Lars se tortilla à plusieurs reprises sur son siège avec anxiété devant tant de flatteries. Son scepticisme naturel s'éveilla dès les premiers superlatifs, et il se convainquit vite que l'éditeur lui servait là son discours habituel, quoiqu'il fût certain que Volquartz avait apprécié sa lecture. Lars entendit intérieurement de la monnaie sonnante tomber autour de lui et le bruit de billets de banque s'amassant de sorte que son auguste personne ne disparût pas entièrement dessous. L'alcool d'églantier raclait la gorge plus qu'il ne réchauffait. Soudain, l'éditeur interrompit ses louanges excessives et onctueuses d'un « mais » :

« Peut-être devriez-vous en faire quelque chose de plus contemporain. »

Lars se raidit et posa son verre sur la table. Il fixa l'éditeur, incrédule.

« Le roi Godfred ?

– Faites dans le réalisme. Notre époque hurle au réalisme. Et puisque j'ai fait l'éloge de l'histoire, je dois aussi vous avertir sur votre style : vous devez apprendre à résister à votre jolie langue.

– Je ne peux pas écrire d'après une doctrine stylistique. »

Volquartz se leva et consulta un rayonnage de livres sur le

mur qui lui faisait face. Son doigt parcourait la tranche des livres.

« Faites comme Henri Beyle. Lisez quelques heures le *code civil*[1] avant de vous y mettre. Votre style deviendra archisec.

– Je ne souhaite pas que mon style devienne archisec.

– Mais vous êtes si jeune », dit Volquartz d'un ton qui voulait certainement signifier que c'était un avantage mais que ça commençait à avoir l'air d'un inconvénient. Il se retourna vers Lars : « Quel âge avez-vous exactement ?

– Dix-neuf ans, répondit Lars.

– Impressionnant. Impressionnant. »

En entendant la répétition, Lars eut à nouveau le sentiment que c'était à la fois de bon et de mauvais augure.

« Ne peut-on faire comme si j'étais plus âgé ? »

Volquartz secoua la tête.

« Ce n'est pas un problème de publier un écrivain de dix-neuf ans. Ce serait même un plus pour vous. »

Il sortit un livre et le feuilleta, puis renonça apparemment à y trouver ce qu'il cherchait et le remit en place.

« N'est-ce pas Goncourt qui a dit quelque chose comme : "Il faut éviter les images" ? dit-il en se rasseyant à son bureau.

– Dans ce cas, il ne comprend rien à la littérature. Sans doute pensait-il aux métaphores ? »

Les petits yeux de Volquartz vagabondèrent un instant avant de se poser sur le manuscrit du *Meurtre du roi Godfred*, qu'avec des gestes presque affectueux il rangea en un joli tas avant de le passer à Lars par-dessus la table. Il se redressa dans son fauteuil et plia les mains devant lui :

« La question est celle-ci : je crois que dans quelques années, vous allez regretter d'avoir débuté avec *Le Meurtre du roi Godfred*. Je pense à la manière dont la littérature évolue en ce moment. Je pourrais au fond publier votre roman, mais je crains de vous rendre ainsi un bien mauvais service.

– Que voulez-vous dire ?

– Où vous situez-vous en politique, jeune homme ? Ne vous mécontente-t-elle pas ? Qui vous met en colère ? Toute cette énergie que vous déployez en combats à l'épée et en

1. En français dans le texte.

exécutions sanglantes. Vous devriez projeter cette puissance vers quelque chose d'utile.

– Quelque chose d'utile ? Je ne comprends pas très bien ce que vous voulez dire. »

Lars secoua la tête.

« Notre époque a besoin d'entendre les jeunes voix.

– Est-ce à la question de la défense que vous faites allusion ? Dans ce cas, je suis *pour* la guerre, déclara Lars en pesant ses mots. Je veux dire que s'il doit y avoir une guerre, je suis vieux jeu. Je vois bien les erreurs commises en 1864, mais fondamentalement je ne crois pas qu'il faudrait, comme le pensent les radicaux, tout simplement détruire l'institution militaire.

– Non, j'ai remarqué un côté sanguinaire dans votre roman. “Mourez, puisqu'il le faut.” Est-ce votre devise ?

– S'il faut en arriver là, oui.

– Où avez-vous fait votre service militaire ?

– J'ai obtenu un sursis. Mais en ce moment, nous sommes en paix.

– En temps de paix, il est facile de défendre des points de vue héroïques, n'est-ce pas ? dit Volquartz en levant un sourcil.

– Mais aussi de défendre le contraire.

– Estimez-vous que les personnes éprises de paix sont des couards ?

– Non, je considère juste que la nature humaine profonde sous-tend un risque de guerre. Je ne crois pas qu'il faille stimuler ce caractère, mais pas non plus l'ignorer.

– Et ne pensez-vous pas que les canons, les navires de guerre et les mortiers sont de nature à le stimuler ?

– J'ai seulement cherché à montrer avec le roi Godfred que le monde avait toujours été marqué par la guerre. Bismarck nous aurait-il attaqué si nous avions eu une puissante armée ? Si la Scandinavie avait fait bloc ? »

Volquartz le regarda d'un air supérieur :

« Ne croyez-vous pas qu'il est temps d'oublier la rancune envers l'Allemagne ? Vous vous sentez peut-être rassuré par la Russie ? Vous êtes tout à fait apte au service. Vous êtes doué, jeune homme. Utilisez votre plume. Donnez de la voix. Pour inspirer l'espoir et l'humanisme, la liberté de pensée... »

Lars se sentait profondément abattu. Volquartz n'entendait peut-être pas son hypocrisie, mais c'était bien sa liberté d'expression qu'il venait précisément de refuser à Lars.

« J'ai grand besoin d'argent », dit Lars.

Volquartz sourit :

« Et le monde a grand besoin de réalisme. »

Volquartz suivit Lars jusqu'à la porte.

« Je suis certain, dit-il, que vous avez un grand avenir devant vous. Je vous prie de considérer de nouveau mon offre. Rentrez chez vous et réfléchissez, peut-être au moins quelques-unes de mes demandes sont-elles valables. Entre-temps, vous devriez vous intéresser à la littérature française. Que pensez-vous de la traduction ? Je peux vous recommander plusieurs écrivains français que nous n'avons pas encore en édition danoise. Ainsi vous pourriez gagner un peu d'argent. »

Lars lui serra la main et joua sa dernière carte désespérée.

« Je suis bien obligé de signaler qu'il existe d'autres maisons d'édition. »

Cela surprit Volquartz, qui en théorie appréciait les « nouveaux » dogmes concernant la liberté de l'esprit et la puissance de la volonté, mais en réalité se moquait bien de s'y confronter en pratique.

« Je ne peux ni ne veux vous empêcher de tenter votre chance ailleurs. Pensez seulement à votre avenir, monsieur Mikkelsen. Ne croyez-vous pas qu'on va savoir que votre manuscrit a déjà été refusé ? »

Lars regarda méchamment Volquartz.

« Nous n'avons plus rien à nous dire. Adieu. »

32

En cet automne, la gauche restait totalement dépourvue d'influence. La droite et les nationaux-libéraux avaient jusqu'ici adroitement exploité les désaccords au sein de l'opposition potentielle, atteinte au cours de l'année par une série de scandales et témoignant d'une paradoxale incapacité à se rassembler. Aux yeux des fidèles de Grundtvig, les nationaux-libéraux et le Dr Adler étaient faits de la même étoffe, et représentaient le mépris des élites pour l'esprit populaire. Aux yeux des fidèles d'Adler, ceux de Grundtvig ressemblaient à la droite et aux nationaux-libéraux parce qu'ils défendaient les institutions sociales : Dieu, le roi, la patrie. Pour parfaire cette atmosphère de conspiration, les nationaux-libéraux considéraient le Dr Adler et les fidèles de Grundtvig comme alliés pour combattre la bonne éducation.

Lars se rendait compte qu'il devait non seulement apprendre à se retrouver dans ce jeu politique, mais y prendre position. L'observation de Marie Otterup sur la droite et son rapport ambivalent à la nouvelle littérature était juste. Il commençait à voir d'une autre manière le singulier mélange d'inébranlable confiance en soi, de condescendance et d'infériorité non avouée de la droite vis-à-vis de la « nouvelle » littérature. Son attention, sa relative bienveillance envers la « nouveauté », sans qu'elle se montrât néanmoins vraiment capable de différencier ce qu'il y avait de nouveau dans la « nouveauté », ni même ce qu'il y avait de « bien ». Les libéraux n'étaient pas tellement plus doués. Eux établissaient sans grand discernement un genre d'équivalence entre « ce qui est nouveau » et « ce qui est bien ». Se tenir en dehors de ce jeu politique était à peu près impossible, car si l'on prétendait n'appartenir à aucune de ces deux ailes marchantes, les autres, qui appartenaient à l'une ou à l'autre, estimaient que ce n'était pas possible. Autrement dit, si on ne se plaçait pas soi-même sur l'échiquier, les autres s'en chargeraient. Des deux côtés, s'efforcer d'avancer d'honnêtes arguments ou d'en corriger de malhonnêtes exposait au risque d'être estampillé nihiliste, anarchiste ou ce qu'il y avait de pire. Aucune raison de compliquer les choses. Il fallait choisir son camp. L'art, et particulièrement la littérature, se trouvait au centre du clivage politique, mais on pouvait penser que la question sous-jacente, décisive, était la même que celle qui avait divisé le pays au début des années 1860 : pour ou contre la guerre. Et ailleurs en Europe, cela grondait. Les Turcs combattaient à nouveau les Russes, et comme toujours les grandes puissances d'Europe attendaient l'issue pour voir s'ils pourraient s'emparer de quelque charogne sous forme de nouvelle colonie.

Le président du Conseil avait eu l'idée désespérée, insensée, de clôturer Copenhague : alors que le reste du pays n'hésitait pas à abattre ses remparts, Copenhague s'en couvrirait pour devenir imprenable. Ce projet monstrueux et fou aurait vidé les caisses de l'État d'infinis millions de couronnes, arrêtant toute autre entreprise. Impossible de deviner le degré de sérieux du projet. Beaucoup pensaient que la proposition du président du Conseil avait pour véritable but de faire éclater la gauche, devenue progressivement si forte. Qu'un petit cercle étroit de propriétaires et de nobles gouvernât encore révélait un mépris du pays et de la pensée démocratique. À gauche, on jouait aux esprits nationalistes contre les plus radicaux, et cela marchait. De même, certaines idées libérales s'étaient peu à peu répandues comme des herbes-aux-goutteux, presque inextirpables parmi les plantes vivaces de la plate-bande bourgeoise.

Les rencontres de Lars avec deux apôtres de la « nouveauté » avaient donné à sa vision idéaliste de l'art et de la littérature un sérieux coup. Le Dr Adler avait involontairement dévoilé son manque d'intégrité morale et sa personnalité bouffie. L'autre, l'éditeur Volquartz, avait étalé un opportunisme laid sous le pavillon de la commodité. Il entendait presque le rire dédaigneux de son père sur le marécage moral des beaux esprits. Ce « nouveau » Parnasse, qu'il s'était imaginé en panthéon sacré, voué à perpétuer un ordre antique de beaux idéaux immuables d'incorruptibilité artistique, n'était qu'un édifice creux, un mausolée de mensonges et de latin, aux fausses frises de stuc fragiles et détériorées.

L'« ancien » ne valait pas mieux. Voir, enterrés sous les journaux au cercle étudiant, les feuilletons de Zola et Daudet dans *Socialdemokraten* et *Ude og Hjemme* respectivement, suscitait tout autant son indignation. Que ce fût justement cette presse-là qui amenait les écrivains en question, et non *Nationaltidende* ou *Fædrelandet.*

Dreyer le qualifiait de naïf, ce qui, à sa grande joie, le vexait. Depuis le bal, la simple présence du juvénile garçon de ferme avait commencé à l'irriter si cruellement que chaque fois que Lars ouvrait la bouche, Dreyer devait se forcer pour ne pas lancer quelque méchanceté. Le mépris de Lars pour l'ordre sous-entendu de Dreyer de se tenir à l'écart de Marie, surtout, le mettait en colère. Mais le comportement engageant de Rebekka l'énervait tout autant. Après le départ des invités, elle avait en outre, de manière bien étrange, remarqué en passant deux ou trois ressemblances extérieures entre eux deux qui l'avaient rendu fou, même s'il s'était abstenu de le lui faire savoir. Il n'existait pas l'ombre d'une ressemblance entre lui et Lars Mikkelsen. Qu'il se permît... Qu'elle pût avoir l'idée de les comparer !

La naïveté de Lars ne l'empêchait pas de comprendre la nature des choses, mais lui faisait croire, avec sa jeunesse et son idéalisme ingénu, qu'il pourrait en être autrement.

« Il en a toujours été ainsi, disait Dreyer, indulgent. Royalistes contre républicains, conservateurs contre libéraux, gauche contre droite. »

Dreyer regardait Lars avec un étrange écœurement teinté d'envie. Ses yeux crédules et sa foi criante, simple et presque évangélique, en une justice supérieure et en un prétendu désintéressement de la nature humaine pouvaient le faire trembler des pieds à la tête. Mais il cachait de son mieux son aversion envers lui. Il consommait beaucoup d'énergie à concevoir des remarques persifleuses sur la sottise de M. Mikkelsen, mais au moins autant à combattre la tentation de les prononcer de telle sorte que personne, même pas Rebekka, ne remarquât son antipathie. Et tout en faisant de gros efforts pour que son animosité ne devienne jamais frappante, il pensait de plus en plus à la manière de rendre la vie aussi pénible que possible à M. Mikkelsen.

« Il y a d'autres maisons d'édition », répéta Mønster pour encourager Lars en l'entendant raconter son déprimant rendez-vous.

Le propre argument, sans portée, de Lars chez l'éditeur Volquartz. Il se rendait maintenant compte qu'aucun éditeur réputé plus conservateur ne prendrait son livre. Les clans conservateurs au pouvoir avaient été outrés par la constitution d'une majorité hostile au Parlement, l'insurrection de la Commune et le combat de Fælleden [1] au début de la décennie, et quelque peu inquiétés par la contestation et les manifestations. On estimait donc que tout texte qui ne proclamait pas clairement sa foi en l'État et en la bourgeoisie noble était suspect et socialiste. Or, le récit sans illusion du *Meurtre du roi Godfred* ne proclamait rien de cela.

Lars était libre-penseur, sans confession, apolitique, incrédule. Il était méprisé des dévots et repoussé par les autres non-croyants qui, avec un fanatisme digne du christianisme, exigeaient une reconnaissance inconditionnelle du converti à l'évangile inversé. Le roi Godfred n'était pas assez ingemannien pour la droite, pas assez glorificateur. Pour la gauche et les radicaux, il ne prenait pas assez ses distances.

Sa rencontre avec l'éditeur Volquartz l'avait précipité dans un grand trou noir, dont il ne savait pas pour l'instant comment ressortir.

Voulait-il réellement tout sacrifier à son art ? La réponse était oui. L'art lui donnerait-il sa chance ? Apparemment, non. Tous ses rêves avaient été brisés d'un coup. C'était de l'avenir, de son avenir, qu'il était question. De sa vie.

1. Violent choc entre les ouvriers de Copenhague, l'armée et la police, le dimanche 5 mai 1872 à Nørrefælled, Copenhague. Consécutif à une grève des maçons réclamant la journée de huit heures, le rassemblement est interdit à cause d'un article du chef socialiste Louis Pio dans *Socialisten*, qui est arrêté avec deux autres personnalités. La manifestation a lieu quand même mais est réprimée. Première grande manifestation du mouvement ouvrier au Danemark, le combat de Fælleden prit ensuite une dimension quasi mythologique dans son histoire.

Il passa plusieurs jours à marcher à petits pas à travers la pension, prenait place, à la surprise des demoiselles, dans la grande pièce et feuilletait les journaux étalés. Il tomba sur un petit article dans lequel Leo Farker essuyait de violentes critiques. Deux meurtres d'un même genre, et la police refusait de faire le lien. Farker se défendait à travers une longue explication : il décrivait de manière générale les meurtriers qu'il avait rencontrés jusqu'ici et soulignait qu'il n'avait aucune raison pour l'instant de lier catégoriquement les deux meurtres. Il n'y avait aucune raison de l'exclure non plus, mais inutile pour la presse d'effrayer les gens.

Lars s'éloignait de la solide chaise de lecture du lieutenant-colonel Skou lorsqu'il entendit sa jambe de bois et le tintamarre de son bracelet de montre toujours en train de cliqueter. Il attrapa la grosse bouteille d'eau de Cologne sur la table et s'assit sur le sofa en crin, écoutant Lise Carlsen jouer du piano, observant le travail empesé et énergique de Mme Brandt. Il s'étendit à moitié, le cou reposant sur l'appui, l'antimacassar sous les cheveux.

Dehors, il ventait. Des averses comme de fins gravillons frappaient de temps à autre les fenêtres.

« Vous trouverez des lampes à pétrole propres dans la cuisine, monsieur Mikkelsen, dit Mme Brandt en levant les yeux de son ouvrage.

– Je dérange ?

– Non, non, ça fait plaisir de vous voir en bas. Je vous le dis seulement au cas où vous voudriez lire pendant la nuit. »

Voir Mlle Carlsen assise à son piano lui rappela sa solitude. Il s'imagina que jadis Lise Carlsen avait, comme tous les jeunes, réchauffé les bancs de la salle de bal. L'existence était vraiment horrible. Et il se souvint de la remarque de Marie sur lui et Mønster. Qui n'était pas tout à fait fausse. Lars ne se liait réellement qu'à peu de gens, ne nouait aucune nouvelle amitié et, à partir du moment où il s'était résolu à ne pas tirer avantage du carnet d'adresses donné par sa mère, il s'était pour l'essentiel abandonné à lui-même, aux études et au travail d'écriture. Il n'en irait jamais autrement. Rendre visite lui paraissait indigne, et les rapports humains se limitaient pour lui à des services et à des contreparties. Il ne pourrait jamais s'y habituer.

S'il y avait une solitude que les citadins redoutaient presque autant que la leur, c'était bien celle des autres. On craignait la fièvre intermittente, la tuberculose, la phtisie, le choléra et les maladies sexuellement transmissibles, mais la solitude équivalait à l'addition de tout cela et un peu plus encore, même si une certaine mesure de solitude pouvait, d'après les médecins, venir à bout de ces maladies qu'en s'entassant sur des tapis de Smyrne ou en se lavant à l'eau et au savon vert. Celui qui allait seul avait quelque chose de suspect. Lars se reprocha d'avoir cru pouvoir rompre d'un coup à la fois avec sa famille et avec les fortes conventions de classe. Quelle naïveté. Les fonctionnaires népotiques emperruqués régnaient, des dynasties d'avocats, de maisons de commerce et d'agents de change, de vieux bastions conservateurs qui gouvernaient, sinon directement, du moins à travers administrations, loges et clubs. Les fils et les gendres de ces familles aisées, des gens comme Dreyer, Hornemann et Kraft, ne pouvaient guère trébucher sur la route de leur carrière, pour peu qu'ils fissent quand même l'effort de passer le bac. À moins de tomber malades ou de devenir fous, ils étaient glissés à des postes secondaires et, s'ils s'appliquaient, finissaient dans les conseils de direction où ils rencontraient leurs pareils, également leurs amis dans la vie sociale. Lars était un curieux bâtard dans ce cercle héréditaire. Il n'était ni noble terrien, ni fils de baron ou de propriétaire, et il avait habilement choisi de dédaigner les privilèges malgré tout liés à la bonne fortune de son père et à ses relations commerciales. Tel était le prix de la fidélité à ses principes. Ses idéaux. Le prix de la bêtise.

Lars voyait bien l'inégalité sociale. Il aurait volontiers participé à la contestation de l'ordre établi ou des conventions, mais sa nature distanciée et réfléchie ne le poussait pas aux grands bouleversements. D'une certaine manière, il souhaitait que la droite fît ce que la gauche disait vouloir faire. Mais le tableau était trop trouble. Quelqu'un devait bien gouverner, et Lars n'arrivait pas à discerner les véritables motivations de l'opposition, à part son insatisfaction de ne pas détenir le pouvoir. Il ne croyait pas en l'agitation, mais à la force des arguments. Il ne croyait pas aux révolutions et ne pouvait déterminer si l'opposition finirait par obtenir quelque chose avec ses menaces contre l'ordre établi ou bien si elle aggraverait les choses par des discussions enflammées sur la Constitution et des accusations sans fondement.

La pluie fouettait les carreaux et Lars contemplait, dans la lune, Lise Carlsen et ses pantoufles rouges aux bordures en duvet de cygne blanc qui appuyait sur les pédales.

Depuis sa prime enfance, il se voyait, une fois adulte, assis seul dans une maison au bord de l'eau, au bord de l'océan, devant un piano noir éclairé de candélabres allumés, les brisants bleus écumant en dessous de grandes vitres de palais. Un tableau solitaire, typiquement romantique, et un peu tourmenté. Du vin rouge velours dans des verres de cristal scintillant, le tremblement jaune d'un chandelier d'argent à huit branches, jouer du piano à queue face à l'horizon où ciel et océan se confondent, tout cela seul. Il n'avait jamais craint cette vision, qu'il ne reliait ni à la pauvreté, ni à une grande richesse – seulement au fait d'être seul. Mais il imaginait aussi d'autres choses. Des images de clochard, d'ermite, d'ivrogne cherchant de vieux journaux dans les ordures des taudis.

La lampe à pétrole devant lui, il poussa la porte et remonta dans sa chambre. Il s'assit consciencieusement à son bureau, comme il s'y était habitué même lorsqu'il n'y était pas disposé, mais le travail ne coula pas mieux qu'avant. Dans son miroir, il vit qu'il était diminué, et remarqua la lourde lassitude qui pesait sur ses épaules et le paralysait jusqu'aux jarrets. S'il mettait, comme les adlériens le prêchaient, « un problème en débat », il serait étiqueté et chassé par la droite ; s'il approchait le problème selon la mauvaise « tendance », la gauche et les radicaux le frapperaient d'anathème. Il lâcha sa plume, découragé. Il ne *pouvait* pas.

33

Le découragement ne lâchait pas sa prise sur lui. La pluie balayait les rues de la ville et le vent soufflait fort.

Accablé, il s'asseyait chaque soir avec sa plume devant les feuilles de papier, sans rien pouvoir produire. Il restait longuement à son bureau, dans les nuages, le regard fixe et vide, totalement immobile. En bas dans la rue, les passants pouvaient penser que quelqu'un avait oublié par étourderie d'éteindre la lampe à pétrole qui brûlait, noire de suie. Il l'éteignit et s'allongea sur son lit dans l'obscurité, les mains derrière le cou. *Weltschmerz.* La douleur d'exister. Ce qui se rapprochait assez paradoxalement d'un amour sans limite pour l'éloignement de tout. *Sehnsucht.* Le désir d'aller dans le monde, le désir d'être libéré d'aller dans le monde. Ces ruminations sans fin sur l'existence, le sens, l'individu, le soi, la société, les études, l'avenir, l'amour, la responsabilité, le sentiment du devoir. Il se souvenait comment, dans la période la plus noire de Frederiksborg, il cherchait, plongé dans ses méditations, à tuer ces pensées au fléau de l'alcool. Échapper à soi-même.

S'imaginer : ne pas être plus malin que de penser qu'on peut se réveiller un peu plus bête. Il y a quelques années, il serait sorti par un temps pareil. Mais il demeura allongé.

« Pourquoi n'écrivez-vous pas aux journaux, Mikkelsen ? À *Romantik og Historie* ? » proposa Dreyer un jour où lui et Lars, Hornemann et Morten Kraft étaient assis au *Pleisch*, un café avec balcon sur Amagertorv.

La remarque de Dreyer se voulait narquoise, mais de façon inattendue, ce doux agneau de la campagne parut un instant prendre sa proposition au sérieux et y réfléchir.

« Mønster m'a fermement mis en garde contre les journaux, rétorqua Lars.

– Mønster par-ci, Mønster par-là, dit Dreyer. Qu'en pensez-*vous* ? »

Ils commandèrent davantage de *miskus*, un mélange particulier de café et de chocolat. Ils en avaient déjà bu deux ou trois tasses à l'occasion d'une longue discussion sur le réalisme, au cours de laquelle Dreyer s'était à son grand regret déclaré déprimé par eux tous. Dépeindre la supériorité du réalisme avait été assez aisé sur le plan abstrait, mais Dreyer se trouva en difficulté lorsque Kraft alla chercher quelques navrants exemples concrets sur les faiblesses du réalisme dans son travail au sujet de ces sottes peintures de marine.

« Si, par exemple, objecta Kraft de sa voix geignarde, je peins les embruns que je vois réellement sur les rochers près du port, ils paraîtront complètement ratés une fois le tableau terminé. Comiques, à cause des limites du cadre. Je dois tricher et modifier la réalité pour que les gens puissent y croire. »

Suivit une pluie de règles de perspective et de principes établis depuis des siècles sur l'optimisation de la composition, ce avec quoi Hornemann était d'accord et que Dreyer ne put ni ne voulut contester. Le pire étant presque que nombre de ces règles remontaient à la culture hellénique, elle-même base des universitaires radicaux. Dreyer pensait que le choix des sujets pourrait suivre une tendance plus claire. Mieux valait peindre le forgeron fatigué, noueux, le haut du corps nu, s'usant avec marteau et enclume à la lueur de l'âtre, plutôt que ce sempiternel torrent de paysages pittoresques.

« Je ne suis pas contre, dit Morten Kraft. Souvenez-vous seulement qu'il y aura le jeu de la lumière et les contrastes, qui au fond intéressent l'artiste davantage que le fait de servir un commentaire politique sur les besoins sociaux ou l'injustice. »

Dreyer s'était alors tu, irrité, moins préoccupé par la justesse des arguments que par la manière de les contourner la prochaine fois.

Il n'avait pas daigné accorder un regard à Lars pendant la conversation, toujours indigné que cet âne de province eût, au bal chez les Levi, eu l'audace de croire qu'il était un rival sérieux pour Jens Kayser et invité Mlle Otterup. Invité plusieurs fois, encore.

Sans doute avait-il été surpris qu'un homme comme Jakob Levi eût vraiment connu le père de Lars Mikkelsen de réputation. D'autres membres de la famille Levi avaient à une époque eu affaire à lui. Et pour que cette histoire ne pût être soudain tournée à son avantage par Lars, Dreyer s'était dès avant le bal senti obligé de recommander à son futur beau-père, à travers quelques formules respectueuses, de ne pas aborder, par égard pour ce jeune homme sensible, le sujet de ses rapports apparemment conflictuels avec son père. Dreyer avait quelques jours avant le bal tenté par la ruse de tirer les vers du nez de Mønster sur les raisons de la brouille, mais échoua. Maintenant, devant le mutisme et l'accablement de Lars, ainsi que ses commentaires un peu désespérés sur son espoir d'être bientôt publié, il partait de l'idée que son père avait tout simplement claqué le tiroir-caisse. Et un plan pour anéantir le jeune M. Mikkelsen commença lentement à prendre forme dans sa tête d'intrigant.

Lars ne réagit à la question de Dreyer que par un haussement d'épaules, et lorsque Hornemann et Morten Kraft commencèrent à sembler vouloir partir, il tira le bras de Lars en chuchotant, conspirateur :

« Restez un peu assis, monsieur Mikkelsen. Je parlerais bien avec vous. »

Hornemann et Kraft disparurent. Dreyer se pencha vers Lars et dit :

« Vous n'avez pas besoin d'écrire un roman. Et un feuilleton ? Comme Mlle Levi ? Je ne me permettrais pas de me mêler de votre souhait de voir quelque chose de vous imprimé, mais j'oserais remarquer que personne ne soupçonne Mlle Levi d'être dans le besoin. Il me semble très légitime que vous ayez l'opportunité de montrer vos capacités. »

Dreyer n'avait encore vu ou écouté que peu de textes du jeune M. Mikkelsen et n'était pas très sûr de son positionnement politique.

« Lars non plus n'en était pas très sûr. En plus, son seul lien avec la presse était sa rencontre peu heureuse avec Victor Jørgensen de *Dagbladet*.

« Je m'abstiendrai de tout rapport avec les journaux. Étant donné le climat actuel, je choisirai mon camp à la seconde où un journal s'avisera d'imprimer l'une de mes histoires », proclama Lars, qui y avait en fait déjà pensé, imaginant qu'une production moins ambitieuse de chansons à un sou dans différents périodiques et des nouvelles ou nouvellettes dans le style de Rebekka Levi pourraient, réunies, équivaloir à un grand roman. Mais l'avertissement de Mønster d'éviter toute alliance malheureuse avec la presse, le fait d'être encore si jeune et la crainte qu'on rît de lui l'avait empêché d'aller au bout de cette idée.

« Souvenez-vous de ce que dit Dante sur celui qui ne prend pas position, dit Dreyer. C'est celui qui doute qui ira brûler en enfer.

– Où vous situez-vous en fait, Dreyer ?

– Selon moi, la fin justifie les moyens. Combien de temps croyez-vous que tiendront le président du Conseil et ce gouvernement qui méprise le peuple ? Des rumeurs persistantes voudraient qu'Edmund Adler et d'autres universitaires radicaux fussent proches de nouer une alliance avec la gauche. Qu'imaginez-vous qu'il se passera lorsque l'opposition réussira à s'organiser ? Vous vous en rendez bien compte tout seul, monsieur Mikkelsen. La manière actuelle de gouverner mécontente jusque dans les propres rangs de la droite.

– Je ne peux pas penser comme vous, Dreyer, de façon aussi stratégique. »

Dreyer le regarda avec colère :

« Pourquoi toutes les motivations des autres seraient-elles souillées et les vôtres seules pures ? Suis-je forcément une personnalité frigide, ou abjecte, de souhaiter être débarrassé des habitudes petites-bourgeoises mensongères qui nous entourent ? C'est bien facile de ne pas se tacher lorsqu'on ne travaille pas dans la boue.

– Apaisez-vous. Je ne voulais pas vous offenser, Dreyer. »

Dreyer poursuivit son attaque :

« Comment pouvez-vous évaluer la solidité de vos exigences d'idéal si vous ne vous frottez jamais à la réalité ? Comment jugerez-vous de votre propre intégrité, de la véritable trempe de votre caractère, si vous ne vous confrontez pas vous-même aux tentations ? »

Son inconstance irritait aussi Lars, qui voyait parfaitement ce que Dreyer voulait dire. Mais la politique, qu'il estimait être ou devoir être étrangère à l'art, ne l'avait jamais intéressé.

Dreyer remarqua qu'une ébauche de compréhension entre art et politique ne serait peut-être pas inconcevable et réfléchit à la manière d'exploiter cette éventuel rapprochement. Il lui fallut se faire violence pour cacher sa joie en entendant que le manuscrit de Mikkelsen avait été refusé chez Hekademeia, et adressa au directeur Volquartz, qu'il connaissait depuis un déjeuner chez Edmund Adler, une pensée amicale. Mais il restait partagé entre la possibilité de rallier Lars aux radicaux et le souhait de voir ce garçon de ferme infatué sombrer comme un navire.

Aussi s'efforça-t-il d'abord d'attirer son attention sur le journal radical *Morgenbladet*, faisant un éloge appuyé de son orientation littéraire, avant de le traîner devant ses locaux, situés dans une arrière-cour de Tordenskjoldsgade. Il pointa le bâtiment du doigt :

« Oubliez, pour l'amour de Dieu, le roi Godfred, et essayez les journaux plutôt que les éditeurs.

– Je ne peux pas. Je ne suis pas comme vous un radical, monsieur Dreyer.

– Je ne vous comprends pas, Mikkelsen. Avec tout ce que je sais de vous, tout ce que vous semblez défendre, c'est au mot “rébellion” que je pense. Mais si on ne dit rien sur l'estrade, personne n'entend grand-chose.

– Je le sais, admit Lars. Je le sais.

– Vous n'êtes quand même pas un royaliste impénitent ? Asseyez-vous donc... » Il aurait voulu dire « asseyez-vous donc entre deux chaises », mais s'interrompit et reformula son conseil de manière à ne pas aider M. Mikkelsen davantage que le strict nécessaire : « Alors, dites-nous donc ce que *vous* pensez. »

En rentrant d'un bon pas à la maison, Dreyer demanda des nouvelles de Mønster :

« Comment va-t-il ? Va-t-il partir ?

– Je n'en sais rien. Je le lui ai proposé. Le docteur a conseillé un endroit chaud.

– L'enfer ? » ricana Dreyer.

34

La situation de Lars était simple mais ses perspectives, compliquées : il avait besoin d'argent. Plusieurs issues existaient, dont aucune praticable. Il réfléchit de nouveau à donner quelques cours d'allemand, de latin ou de grec, mais c'était si mal payé que la contrainte n'en valait pas la peine. De plus, ses études le vidaient des forces dont il avait besoin la nuit pour travailler à son roman.

Au cours de la période suivante, pendant laquelle Mønster allait encore bien, Lars, lorsqu'il ne suivait pas ses cours, passait une bonne partie de son temps avec Dreyer et Kraft dans les cafés de la ville ou au cercle étudiant. Chaque fois qu'ils étaient ensemble, Lars se voyait rappelé sa situation économique désespérée. Il était arrivé à la grande ville sans les amis ni les relations qui rendent le talent et les efforts presque superflus. Hornemann avait déjà trouvé quelque poste d'assistant au bureau d'avocat de son père, et Sigurd Dreyer, après la mort de son père, avait hérité de tant d'argent qu'il n'aurait plus besoin de lever le petit doigt du reste de sa vie. Il ne serait pleinement investi de cette fortune que dans deux ou trois ans, à sa majorité, mais déjà ne manquait de rien. Il habitait avec sa mère dans un gigantesque appartement de Kongens Nytorv. Et ainsi pourrait-on prolonger la liste des privilèges héréditaires des autres étudiants, dont beaucoup formaient ensemble une grande famille.

« Je respecte vos réserves vis-à-vis de la presse, mais ne les comprends pas vraiment, dit furtivement Dreyer. Morten Kraft fait ses débuts la semaine prochaine avec deux poèmes dans *Dansk Folketidende*, dont son oncle est l'un des rédacteurs. Il y chante bien sûr quelques sottises sur le bleu des vagues et les blés danois dorés et ondulants, mais cela devrait vous prouver qu'il n'y a rien de dégradant à être publié par les journaux. Au contraire, ce serait plutôt une reconnaissance. »

Un soir, Lars poussa avec précaution la porte de la chambre de Mønster, où le malade gisait endormi. Il fit du rangement, remit des livres à leur place sur le rayonnage et ajouta un peu de bois dans le poêle. Un petit château s'écroula lorsqu'il y remua le tisonnier. Il se perdit dans ses pensées, contemplant le feu par la lucarne du poêle.

« Est-ce l'argent qui vous tourmente encore ? » demanda Mønster.

Lars se retourna :

« Je m'en débrouillerai bien.

– Vous ne pouvez pas vivre de votre écriture, Mikkelsen.

– Je réfléchissais à écrire un feuilleton pour un journal.

– Est-il totalement exclu d'envoyer une lettre chez vous pour demander de l'argent ? À votre père ?

– Totalement exclu. Je ne peux pas m'entendre avec mon père.

– Qu'ont donc les pères ? » soupira Mønster. Il prit un chiffon froid essoré dans la cuvette sur sa table de nuit et le posa sur son front. « Tous ceux qui n'ont pas connu leur père maudissent son absence. Tous ceux qui en ont un maudissent sa présence. Eh bien, je suis presque soulagé que le mien ne croit pas nécessaire de donner à son fils sa dernière communion. »

Lars s'assit à côté du lit :

« Voulez-vous dire qu'aucune famille ne vient vous rendre visite ?

– J'ai quelques oncles et tantes qui ont menacé de venir me voir. Quels que soient les désaccords qui existent entre vous et votre père, vous n'êtes pas seul au monde dans ce cas », dit Mønster.

Lars n'osa pas dépeindre devant Mønster sa condition économique désespérée, et vis-à-vis de lui-même, n'osa pas un instant dérouler cette idée jusqu'au bout. Combien de temps pourrait-il encore se débrouiller sans l'humiliation de devoir se mettre à genoux devant sa famille ?

« J'ai pensé à quelque chose », dit Mønster.

Il connaissait une jeune fille, raconta-t-il, qui pour l'instant se trouvait en Suisse. Elle avait dix-sept ans et avait été envoyée en pension dans les Alpes à cause d'un amour auquel ses parents souhaitaient mettre un terme. À l'institut des frères moraves de Neuchâtel. Non loin existait un lieu de cure renommé. L'idée de Mønster était de demander de l'argent à son père afin d'aller séjourner là-bas, à cause de sa maladie.

« Cet aspect du problème est le moins compliqué. J'ai déjà reçu une lettre émouvante du prédicateur, qui me promet de l'argent pour aller où je le veux sur terre. Il n'y a rien comme la mort pour comprendre l'utilité du vil argent. Je pourrais en principe partir pour les îles des Indes occidentales, mais je n'y connais aucune jeune fille de dix-sept ans exilée. »

Puis, au lieu de partir en Suisse, le plan de Mønster devenait de rester à la maison et de garder l'argent. Il enverrait à la jeune fille des lettres, qu'elle puisse les réexpédier chez le pasteur du Jylland. Personne ne découvrirait que Mønster n'était pas en Suisse.

« Et l'argent serait pour vous, Mikkelsen. Avec cette somme, vous n'auriez plus besoin de vous faire du souci ces prochaines années. Qu'en dites-vous ? »

Lars, complètement accablé, regarda le malade aux joues creusées et au front blanc, le chiffon froid glissant à moitié sur son œil. Énoncer ce plan semblait lui avoir coûté ses dernières forces, de sorte qu'il ne pouvait plus le remettre en place. Lars s'assit au bord du lit et attrapa le chiffon, mais Mønster lui saisit mollement le poignet. Lars sentit la fièvre brûler dans sa main et fixa le malade, qui au lieu de s'occuper de son état misérable consumait ses forces à spéculer sur le sien.

Ses yeux brillaient et un petit sourire tremblota sous sa moustache misérable.

« Qu'en dites-vous, Mikkelsen ?

– Et où avez-vous prévu d'aller, vous ?

– Je devrai naturellement me tenir caché. Un mois loin des études ne me fera pas grand mal. J'ai pensé trouver un logement dans le nord du Sjælland et faire quelques promenades rafraîchissantes au bord de la mer...

– Jamais de la vie, dit Lars. Un automne de brouillard, de pluie et de gel. Jamais de la vie. »

Lars était ému aux larmes devant le sacrifice de Mønster. Jamais il n'avait rencontré une telle bravoure. Jamais il n'aurait cru le voir agir de façon aussi généreuse. Mais il lui fallait évidemment refuser cette offre monstrueuse.

« Je vous suis éternellement reconnaissant de votre geste extraordinaire et magnifique, mais je ne peux l'accepter. De plus, je vous dois déjà de l'argent. »

Mønster le regarda, déçu, sans comprendre. Avec douleur, il scruta devant lui, ses yeux comme figés par l'apparition de quelque monument écroulé de l'Antiquité.

« Craignez-vous la mort, Mikkelsen ?

– Pas précisément. Et vous ? »

Mønster secoua la tête.

« Je crois que c'est ainsi que j'ai perdu la foi. Moi et ma petite sœur fûmes une fois très malades de la scarlatine. Nous avons affreusement souffert. En fait, ce dont je me souviens le mieux, c'est ce que d'autres racontaient à l'époque. Mais je me souviens que j'ai prié Dieu. » Il eut un sourire humide dans les yeux. « J'ai prié et prié Dieu. »

Lars le regarda sans comprendre :

« Mais comment cela vous a-t-il fait perdre la foi ? Vous avez prié et Dieu vous a entendu ? »

L'expression de ses yeux se pétrifia à nouveau. Il sourit avec mélancolie.

« C'est vrai, Mikkelsen. Mais j'avais prié pour nous deux. »

Le silence se fit.

« Quel est votre rapport à la mort, Mikkelsen ? »

Lars hésita un instant avant de répondre :

« Je deviens si vieux que j'y suis indifférent.

– À votre propre mort ? »

Et Lars vit son père devant la tombe de son grand-père et la neige qui tombait dans l'obscurité, et se redemanda comme à l'époque ce qui avait retenu son père à contempler ce trou rectangulaire dans la terre, ce qui l'avait poussé à se croire lié à ce qui était mort alors qu'il n'y était pas lié tant que cela vivait. Lui-même, Lars Mikkelsen, allait-il attendre, immobile, pendant qu'on descendrait son père dans les profondeurs, rester le dernier dans l'obscurité à fixer le trou et à s'étonner ? Quelles pensées avait-il formulées ? Quels mots avait-il chuchotés dans l'obscurité pendant que les flocons de neige tombaient ?

« Oui. À ma propre mort », répondit-il.

Ce n'était pas complètement la vérité, mais pas un mensonge non plus.

Il se leva et se dirigea vers la porte. Mønster se redressa sur ses coudes :

« Je me fais du souci pour vous, Mikkelsen. Vous êtes une personne bien trop bonne, et la presse va vous arracher votre décence.

– Vous vous faites bien trop de souci pour moi, Mønster. Pensez plutôt à vous.

– Gardez confiance en vous, dit-il. Ne vous faites jamais acheter. »

Lars sourit.

« C'est bien facile à dire. En temps de paix. »

Marie avait follement marqué sa conscience. Il avait d'abord accroché son ruban à un clou au mur, avant de le cacher dans un tiroir pour cesser de toujours penser à elle.

Sous l'influence de Dreyer, aide inattendue en termes de bons conseils et d'encouragements, il avait timidement recommencé à écrire. Il comprenait mieux maintenant le mystère par lequel une femme comme Rebekka Levi était tombée amoureuse de Dreyer, chose qui au départ l'avait étonné. Et il se sentait très déconfit d'avoir adopté si vite le point de vue de Mønster sur lui.

Dreyer commença à inviter Lars à des déjeuners ou dans des cafés.

« Je connais mes faiblesses, lui confiait Dreyer en sirotant une petite fiole de poche en argent contenant du laudanum. Mlle Levi me rappelle souvent mon tempérament coléreux. Ma véhémence, mon irritation. Je m'excuse, mais je suis ainsi. En retour, je suis quelqu'un d'engagé. Essayez de regarder autour de vous, monsieur Mikkelsen. »

Ils étaient assis dans un petit restaurant de Store Kongensgade. Dehors, il faisait sombre et il pleuvait. Dreyer reposa ses couverts, jeta un coup d'œil discret dans la salle et fit signe à Lars de l'imiter. Autour d'eux, les convives, principalement des couples âgés, des capitaines de l'armée, des officiers de marine et leurs femmes, des directeurs de banque et des chanoinesses.

« Toutes les vieilles races mourantes, chuchota Dreyer pardessus la table. Des têtes de mort, la vraie mort. Nous représentons la jeunesse. Mais est-ce bien vrai, nous qui souhaitons finir raides comme des cadavres ? »

Dreyer gagna très vite la confiance de Lars en l'initiant aux banalités servies comme des confidences intimes. Et observa ses réactions pour saisir de quel bois il était fait. Il remarquait secrètement que Lars ne pouvait quitter des yeux son fume-cigarette en ambre incrusté d'un diamant, et jouissait de ce jeu qui lui confirmait que toute personne, quoi qu'elle pût dire par ailleurs, était plus ou moins corruptible.

« Peut-être Mønster a-t-il raison sur le fait qu'on ne devrait pas débuter par un journal ? s'enquit Lars.

– Le mot exprimé a l'avantage de l'instant ; celui écrit, de l'éternité. Mais le mot imprimé possède le pouvoir », répondit Dreyer.

Un jour, Dreyer avait, chez la famille Levi, sur Strandboulevarden, entendu par hasard son futur beau-père mentionner le nom de Therslin, en rapport avec le père de Lars Mikkelsen. Il avait tendu l'oreille et interrogé discrètement Jakob Levi sur les relations entre les deux familles.

Un soir, il fit exprès d'emmener Lars sur Bredgade pour voir sa réaction.

« Là-haut, dit Dreyer, vit sans doute la plus jolie jeune fille de Copenhague. »

Lars tressaillit, sachant que les Therslin habitaient cette rue élégante, qu'il avait toujours pris soin d'éviter de peur de tomber sur Sofie Therslin.

Une nouvelle fois, Sofie Therslin navigua devant ses yeux comme une naïade, une fée de lumière, une vision de rêve, un horizon inaccessible à son désir. Il aimait s'imaginer ce qu'elle avait fait depuis, à quoi elle ressemblait désormais, quels étaient ses désirs. Se souviendrait-elle de lui s'ils se rencontraient un jour ? Il avait de toute sa volonté évité le quartier de Bredgade afin de ne pas ravir à ce souvenir d'enfance son mystère particulier. Elle était le feu tremblotant dans le poêle à charbon qu'il voyait devant lui et vers lequel il avançait comme vers un amer, soutenant son courage lorsque les choses allaient mal. Il ne se leurrait pas. Elle avait certainement rencontré bien d'autres gens, et il devinait qu'elle était peut-être déjà promise à un quelconque jeune homme de bonne famille. Il avait quelquefois entendu mentionner son nom et surpris, avec un mélange de répugnance et de surexcitation, de rares petits détails complètement indifférents. Peut-être se rendait-elle aux bals royaux en robes de soie resplendissantes. Peut-être finirait-elle princesse. Mais la réalité de sa vie était bien plus prosaïque. Dans ses rêves, elle apparaissait encore avec un séraphin, dernier reste de romantisme dans son âme. En réalité, il ne la recherchait pas – il était déjà bien étrange de savoir qu'on l'avait connue.

« Sofie Therslin », dit Dreyer, ravi.

Lars murmura quelque chose sur le fait qu'il avait rencontré les Therslin. Dreyer le regarda, impressionné, et rit comme s'il était surpris :

« Vous connaissez la famille ? demanda-t-il.

– Mon père et M. Therslin ont fait affaire ensemble, jadis.

– Quel amusant hasard, fit Dreyer en bouillonnant intérieurement de plaisir. Mais vous avez aussi eu la chance de rencontrer leur fille Sofie ? »

Lars secoua la tête :

« En fait, je l'ai rencontrée une fois, mais il y a très très longtemps. »

À travers les fenêtres donnant sur Bredgade, sur lesquelles les herses de lourds rideaux de peluche n'avaient pas encore été tirées, on apercevait les filles des riches maisons qui, chaque soir, s'asseyaient devant leur miroir pour, dans leur boudoir sombrement éclairé, brosser leur longue chevelure jusqu'aux chevilles et se poudrer le visage. Un monde aussi éloigné de la pauvreté et du besoin qu'on pouvait l'imaginer. Parfois entrevoyait-on leurs mères, qui les soirs de gala laissaient apparaître sur le marchepied d'un carrosse leurs bas de soie noire somptueusement décorés au cou-de-pied, sous des parapluies et des nuages de jupons et de tournures.

« Rien en cette vie n'est inaccessible. Pourquoi n'exploiteriez-vous pas le fait de connaître la famille Therslin ? *Mes* relations restent naturellement à votre disposition, mais elles ne suffiront sans doute pas pour l'éternité.

– Je ne pourrai jamais m'insinuer ici en pensant à mon avancement. »

La remarque était de nature à faire tomber Dreyer à la renverse. Il réfléchit un court instant pour savoir s'il devait de nouveau abandonner son entreprise, cet individu se dirigeant très bien tout seul vers l'abîme, sans avoir du tout besoin de son aide. Mais il s'amusait trop et avait déjà utilisé beaucoup de précieux temps pour M. Mikkelsen.

« Il n'y a rien d'odieux à soigner et exploiter ses bonnes relations, dit Dreyer. Ce doit être une façon très provinciale de voir les choses.

– Je crois vraiment, rétorqua Lars lui-même surpris, que c'est une partie de mon éducation. »

C'était plus fort que lui. Offrir avant de soi-même savourer. Dreyer rit intérieurement. Presque trop facile. Il se rappela une discussion avec Mønster sur les caractéristiques des êtres humains. Leurs visions du monde étaient si différentes. Mønster avait soutenu que c'était à l'instant où l'être humain découvrait une faiblesse, son humanité, que l'on avait envie d'être bon envers lui. Dreyer n'avait rien dit, mais pensait l'inverse. Lorsque des êtres humains découvraient quelque chose d'humain en eux, ils éprouvaient le plus grand désir de faire quelque chose d'inhumain.

« Vous savez donc qu'elle habite au numéro 45 ? » demanda Dreyer en contemplant le fils de paysan, pitoyable, lever des yeux rêveurs vers la lumière vaporeuse qui s'échappait d'entre les lourds rideaux de l'appartement du deuxième étage. Voir cet individu si romantique dégoûta encore plus Dreyer, qui conjecturait déjà la suite.

« Elle n'est pas un rêve, monsieur Mikkelsen, mais tout à fait réelle. Elle habite juste au-dessus. Il suffit de sonner chez le concierge pour dire que vous venez remplacer l'anneau de paille que vous lui aviez donné étant petits par un anneau d'or.

– Oh, arrêtez, Dreyer », protesta Lars.

Plus Dreyer passait de temps avec ce personnage bouffi et plein de morgue, plus il lui fallait le démolir à n'importe quel prix. Ce pauvre petit morveux présomptueux ne comprenait-il pas qu'il n'avait aucune chance avec une femme comme Sofie Therslin ? Qu'il existait en ce monde des choses qui s'appelaient le rang, l'ordre et le capital ? Qu'il appartenait à une caste plus basse, qu'il n'était pas un rival valable pour un génie comme Jens Kayser, qu'il n'avait aucune chance dans un combat pour Mlle Otterup ? Qu'il était en outre question, de la part de son bon ami Jens Kayser, du geste incroyablement hardi de demander la main de Marie Otterup, une simple fille de libraire ?

« Vous avez trop peu confiance en vous, monsieur Mikkelsen. Rien n'effraye davantage les femmes que des hommes effrayés. Et avec vos dons de poète, voici arrivé le moment que vous attendiez. »

Là-haut, le rideau remua, et Lars ouvrit son parapluie alors qu'il ne pleuvait plus.

« Allons-y », dit-il en attrapant Dreyer par le bras.

Tous deux se remirent furtivement en marche sur le trottoir, riant à moitié comme deux écoliers, la tête bien enfoncée dans le col de leur redingote. Derrière eux, les flaques d'eau agitées par leurs pas retrouvaient peu à peu leur tranquille surface noire, reflétant la méduse rouge vacillante des lampes à gaz.

Il était tard le soir. Les grandes feuilles politiques et philosophiques de *Fædrelandet* couraient sur les cylindres de plomb de l'imprimerie de Vajsenhuset. La rédaction de *Dagens Nyheder*, située dans une rue latérale à un domaine d'Østergade, fermait ses bureaux à minuit. On éteignait le gaz, et la responsabilité du destin du journal attendait désormais le facteur en salle de composition.

« Regardez là-dedans, Mikkelsen, dit Dreyer. Là-bas, les gros rédacteurs pansus de *Dagbladet* sont assis à boire un verre de liqueur après les fatigues de la journée, pendant qu'à l'intérieur s'entassent les bouteilles d'encre et se retroussent les manches. Les *gentlemen* de la presse. C'est la *deadline.* Leurs noms courent maintenant sur les cylindres. Inspirez, Mikkelsen. Respirez. Regardez les machines. La vapeur et la puissance. Ce pourrait être votre nom, Lars Mikkelsen, qui demain matin arriverait sur tous les bureaux de Copenhague. Quelle impression pensez-vous que cela ferait ? »

Lars était proche de se laisser convaincre.

« J'y vais. Par Dieu, j'y vais », dit-il.

Dreyer lui tapa dans le dos.

« Qu'il en soit ainsi. Mais avez-vous quelque chose à proposer ?

– Je peux avoir bientôt quelque chose de prêt », répondit Lars.

Dreyer eut envie de lui taper à nouveau dans le dos, cette fois bien plus fort. Cette bizarre assurance pusillanime que Lars irradiait donnait extraordinairement envie de le gifler. Mais Dreyer ne perdait pas de vue sa mission et dit prudemment :

« Je connais votre intimité avec M. Mønster. Mais avec sa maladie, je proposerais bien de lire ce que vous écrirez, si vous pensez que ça pourrait aider ?

– Vous le pensez, Dreyer ?

– Il s'en faut. Et laissez-moi ajouter, même si ça ne vous intéresse naturellement pas, que l'agent de change Therslin est monté en grade depuis le temps de la grandeur de votre père. Aujourd'hui, il est conseiller d'État. Et la dernière fois que j'ai consulté le *Rôle des contributions de Copenhague*, j'ai trouvé le nom de Therslin parmi les gentilshommes, les comtes et les propriétaires les plus riches du pays. Son revenu annuel était de cent mille couronnes. Cent mille couronnes ! Une somme qui, en gros, nourrirait toute sa vie quelqu'un comme vous-même.

– Vous êtes une vipère, Dreyer, proféra Lars en grimaçant.

– Ahh. »

35

Le soleil d'octobre envoyait ses rayons acérés dans toutes les directions, comme désespéré par le tournant qui se profilait. Un dernier flamboiement avant une demi-année d'existence terne et pâle sur l'horizon de l'hiver nordique.

Il dessinait un trait de craie blanc à côté du phare, à l'angle du rempart du château, disposait des escaliers de lumière au sommet d'églises tendues vers le ciel, faisait étinceler les flèches et les clochers dorés de la ville, se réfractait dans les vitrines des boutiques, taillait des fossés de lumière dans les arrière-cours des pâtés de maisons, creusait des brèches brillantes sur les coyaux aux tuiles cassées, se brisait sur les outils de travail chromés des ateliers. Des diamants scintillaient sur les burins, les marteaux, les verres et les bouteilles abandonnés, illuminant les gens, glaçant leurs dos et projetant leurs ombres loin en bas des rues. Les gazouillis de l'aube cessait dans les cimes d'arbres et les buissons de jasmin, les merles disparaissaient des faîtages des pignons, et les partitions des poteaux télégraphiques restaient vides, aussi loin que portait le regard.

Octobre. L'automne s'était installé.

Avec l'aide de Morten Kraft, Lars put se ménager un accès à la grande société de lecture Athenæum d'Østergade et se sentit vite absorbé par le monde des journaux. Il lut des périodiques français, allemands et anglais et fut de plus en plus convaincu de l'habileté de mettre un pied dans cet univers.

Dans les cafés, Dreyer et Morten Kraft nommaient les journalistes qu'il fallait connaître et indiquaient leurs mérites. Ils lui présentèrent l'éternelle rivalité entre les mondes de la presse et de la littérature. Celui du journalisme était plein de contradictions. Se mêler de journalisme était critiquable, mais l'artiste, même pauvre et sans talent, pouvait y être canonisé. Le plus malintentionné, roublard, ivrogne et nauséabond des agitateurs de plume se retrouvait dans les cafés et les colonnes des journaux excusé de la manière la plus malhonnête par son puissant besoin de décharger sa véhémence. Si, en plus, il soldait ses croûtes, un journaliste pouvait très facilement se persuader de produire une surabondance de comptes rendus contre quelques billets pour prix de la toile, juste en cas de période plus difficile. Le journalisme était ambivalent. D'un côté, il apportait à des gens productifs et entreprenants de considérables revenus et un certain prestige. À l'inverse, la profession signifiait aussi infamie, superficialité et décadence. Cette répartition des rôles précisément malhonnête induisait pas mal de perfidie, qui ne renforçait que sa réputation trouble de vindicte et de jalousie. Les deux races d'hommes, comme souvent les couples, se chevauchaient et prospéraient dans cette cohabitation railleuse, où tous s'aimaient, se haïssaient et se méprisaient plus les uns que les autres. En outre, chaque groupe dépendait totalement de l'autre. Des alliances se nouaient donc à tort et à travers. Lars fut très rapidement captivé par ces dandys qui écrivaient, sortaient des théâtres en valsant, une jolie actrice sous chaque bras, ou menaient des discussions sérieuses avec les politiciens ou les éditeurs dans les estaminets de la ville. Le métier avait sa propre valeur scandaleuse. Il voyait une aisance dans cette manière de vivre et de travailler qui l'interpellait, le tentait. Sa première tâche était un feuilleton, mais on ne savait jamais : les choses pourraient évoluer, prendre de l'ampleur. Il avait soudain du mal à bien comprendre les réticences de Mønster. Il pourrait toujours refuser une commande qui contrarierait ses convictions.

À cette époque existaient à Copenhague cinq journaux importants : *Fædrelandet*, *Dagbladet*, *Berlingske Tidende*, *Nationaltidende* et *Dagens Nyheter*, ainsi qu'une foule de publications, journaux et périodiques, hebdomadaires ou mensuels, bulletins paroissiaux et publications indépendantes qui paraissaient et disparaissaient.

Seule la petite usine à journaux de Gravesen, à l'Hôtel Royal, près de Højbro Plads, avait une rotative aux infinies bandes de papier. La presse Victoria, comme elle s'appelait aussi, avait, de par sa capacité de huit à dix fois les presses à cylindre des journaux danois, été prévue pour les éditeurs de journaux sur la pente ascendante d'une économie forte, vouée à la croissance. La presse Walther du *Times*, à Londres, pouvait cracher de trente à quarante mille pages à l'heure lorsqu'on imprimait des deux côtés, avec ses grands cylindres rotatifs.

« Gravesen a lui-même commencé en tant que typographe, dit Dreyer. Il est maintenant le roi des journaux. Le journalisme peut mener à tout, Mikkelsen. »

Lars jeta son dévolu sur *Dagstidende*, un journal parmi beaucoup d'autres, qui originellement n'était pas voué à une longue vie mais qui existait depuis plusieurs années en dépit de toutes les sombres prédictions. Et son tirage passait pour augmenter, comme le respect porté à ceux qui y écrivaient. Ce n'était pas un grand journal, une presse assez commune l'imprimait, il se situait dans un bâtiment humble coincé entre un tonnelier et une cave à huîtres, non loin des rédactions les plus importantes.

Au passage, Lars avait entendu que *Les Étoiles du soir*, paru au printemps et unanimement salué par de nombreux journaux concurrents, était l'œuvre du rédacteur Stein, de *Dagstidende*. Il se procura le livre à la bibliothèque Jordan de Silkegade et, dès qu'il l'eut lu, sut qu'une fois prêt il lui enverrait son nouveau manuscrit. Quelques jours plus tard, il entendit l'un des garçons du journal recommander sa publication sur Købmagergade, l'acheta et le lut avec grand plaisir. Oui, il enverrait son feuilleton à ce journal dès qu'il serait fini.

« C'est un choix génial, estima Dreyer. Ainsi personne ne pourra vous reprocher d'avoir fait un calcul politique. »

Un midi, Rebekka déjeunait avec Dreyer et sa mère dans l'appartement de Kongens Nytorv.

Puis ils s'assirent dans le petit salon et profitèrent de la vue sur Nyhavn. Avant de la raccompagner chez elle, ils se décidèrent à faire un tour en bas, sur la zone portuaire grande ouverte, où tous deux aimaient flâner en admirant les embarcations et le trafic. Ils marchèrent en silence, contemplant les vagues d'arcasses qui se croisaient derrière les bateaux à vapeur, les focs des goélettes, les galéasses et l'eau bleu d'ombre du port, au-delà des navires effilés.

« Tu fais beaucoup pour M. Mikkelsen, Sigurd.

– Ce n'est rien, répondit Dreyer.

– Oh si. Je suis heureuse que tu l'aides. Je le plains un peu, dit Rebekka.

– Moi aussi », répliqua Dreyer.

36

À la mi-octobre arriva la première tempête de l'année. Elle venait de l'est et apporta le froid. Quelques jours plus tard, la tempête s'était calmée mais les feuilles bruissaient et raclaient encore les trottoirs, soufflées par un vent d'est glacial qui hurlait et gémissait à l'angle des maisons et des pignons comme des troupeaux de revenants.

Lars avait passé des jours entiers assis à son bureau, travaillant à son premier feuilleton sanguinolent. Il avait résolument débarrassé le bureau du manuscrit du *Meurtre du roi Godfred* et, enroulé dans son couvre-lit, avec ses gros souliers de jonc, écrivait ébauche sur ébauche. Le roi Godfred devrait attendre. Il avait besoin de quelque chose de prêt. Et de le faire publier.

Il bourra sa pipe et la laissa pendiller au coin de ses lèvres, jusqu'à la faire rougeoyer et que sa langue fût douloureuse de nicotine. Il ouvrit la fenêtre, la coinça au crochet et lut ses corrections en tenant bien les feuilles de papier. Les jours et nuits suivantes, il écrivit frénétiquement des esquisses toutes plus glaçantes et absurdes les unes que les autres. Il devait leur montrer à quel point ils s'étaient trompés en le sous-estimant. Le Dr Adler et Johannes Volquartz. Les adlériens et les conservateurs.

Il voulait écrire quelque chose de nouveau. Sur un sinistre Copenhague pluvieux. Sur les rues, les crimes, les meurtres et les intrigues. Sur les secrets.

Personne n'écrivait sur Copenhague comme il voulait le faire. Personne ne l'avait encore fait. Il n'existait aucun Edgar Allan Poe dans la littérature danoise, aucun Schiller, aucun

Eugène Sue. Aucun lecteur ne prenait *la belle horreur*[1] au sérieux, même si tous avaient frissonné, enfants, en écoutant des histoires effrayantes. Aucun lecteur ne la prenait au sérieux parce qu'aucun écrivain ne le faisait. C'étaient ces derniers, les responsables. Les fossiles qui enseignaient dans les chaires universitaires ne montraient pas la voie. Les agitateurs procéduriers autojusticiers, soucieux d'exploiter l'art à leurs fins, non plus. Face à de telles formes de contraintes, l'art réagirait toujours par l'opposition. Et quelle opposition plus grande que de servir un genre que tous considéraient comme épuisé ou de mauvais aloi, et y voir l'art de demain ? Peut-être un roman entier ?

Lorsque l'inspiration ne venait pas, il se réfugiait dans son obstination, ce grossier outil de paysan qui à toute époque avait été la palette du poète. Il gaspilla son tas de papier en iambes maladroits et garda ses idées pour plus tard. Sa plume grattait comme une souris. Il finit, à force de persistance et de volonté, à façonner deux ou trois lignes utilisables. Quelques instants, il oublia, tout heureux, ce qu'il savait de l'*ottava rima*, des terzettos, canzones et sonnets. Aucun hexamètre, aucune élégie, aucun vers espagnol ni shakespearien, aucun alexandrin français. Seulement l'histoire. Un début, un milieu et une fin.

Il utilisa les idées et les observations notées dans le cahier.

La mort. Cela devait parler de mort. Il se souvint des célèbres mots de Goethe sur son lit de mort : « De la lumière, plus de lumière. » Était-ce la lumière terrestre qui disparaissait pour lui, ou apercevait-il la lumière céleste ? Il y avait dans cette phrase matière à interprétations pour des générations de chercheurs.

Lars voulait allier tout cela et tout secouer. Mort, meurtre, fuite par les toits, déclarations de Leo Farker, ses observations au début de son séjour en ville, l'inquiétude gothique. On lui avait parlé de passages dérobés qui serpentaient sous la ville. Les catacombes. Sans doute de vieux réservoirs d'eau et dépôts de sel. Personne ne le savait. Une image de la vie obscure de la cité, de son monde souterrain. Mais il fallait bien ajuster le

1. En français dans le texte.

voile, que personne ne puisse l'accuser de spéculer sur l'obscène ou le malpropre. Superstition. La devineresse. Un mystique juif, peut-être ?

Il s'enfonça dans la poussière de la bibliothèque universitaire à la recherche de renseignements utilisables. Parfois, il se traînait à un cours, à moitié endormi.

Il lut ses différentes ébauches à Tine.

« Est-ce bon ? Vous aimez ? C'est bien, non ? Pourquoi ne dites-vous rien ? »

Il resta courbé sur la cuvette, à étudier sa réaction dans le petit miroir du mur. Comme elle demeurait muette, il se retourna vers elle et fit de grands gestes, un blaireau dans une main, un gant de toilette dans l'autre.

Elle resta un instant immobile à l'évaluer du regard. Son visage était tartiné de mousse blanche.

« Non, j'aimais mieux avant », dit-elle en se précipitant vers la porte.

Il réussit à la claquer avant qu'elle pût s'échapper et l'attrapa fermement.

« Monsieur Mikkelsen, que faites-vous donc ?

– Je vous embrasse si vous ne m'expliquez pas ce que vous voulez dire.

– Plus de sang, plus de violence, plusieurs meurtres, soupira-t-elle en fermant les yeux.

– Bien », dit-il en la relâchant brusquement. Il rouvrit la porte : « Et merci. »

Stimulé par l'insatiable besoin de détails macabres de Tine et poussé par sa propre curiosité, il partit en mission dans les rues de Copenhague. Il s'ensevelit sous les faire-part de décès des journaux et se renseigna dans le *Neue Pitaval*[1] sur des affaires criminelles connues. Il partit à la recherche d'ambulances et d'accidents, et rôda même un jour autour de l'Hôpital général d'Amaliegade, dont il finit par découvrir la morgue au fond d'une arrière-cour, après une longue exploration de portes et d'escaliers. Un brancardier soupçonneux arrivait avec un récent décédé recouvert d'un drap. Il

1. Recueil en soixante volumes des plus intéressantes histoires criminelles, paru à Leipzig entre 1842 et 1890.

commença par l'injurier pour sa basse curiosité, mais lui permit de jeter un œil dans la chapelle, totalement silencieuse et puant le phénol, où les morts gisaient entreposés côte à côte comme des marchandises, des chiffres et des lettres sur les panneaux fixés à leurs membres raidis.

« Nous avons eu les deux filles ici, dit-il.

– Les décapitées ? »

Le brancardier opina et Lars l'interrogea sur tous les détails d'une décapitation, ce qu'il avait négligé de faire avec Leo Farker. Le brancardier répondit ce qu'il savait.

« Mais je ne suis quand même pas médecin », précisait-il.

Lars outrepassa cependant les limites de Tine en glissant dans une histoire des descriptions de linceuls si petits qu'ils ne contenaient qu'un coussinet, ce qu'il avait vu dans les dépôts humides et moites. Elle l'exhorta à s'abstenir de trop détailler.

« Il faut que ce soit sinistre, mais pas au point qu'on n'ose pas le lire », tempéra-t-elle.

Il se promena dans la vie nocturne, sous les colonnades sombres et les lugubres arcades. Et il n'arrivait plus à savoir s'il utilisait les femmes mortes comme prétexte à l'histoire qu'il écrivait ou si cette histoire était un prétexte pour enquêter sur elles. Pour ne pas éveiller trop d'attention, il variait ses itinéraires, de sorte qu'il finissait parfois dans les pires bas-fonds. Il se résignait au fait que la motivation profonde cachée derrière ses excursions aux multiples buts fût et demeurât inconnue de lui, et cela ne le préoccupait plus. La légitimité de son ambition était intacte. Il voulait se forger son expérience. Il voulait savoir comment les choses se passaient. Marquer sur son propre corps les sensations qu'elles provoquaient, leurs odeurs, à quoi ressemblait la vie. Il réfléchit à aller jusqu'au bout, à aller trouver l'une de ces prostituées. Mais il n'était pas encore assez courageux. Il estimait disposer d'assez de détails pour son histoire. De bonnes observations de la corruption humaine. À la fin, il choisirait de manière critique. Ils voulaient du réalisme, il leur en donnerait.

Mønster allait mieux et se manifesta comme le mauvais esprit qui soufflait sur les mauvais sentiments de Lars.

« Vous êtes un écrivain. Un homme de belles-lettres. Pas un nègre payé à la page. Pas un pamphlétaire. Pas un simple journaliste.

– Pensez à l'argent. Une production régulière me permettrait peut-être de financer mes études. Peut-être mes petites histoires inspireront-elles un libraire, qui éditera tout un recueil ?

– Permettez-moi au moins de vous présenter à quelques autres éditeurs, avant que vous ne disparaissiez complètement dans le journalisme.

– Volontiers. Mais attendez que mon feuilleton soit publié. »

Mønster roula des yeux.

« Commencer par de la littérature grand public...

– Ce n'est pas extraordinaire.

– Non, justement », dit Mønster en frémissant.

Lars ne partageait plus les scrupules de Mønster vis-à-vis de la presse, et ne nourrissait plus aucune crainte. Il termina son histoire, qu'il appela *Le Mystère des catacombes de Copenhague*, et en fut satisfait. Elle était bien écrite, astucieuse et sinistre, et surtout intéressante, réaliste dans sa description des conditions de vie des pauvres à Copenhague. Elle recelait enfin une dimension métaphysique, sous forme d'une réflexion sur la mort et d'un événement surnaturel qui la rendrait inutilisable pour le Dr Adler ou toute autre personne exigeant une profession de foi littéraire de réalisme. Cette histoire était sans compromis, et elle était moderne.

37

« Fascinant, estima Dreyer en feuilletant les pages. Mais peut-être cela manque-t-il d'un peu d'authenticité ?

– D'authenticité ?

– Oui. Pas dans la brillante description du meurtre. Les descriptions des passages souterrains sont aussi de premier ordre, même si j'imagine que vous avez dû vous appuyer sur des archives et votre fantaisie bouillonnante. Mais vous avez choisi un détective veuf. Pour moi, il ressemblerait plus à un être humain s'il y avait quelques suggestions sur... sa vie amoureuse ?

– Mais je croyais que c'était clairement indiqué par son enquête, après la résolution de l'énigme dans le monde souterrain.

– Ah, il faut le comprendre symboliquement, observa Dreyer en jouant l'ignorant. Mais vous voulez que les gens saisissent ?

– Je n'ai pas vraiment réfléchi à sa vie amoureuse. Je l'ai plutôt vue au figuré.

– Ça n'a pas non plus la longueur d'un roman, aussi avez-vous bien raison : c'est superflu, admit Dreyer en plantant sa langue à l'intérieur de sa joue.

– Mais il est important que l'on comprenne pourquoi il va chercher sous terre, insista Lars. Ce n'était pas clair pour vous ?

– Si... lorsque vous le dites, répondit Dreyer. C'est juste moi qui comprends un peu lentement, mais peut-être manque-t-il une indication, un simple détail bien choisi qui dévoilerait que cet homme va forcément voir des prostituées pour assouvir ses besoins. Cela mettrait les points sur les i. Tout le reste est si diaboliquement prenant. »

Il touchait un point sensible chez Lars. Le détail. Son dada à lui. Lars réfléchit fébrilement, avançant plusieurs propositions que Dreyer écarta comme banales.

« Il y a bien des choses que nous avons tous vues en arpentant les rues de la ville. Utilisez votre expérience. J'imagine que vous avez dû aller au bordel deux ou trois fois. Vous avez dû y remarquer quelque chose, un détail d'un intérieur, une chose qu'une femme a dite ou faite, qui fera que nous croirons qu'il fréquente réellement les prostituées. »

Lars aurait, le cas échéant, été trop déconfit d'avouer avoir été au bordel, mais révéler à un homme de la haute société comme Dreyer qu'il n'avait jamais consommé de relation complète avec le sexe féminin était aussi douloureux. Dreyer avait en deux ou trois occasions fait référence à un étui qu'il gardait toujours sur lui et, comme toujours aux mots de Dreyer, Mlle Levi rougit en le trouvant dans sa veste.

« Je crains de m'avancer trop loin en direction des radicaux, dit Lars.

– Je connais vos réserves et vos principes, mais je peux vous assurer que j'ai eu envie de proposer bien des choses beaucoup plus directes. Vous décrivez le monde comme il est, sans la moindre volonté de le transformer. Je ne vois pas comment les radicaux pourraient utiliser ça à leur avantage. À l'inverse, les représentants de l'ordre établi ne se sentiront pas non plus soutenus. »

Lars passa les deux jours suivants à rôder dans les quartiers interdits de la ville. Il se traîna, honteux, devant *la Corne verte*, sur Helsingørsgade et se sentit maladroit et égaré lorsqu'il jeta furtivement un coup d'œil à la rue, avec ses nombreuses maisons de plaisir. Il chercha en douce la dame qu'il avait vue à l'époque où il se sentait encore si gauche à l'idée de rencontrer un être féminin totalement inconnu. Mais elle n'était pas là. Et plus il rôdait, plus il doutait de ses propres motivations. N'était-il pas un homme comme tous les autres, avec des besoins, des besoins sexuels, qui enracinaient des fantasmes dans son esprit ?

Mais il faisait trop beau. Il y avait trop de monde et, surtout, trop de patrouilles de police.

Un soir où il pleuvait à verse, il réalisa que le moment était venu.

Il sentait comme des ailes de chauve-souris pousser derrière ses omoplates. La pluie tambourinait sur son parapluie. Il leva le visage et la regarda, de là-haut, tomber des cariatides, ces figures féminines en stuc qui soutenaient les toits d'ardoise. Il erra dans de plus jolis quartiers, plutôt pour convaincre un suiveur imaginaire qu'il ne faisait que flâner.

Il arriva devant le Folketeatret, où une représentation venait de s'achever. Des carrosses fermés et des berlines aux cochers trempés dessinaient devant l'entrée éclairée au gaz de sombres peintures aqueuses. Les femmes, sous un toit de parapluies, se dépêchaient de gagner les marchepieds en tirant sur leurs robes de soie et de satin couvertes sur des mosaïques d'eau.

Il finit bientôt sur Prinsensgade, puis à ce café si singulier à l'angle de Helsingørsgade, écrasé sous son toit beaucoup plus bas que les hauts pâtés de maisons environnants.

Là, la rue était déserte. Et, de nouveau, Lars commença à regretter son projet. Il pourrait à la rigueur entrer dans le café, mais risquait de tomber sur quelqu'un qu'il connaissait et réalisait qu'il n'oserait pas se diriger directement vers l'une des portes.

Il avança sur le trottoir lorsqu'il l'aperçut soudain sous un arbre. Elle portait un chapeau et un voile, un manteau noir et une robe cramoisie.

« Bonsoir », dit-elle lorsqu'il passa devant elle.

Lars leva son chapeau pour saluer.

Il remarqua qu'elle restait là pendant qu'il passait.

« Peut-on tenter monsieur ? »

Lars se retourna. C'était une femme au milieu de la trentaine.

« Tenter ?

– Avez-vous de l'argent ? » demanda-t-elle.

Lars opina.

« Alors venez, lui proposa-t-elle en lui offrant son bras. Je ne devrais pas être ici. Les filles me tueront si elles me voient. Éloignons-nous en vitesse. »

Tout se passa si vite que Lars ne parvint pas à penser. L'idée d'être vu lui serrait la gorge, mais il se sentait à l'inverse soulagé qu'elle prît en main la situation de façon aussi professionnelle, et qu'ils partageassent le souhait de ne pas être aperçus.

« Calmez-vous, jeune homme. On ne me connaît pas ici, et personne ne peut voir notre différence d'âge. Nous sommes juste deux jeunes amoureux qui profitent d'une promenade de nuit sous la pluie. »

Lars avait envie de s'arracher à cette mégère, mais cela lui donnerait l'air idiot. Il sentait de plus un désir affamé monter en lui au contact de ses hanches qui se balançaient, des doigts de son gant qui lui démangeaient le bras comme des insectes. La pensée de la posséder jaillit en lui en même temps que le dégoût et l'envie de s'écarter d'elle.

« Vous passiez par ici il y a peu, je me souviens, dit-elle. Qu'est-ce qui vous a poussé à vous raviser ?

– Alors c'était bien vous ? Je n'en étais pas tout à fait sûr. »

Elle rit :

« Vous étiez un peu soûl, je crois.

– Avons-nous discuté de la mort ?

– Oh, non, je ne m'en souviens pas.

– Allons-nous loin ? » balbutia-t-il.

Elle le regarda :

« Êtes-vous nerveux ? Ne me dites pas que c'est la première fois ? »

Il secoua la tête mais son pouls battait très fort. Il avait la gorge sèche, plein de désir, pâle comme un cadavre et glacé de terreur.

Soudain, elle le lâcha et se tourna vers un escalier qui descendait à une cave. Elle trouva une clé et ouvrit la porte d'une pièce plongée dans l'obscurité. Lars hésita, regardant fixement le bas de la petite cage d'escalier. Il regarda à droite et à gauche, et se décida à décamper. À courir comme un petit garçon effrayé.

« Vous venez ? Vous ne pouvez pas rester là. Sinon, vous devez partir. »

Deux bougies brûlaient derrière elle. Elle alluma une petite applique au plafond, qui éclaira d'une étrange lueur rouge, insipide. C'était maintenant ou jamais, pensa-t-il en ayant envie de s'en aller. Sa silhouette hésitante descendit les trois marches, puis disparut.

Il ne savait pas quoi faire de lui-même, mais elle lui proposa de s'asseoir pendant qu'elle s'apprêtait.

Il regarda autour de lui, plus tranquille depuis que la porte était fermée. Elle revint peu après en cheviot rouge et bas de dentelle noirs. Derrière le haut léger comme un bas de soie, il devinait le corset et voyait sa poitrine.

« J'imagine que vous n'êtes pas ici uniquement pour parler ? » dit-elle avec un sourire en écartant les bras, un chiffon dans une main et un antiseptique dans l'autre. Elle essuya rapidement la couverture fartée du lit. Une puanteur âpre de phénol se répandit. Comme à la morgue.

Il rentra chez lui tard dans la nuit, en tapinois, tel un chien en rut, pas fier de lui. D'effrayants reproches peuplèrent le reste de sa nuit, et il n'osa pas se montrer à l'université le lendemain. Il n'avait pas fait montre de la prudence recommandée en compagnie d'une fille de joie, et bien qu'il eût pourtant entendu parler des moyens contraceptifs, sa conscience le tourmentait. Soudain, il se rappela tous les avertissements des livres sur les vices bestiaux et la masturbation : était-ce également valable lorsque quelqu'un d'autre vous le faisait ? Que voulait-il ? Juste avoir des enfants qui, d'après les ouvrages médicaux en vogue, mourraient tôt ? À moins qu'ils périssent d'une douloureuse hydropisie cérébrale ? Voulait-il lui-même mourir jeune ? Il étudia sa peau d'un œil critique, pour voir si elle prenait un aspect jaune décoloré ou ridé, il surveilla ses pieds, au cas où ils bouffiraient, chercha s'il sentait des fourmillements dans la colonne vertébrale, si sa raison déclinait soudain, si ses poumons s'affaiblissaient, s'il avait mal à l'estomac, si son pouls baissait ou s'emballait, et surtout il surveilla si une certaine partie de son corps n'était pas en train de se dessécher et de tomber. Naturellement, rien de tout cela n'arriva, mais comme un libre-penseur ressent toujours plus fortement la présence de Dieu à l'instant où il abjure sa foi, les livres de médecine recelaient comme la Bible une autorité séculaire, impossible à rejeter. Au fil de la journée, pourtant, les gens le complimentèrent car il paraissait plus frais que d'habitude : il avait à l'évidence enfin eu une bonne nuit de sommeil. Avait-il commencé à prendre son huile de foie de morue ? Son humeur s'améliora prudemment.

Tel un flagellant, il se fouetta avec une douche glacée aux bains de Rysensteen, se méprisa, se récura au savon vert à en devenir tout rouge et se jura de ne jamais plus faire ce genre de chose, mais commença insensiblement à discerner l'aspect positif de son expérience. Une expérience qu'il ressentit de plus en plus comme un exploit, un genre de percée. Les bouffées destructrices dans l'estomac étaient devenues des bouffées de libération. Il vivait enfin. Désormais, il vivait ! Et personne ne savait rien de sa petite aventure. C'était dans la nature du jeune homme, avec sa conviction borgne et son entrain excessif, d'établir des parallèles entre une expérience très intime et la peur de l'amour, répandue à l'époque, pour ensuite forger des utopies immatures. Cela concernait bien celui qui n'avait personne à qui confier ce qu'il venait d'apprendre, qui à son époque ne pouvait aller chercher force et justification dans des exemples équivalents. Une fois de plus, son attention se détourna vers le Dr Adler, sa famille et le cercle qui l'entourait, les nouveaux. Qui d'autre que le Dr Adler avait lancé *De l'assujettissement des femmes* de Stuart Mill et écrit une préface inspirée ? Qui d'autre que le Dr Adler avait, à l'époque au moins, tonné publiquement sur l'amour libre et, par sa vie scandaleuse, ajouté les actes aux mots ? Qui d'autre avait, à l'époque au moins, combattu pour la cause des femmes ? Mais de nouveau, il sentit monter une réserve soucieuse en lui. Même en faisant abstraction des pires persiflages sur la personne du Dr Adler, le reste n'était pas joli à voir. Des rumeurs continuelles, de Berlin à Copenhague, sur des cœurs brisés et un couple en lambeaux. Le frère du Dr Adler, Edmund, avait épousé quelques années plus tôt la jeune Olivia Salmonsen, âgée de seulement quinze ans, il avait une amante, elle un amant, et elle avait au printemps dernier ingéré de l'acide prussique. Elle laissait deux petites filles et une immense fortune aujourd'hui dépendante de l'administration des biens pupillaires, mais qui à plus long terme ferait d'Edmund Adler un homme extrêmement aisé. Comme si une puanteur de mort et d'enfermement, de chagrin et de malheur suintait de toutes les destinées que les deux frères croisaient sur leur route, comme si Méphistophélès avait quatre mains qui transformaient tout ce qu'elles touchaient. Pas en or comme le roi Midas, mais en suie et en scories.

Lars apporta les dernières corrections. Son enquêteur, le veuf, rencontrait désormais une femme dont le lecteur n'apprenait pas grand-chose. Elle avait cependant une réplique qui, bien qu'innocente dans le contexte, était révélatrice :

« Pas de baiser, trésor. Pas de baiser. »

Le détail.

38

« À travers les modes d'emploi des machines, les sciences naturelles s'apprêtent à réfuter le catéchisme de l'Église, mademoiselle Otterup. »

Dreyer et Rebekka observaient Jens Kayser, un peu à distance, qui s'efforçait d'entrer dans les bonnes grâces de la fille du libraire.

« Dis ce que tu veux, Rebekka, chuchota Dreyer, tu admettras qu'il a les idées claires.

– Il l'ennuie à mourir », Sigurd.

Dreyer planta sa canne décorée de turquoise sur le quai des grandes lignes.

« Le cerveau de l'homme a toujours constitué un aphrodisiaque irrépressible pour la femme, dit-il en regardant Rebekka de travers, qui prit l'air taquin mais ne répondit rien. N'ai-je pas raison ?

– Si, tu as raison, Sigurd, admit-elle avec de grands yeux ingénus. Mais parlons d'autre chose. Comment ça va avec M. Mikkelsen et son histoire ?

– Elle est terminée. Et elle est remarquable, ajouta Dreyer.

– C'est vrai ? demanda Rebekka. Quelle délicieuse nouvelle.

– Répands-la, surtout, dit Dreyer. Il serait bon qu'une rumeur positive l'entoure.

– Comment est-il possible que tu te sois autant investi auprès de M. Mikkelsen ? »

Dreyer lui murmura tout bas, car il savait d'expérience que de cette manière, en compagnie féminine, l'information circulerait :

« Monsieur Mikkelsen a besoin d'argent.

– Son histoire a-t-elle été vendue ? demanda Rebekka.

– Pas encore. Mais elle va l'être. Je crois que M. Mikkelsen envisage de la faire publier en feuilleton dans un journal.

– Comme je suis heureuse que toi et M. Mikkelsen vous soyez si bien entendus », conclut Rebekka.

Dreyer, Rebekka, Jens Kayser et Marie firent demi-tour en arrivant au phare blanc, près du bastion vert, à l'angle des remparts du fort. Il n'y avait pas le moindre vent et presque pas de vagues. Les Trois Couronnes étaient au loin, avec remparts et canons. L'eau paraissait épaisse, presque couverte d'huile. Une chaloupe traversait le détroit, lentement, sans bruit, comme un couteau émoussé dans de la pâte.

« Je crois qu'il lui demandera bientôt sa main, lança Dreyer.

– Dis-lui de ne pas le faire, répliqua Rebekka.

– Pourquoi ?

– Parce que Marie refusera.

– Mais tu ne peux pas le savoir.

– Les sentiments de Marie deviennent violents lorsque la conversation tombe sur M. Mikkelsen. Certainement le fait d'un esprit fort habile.

– Ce serait ça ? demanda Dreyer, amusé. Je n'éliminerais pas encore M. Kayser. »

Ils rentrèrent tranquillement, Rebekka blottie contre lui.

« Comme il est délicieux d'être avec toi lorsque tu es de si bonne humeur », dit-elle en serrant son bras.

Dreyer avait justement lu le matin même la version définitive du *Mystère des catacombes de Copenhague.* Avec une volupté presque extatique, il avait constaté à quel point c'était passionnant et bien écrit. Il lui fallait maintenant la transformer en l'histoire la plus odieuse et accablante que la ville aurait jamais lue, qui susciterait des ennemis à M. Mikkelsen sur tous ses flancs. Des ennemis qui le haïraient rien qu'à entendre son nom. Dreyer ne put cacher sa joie après sa lecture. Il lui était bien utile que M. Mikkelsen, cet âne content de lui, interprétât évidemment son allégresse spontanée comme s'il avait gagné le gros lot. À cet instant, Dreyer vit précisément combien il détestait ces forces de la nature qui se contentaient de sortir de leur manche des titres de tout repos.

Plus tard dans la journée, il courut chez Edmund Adler lui présenter l'affaire. M. Adler proposa d'abord de rabattre M. Mikkelsen vers le camp des radicaux, mais Dreyer refusa.

« Oubliez cela. L'homme est un stupide clown romantique.

– Eh bien, saignez-le, que je puisse le convertir avant qu'il ne rende le dernier soupir, dit Edmund Adler.

– Je vous contacte dès que l'histoire est acceptée, monsieur Adler. Que vous puissiez commencer à répandre la bonne nouvelle de "l'histoire scandaleuse" à paraître. »

Le long visage triste d'Edmund Adler, qui n'exprimait jamais rien, sourit :

« Vous êtes fait d'un bon bois, monsieur Dreyer. Quand verrons-nous votre propre manuscrit ?

– Il arrive, répondit Dreyer. Pour l'instant, les nationaux-libéraux vont se faire une frayeur qu'ils ne sont pas près d'oublier. »

Dreyer se sentait comme un petit enfant qui aurait obtenu la permission de fracasser un vase cher, détesté et joli. Il ne se demandait pas s'il devait le faire, mais comment s'assurer qu'il explose en autant de morceaux que possible et avec le maximum de fracas.

Déjà, l'apparition d'un nouveau talent éblouissant dont la droite ne pourrait plus se prévaloir déplairait aux grands journaux conservateurs. Si on excitait d'abord les illusions, la réaction serait encore plus violente. Si on expliquait ensuite discrètement que la longue plongée obscène du feuilleton dans les enfers louches et cachés de la bourgeoisie de Copenhague constituait en réalité une attaque symbolique contre l'ordre établi, dépeignait la conscience noire de la société, eh bien on arrivait justement à... ce vase.

La scène du bordel était un joker. La carte inconnue. Il ne doutait pas une seconde que le plus libéral des rédacteurs de journal bifferait les détails de l'intérieur du bordel, décrits par Lars suite à sa suggestion. La question était désormais de savoir comment Dreyer pourrait au mieux exploiter cet aspect. Le simple fait que cela *avait* existé dans la version originale pourrait s'avérer de l'or. Tout d'abord, l'histoire devait être acceptée quelque part. Puis il s'en occuperait.

« Non ? s'enquit Lars en récupérant les pages, comme si le jugement de Mønster n'était qu'une formalité, deux lignes qu'il aurait pu lui-même écrire.

– Très différent... et passionnant », jugea Mønster, un peu troublé par cette assurance.

Lui qui connaissait Mikkelsen n'était pas sans ignorer sa foi en ses talents, ni ce doute douloureux qui accompagnait toujours sa capacité créative évidente. Mais comment les autres prendraient-ils cette assurance chez quelqu'un d'encore si jeune ? Il réfléchit une seconde à proposer une correction sans importance pour ramener Mikkelsen à un niveau plus normal, mais il savait que ce dernier le devinerait instantanément et que serait donc idiot. De plus, le problème n'était pas qu'il planât cinq coudées au-dessus du sol, mais plutôt l'inverse. À un jeune homme rayonnant sottement de joie devant ses progrès, on pouvait pardonner beaucoup. Mais le bonheur de Mikkelsen se limitait à la petite satisfaction d'être appuyé dans ses convictions. Rien d'autre. Mønster savait qu'il n'y avait là aucune arrogance, ni visible ni cachée. Mais tout de même. Un peu de gratitude irait bien au jeune homme, un peu d'humilité ne lui ferait pas de mal.

« Vous êtes convaincu que des journaux l'accepteront ?

– On va bien voir », répondit-il.

Un soir, Lars parcourut une dernière fois son manuscrit et, lorsque enfin il en fut satisfait, mit la main sur la cire à cacheter et scella la lettre. Il l'adressa à M. Stein, à titre personnel.

39

Les deux amis se rendirent à pied au Théâtre Royal. De tous les coins de la ville affluaient les breaks et les landaus vers la scène nationale de Kongens Nytorv et la nouvelle représentation d'un drame historique, *Monarque et maréchal*. Sous les deux coupoles delphiques du toit, une foule de messieurs, en noir et hauts-de-forme aux reflets bleu argenté, s'avançait depuis Bredgade, au-delà de la place, vers l'entrée éclairée au gaz. Tous ces messieurs marchant dans la même direction, noirs avec un peu de sucre sur la poitrine, rappelaient une fourmilière affairée. Une caravane de fiacres encombrait les rues adjacentes, les cochers des grandes maisons assis sur leur siège en livrée complète. Tous s'attroupaient sur la place devant le théâtre, cheval après cheval, voiture contre voiture. Les ténèbres étaient rayées du blanc vacillant des gants attrapant les gants noirs des dames qui attendaient leur escorte au pied des marches des voitures. On entendait un murmure, un renâclement, un ébrouement et le grelot d'une selle lorsque les chevaux retroussaient leurs lèvres supérieures rosées pour bien reprendre le mors. L'éternel clip-clap de petites portes ouvertes et refermées, une volée de coups de lourds sabots sur les pavés, les ordres des cochers aux rosses, qui les acceptaient en secouant leur crinière, des battements de queue soudain irrités, un claquement à l'endroit où, en s'arrêtant, ils reculaient un peu.

Devant l'entrée, Lars et Mønster se placèrent à droite de la foule, qui en file indienne se rapprochait des escaliers. L'odeur de chanci de la sueur des chevaux se mélangeait au pot-pourri des parfums des femmes, réséda et huile de rose, violette et orange, ainsi qu'à ceux des cheveux pommadés luisants, de la fumée de cigare et du benzol émanant des nombreux gants blancs des hommes.

Lever son chapeau, le remettre, sourire de toute sa barbe et faire un signe de tête à des moustaches connues qui rendent la révérence, baisers sur la joue et baisemains, bruissements et murmures de la soie, du tulle et de la tarlatane. Le gazouillement clair des femmes et le bourdonnement retentissant et plein d'attente des hommes, comme si, même tout proches les uns des autres, ils devaient parler fort pour se faire entendre. Puis le dernier disparut à l'intérieur, la porte fut fermée et le silence s'abattit sur le vestibule.

Les places en galerie, peu chères, n'étaient pas bonnes. Ils ne dominaient que la moitié de la scène, mais l'ensemble de la salle et du public. Les jumelles de Mønster devant les yeux, Lars dirigea son regard vers les loges décorées – la loge royale, celle des gentilshommes et des dames de la cour. Mønster récupéra les jumelles et détailla l'énorme étalage de conseillers d'État, hauts magistrats, ministres, acteurs, écrivains et gens fortunés de la plus riche espèce. Plus loin, les meilleures places de l'orchestre étaient réservées aux critiques, étudiants et hommes de lettres. Ils virent Volquartz, Edmund Adler, une multitude de personnages connus et, oui, Lars aperçut même Leo Farker.

« Il y en a un qui vous fait signe, Mikkelsen. Seigneur, c'est le rédacteur Stein. Pour autant que je comprenne ses gestes, il veut vous parler, dit Mønster. Et là, je vois Therslin, avec sa jolie épouse. Et la *bellissima.* Sa fille Sofie.

– Où ? » demanda Lars en attrapant les jumelles.

Il les porta à ses yeux.

« La loge juste à droite de l'entrée, précisa Mønster. L'épouse de Therslin porte une robe vert jade. Sofie en a une brillante argentée. »

Voici donc à quoi elle ressemblait désormais. Une beauté blonde cristalline, une jeune fille au port de Sphinx, aux petites joues et menton relevé, étincelante de bijoux et de broches. Les souvenirs affluèrent. Il demeura longtemps assis, à l'observer, retenant sa respiration. Comme c'était étrange. Elle qui n'avait jamais vieilli dans son esprit était devenue une belle jeune fille. Un instant, il baissa les jumelles et ressentit comme un contrecoup, puis les remit devant ses yeux pour un panorama de la salle en bas. Il s'arrêta sur Dreyer, Rebekka, Jens Kayser et... Marie. Là, il s'attarda. Et, encore une fois, il fut submergé de sentiments nouveaux. Des sentiments qu'il n'avait pas connus enfant, lors de sa rencontre avec Sofie Therslin. Des sentiments jamais éprouvés. De la tendresse, devant la manière dont Marie tenait son programme ; son petit rire embarrassé à quelque chose que Dreyer avait dû dire, car ce ne pouvait pas être Jens Kayser ; ou sa sollicitude – si typique d'elle – qui la firent se lever pour aider une dame plus âgée à se dégager d'une rangée de fauteuils dans laquelle s'était accrochée sa traîne, après quoi elle-même s'accrocha. Une étonnante chaleur se répandit dans son estomac.

Il retourna observer brièvement les Therslin. Son Excellence lui-même, désormais plus gris et barbu, plus corpulent, une gravité un peu triste dans ses sourcils touffus. L'épouse, encore jolie. Et Sofie...

Mais à l'instant, la lumière baissa et le rideau se leva.

À l'entracte, Lars se rendit au foyer et se mêla à la foule, alors que Mønster restait assis.

Officiellement, on allait au théâtre pour découvrir un opéra, mais le libretto était déjà sorti fin mars, de sorte que la plupart connaissaient très bien le texte. En réalité, on discutait de tout autre chose sur ces rangées de fauteuils, dans les salons ou le vestibule. Même les conversations qui mentionnaient l'œuvre se référaient à un ordre du jour sous-jacent.

« Je préférerais que le roi la prît de force.

– Un très joli baryton...

– Personnellement, je préfère la mezzo-soprano...

– Réalisme.

– Lorsque la gauche accédera au pouvoir...

– Si le président du Conseil continue à ignorer le vote populaire, ce sera la révolution...

– Certains craignent un nouveau 1789, d'autres l'attendent... »

Toute sortes de distractions interrompaient les tentatives de conversation approfondie, la vue soit de gens que l'on connaissait, soit de gens que l'on souhaitait connaître. Les personnalités royales et les célébrités attiraient les regards éblouis, on chatouillait les fourrures qui passaient, on s'aveuglait de décorations, de diamants en épingle et de broches resplendissantes.

Peut-être était-ce cette hargneuse atmosphère de fête. La cuirasse de la puissance dans l'émail bleu-noir des hommes influents, leurs vêtements et leurs écharpes ; les rédacteurs de journaux, professeurs, politiciens, avocats ; ou encore les robes serrées des femmes, les promesses données dans la soie bruissante, les séduisantes traînées de parfum de bergamote, d'iris et de patchouli. En tout cas, quelque chose semblait se fendre en lui. Lars se sentit soudain écœuré. Assailli de sombres pensées, comme à l'époque de Frederiksborg, sur le jeu dans le jeu, le théâtre dans le théâtre, l'avidité de tous. Les considérations de Heiberg, proférant que les décorations décoraient les imbéciles, lui résonnaient dans la tête. Voir la vanité jouer le premier rôle, bien avant l'art. Les acteurs recherchant sans scrupule les regards admiratifs. Le plaisir du pouvoir devant ceux dont il attend l'admiration. Le clergé de l'art, les claqueurs et le jeu convenu. Mais pourquoi donc ses yeux voyaient-ils de telles choses ? Pourquoi ne pouvait-il pas juste profiter de son succès naissant et se laisser entraîner ? Il se sentit un instant étourdi et chercha la sortie pour respirer l'air frais. Mais une main se posa sur son bras. Rebekka Levi, qui s'était éloignée des autres.

« Vous voilà, monsieur Mikkelsen. Maintenant que je vous ai seul, je peux bien crier que je demeure un peu déçue de ne pas avoir eu votre bouquet de cotillon, dit-elle en faisant la coquette, menton baissé, la lèvre inférieure pleine avancée en une grimace d'affront infantile.

– Je vous l'aurais bien donné, mais vous en aviez tellement. De plus, ce n'aurait pas été très galant vis-à-vis de Mlle Otterup.

– Quel cœur ardent, monsieur Mikkelsen. Mlle Otterup m'aurait effectivement semblé très heureuse de le recevoir, mais vous avez dû lui dire quelque chose sur le chemin du retour, car elle était fort en colère contre vous.

– J'ai certainement été un peu stupide, admit Lars.

– Je crois que c'est pardonné maintenant.

– Mønster m'a donné une autre information.

– Pensez moins à ce qu'une jeune fille dit qu'à *qui* elle le dit, monsieur Mikkelsen.

– Que voulez-vous dire ?

– Pour être honnête, Marie me semble un peu malheureuse. Et ce n'est pas seulement à cause de ce... drame poétique. Vous savez peut-être que Mlle Otterup a horreur de l'opéra. Non, j'ai l'impression qu'elle est tracassée. Vous savez quand même qu'elle regarde un peu ce M. Kayser, qui l'escorte aussi ce soir.

– C'est délicieux d'être amoureux.

– Je n'ai pas dit que Marie était amoureuse. Peut-être est-ce pour cela qu'elle est malheureuse : *il* l'est, *elle* non. Mais c'est vrai, Mikkelsen. Vous êtes bien romantique. C'est extraordinairement courageux de votre part à une époque qui impose ainsi le réalisme.

– Je suis certain que si vous me connaissiez mieux...

– Je suis déjà fiancée...

– Je voulais juste dire...

– Je vous taquine, Mikkelsen. Je me demandais si vous n'auriez pas envie d'escorter trois jeunes filles avides de s'instruire au Musée zoologique demain ? Si réellement vous êtes aussi brillant et doué que Mønster – et maintenant aussi Dreyer – le disent, vous pourrez certainement nous rendre ces éons temporels concevables ? Peut-être pourrez-vous aussi nous expliquer l'époque des reptiles et comment de si... grands animaux ont pu s'éteindre ?

– Aimez-vous choquer les gens, mademoiselle Levi ? »

Elle fit un signe de tête, taquine.

« Peut-être seriez-vous celui qu'il faut pour faire sa cour à Marie Otterup. Elle vient aussi. »

À côté d'eux, une voix dit :

« Ainsi, vous voilà. Bonsoir, mademoiselle Levi. »

Le rédacteur Stein leva son chapeau.

Lars prit congé de Rebekka et salua M. Stein et son épouse.

« Vous êtes jeune, mais j'entends de brillantes choses sur vous. Je vous ai même envoyé une lettre après avoir lu votre récit. »

Lars le regarda, plein d'espoir.

« Il y a évidemment des choses à corriger, mais nous prendrons très volontiers votre merveilleuse histoire », dit-il.

Lars, qui depuis ses déceptions n'avait plus rien osé espérer jusqu'à ce que M. Stein se fasse connaître, attrapa sa main, bouleversé, et la serra :

« Vous le pensez ? Vraiment ?

– En revanche, il y aura les premières corrections du rédacteur. »

Son épouse intervint :

« Stein m'a lu votre histoire cette nuit. Même en supprimant certains passages, c'était si horrible que je n'ai pas pu dormir ensuite.

– Cela me fait plaisir, répondit Lars en clignant de l'œil. Comme cela a dû faire plaisir à M. Stein. »

Mme Stein leva instantanément son éventail devant son visage, rougissant de honte.

« Non pourtant, monsieur Mikkelsen. »

La sonnerie les rappela. M. Stein lui tendit sa carte et dit :

« Venez me voir dans quelques jours. Que nous puissions en parler ensemble. »

Lars s'inclina et s'en alla dans la salle.

« Les jeunes d'aujourd'hui », dit Mme Stein en cherchant à avoir l'air scandalisée.

Tous deux suivirent un instant Lars des yeux.

« Oui, il est aussi impudent qu'un chien de rue. Il va connaître des temps difficiles à Copenhague. S'il y a quelque chose que tous aiment, c'est bien de regarder la chute d'un grand talent qui *sait* qu'il est un grand talent. »

40

Plus tard, ils quittèrent le théâtre en discutant de l'opéra. Lars se sentait invincible. La vie lui souriait enfin.

« Qu'a dit Stein ? demanda Mønster.

– Il la prend, répondit Lars.

– C'est vrai, Mikkelsen ? Quelle chance. Mais souvenez-vous comment ça s'est passé pour la chèvre de M. Séguin, qui par besoin de liberté s'est enfuie de chez son maître.

– Alphonse Daudet ? »

Mønster opina.

« Le loup l'a mangée. »

Les sempiternelles remontrances de Mønster concernant la presse, sur la manière dont elle lui briserait le dos comme un bâtonnet, ne le rebutaient plus. Il se débarrassa aussi du sentiment désagréable éprouvé au théâtre et retrouva la joie de savourer le succès qui l'attendait désormais.

Dans sa poche se trouvaient quelques cartes de visites de gens amicaux, dont il avait dû deviner l'identité. Des noms de la liste de sa mère. Des visages auxquels il ne pouvait rien relier, ou alors seulement de très loin. On s'était étonné de ne pas avoir eu de ses nouvelles. Maintenant, il devait absolument venir déjeuner. Il s'efforça, concentré, de graver leurs noms et visages dans sa mémoire, et s'excusa maladroitement de la fatigue des études.

Incroyable comme la chance pouvait tourner. Quelques jours plus tôt, il était si désespéré qu'à la vue des ailes au toit de tuiles du vieux bâtiment des monnaies de Herluf Trollesgade bon à démolir, il lui avait soudain semblé comprendre la nature du criminel. L'édifice naviguait comme un mirage, un bouquet de palmier en pleine décrépitude, une oasis au milieu de la poussière du désert. Une pensée l'avait alors effleuré : il serait facile de s'introduire dans les bâtiments et la salle souterraine où, disait-on, se trouvait l'or, sans protection, dans des sacs de toile comme dans la caverne d'Aladin. À travers une fissure de la porte qui donnait dans Niels Juelsgade, souvent laissée ouverte ou non verrouillée, véritable invitation dans la caverne du vice, on pouvait voir une vieille dame à moitié sourde compter les pièces d'or. Ne serait-ce pas facile ? Ou alors une brusque intrusion à l'imprimerie Thiele, qui dirigeait la fabrication pour la Banque nationale des billets danois, islandais et des Indes occidentales danoises. Libéré, libéré, libéré de tout souci économique. Son idée, si infantile, selon laquelle la qualité d'une personne n'équivalait pas à sa richesse. Il savait très bien que cette manière de voir venait évidemment de gens déjà installés au pouvoir, mais y trouvait quelque chose d'indubitable. Il ne voudrait jamais d'une existence d'errance d'une île à l'autre, à mettre en gage sa conscience. Il voulait avancer par ses propres forces. Défendre ses points de vue et ses principes. La nouvelle que le journal de Stein allait imprimer son feuilleton ne prouvait-elle pas que c'était possible ?

Il n'y avait pas de place dans les estaminets de la ville. Au *Café à Porta*, les gens faisaient la queue pour entrer, les plus rusés s'étant contentés de lire le libretto pour se réserver une place, avant la fin de la représentation.

Les deux hommes se rendirent donc au café *L'Enfer*, afin de fêter la nouvelle. Ils s'assirent à proximité d'une table comprenant des journalistes et un troupeau d'artistes radicaux.

Sur bien des plans, Lars sympathisait avec les artistes misérables de la table voisine. Il s'avança, poussé par les bonnes nouvelles de M. Stein et le vin, vers leur coin animé par la discussion, et trouva bien sot leur désaveu de la pièce qu'ils venaient de voir. Au fond, la grandiose représentation avait été un coup de poing au visage de tout le bavardage sur la dégénérescence du théâtre danois. Que maintenant on s'assît pour fêter – ou quelle que fût la manière dont ils appelaient ça – la victoire sur l'ordre établi, alors qu'à l'évidence les gens afflueraient longtemps pour voir *Monarque et maréchal*, éveillait son irritation. Plusieurs fois, il dut se retenir pour ne pas interrompre leur conversation. Les cadres du drame et l'époque de l'action ne rappelaient pas le réalisme. Cette critique spécifique se glissait insensiblement dans une condamnation générale d'une bonne part de l'art existant.

L'un d'eux s'attaqua aux sculptures de Thorvaldsen, un autre aux frises de stuc saccharifiées des nouveaux architectes. Un troisième lança une offensive contre l'œuvre pourtant honnête de Carit Etlar.

On aurait dit des enfants gâtés qui hurlaient et geignaient minablement. Deux ou trois d'entre eux avaient accepté l'héritage d'Ancker, un autre était pour la loi de finances. Mais aucun de ces poètes, écrivains ou peintres ici rassemblés n'avait accompli quelque chose qui aurait suscité cette reconnaissance que l'on se prodiguait entre amis fidèles. Plusieurs d'entre eux avaient, dans leur artistique dénuement, inclus le Dr Adler parmi leurs héros romanesques, son agitation du début de la décennie devenant chez eux la version danoise d'un révolutionnaire français. Cela serait-il moderne ? Pour Lars, exiger des changements en étant payé par une société avec laquelle on ne voulait soi-disant rien avoir à faire était un rien lamentable.

Plus particulièrement, il flairait leur admiration cachée pour le détesté Bismarck. Tous ces gens étaient, comme lui-même, trop jeunes pour se souvenir de la guerre autrement que sous forme d'anecdotes. Ils semblaient pourtant se féliciter de leur clairvoyance. Comme s'ils se sentaient meilleurs que les autres, élevés au-dessus d'eux. Ils méprisaient la génération précédente, qui avait subi un tel désastre, trop énorme pour être admis et donc systématiquement remplacé ou transcrit en cantates chevrotantes. Eux, jeunesse craintive et rouée de coups, hostile à la guerre, savaient mieux. Mais Lars trouvait pathétiques les rêveries bachiques entre lesquelles ils se ballottaient tout seuls. Il y avait quelque chose d'infiniment naïf dans leur idée de la paix sur terre, et quelque chose de presque traître envers la patrie dans ces sympathies vis-à-vis d'un despote ivre de pouvoir à peine deux décennies après qu'il eut battu leurs propres compatriotes, puis régulièrement humilié le pays par ses commentaires dévalorisants. Au fond, ils tremblaient certainement. À l'idée de partir eux-mêmes à la guerre. Lorsque Bismarck grondait, on se rappelait qu'on n'était qu'une mouche posée sur un géant. Le Dr Adler était le seul recours, avec sa rhétorique de kaiser autocrate qui domptait les misérables. Mais le Dr Adler leur avait assuré qu'ils appartenaient à la partie plus douée de la jeunesse danoise. On se cramponnait à ces paroles pleines de sagesse.

Un jeune polytechnicien ivre s'était égaré à la table des artistes.

« Que pensez-vous du progrès ? De toutes ces découvertes ? Ne voyez-vous pas ce que la technique peut faire pour l'humanité ?

– Je ne suis pas assez intelligent pour commettre des catastrophes mais, à l'inverse, je ne suis pas assez idiot pour regarder les autres les commettre », dit quelqu'un de leur cercle.

Les autres rirent et approuvèrent.

« Les écrivains peuvent crier qu'ils sont réalistes, ils sont mystiques.

– Allons, allons, petit gars, rentre chez toi. »

Lars ne put plus se retenir et cria gaillardement :

« Le monde peut bien appeler de toutes ses forces au réalisme, il est pourtant mystique. »

Le jeune homme tourna la tête et resta un moment la bouche ouverte, sans sembler savoir quoi dire. Lars remarqua à quel point les conversations aux tables baissaient de ton.

« Nous devons exiger une littérature qui accepte les réalités quotidiennes, déclara le jeune polytechnicien en titubant vers Lars et Mønster. Libérée des rêves et de l'obscurantisme.

– Qu'y a-t-il de mal aux rêves ? rétorqua Lars.

– Nous avons besoin de réalisme, pas de rêves. Le rêve est mensonge, mensonge, mensonge.

– De réalisme, vous dites ? Mais quand la réalité est telle que, pour la plupart, le quotidien consiste en rêves ? »

Il y eut un instant de silence, puis le jeune polytechnicien rougissant attrapa son manteau et disparut rapidement par la porte. Mønster, approbateur, tapa sur l'épaule de Lars et commanda une tournée. Autour des tables, on murmurait. Les propos de Lars faisaient écho à la difficulté de la plupart des jeunes à se rallier au « nouveau » et au « programme ».

La dichotomie entre le réalisme et les sentiments les tourmentait.

« Un toast », cria-t-on derrière eux.

Et Lars sentit une chaleur se répandre dans tout son corps. Tous semblaient reconnaître qu'il avait fait la leçon au jeune ingénieur. Peut-être Lars les avait-il jugés trop durement. Mais alors tous se levèrent et levèrent leur verre comme des mousquetaires conjurés :

« Un toast au réalisme. »

Lars baissa lentement son verre en s'efforçant de conserver sa contenance et de bien comprendre ce qui se produisait. Dans un mélange de rires bruyants et de paroles confuses, il entendit :

« Le voilà bien silencieux, le fanfaron. »

41

Les trois amies l'attendaient devant l'entrée du Musée zoologique de Krystalgade. Kis Jørner, Rebekka Levi et Marie Otterup. À la vue des jeunes filles, il se sentit aussi nu que pendant sa nuit au bordel. Elles avaient toutes l'air un peu en goguette, peut-être parce qu'elles étaient trois pour un seul homme, chose à laquelle Lars n'était pas préparé non plus. Il était certain que Dreyer viendrait.

« Sigurd n'a pas le temps, dit Rebekka Levi. Il est à la maison et bûche son roman. Seul le génie se permet l'oisiveté, et Mønster nous a assuré que vous en étiez un.

– Mønster a, je l'espère, aussi raconté que je ne m'endors pas dessus ? »

Leurs pas résonnaient sur le damier de marbre du sol, pendant qu'ils admiraient en se promenant la collection de squelettes d'animaux du comte Moltke.

« Seriez-vous gentil d'expliquer comment vous envisagez les sciences naturelles, monsieur Mikkelsen ? Dois-je comprendre que vous ne croyez pas aux découvertes de Darwin ?

– Pas du tout, répondit Lars. Qu'est-ce qui vous fait penser ça ? Jamais ou presque on a vu de développements aussi fructueux ni d'aussi extraordinaires consensus entre art lyrique et conquêtes scientifiques qu'à la grande époque des romantiques, il y a quelques générations. Si donc vous me demandez de rapprocher Morten Kraft des singes, je ne saurais que répondre. »

Rebekka rit.

« Mais j'ai toujours compris le romantique comme un Narcisse amoureux de lui-même, perdu devant son propre miroir.

– Plutôt perdu dans l'image de lui-même se contemplant dans l'eau. C'est différent. »

Marie écoutait, intéressée. Elle ne liait pas le *Sturm und Drang*[1] à Lars, mais ce qu'elle entendait par Sturm und Drang ne répondait pas vraiment à la lettre du concept. Elle comprenait le mot romantique dans sa forme la plus simple, associée à une imagerie de jeune fille faite de promenades vespérales à la lueur de la pleine lune, de petits cadeaux, de lettres et de fleurs. Pour elle, il essayait d'élargir la notion de « panthéisme », tout en détestant « ces mots emphatiques. »

« La différence dont vous parlez n'est-elle pas totalement académique ? demanda Marie. Et cette interprétation n'est-elle pas seulement votre contribution personnelle à la philosophie ? J'ai toujours compris les romantiques comme très religieux. Mais vous ne croyez pas en Dieu ? »

Le mot se répercuta dans la grande salle. Deux femmes plus âgées se retournèrent vers eux. L'une, habillée des couleurs éclatantes d'un mandrill, bleu, rouge rosé et noir, le mesura des pieds à la tête.

« Suis-je en train de passer un examen ? demanda Lars.

– Répondez donc », chuchota Rebekka.

Elle chuchotait car si, dans bien des cercles bourgeois, Dieu était mort, il restait de nombreux croyants. De plus, on en parlait toujours avec précaution, et plutôt en compagnie d'un mort récent.

« Officiellement ou non officiellement ? » chuchota Lars, railleur.

Marie ouvrit son éventail, approcha son visage du sien et chuchota encore :

« Par qui craignez-vous d'être écouté ? Dieu ? »

Une fois ressortis, ils descendirent vers Rundetårn et Lars dit :

« Je ne comprends pas cette obsession de Dieu. On dirait que ceux qui l'ont abjuré sont en réalité ceux qui pensent le plus à lui.

– Difficile d'être sage sur ce point, monsieur Mikkelsen, intervint Marie. C'est un si curieux mélange de volonté et d'indécision, de vigueur et de faiblesse.

---

1. « Tempête et élan » : titre d'une œuvre de Klinger. Mouvement littéraire qui influença la littérature allemande à la fin du XVIIIe siècle, en réaction contre le classicisme et le rationalisme.

– Un curieux mélange.

– Le Dr Adler donne aux gens, et notamment aux femmes, l'impression qu'il les écoute. Il leur inspire l'espoir. L'espoir que, dans l'avenir, elles seront libres. Votre conférence sur Kierkegaard était, m'a-t-on dit, – ne me comprenez pas mal – très séduisante, mais aussi assez lugubre.

– Alors je crois qu'on m'a mal compris. Au contraire... »

Elle l'interrompit.

« Le Dr Adler reçoit quantité de correspondance de la part de femmes qu'il ne connaît pas personnellement et, d'après ce que j'entends, il répond à toutes les lettres.

– Ce qui explique qu'il n'a pas le temps de lire les manuscrits », répliqua Lars, surtout pour Rebekka, qui sourit comme une conspiratrice.

« Il prend les gens au sérieux, dit Marie. Vous, au contraire, donnez parfois aux autres l'impression d'être fermé à ce monde. Que vous n'avez pas besoin des autres, que vous n'avez besoin de rien. Ne craignez-vous jamais de vous tromper dans votre approche de l'existence ? Avez-vous réellement, si jeune, percé à jour tout et tout le monde ?

– Évidemment pas.

– Dites-vous, mais vous auriez au fond pu répondre "oui". »

Rebekka regarda pensivement au-delà de la rue.

« Après les louanges de Mønster, nous attendons toutes avec excitation de voir ce qui a si profondément captivé notre flegmatique fils de prêtre. Même Sigurd porte votre dernier travail aux nues.

– Je suis sûr que tous deux exagèrent. »

Rebekka attira Kis vers un magasin de mode, et Lars et Marie se promenèrent tous les deux sur le trottoir de Landemærket.

« Je doute un peu de votre capacité à décrire les personnes qui devraient vous intéresser pour devenir écrivain, dit Marie Otterup. Le point de départ d'un écrivain est quand même de se préoccuper des gens et de les aimer. »

Lars était totalement d'accord. Mais sa réflexion le toucha si profondément qu'un instant il ne sut plus quoi dire.

« Savez-vous quoi, mademoiselle Otterup ? Vous avez une aptitude phénoménale à me frapper là où ça fait mal.

– Vraiment ? demanda Marie. Ou bien le prétendez-vous juste ? »

Lars secoua la tête.

« J'en suis ennuyée, dit Marie. Je crois vous l'avoir déjà signalé, mais peut-être est-ce lié au fait qu'on ne sait jamais vraiment comment vous prendre. Et s'il y a une chose à laquelle une femme attache du prix c'est bien de connaître toute la vérité.

– Est-ce aussi valable pour les affaires de cœur ? Ne peut-on objecter qu'en amour le plus grand plaisir d'une femme est de planer dans un état de profonde ignorance ?

– Les femmes aiment les hommes qui savent ce qu'ils veulent, et qui poursuivent leur but sans hésitation. Les hésitants disqualifiaient l'amour. Je sais bien que nous avons été terriblement naïfs pendant des siècles, à seulement croire que le cœur était le siège des sentiments. Mais est-on plus heureux de savoir que tout ça n'est que chimie et se passe dans le cerveau ?

– Peut-être la relation entre femme et homme est-elle aussi une question de volonté... un difficile travail ?

– Travail ? Nous parlons d'amour, monsieur Mikkelsen. Pas d'un quelconque projet de construction de pont. »

Lars se tut. Il la regarda, interrogateur, et dit :

« Je n'arrive pas à savoir si vous m'appréciez, si vous feignez de ne pas m'apprécier ou si, en fait, vous ne vous souciez pas le moins du monde de moi mais faites comme si. »

Elle lui sourit d'un air espiègle :

« Vous savez quoi, monsieur Mikkelsen ? J'ai pensé à ce que vous avez dit après le bal chez les Levi. Sur la libération des femmes. Et je crois vraiment que je vais tomber d'accord avec vous sur certaines de vos idées. Je crois par exemple que vous pourriez avoir raison pour une partie de vos critiques concernant le Dr Adler. Les hommes ont toujours exploité les femmes. Même leurs sauveurs les exploitent. Et je me demande si la jeune fille qui a étudié pendant quelques années a vraiment envie de s'émanciper. Peut-être n'a-t-elle finalement envie que d'étudier.

– Je ne vous suis pas.

– Nous, les femmes, sommes toujours accusées de ruses et de calculs. Mais en réalité, c'est l'affaire des hommes. Ils exploitent le besoin d'admiration des femmes, leur besoin d'être prises au sérieux. Et, en moins de rien, nous voilà manipulées dans un jeu que nous ne percevons guère, parce que nous sommes trop naïves, positives et honnêtes.

– Et vous me voyez donc aussi comme un homme calculateur, qui exploite les autres ?

– Oui, mais d'une manière singulière. Vous ne semblez pas chercher à obtenir quelque chose. On dirait plutôt que vous souhaiteriez être libéré de quelque chose. »

42

La presse elle-même se trouvait dans un ancien local à bétail d'un immeuble peu resplendissant. Une presse double à vapeur, avec quatre cylindres. Dans une pièce attenante travaillaient les compositeurs. Dans deux pièces étroites, les journalistes étaient respectivement à des pupitres et à des tables.

Le tirage du journal tournait autour de quatre mille exemplaires, un chiffre impressionnant puisqu'il n'existait que depuis peu. À Copenhague, le journal avait rapidement gagné la réputation de se tenir autant que possible à l'écart des batailles politiques. Une situation pratiquement unique. Il avait réussi, comme Stein, à se faire apprécier de tous.

Stein le reçut lui-même et lui montra le bâtiment.

Mlle Conradine Lassen, cheville ouvrière de la rédaction, maintenait un peu d'ordre dans le chaos des locaux des journalistes. Elle ne touchait pas aux piles de feuilles manuscrites sur les tables, mais faisait plusieurs fois par jour le tour des nombreux journaux et des publications allemandes et suédoises auxquelles ils étaient abonnés, les rassemblait et les rangeait dans les rayonnages dont elle s'occupait. Elle était aussi l'indispensable ange gardien du prote Viggo Madsen, confus et un peu sénile. Madsen, par ailleurs connu pour être capable de déposer une histoire directement à la casse lorsque le journal manquait de matière, consacrait chaque jour beaucoup de temps à chercher ses lunettes, qui se trouvaient en général sur son front.

« Quelqu'un aurait-il vu... », l'entendait-on régulièrement dire.

Alors, Conradine Lassen les lui indiquait et Madsen rebaissait ses lunettes :

« Ah, elles étaient là. »

« Vous verrez que j'ai apporté quelques corrections ici et là, mais c'est pratiquement prêt pour l'impression. »

M. Stein avait une barbe rousse et des yeux bruns. Il tendit le manuscrit à Lars. Épouvanté, ce dernier découvrit un texte barré et défiguré de corrections.

« Vous avez dit *quelques* corrections ?

– Ce n'est rien, le rassura M. Stein en sortant une bouteille de schnaps et deux verres d'une armoire derrière la table. J'ai barré une partie des mots compliqués. Je pense que vous serez d'accord avec moi, ces choses peuvent se dire de manière plus appropriée. De plus, certains passages étaient un peu *malpropres*[1]. Les directeurs d'autres journaux passent leur temps au tribunal, mais vous remarquerez que ce n'est pas notre genre.

– Mais...

– Lisez, jeune homme, et vous verrez que les corrections et suppressions ne lèsent pas le moins du monde votre texte. De plus, de trop violentes provocations vous vaudraient des ennemis que vous ne vous souhaitez pas. Vous pouvez d'ailleurs n'y voir que des propositions. Vous restez libre d'essayer un autre journal.

– Dois-je comprendre que les corrections sont des propositions, mais aussi un ultimatum ?

– Ne le prenez pas si mal. Le premier article est toujours comme une première fois au bordel. Ça fait terriblement honte. Toutes ces erreurs élémentaires. À partir du moment où on a ravalé sa honte une première fois, on ne peut pratiquement plus attendre pour y retourner.

– Non, j'ai été prévenu.

– Allez, prenez un verre. Santé. »

Lars, hésitant, attrapa le verre de schnaps et trinqua avec M. Stein.

« Concernant le prix, j'ai pensé à quarante couronnes.

– Mais...

– Je sais ce que vous allez dire. Ça vous semble trop peu. Mais réfléchissez-y. Tous les nouveaux écrivains croient que

1. En français dans le texte.

leurs histoires vont exploser sitôt sorties. Ce n'est malheureusement pas le cas. D'après mon expérience, les lecteurs ont un peu la tête dure, et introduire un nouveau nom dans les colonnes d'un journal prend un certain temps. Votre histoire a un potentiel particulièrement prometteur, mais il nous faut faire un essai... on pourra toujours en reparler pour la prochaine. »

Lars feuilleta, s'efforçant de déchiffrer les corrections.

« Je suis certain que si vous étudiez tranquillement mes objections, vous serez largement d'accord avec moi. Et je vous assure que je nourris de grands espoirs à votre sujet. En fait, j'ai déjà des plans pour vous.

– Des plans ?

– Votre jeune âge m'a bien un peu inquiété. Mais d'un autre côté... je ne sais pas si vous avez suivi le jeune homme qui a débuté dans *Jyllands-Posten* et qui signe « La Lune ». Il tient cette rubrique, « De loin en loin », avec beaucoup de talent. Un style amusant et léger. *Punch* est déjà complètement fou de lui. Je suis sûr que vous pourriez embrocher les habitants de Copenhague de la même manière spirituelle et légère, si vous le souhaitiez. »

Cet indulgent mélange de flatteries et de critiques troublait Lars. De même, l'allusion aux bordels et aux filles des rues n'était pas un hasard. D'abord les flatteries pour se gagner ses faveurs, puis un froid commercial. Mønster avait donc raison. Mais quelque chose dans cette visite guidée l'avait aussi attiré. Les cylindres, l'encre d'imprimerie, le jargon et la routine empressée. Oui, même ce rapport un peu cynique à la mort ou aux malheurs des autres le séduisait. Le professionnalisme avec lequel les événements du jour devenaient, suite aux choix d'une rédaction enfumée, un genre de *memorabilia* collective. À l'imprimerie, Lars avait scruté, fasciné, le travail des compositeurs, avec leurs casses, visorium et composteurs. Madsen lui fit la plus forte impression. Un composteur à la main gauche, il lorgnait le manuscrit d'un article sur un visorium. Lorsque le composteur fut plein, il plaça avec une incroyable rapidité les lignes composées sur le marbre.

« Alors, qu'en dites-vous ? Vous pouvez soit le recopier avec les corrections nécessaires, soit nous abandonner les corrections et le laisser partir à l'impression dès maintenant ?

– J'ai besoin d'y réfléchir un peu avant de décider quoi que ce soit.

– Voilà qui me semble sensé, jeune homme. Je peux en tout cas vous assurer que nous vous donnerons tout le soutien dont vous avez besoin. Je vous attirerais bien complètement vers le journalisme, mais je sais que vous avez vos études, et j'imagine que vous envisagez une autre carrière. »

Un peu grisé par la gloire, Lars délibérait avec Dreyer des objections de M. Stein. Lorsqu'il tendit le manuscrit annoté à Dreyer, ce dernier réalisa que des dégâts bien pires que la simple chute de Lars étaient possibles.

« Mais, il n'y a miraculeusement que peu de corrections, monsieur Mikkelsen. Protester pour ces bagatelles serait bien bête », estima Dreyer.

La rumeur favorable concernant le feuilleton de M. Mikkelsen courait déjà, même si à peine une poignée de personnes l'avait lu. Le Théâtre Royal avait constitué un parfait poste de télégraphe pour cette bonne nouvelle, et que Lars eût été vu en train de discuter avec M. Stein n'avait fait qu'alimenter l'histoire. Il ne fallait plus tarder à lancer toutes les théories possibles pour expliquer pourquoi un passage particulier avait été supprimé, apparemment sur ordre du rédacteur Stein. Était-ce pour couvrir le véritable caractère de cet enquêteur ? Dissimuler pourquoi, à cause de sinistres intentions cachées de l'écrivain, il arpentait ce monde de mort, noir, dégoûtant et souterrain ? Tout cela constituait-il un habile numéro ? Une tendance camouflée dans un journal de droite ? Dreyer ne savait pas si ça en arriverait là, mais le besoin infantile de M. Mikkelsen de toujours raconter la vérité permettait d'imaginer que l'écrivain le nierait. En prime, il répandrait la rumeur que ce même jeune homme avait, au cours d'une conférence, prétendu connaître Kierkegaard presque mieux que le philosophe lui-même.

« J'ai remarqué que vous étiez prêt à vous inquiéter à cause de la scène érotique, alors si M. Stein est contre lui aussi, je déposerai mon fusil, monsieur Mikkelsen. Il ne s'agit pas de scandaliser quiconque. L'histoire est très claire comme ça. C'est manifestement moi qui me suis trompé. »

La seule modernité du texte suffirait à faire s'emporter la

droite. Si on les poussait à réagir avec excès, ils s'exposeraient au ridicule. Ça ferait d'une pierre plusieurs coups.

Dreyer ne put s'empêcher d'en rajouter.

« En ce qui concerne certaines des autres corrections, je vous donnerai raison. On dirait des manières de maître d'école, qui veut vous expliquer qui décide. Vous pouvez bien sûr choisir de corriger, mais aussi essayer de glisser cela ailleurs. D'après mon expérience, les rédacteurs de journaux ne reprennent pas deux fois la même faute, si même ils ont le courage de tout relire. Je pense qu'il est certain que vous avez bien consciencieusement corrigé selon ses exigences. Mais c'est naturellement à vous de décider.

– Je vous suis si reconnaissant, Dreyer.

– Oh, arrêtez, supplia Dreyer. Peut-être qu'un jour vous me tendrez une main secourable. »

Le soir, Lars parcourut seul, une dernière fois, les objections de M. Stein. Il corrigea sans hésiter les erreurs factuelles évidentes, mais examina longtemps et à fond toute une série des propositions. Pour le reste, Lars suivit le conseil de Dreyer et, l'utilisant comme alibi, maintint certaines tournures que M. Stein critiquait. Il pensait que le texte y perdrait.

Il ne s'agissait de toute manière que de petites choses, et si M. Stein avait une mémoire d'éléphant, eh bien il lui faudrait bien vivre avec ces pertes.

Lorsque Lars rendit son manuscrit réécrit, M. Stein avait apparemment oublié à peu près toutes ses réserves. Il parcourut rapidement le texte, puis sourit doucement et amicalement :

« Ça semble bien. Nous le lançons en décembre. J'ai réfléchi à un peu de publicité, mais il y a déjà de bonnes rumeurs. »

43

Stimulé par l'amélioration soudaine et inattendue de sa situation, Lars se décida à essayer de faire table rase. Avoir revu Sofie Therslin et rencontré l'amour charnel lui démontrait qu'enfin l'ensorcellement – la malédiction qui avait donné à ces inaccessibles princesses de rêve du pouvoir sur lui pendant son adolescence – allait être brisé. Il n'était plus un enfant. Il était près de devenir adulte et aimait une vraie femme bien vivante : Marie Otterup.

Aimait et aimait. Le mot était si fort et finalement superflu. Non, il désirait une femme. Il désirait chaque centimètre d'elle et chaque centimètre, oui, il avait vu. Imperceptiblement, son regard sur elle avait changé. Désormais c'était « elles », à qui il avait auparavant comparé Marie en pensées, qui ne pouvaient plus se mesurer à elle. Il avait entendu sa voix, non comme une ritournelle ou un écho de rêve dans l'au-delà de montagnes bleues elfiques, mais comme une voix ici et maintenant, dans l'existence. Et il convoitait le son de cette voix. Il sentait son cœur se serrer à son rire espiègle et, avec une timidité angoissée pleine de reproches envers lui-même, se régalait de la voir déconfite pour s'être laissé entraîner par la joie de l'instant. Il la désirait lorsque, oubliant les conventions et la robe raide, elle tendait la main vers un chiot gémissant ou un morveux sale ; il aimait sa manière un peu gauche d'attraper les choses. Parapluies, poignées de porte, tasses et livres. Par-dessus tout, il aimait cette droiture de cœur qu'il prêchait au fond de lui, mais qu'elle mettait sans cesse en pratique. Chaque fois qu'elle lui parlait de ses incertitudes ou les montrait sans honte, ce n'était pas elle mais lui qu'elle dévoilait. Et c'était bien lui qui avait peur. Malgré tous les gros livres qu'il avait lus et tout ce que sa cervelle contenait, c'était elle qui lui avait montré la plus profonde sagesse. Au cours de leur dernière conversation, il comprit qu'on lui donnait la permission d'aimer, qu'elle la lui donnait. Une pensée encore jamais formulée le frappa alors, comme un éclair de lumière. Une pensée si banale et bouleversante pour l'âme qu'elle ne pouvait être fausse, et qui le fit presque pleurnicher de reconnaissance : il ne s'était jamais senti aimé. Il y avait naturellement déjà pensé auparavant, mais jamais de cette manière, car il en voyait désormais le résultat. Après-coup, il comprenait comment cela s'était lentement insinué. Le doute au bal chez Rebekka Levi. Ou une excuse pour échapper à l'amour ? Ne l'avait-il réellement pas vue ? Ne pouvait-il réellement pas demander une danse, avant que Marie ne soit obligée de la lui arracher ? Mønster avait très justement trouvé ça « inouï ». Était-il vraiment si apeuré ? Avoir revu Sofie Therslin. Ces fées de lumière, ces princesses de glace qu'il avait inventées, adorées, non pour atteindre un amour céleste mais pour l'éviter. N'était-ce pas la réalité ? L'idée d'être rejeté l'avait si profondément angoissé. Toute sa vie. Le corps se souvenait de toute taloche, de tout rabaissement, de toute prière de réconfort, et le cerveau avait tenté de tromper le corps. C'était d'une banalité tellement, tellement criante.

Nuit après nuit, il avait fixé les ténèbres, assis dans son lit, désirant impatiemment l'amour, et toujours il s'était imaginé que, peut-être, elle était juste dehors, l'inconnue, mystérieuse comme la lune, cette hostie blanche et brillante. Mais un soir, après sa conversation avec Marie, il lui était apparu soudain qu'aucun fantôme pâle n'errait dehors dans les rues, qu'aucune beauté n'était cachée dans les ténèbres : que ferait dehors ce qui avait été créé à l'intérieur ?

Clients, commis et porteurs défilaient en un doux courant dans l'escalier lorsque Lars se décida à monter à l'assaut.

Les nouvelles parutions se trouvaient dans les vitrines et sur les présentoirs de la librairie. *Ambrosius* de Molbech, des œuvres de Richardt et de H. F. Ewald, de « nouveaux » auteurs. Le Dr Adler sortirait aussi un livre à l'automne.

Chaque samedi, la boutique était nettoyée et toutes les vitrines lavées. Les vendeurs se reposaient dans l'arrière-salle, et M. Otterup allait ranger tout au fond du local de nouveaux livres sur les étagères. Lars aplatit son nez contre les vitrines propres et brillantes. Irritée, Marie accourut de son comptoir et ouvrit la porte à la volée :

« Ne voyez-vous pas... » Elle vit que c'était Lars : « ... que nous venons de laver les carreaux ? »

Il essuya la tache grasse sur la vitre avec la manche de son pardessus et fit quelques pas rapide vers elle. Il attrapa sa main et la fit descendre dans la rue :

« Je suis venu vous demander si vous voudriez m'accompagner au théâtre ce soir ? *Lucia di Lammermoor*, de Donizetti. J'ai deux billets.

– À l'opéra ? Mais vous ne saviez pas que je déteste l'opéra ? » s'étonna Marie.

Une étrange odeur d'Esprit de Valdemar, de tabac et de feuilles pourries flottait près de lui qui, d'une étrange et indéfinissable manière, semblait attirante. Elle se rappela *The Bride of Lammermoor*, de Walter Scott. Elle s'imaginait qu'il se serait au moins souvenu de cela et jeta un regard presque effrayé à ses doigts fins et forts qui tenaient fermement sa main – ils étaient devenus tout blancs aux articulations.

« Vous me désarçonnez encore, monsieur Mikkelsen. Demandez-vous avec l'espoir d'un refus ? »

Elle fit demi-tour sur ses talons et essaya de libérer sa main, mais il la tenait et elle se laissa ramener en arrière en riant, dessinant une spirale comme lors de la danse chez Jakob Levi.

« Que faites-vous ?

– J'ai été extraordinairement insensible, mademoiselle Otterup. J'ai pensé et repensé à ce que vous m'avez dit et me suis rendu compte de tant de choses. La vérité est que je sais bien que vous vous moquez de l'opéra. Et la vérité est que je n'ai pas de billets. Je pensais que cela vous ferait plaisir. »

Elle rit.

« Et je m'étais dit que si, contre toute attente, vous disiez oui, je pourrais me procurer les billets en mettant en gage ma montre ou ma plume. Ou léguer par testament mon nez à l'étudiant en médecine Jens Kayser, qu'il puisse ainsi en tamponner les deux *choanæ posteriores*, ou faire ce qu'il voudra de ce pauvre bec. » Il sourit, embarrassé : « Je ne sais vraiment pas ce à quoi j'ai pensé. J'ai peut-être eu envie de me promener avec vous au jardin du Roi ? En fait, je suis pauvre comme Job mais tout pourrait s'arranger. J'ai placé une histoire. Je voulais, ma foi, partager ma joie avec quelqu'un. Non, je voulais la partager avec vous.

– Vous êtes drôle. Pourquoi ne pas simplement l'avoir dit dès le début ? Et lâchez-moi, avant que quelqu'un nous voie. »

Elle disparut rapidement dans l'escalier :

« Je vous verrai volontiers ce soir. Retrouvez-moi ici, devant la boutique, à sept heures. Nous pourrons faire une promenade le long des lacs. »

Marie Otterup attendait comme convenu devant la boutique lorsque Lars vint à sept heures la chercher. Elle était vêtue d'une robe couleur de maïs à corset et d'un mantelet noir sous son manteau, et portait un chapeau noir, attaché par un large ruban avec une rose de satin doré. Lars ne voyait que le bout de ses bottes de promenade noires et bien nettoyées, dont il devait s'imaginer le reste.

Il lui offrit son bras, mais elle le refusa aussi délicatement que possible :

« J'espère que vous me pardonnerez, monsieur Mikkelsen. Mais vous savez comment vont les bavardages. Si nous pouvions attendre de nous éloigner un peu ?

– Cela ne me regarde naturellement pas, répliqua Lars, mais à quel point votre relation avec M. Kayser est-elle sérieuse ?

– Seriez-vous un peu jaloux, M. Mikkelsen ? Ça vous va bien. »

Il n'eut pas l'occasion de répondre car elle lui parla de l'épisode avec sa sœur, dont Lars avait entendu parler au cercle étudiant.

« D'une certaine manière, c'est une personne singulière et réfléchie, dit-elle. Comme un grand frère très intelligent. »

Marie amena la conversation sur la littérature. Elle se sentait toujours un peu étrangère au romantisme, qu'elle savait lui tenir à cœur, et regrettait de ne pas avoir assisté à la conférence chez la veuve Marstrand. Au lieu de ressentir directement le romantisme, elle le projeta dans le discours sur l'art qu'ils entamaient et qui l'anima vite ardemment. Elle se rêva en l'objet sacralisé qu'il lui dépeignait avec de grands gestes, qui faisait briller ses yeux et rougir ses joues : la littérature.

Elle voyait maintenant ce talent dont on lui avait tant parlé, toute la force et l'impétuosité de ce jeune homme qui semblait si téméraire et irrespectueux par rapport à ce qu'il entreprenait d'attaquer. Ils parlèrent des malentendus apparus entre eux après le bal chez les Levi, et il assura que son aversion ne concernait que le Dr Adler et la nouvelle littérature. Elle rit, minimisant sa propre colère, et dut lui certifier qu'elle le croyait au sujet de son manuscrit dont la mince ficelle n'avait pas été rompue.

« Je vous crois, je vous crois », dit-elle avec espièglerie.

Il parla du Dr Adler d'une manière qui soudain parut comique et maladroite à Marie. Que signifiait la liberté de penser du Dr Adler si rien de ce qu'il écartait ne pouvait exister ? demandait ce jeune homme agressif. Des idées dont il s'était nourri avant de se retourner contre elles. Bien plus attentif qu'au bal, chez la famille Levi il s'assurait constamment qu'elle ne le comprenait pas mal.

« Je sais bien à quel point vous vous préoccupez de l'égalité des femmes, dit-il.

– Vous me faites ressembler à un bas-bleu, ce que je ne suis pas non plus, monsieur Mikkelsen. »

Il était galant. Il lui indiquait son reflet dans les flaques des sentiers alentour et se montrait, avec délicatesse mais sans exagération, préoccupé de savoir si elle n'avait pas froid ou besoin de quelque chose à boire ou à manger. Il sut écouter. Il l'interrogea avec intérêt sur sa prime jeunesse, sur son père et sa mère, partie si tôt. Elle remarqua que cela le touchait, comme s'il avait lui aussi connu cette douleur de se voir arracher un proche. Il se révéla amusant et lui parla de sentiments auxquels elle n'était pas habituée, ce qui l'enflamma. Elle se mit à lui raconter, détendue, ses amies d'enfance, leurs expériences et leurs déceptions avec les hommes. Soudain, ne sachant plus combien de temps elle avait parlé, elle se tapa sur la bouche :

« Oh, je vous fatigue avec tout ce bavardage. »

Il éclata de rire, comme s'il était endormi et ne se réveillait qu'au moment où elle s'adressait directement à lui. Elle commença à rougir, riant, et lui fut assez habile pour la toucher d'une manière très décente et naturelle, attentif à ne pas manquer un seul de ses mots.

Selon lesquels il était, au fond, tellement différent de Jens Kayser et des autres hommes qu'elle avait connus.

Le lendemain, ils se revirent. Même endroit, même heure. Marie lui raconta sa vie. Le décès précoce de sa mère, événement pénible mais qui l'avait mûrie.

Elle n'avait jamais connu cette conception de la bienséance qui excluait tant de jeunes filles des fumoirs et des conversations d'hommes. Dans la maison de son père, qui n'avait pas été non plus envahie par les beaux esprits, elle avait, assise sur ses genoux, eu un aperçu d'un monde étranger aux enfants et aux jeunes femmes. Chez les Otterup, savants et écrivains exposaient leurs grandes visions, leurs points de vue sur l'existence et leurs projets d'avenir. Ils racontaient leurs voyages en Égypte, en Inde et en Amérique, élargissant son horizon au point de presque lui permettre de parcourir de petits quartiers peu connus de Paris ou de Rome sans jamais avoir franchi les frontières du pays.

Ils atteignirent le pont en bois nouvellement construit, Fredensbro, qui s'élançait à travers le lac. Habituellement il était emprunté par les employées quittant leur travail en ville, par les ouvrières qui rentraient chez elles à Nørrebro et par les équipes de travail qui posaient outils et brouettes pour rentrer dîner. Mais ces soirs-là, il n'y avait que Lars, Marie et de rares couples en promenade.

« Ne trouvez-vous pas le monde passionnant ? demanda-t-elle alors qu'ils admiraient depuis le milieu du pont Søtorvet et les couleurs d'automne reflétées dans l'eau. N'imaginez-vous pas partir ? Vous pourriez voyager et, avec votre talent, écrire depuis des contrées reculées du globe ?

– Mais vous ne savez pas si j'ai du talent ?

– Vous n'allez pas être publié ? »

C'était ça qui surtout le séduisait chez elle. Cette naïveté, ce désintéressement, rendait les gens beaux à ses yeux. La joie soudaine et exprimée. La vulnérabilité à laquelle elle s'exposait en disséminant ses rêves et pensées intimes. La confiance. Ces sentiments profonds. Cet enthousiasme d'enfant.

« Je rêve pour ma part d'étudier davantage. Pour devenir institutrice. Ou peut-être infirmière. Comme Florence Nightingale. »

Le troisième soir, elle le pria de lui expliquer sa conférence sur Kierkegaard.

« Ahh, cette bête conférence.

– Mais je voudrais tellement comprendre, supplia-t-elle.

– Je ne sais pas à quel point j'oserai parler. Je vais forcément vous faire fuir. »

Lars chercha aussi délicatement que possible à s'expliquer. Il interpréta de la manière la plus nuancée et avec des tournures aussi solennelles que possible son point de vue sur l'existence.

« Vous dites alors que le tout n'est pas réellement bon et que rien n'est vraiment utile ?

– Oh, je me suis peut-être à nouveau mal expliqué, dit Lars, alors qu'en fait, c'était bien ça. Ce n'est jamais qu'un moyen d'interpréter une notion.

– Je ne comprends pas, rétorqua-t-elle. Vous me paraissez pourtant quelqu'un d'heureux ?

– Je suis ma foi heureux, admit Lars.

– Je ne le comprends pas. Comment peut-on regarder le monde à votre manière et être heureux ?

– Peut-être suis-je juste trop méfiant. Trop misanthrope. Prenez Dreyer. Je l'avais totalement mal jugé. Il s'est amouraché des sciences et du progrès d'une manière qui n'est pas la mienne, et il ne partage pas mes idées sur l'importance du rêve, mais c'est une personne extrêmement bonne.

– Et ce rêve, votre rêve, c'est quoi ?

– Réussir à être libre. Libéré de ma famille. Du monde entier. Pouvoir vivre et écrire. Mais n'est-ce pas au fond le rêve de chacun ? »

Elle eut envie de le questionner sur sa famille, mais n'osa pas. De temps en temps, elle le regardait du coin de l'œil et remarquait la gravité et la mélancolie un peu laide qui glissait sur son visage lorsque la conversation effleurait sa jeunesse. Elle qui, comme pendant leur valse chez Rebekka Levi, éprouvait un sentiment de sécurité de chrysalide, connut un instant d'incertitude. Elle revoyait sa mère, ses moments d'agitation avant de sombrer dans l'abandon et le pessimisme. Elle estima que la conversation était devenue un peu indiscrète pour M. Mikkelsen, et la réorienta vers un sujet plus masculin et concret. Elle trouva un thème sur lequel elle savait qu'ils seraient d'accord. Elle mentionna deux ou trois titres de la nouvelle littérature, qu'elle avait lus et savait mal accueillis, et se réjouit de voir son intérêt revenir vers un sujet où elle pourrait lui être utile. Elle savait par son père qu'une partie des « nouveaux » était vraiment demandée et que les exigences des clients constituaient une indication des tendances de la société. Mais elle alla au-devant de Lars et se déclara d'accord avec lui pour contester la signification de cette littérature « d'indignation » qui s'était développée sous l'aile du Dr Adler.

« En gardant à l'esprit que ces écrivains vendent des livres, vous devriez réfléchir à un parcours atypique. Vous devriez susciter un scandale, comme Zola. Avec votre talent pour vous exprimer... pour dire les choses comme vous le faites, ce ne devrait pas être un problème. Imaginez ensuite combien de livres quelqu'un d'aussi doué que vous pourrait vendre au prix d'un peu de scandale.

– Pour moi, la plupart des adlériens ne font que du tapage, sans véritable amour ni pour la langue écrite, ni pour la science, dont ils prétendent pourtant faire si grand cas. Je regarde la littérature avec plus de sérieux, dit-il.

– Mais les choses s'arrangent pour vous avec votre feuilleton ?

– Il sera assez vite oublié, lança Lars. Mais c'est un début.

– Saurez-vous bientôt quand il doit être imprimé ?

– Je dois retourner au journal demain. »

Chaque soir, ils prenaient congé l'un de l'autre derrière quelques arbres proches de sa porte.

« Ça a encore été une soirée délicieuse. Invitez-moi donc à l'opéra une autre fois », proposa Marie. Il allait l'embrasser, mais elle leva la main à sa poitrine : « Je dois vraiment monter, maintenant. Ou bien j'aurai des problèmes. »

Mais il la retint.

« Que me voulez-vous exactement ? » demanda-t-elle en levant de grands yeux bleu-vert vers lui.

Il sourit mais ne répondit pas.

« Le monde entier vous est désormais ouvert. Allez-vous me laisser partir ? »

Elle chercha à se libérer, mais Lars ne la lâcha pas. Au contraire, il la ramena par la main et la pressa contre lui.

« Mmm... non, vous ne devez pas », soupira-t-elle en s'efforçant de se libérer.

Mais alors qu'il éloignait son visage, elle lui attrapa le cou et lui montra la voie. Elle leva la tête, et, les yeux fermés, ses lèvres pleines d'espérances et rouges comme des fruits s'ouvrirent.

Marie le suivit des yeux dans l'obscurité de l'entrée jusqu'à ce qu'il disparaisse. Elle baissa la tête et respira une julienne qu'il avait cueillie pour elle. Il l'avait embrassée, elle, oui, elle.

Lars dit au revoir à Marie, puis vagabonda toute la nuit. Les dernières feuilles tombaient une à une des arbres. Le bout de ses chaussures s'avançait à travers les feuilles sur le trottoir avec le bruit d'un coup de pied sur des pages racornies d'un manuscrit. Il en ramassa un tas fané, les lança bien haut en l'air et les laissa pleuvoir sur lui.

Il descendit devant Nyhavn et les bateaux chargés de pommes de terre de Gilleleje, Hornbæk, Snekkersten et Skovshoved, placés en rang d'oignon côté Charlottenborg.

Il se promena toute la nuit, jusqu'à l'irruption de la lumière matinale. Loin derrière les cotres, des essaims de mouettes étaient suspendues comme des insectes. La terre cuite flamboyante des toits de tuiles dans le soleil oblique de l'automne donnait l'impression que les arbres, enflammés, avaient tout allumé, maisons, jardins, ciel. Très en dessous, des ponts de lumière se frayaient un chemin entre des troncs noirs et se fichaient comme des échardes blanches et brillantes, tranchantes, aveuglantes, éblouissantes dans tout ce rouge et ce jaune, ce vert de moisissure et ce brun terre un peu passé, indéfinissable. Il était amoureux. Mais pour la première fois de sa vie, il était amoureux comme ça, d'une manière agréablement non énamourée. Il aimait. Il aimait avec le cœur. Marie n'était pas un mirage dans l'air, un état de rêverie. Elle était de chair et de sang. Elle avait un beau visage, des dents blanches, des yeux vifs, de petites mains douces de femme.

Déjà pendant la danse chez les Levi, cela l'avait frappé, comme elle semblait accordée à son corps à lui, ou lui au sien. Il n'avait pas besoin de conjecturer au son de sa voix, car il le connaissait et l'appréciait. Il l'aimait. Et il aimait le fait d'oser se l'avouer.

44

Cet automne-là, les luttes et intrigues politiques semblèrent se calmer un peu. Mais seulement en apparence. Le Dr Adler était retourné à Berlin, à son exil de proscrit et à son couple lamentable dans un état de dépression bénigne. Son frère Edmund, fou de pouvoir, avait tenté au cours de son séjour au Danemark pour la énième fois de convaincre Nathan de la nécessité vitale de s'allier au parti paysan de gauche, que le Dr Adler méprisait ouvertement autant que le faisaient les nationaux-libéraux. Les frères n'avaient plus leurs périodiques, censés, avec l'aide de quelques écrivains et savants avancés, jouer un rôle politique. L'année précédente, Edmund avait perdu son boulot de critique littéraire et chroniqueur théâtral au *Morgenbladet*, et le Dr Adler lui-même finissait en Allemagne, qu'il méprisait encore un peu plus que son propre pays. La rumeur courut à Copenhague que les deux frères avaient eu cette dispute :

« Il nous faut un parti, aurait dit Edmund.

– Je ne suis pas de ceux qui se rattachent à un parti, répondit Nathan Adler, puisque je suis un parti en personne, et que c'est à *moi* que les personnes de bien doivent se rattacher. »

Pendant que le Dr Adler, exilé en Allemagne et sans se douter de rien, couchait de nouveau par écrit sa soif de pouvoir non étanchée à travers la biographie d'une grande personnalité historique de plus, son frère Edmund et son proche ami Høyrup de *Morgenbladet* entreprenaient de nouer les liens tant attendus avec la gauche. « Commandons à l'opinion publique du Nord », aimait à dire Edmund Adler. Les liens qu'il fallait nouer n'étaient pas avec la gauche modérée, une idée qu'un de leur partenaire, auteur norvégien, avait péniblement piochée, mais au contraire avec son aile radicale. Edmund s'irritait parfois de l'ego bouffi de son frère, qui le limitait à cultiver son amour-propre césarien à Berlin, mais puisque tous deux partageaient les mêmes grands idéaux, nourrissaient la même haine envers les nationaux-libéraux et notamment Plov, et puisque Edmund savait intuitivement que son propre destin était dépendant de celui de son frère, il lui fallait bien se mettre à sa lourde remorque. Ainsi, de grandioses rêves de puissance, de postes ministériels sous un nouveau régime et de direction de journaux traversaient-ils chaque seconde sa maigre silhouette arpentant son appartement de Tordenskjoldsgade.

Les désastres n'existaient, dans son monde de concepts, qu'infligés aux autres. Mais le destin commun des deux frères étant inextricablement lié aux fantassins qu'ils pouvaient recruter parmi les jeunes nouveaux écrivains, voués à faire le sale travail. Ils avaient récemment prêté une oreille attentive au nom rapporté par M. Dreyer. Un nom soudain sur toutes les lèvres. Le nom de Lars Mikkelsen.

L'obscurité du soir descendait sur Copenhague. Toutes sortes d'individus craignaient la lumière, et luttaient contre les bourrasques d'automne dans les rues désertes pleines de feuilles mortes, se chuchotaient son nom. Car eux aussi connaissaient Lars Mikkelsen, qui avait posé de singulières questions sur leurs faits et gestes. Parmi eux se trouvaient quelques souteneurs et pochards, d'autres quittaient des réunions politiques à la lumière mate du gaz des estaminets ou dans la pénombre de petits escaliers raides descendant en sous-sol. D'autres encore étaient des agents allemands ou russes qui tâtaient le terrain concernant le mariage de décembre entre la princesse Thyra et le duc de Cumberland. Les diplomates étrangers se consacraient, dans les consulats du pays, aux calculs politiques et à envoyer des télégrammes : que pouvait-on déduire de cette royale union, et que pouvait-on espérer des liens ainsi créés entre le Danemark et l'Angleterre ?

Des journalistes et rédacteurs fatigués se mêlaient aux troupeaux de ces êtres en Milton-Havelocks imperméables, aux parapluies ouverts et luisants, qui rentraient chez eux le soir à travers la pluie et les bourrasques. Eux aussi avaient entendu parler de ce Lars Mikkelsen. Certains empruntaient les ruelles du centre-ville, d'autres cherchaient un fiacre près de Vor Frue Plads. Il y avait des milliers de choses auxquelles penser plutôt qu'à un nouveau nom prometteur. La situation politique n'était plus stable depuis que la droite, en minorité, ne se maintenait au pouvoir que par la bénédiction du roi. La première loi de finances provisoire du président du Conseil remontait à l'année dernière. Ce n'était certes pas un joli exemple de démocratie et de parlementarisme, mais l'alternative, voir gouverner le pays par des paysans éduqués, non éduqués et dyslexiques en sabots et avec des brûle-gueule suintants, semblait vraiment trop horrible.

Certains marchaient en pensant à de grands bouleversements. Bientôt, les presses rotatives se répandraient. On voulait prolonger la production. On marchait en pensant au *Figaro*, au *Times*. Les modèles étrangers. Avec des idées sur de nouveaux opuscules et des considérations sur la matière formant l'opinion. Contre les nouvelles et le divertissement. On louchait sans vouloir se l'avouer vers les journaux populaires, la « presse à un schilling », comme on l'appelait, et ses gros tirages. Des journaux comme *Dags-Telegraphen*, *Aftenposten*, *Nyt Aftenblad* ou *Dags-Avisen*. *Nyt Aftenblad* et *Aftenposten* notamment cherchaient à surpasser les autres en publiant les histoires les plus sanglantes. Dans toutes les conversations entre les gens de pouvoir, de journaux et de littérature, le nouveau nom, Lars Mikkelsen, avait commencé à surgir. Avant même qu'une seule ligne de son feuilleton fût imprimée, les rumeurs couraient déjà sur cette histoire, programmée dans *Dagstidende*. D'où venaient les rumeurs ? Difficile à dire. Certains l'avaient rencontré, d'autres avaient juste entendu parler de lui. Mais ces messagers n'étaient pas sûrs de ce dont ils parlaient, ce qui intensifiait le mystère et alimentait les conjectures, faisant grandir les exagérations et les attentes des gens.

Le directeur Volquartz fut l'un de ceux qui contribua précocement aux rumeurs. Au cours d'un dîner, il fut frappé comme par un tir de pistolet en entendant par hasard mentionner ce fameux nom. Il avait déjà un peu oublié sa rencontre avec ce jeune homme raide, qui ne voulait pas écouter le bon sens, et n'avait pas attendu d'en entendre davantage.

Ses oreilles toujours actives furent ébahies d'entendre mentionner un nouveau merveilleux talent. Il se rapprocha, jaloux, d'un petit cercle d'hommes en habit qui parlaient sur le ton de la conspiration et entendit alors le nom de Lars Mikkelsen. Volquartz fut pris d'un accès de panique. Il ne savait pas si le jeune homme avait parlé de son passage à Hekademeia devant le rédacteur Stein et demeura donc longtemps muet, l'œil errant, sa petite moustache frémissant, à méditer la manière de retourner la situation à son avantage. Sa renommée supporterait assez mal qu'il eût laissé échapper un jeune si prometteur, aussi lorsqu'il entendit le rédacteur Stein citer quelques lignes des grands débuts de l'adolescent, où il reconnut des phrases que Lars Mikkelsen avait récupérées dans son original pour les replacer dans sa nouvelle histoire, il intervint :

« Ah, dit-il. Lars Mikkelsen. Je m'en souviens, maintenant.

– Vous le connaissez ? demanda le rédacteur Stein, curieux.

– Il vint me voir avec un manuscrit particulièrement prometteur mais encore inachevé. »

Il évita de mentionner le détail qu'il ne s'agissait pas du même manuscrit et ajouta :

« Mais, en toute modestie, j'entends qu'il a fini par écouter mes critiques amicales. »

Le rédacteur Stein sourit, satisfait d'avoir le filigrane invisible de l'adroit éditeur sur le billet que lui-même avait évalué aussi cher.

Il cligna un œil appréciateur et sourit :

« On devine un esprit caché et plus mûr derrière l'habileté du texte. C'est très original. Vous pouvez être fier de vous, directeur Volquartz. Et vous réjouir du résultat achevé. »

Ainsi commença à circuler l'idée que le directeur Volquartz avait généreusement fourni au jeune talent une aide qualifiée. Une rumeur qui se développa, comme put le constater un Volquartz très satisfait, au point qu'il pouvait presque, s'il n'était pas d'un caractère si modeste et réservé, s'attribuer l'essentiel de la gloire du succès du jeune homme.

L'épouse du rédacteur Stein lui tendit la main, reconnaissante, et soupira, pleine d'estime :

« Remercions la vie qu'il existe des gens courageux comme vous, directeur Volquartz, grâce auxquels notre littérature est entre de bonnes mains et qui ne laissent pas de jeunes talents comme M. Mikkelsen périr dans l'anonymat. Je ne savais pas que vous étiez si téméraire. »

Cette dernière remarque inquiéta un peu le directeur Volquartz, qui ne savait pas encore très précisément dans quelle entreprise il s'était immiscé. Mais cette petite inquiétude disparut devant sa solide confiance en les capacités du rédacteur Stein à diriger un journal. Cette situation, qui aurait si facilement pu devenir douloureuse pour lui, était maintenant retournée à son avantage.

Le nom de Lars Mikkelsen circulait aussi dans d'autres cercles, se répandant comme sous l'effet de la force centrifuge. À la librairie Otterup, on posait des questions sur ce que le jeune homme avait écrit auparavant, et les théâtres bruissaient qu'un nouveau nom allait révolutionner la scène. Une jeune actrice se souvint de ce garçon rencontré par hasard sur Strøget, qui lui avait raconté qu'il écrivait. Elle se rappela qu'il l'avait interrogée avec beaucoup d'intérêt sur les dramaturges norvégiens, aussi n'était-il pas impensable qu'enfin un jeune auteur danois s'intéressât au théâtre français, comme Edmund Adler l'avait annoncé avec tant d'énergie. Tout le monde contribua à cet effet sensationnel. Certaines choristes estimèrent, après un passage à la taverne, que ce jeune homme était assez charmeur et au moins un peu musicien. Dans *Dagbladet* aussi, principal journal du pays, les rumeurs firent leur chemin et le rédacteur Skovsøe fulminait déjà que ce Lars Mikkelsen dont on parlait tant ne débutât pas dans *Dagbladet* mais dans *Dagstidende.* Il en fut tellement indisposé qu'il réfléchit à rendre lui-même compte du feuilleton lorsqu'il serait publié. Encore interprétait-il clairement certains faits. Le reporter du journal à Tivoli lui avait déjà parlé d'une conférence sur Kierkegaard, tenue dans un cadre privé, mais qui n'était pas passée inaperçue. Skovsøe chercha énergiquement à découvrir qui était ce journaliste de *Dagens Nyheter* qui y aurait, soi-disant, assisté. Un jour, Skovsøe vint à parler par hasard avec le correspondant au Sénat, Victor Jørgensen, qui effectivement avait rencontré ce désormais bien connu jeune homme lors d'un dîner chez le conseiller à la chancellerie Jørner.

« Il fit une impression fort malheureuse, dit Victor Jørgensen, flairant en bon journaliste l'état d'esprit de son chef. Il montra un intérêt presque maladif pour le meurtre et la mort, et je ne serais pas étonné que cette histoire nous dévoile un jeune homme sans scrupules qui exploite la mort ou les malheurs des autres sans la moindre empathie pour les faibles et les opprimés. Gardons donc notre calme. Il s'agit certainement de quelque chose d'obscène. »

Tout cela s'accordait bien avec le tableau brossé par un cousin en livrée au château de Christiansborg, défié une nuit en ville par un jeune homme qui, par folie des grandeurs, s'était présenté sous le nom de d'Artagnan, puis de Lars Mikkelsen. Skovsøe se renversa dans son siège de rédacteur, tendit la main vers son encre à plume et se jura qu'il y aurait de la ciguë dans l'écritoire le jour où ce jeune présomptueux serait publié. Skovsøe avait lui-même, quelques années auparavant, publié sous pseudonyme un roman très remarqué et admirait en cachette le Dr Adler. Que ce dernier eût refusé son offre de devenir le commentateur littéraire du journal le tourmentait encore. Il courait après la reconnaissance de cet homme, qui avait pensé tant de bien de son roman, mais le haïssait depuis qu'il savait que c'était lui, Skovsøe, un conservateur, qui se trouvait à l'origine d'un livre dont il avait célébré le progressisme. Skovsøe ne négligeait jamais une occasion de plaire au Dr Adler, et un provincial de dix-neuf ans inconnu ferait une offrande convenable à lui apporter. Avoir dix-neuf ans, un certain allant et être inexpérimenté ne constituait pas un crime ni un motif de disqualification en soi, mais ouvrir les hostilités à l'encontre de deux des plus grands penseurs du pays et se présenter avec une telle mégalomanie comme un personnage d'aventure nécessitait une douce correction de la part d'une main paternelle.

Le nom de Lars Mikkelsen parvint même entre les murs d'un appartement de Højbro Plads, que l'esprit populaire imaginait certainement tapissé de grosses têtes de buffles. Le rédacteur de *Fædrelandet*, Kai Plov, passait l'une de ces venteuses soirées d'automne à son bureau, submergé par une soudaine inspiration relative à la cantate qu'il préparait à l'occasion du jubilé des quatre cents ans de l'université, l'année prochaine, lorsque son épouse lui demanda ce qu'il savait de ce jeune homme dont toute la ville parlait.

« Lars Mikkelsen ? Connais pas.

– Un nouvel étudiant. Seulement dix-neuf ans.

– Qu'a-t-il ?

– Il débute bientôt. Dans *Dagstidende.* C'est certainement très intéressant.

– Comment le sait-on, si ça n'est pas encore imprimé ? S'agit-il de poèmes ?

– D'un feuilleton.

– Pas entendu parler. »

Plov était avec le temps devenu l'adversaire le plus résolu du Dr Adler. Il ne pouvait ni ne voulait nier que l'année était bonne jusqu'ici. Un an plus tôt, il devenait docteur *honoris causa* de l'université. Une série de scandales, de nature à ramener la prudente bourgeoisie à de plus sages opinions, venait d'atteindre la gauche. Précisément comme on avait pu suborner Pio, jadis, avec beaucoup de chance, pour qu'il quitte le pays, puis exposer au grand jour la moralité ternie des socialistes. Quelques hauts responsables de gauche avaient pioché dans la caisse, dévoilant ainsi la bassesse des libéraux. Edmund Adler, voltairien comme son frère, avait été renvoyé de *Morgenbladet,* seul organe de la gauche dans la capitale. Plov pensait pouvoir reconnaître sa plume de propagandiste dans un certain nombre de critiques littéraires engagées et maladroites, écrites sous pseudonyme. Son influence directe était affaiblie. Et lui, avec d'autres hommes de lettres de la presse de droite, avait une nouvelle fois réussi à faire expulser du pays son frère, ce youpin révolutionnaire et corrompu.

« Eh bien, nous voilà débarrassés de ce fanfaron creux », proclama Kai Plov en se levant de son bureau.

Apparemment, Plov, cet auteur, ce rédacteur, ce sénateur et depuis peu poète couronné dans la cathédrale de Lund, comme Oehlenschläger cinquante ans auparavant, ne devrait jamais vieillir. Quelques-uns pensaient qu'il avait dû naître avant que ce pays n'existât. Son visage était pur et presque sans rides, entouré de barbe, ce qui lui donnait une expression douce et inoffensive, comme un grand bébé assis là sous son béguin.

« Sans doute a-t-on entendu parler de lui dernièrement ? »

Plov secoua la tête.

« Mais on peut espérer qu'il s'asphyxie un jour dans son chloral.

– Kai, ne pense pas de telles choses.

– Je ne le pense pas, je le dis carrément.

– Prend-il des narcotiques ?

– Comment pourrait-il dormir tranquillement la nuit sinon ? Si au moins ces couples de radicaux fonctionnaient correctement, on pourrait peut-être convenir avec la femelle de changer le chloral contre de la strychnine.

– Allons, Kai. »

Le doux sourire d'évêque de Plov lui conférait une certaine mesure de tolérance et d'indulgence. Et c'était aussi comme cela qu'il se voyait. Comme le chef sévère mais miséricordieux du pays, le gardien moral de la nation veillant à ce que les bouffonneries ne franchissent pas certaines des limites édictées par lui. En l'absence de Dieu, devant l'indifférence du président du Conseil et devant les coquetteries des ministres des cultes face au Dr Adler et au radicalisme, il considérait comme son devoir de remettre à leur place ces âmes aliénées.

Il pouvait, dans son conservatisme maladroit, sembler doux et inoffensif. Mais il était dangereux. De son épouse admirative et bien plus jeune, il tirait la vitalité nécessaire pour combattre le Dr Adler ; et grâce au Dr Adler, il avait l'occasion de se montrer vieil ours grognon posant sa grosse patte sur les insectes qui l'irritaient à trop admirer sa femme. Cette dernière, reconnaissante, lui fournissait en retour un regain de vitalité. En un sens, il était devenu assez paradoxalement le symbole éternellement jeune de « l'ancien ». Bientôt quarante ans qu'il dirigeait *Fædrelandet*. Cela, ajouté à son siège au Sénat, lui avait procuré de nombreuses relations influentes tout au sommet de la société.

La guerre de Plov se déroulait sur plusieurs fronts. Contre les paysans indociles du Sénat et cette insupportable gouape de Dr Adler. Quelques années plus tôt, l'impossible ministre des cultes avait encore une fois amené le Dr Adler à la chaire libre de professeur à l'université, et il fallut l'intervention résolue de Plov pour l'empêcher. À quoi pensait-on donc ? La mollesse de caractère, qu'on lui avait souvent envoyée à la figure et reprochée lors de son passage des libéraux aux nationaux-libéraux après la guerre, devait être combattue. Si Frédéric le Grand avait eu raison sur un point, c'était bien que « Dieu est toujours avec l'armée la plus forte », chose que les Danois instruits ne saisissaient même pas. *Dagens Nyheter* aussi, avec sa bienveillance francophile, courtisait un peu trop directement le Dr Adler. L'avenir n'était pas de négocier avec les radicaux. Non, un homme comme le Dr Adler devait être tenu dehors – et en bas. Avant tout, il s'agissait de tirer, et lorsqu'on tirait, ce devait être pour tuer. Un Adler mutilé, encore un martyr, serait trop dangereux.

Plov était désormais en guerre sur un autre front. À la mort de Christian Winther, son corps avait à peine refroidi que commençait le combat pour s'emparer du sceptre lyrique. Svend Sonne ? Plov lui-même, avec son nimbe de gloire, ou Aleksander Horn avec sa lourdeur ? Horn, cette insupportable corne de brume dans son manteau à l'espagnole dont l'immensité n'arrivait malgré tout pas à contenir l'ego démesuré, non, se l'imaginer comme le nouveau poète couronné du Nord était trop laid. D'abord il fut socialiste, puis radical, et maintenant, devant la main instable et impressionnable du ministre des cultes et la loi de finances, il faisait une nouvelle pirouette, cette fois vers la droite. Non, Plov pouvait pour l'instant rester tranquille sur ce front. Quelques-uns des collègues jaloux de Horn s'étaient déjà mis en marche, épîtres en main, contre son inadmissible autocélébration.

Plov se considérait comme un notable dans sa ville natale, géant de pierre de Koldinghus[1] défendant les ruines du château. D'autres le trouvaient raide comme les falaises qui, à certains endroits de la côte danoise, s'avançaient seules dans la houle, loin des terres, et perdaient tout lien avec le continent repoussé par l'érosion. L'eau envahissait tout derrière lui.

« Qui fait donc tant de bruit ? demanda Plov depuis son bureau.

– Seulement quelques étudiants », répondit son épouse.

Plov se leva en entendant les jeunes gens, juste en bas sur le trottoir.

1. Château du XIIIe siècle, qui brûla en 1808 et fut partiellement restauré.

« Ça suffit maintenant. Ils réveillent toute la ville. »
Il s'avança, ouvrit la fenêtre et cria :
« On peut avoir un peu de calme ! »
Le silence se fit dans la rue.
Plov referma la fenêtre et regarda son épouse :
« Il est clérical ou libéral, ce Mikkelsen ? »

45

Le soir précédant la publication du premier épisode du *Mystère des catacombes de Copenhague*, un épais brouillard s'abattit sur la ville. Il arriva par le port, comme apporté par les bateaux, dérivant depuis les lointaines côtes anglaises, se faufilant par le Skagerrak puis tâtonnant de l'Østfold en Norvège et le long de la côte suédoise pour envelopper d'abord Kullen et Mølle, puis Rheden et tout le détroit dans des nuages moites, avant de se coincer dans les canaux de Copenhague.

Après avoir déjeuné chez la famille Levi et fumé une cigarette dans le cabinet de travail, Sigurd Dreyer se leva d'un coussin brodé de perles pour se rendre au cercle étudiant, suivi jusqu'à la porte principale par Rebekka.

À table, elle s'était montrée taciturne, perdue dans ses pensées. Lorsqu'il partit chercher son manteau, elle l'interrogea, soucieuse, sur le feuilleton de Lars Mikkelsen.

« On sort le premier épisode demain, l'informa Dreyer. L'idée serait d'aller fêter ça après la manifestation de ce soir.

– J'ai entendu une rumeur tellement affreuse aujourd'hui, dit-elle.

– Laquelle ? demanda-t-il, redoutant un court instant ce qu'elle voulait précisément dire. Qu'as-tu entendu ?

– Que ce serait scandaleux. »

Dreyer rit :

« M. Mikkelsen, scandaleux ? Non, allons. Pourquoi, au nom du ciel, *Dagstidende* le prendrait-il ? Non, c'est certainement la jalousie habituelle. Je l'ai moi-même lu d'un bout à l'autre et puis t'assurer qu'il ne s'y trouve rien d'immoral. Au contraire, seules des rumeurs favorables me reviennent.

– Tu dois avoir raison. »

Elle le regarda, soulagée, et posa son visage sur sa poitrine. Il l'embrassa sur le front.

« Néanmoins...

– Quoi ?

– Il y avait une scène assez osée dans la version que j'ai lue...

– Une scène osée ?

– Une scène au bordel. Mais non, M. Stein a exigé qu'on l'enlève, et je suis certain que M. Mikkelsen l'a fait.

– Une scène au bordel ? s'enquit Rebekka, étonnée.

– Totalement inutile, et M. Mikkelsen en était lui-même un peu ennuyé. Non, je ne vois pas ce qui pourrait arriver. »

La dernière invention d'Edison, le phonographe, fut présentée au cercle étudiant. Bien sûr, personne ne comprit très bien la signification de la nouvelle découverte du célèbre inventeur ni la portée de ce à quoi ils venaient d'assister. Mais écouter le bruit de pot fêlé de la bobine était amusant, et Hornemann plaisanta : un jour, on pourrait, assis dans son salon, écouter par un moyen mécanique quelconque, voire une construction électrique, de la musique ou des voix qui seraient sinon condamnées à l'oubli éternel.

Hornemann, Mønster, Morten Kraft et Lars allaient en buvant du vin hongrois bon marché, tous un peu rêveurs après cette soirée. Le monde était encore vaste, inconnu et mystérieux. On pouvait partir en voyage. S'inscrire pour une expédition. Découvrir le globe. Il existait tant de possibilités. Et aucune limite à ces possibles. Ce soir-là, Lars se sentit heureux comme jamais auparavant.

Lars était un ivrogne de la nature en plein sevrage. Il retrouvait désormais sa joie de gamin pour de petites choses, la joie comme simple mécanique. Grisé par l'idée d'inventeurs patentés et de découvreurs passionnants, il se sentait inopinément inspiré par ses études à venir, la philologie, la science de la langue. Le temps venu, il disposerait des virgules et des points sous le verre du microscope et étudierait leurs composantes. Cette préoccupation de la véritable nature des choses plutôt que de leur dimension sombre et mystérieuse contrariait le romantique en lui. Par contre, ce romantique n'était engagé vis-à-vis d'aucune doctrine, pas même le romantisme. Ces révélations, aussi contradictoires qu'elles parussent, se prolongeaient les unes les autres de la plus jolie manière. La nature lui avait appris à se perdre lui-même, et voilà que les sciences exactes lui délivraient le même enseignement. Seule une dilution objective de soi menait le chercheur aux grandes découvertes. L'ascèse muette des chambres d'étudiants.

Des débuts aussi rapides grisaient Lars. C'était sa voie. Il s'était toujours su artiste, attendant le jour où il serait évident qu'il lui faudrait, comme Horace, « se réjouir » ou, comme l'avait dit l'instituteur Skjoldager, avancer à la lumière de sa lanterne et chercher la vérité. Finalement, son investigation faisait apparaître la réalité. Il pouvait désormais affirmer sa conviction selon laquelle la vérité était toujours apolitique. Ses efforts serviraient quelque chose de plus grand. Sa mission devrait absolument revêtir une signification plus grande. Pas pour des décorations ni des prix. Il voulait comprendre l'art pour comprendre l'être humain. Pour comprendre son époque et toutes les époques. Pas sous forme de traités savants qui, curieusement, répètent des évidences. Pas sous la forme d'une philologie des médailles en or ni de théorèmes académiques, variations insupportablement éternelles des considérations antiques sur l'art. Pas sous forme d'abstractions bonnes pour les déjeuners bavards des cercles restreints, avec leurs synthèses incompréhensibles et leurs tautologies qui tournent en rond. Pas comme une idée fixe qui ne durerait que son temps. Pas seulement celle de la perception française reprise par le Dr Adler, selon laquelle l'être humain se découvrait dans la littérature, à travers la méthode biographique qui avait fait école dans toute l'Europe, mais, au contraire, la perception selon laquelle la littérature se découvrait dans l'être humain. Le roman constituait un forum approprié. Le roman, comme l'existence, disposait de temps. Il voulait mettre ses humbles forces au service de l'humanité. Il voulait trouver le tranchant doré du texte. Avec Aristote, Ovide et Horace, avec la tradition hellénistique et romaine, il voulait tout recueillir – encore une fois. Mais, à l'inverse du Dr Adler, il irait au combat avant de s'asseoir en général en chef à son bureau. Écrire d'abord les livres qui un jour lui raconteront pourquoi ils ont été écrits.

Il pensa à ce que Marie lui avait dit à propos de la nouvelle littérature et de la grande attention qu'on lui accordait. Et il savait qu'elle avait raison. Il devait écrire quelque chose qui attirerait tellement l'attention que le texte en lui-même deviendrait indifférent ou du moins secondaire. Il devait scandaliser la bourgeoisie, qui avait besoin d'être secouée et, en plus, le payerait pour cela. Il le savait. Il savait qu'elle avait raison. Il y gagnerait une peine de travaux forcés, mais de derrière les barreaux il pourrait écrire et créer de nouveaux scandales. Ça, c'était la voie facile. Vers un célèbre cadavre, échu au Dr Adler. Mais il ne voulait ni ne pouvait emprunter cette voie. Il fallait que la sienne fût difficile. La voie pénible. Par la voie facile, il toucherait l'esprit de son temps, mais trahirait quelque chose de fondamental en lui et d'essentiel dans l'existence.

Pour Mønster, s'acoquiner avec un journal revenait presque à trahir son âme, mais Lars protesta :

« C'est un feuilleton, un inoffensif divertissement, pas un manifeste politique, rétorqua-t-il pour le calmer.

– Mais il paraît dans une feuille de droite, et cela pourrait être mal compris.

– Je ne le pense pas. De plus, tout le monde croira que mon nom désespérant est un pseudonyme.

– Ça passera.

– Personne ne s'en souciera.

– Je veux vous avertir de ne pas trop pencher vers la droite, dit Mønster.

– Je ne penche ni dans un sens ni dans l'autre, répondit Lars.

– J'ai essayé de mettre M. Mikkelsen en garde contre cela, ajouta Dreyer. Mais voyez comme il écoute. En fait, vous devriez admirer, Mønster, cette volonté inflexible, incorruptible, l'individu unique qui poursuit sa route singulière. »

Mønster ne répondit pas, mais toussa dans son mouchoir.

« Ce maudit climat danois, dit-il, produit de la grande littérature et des décès précoces. On devrait s'en aller loin, pour toujours. »

En rentrant à la maison, ils passèrent devant *Dagstidende*. Le rédacteur Stein venait de partir, mais Madsen était là, à farfouiller dans les casses.

« Vous n'allez pas le croire, jeune homme. Trois concurrents ont demandé une copie. Pour en parler.

– Mes félicitations, dit Dreyer.

– N'est-ce pas tout à fait normal ? demanda Mønster.

– Non, c'est extrêmement anormal, répondit Madsen. Mais n'attendez pas non plus trop de tout ça. On en a beaucoup parlé ici ces derniers temps, alors il est bien possible que la curiosité universelle explique tout. »

46

Il pleuvinait ce matin-là, il n'y avait pas de vent et il faisait un froid de chien.

En sortant dans la rue, Lars tomba sur le cocher du corbillard, qui graillonna deux ou trois fois avant d'envoyer un crachat noir juste devant ses pieds.

« Alors, jeune Mikkelsen. Dois-je préparer la voiture ?

– Que voulez-vous dire ? » demanda Lars. Mais le cocher sourit amusé, et disparut dans la cour.

Dehors dans la rue, tout semblait calme. Il n'avait vu personne à la table matinale de la pension, se demanda un instant si quelqu'un était mort et pensa à Mønster.

Il revint sur ses pas et appela, mais personne ne répondit. Il gagna finalement la cuisine. Toujours personne.

Dans l'entrée, il tomba sur Tine.

« Où sont tous les gens ? S'est-il passé quelque chose ? »

D'une pâleur de cadavre, elle le regarda comme une Méduse tourmentée et désespérée, puis baissa les yeux :

« Les journaux », dit-elle à voix basse.

Mønster s'était enfermé dans sa mansarde. Allongé sur son lit, il avalait des gouttes rouges de morphine en faisant semblant de dormir. Gisant, il gargouillait du sang de pavot rafraîchissant lorsqu'il entendit Lars frapper à la porte. Il était prêt à demeurer muet, sans pouvoir s'y résoudre. Il se mordit les lèvres de honte, mais il lui fallait vraiment plus de temps. Il avait mal dormi en pensant au lendemain, et pendant que le jeune homme insouciant ronflait, il était lui-même sorti de bonne heure ouvrir un exemplaire de *Dagbladet*, avant de se débarrasser du journal. Plus tard, il avait appris que *Dagens Nyheter* et *Fædrelandet* publiaient également des critiques. Il ne s'agissait manifestement pas d'une attaque coordonnée. Que les trois plus grands journaux nationaux-libéraux du pays puissent à ce point perdre la tête et malmener un jeune homme de dix-neuf ans venait forcément de quelque part. Une suite peu commune de hasards malheureux devait expliquer l'attention accordée à l'histoire de Mikkelsen. Mais comment justifier l'image du jeune homme en une, baïonnette sortant de la poitrine, si l'attaque ne se voulait pas mortelle ?

En de pareilles circonstances, Mønster ne trouvait guère de réconfort à avoir averti Mikkelsen contre les sycophantes assassins de la presse. Bien d'autres excellentes personnalités avaient succombé aux méchancetés des journaux satiriques ou aux intrigues calomnieuses, ainsi qu'au penchant viscéral des grands journaux pour l'un et l'autre. Dès l'instant où le feuilleton de Lars fut publié, il devint visible. Visible et vulnérable. Dans cette cité, qui alliait le commérage de la province au règlement de comptes assassins de la grande ville, mieux valait rester caché aussi longtemps que possible. Le compte rendu de *Dagbladet* lui rappelait les souvenirs de son propre rabaissement. Zola fut mentionné dans deux des articles afin de salir Mikkelsen. Mønster savait que Mikkelsen n'avait jamais ouvert un livre de Zola.

Lorsque Lars descendit dans la salle à manger, il n'y avait personne. Il finit par trouver l'édition du jour de *Fædrelandet.* Devant la conduite de Tine et l'atmosphère sépulcrale de la maison, il commençait à pressentir une véritable volée de bois vert. L'entrefilet sur son feuilleton aspira son sang hors de son corps.

« Utiliser des gens à ce point comme de simples silhouettes sous un éclairage aussi cru révèle un manque choquant d'éducation et d'humanité. »

« Une pure souillure de la bourgeoisie rangée. »

« Ce qui a poussé le directeur de *Dagstidende*, par ailleurs auteur estimé, à faire entrer ce loup dans la bergerie reste très mystérieux. »

Telles étaient les humiliations introductives. Ça empirait au fil de l'article. Les lettres sautaient et dansaient devant ses yeux. Il dut s'asseoir et tout relire. Il le relut plusieurs fois et se rendit compte qu'il s'agissait du verdict sur son feuilleton, avant même qu'il ait eu le plaisir de voir les *Catacombes* imprimées.

Il sortit dans la rue pour se procurer les autres journaux. Il fut tout de suite frappé du nombre de visages tourmentés qu'il dut scruter le reste de la journée. Ceux qui le saluaient semblaient lui adresser des condoléances, mines pénétrées et mortifiées, regards vagues.

« Votre exemplaire devrait presque vous parvenir encadré de noir, lui lança le regrattier en lui tendant *Dagbladet*. Allez, prenez-le gratis. Il ne manquerait plus que vous payiez pour cette cochonnerie. »

Il rentra à la pension et s'assit avec les journaux.

« Si ça peut vous réconforter, pas une ligne de ce qui est écrit sur votre histoire n'est vraie. »

Mønster était à la porte. Tine surgit derrière lui avec un télégramme urgent du rédacteur Stein.

Il le déchira et le froissa d'un seul geste. Tout son monde s'effondrait. Il lut et relut les trois critiques des *Catacombes*, cherchant un moyen contre nature d'en tirer quelque chose de positif. Mønster allait et venait, comme un animal stressé en cage. Surtout ne pas poser de questions. Surtout ne pas laisser Lars seul avec son désastre. C'était chaque fois aussi douloureux, et il n'y avait rien à faire pour se consoler. Mais les absurdités des journaux ne pouvaient être retournées.

« Pour Fichte, le livre qui, dès sa sortie, trouve un juge valable aurait aussi bien pu ne pas être écrit, dit-il pour réconforter Lars.

– Sans doute a-t-il découvert cela après que ses propres livres eurent été commentés, répondit Lars en s'efforçant de faire de l'humour noir.

– Je n'y comprends rien, continua Mønster en secouant la tête. Votre histoire est comme un barillet de savon noir. Personne n'y trouve de prise. Et que fait-on quand le savon nous échappe ? On se met en colère, on commence à jurer et à fulminer. Mais comment pousse-t-on trois journaux de bonne réputation à sombrer dans une telle furie, une telle démence puritaine ? Ça, je n'en ai aucune idée.

– Mais c'est bien le premier de trois épisodes ?

– Je déteste devoir me montrer réaliste, mais voyons combien il y en aura. Que vous écrit le rédacteur Stein ?

– Que je dois me présenter aussi rapidement que possible.

– Avez-vous eu votre argent ? »

Lars opina.

« Vous doit-on toujours de l'argent ? »

Lars, encore peu sûr de la nature précise du problème, opina. Tout semblait tournoyer et s'obscurcir devant ses yeux. Il s'assit lourdement, le visage entre les mains.

« Prenez l'argent, lui conseilla Mønster. Je ne connais pas vos raisons de refuser le soutien de la part de votre père. Je ne doute pas non plus de votre résolution, aussi ai-je hésité à vous exhorter à trouver miséricorde auprès du foyer de votre enfance. Mais peut-être vous punissez-vous surtout vous-même. Je ne connais personne qui, à votre âge, n'est pas entretenu par ses parents ; et croyez-moi, s'il y a une chose qu'on ne peut acheter avec de l'argent, c'est bien l'argent.

– Je ne veux pas parler de mon père », dit Lars bien fort, en se levant si brusquement qu'il faillit tomber sur les jambes du fauteuil à bascule. Mønster tripotait nerveusement ses manchettes. Jamais auparavant l'un d'eux n'avait élevé la voix face à l'autre.

« Excusez-moi, Mønster. Je ne sais pas ce qui m'a pris. Seigneur, ce n'est qu'une histoire.

– Faites un tour, dit Mønster. Si vous restez assis ici, vous finirez fou. »

Lars marchait en pleine irréalité. Comme après un décès soudain. Il s'en alla loin vers les quartiers pauvres, où Cassandre leur avait prédit l'avenir. Si la presse était ce dragon vomissant les flammes de ces balivernes délirantes, elle avait eu raison.

En entendant deux chiens s'en prendre l'un à l'autre, il fut libéré d'un coup de ses pensées lointaines et désastreuses. Un groupe de petits enfants regardait passivement, yeux écarquillés, les deux grands chiens furieux se mordre la peau du cou et tirer dessus en grognant. L'oreille de l'un d'eux saignait, ce qui ne paraissait pas le préoccuper. Des adultes arrivèrent, mais personne n'intervint. Lars savait qu'on devait laisser les chiens de rue régler leurs affaires entre eux, mais cette bagarre équilibrée entre deux grands mâles ne semblait pouvoir mener qu'à une issue tragique, aussi se saisit-il résolument d'un bâton pour flanquer des coups d'abord sur le dos de l'un, puis sur celui de l'autre. Ils geignirent, hurlèrent et se baissèrent légèrement, mais ne voulaient ou n'osaient pas se lâcher. Lars se mit à crier et à les corriger encore plus durement. Les deux chiens semblèrent comprendre qu'ils étaient tous deux attaqués sans pouvoir se défendre et lâchèrent prise l'un après l'autre. Ils cherchèrent encore un peu à se happer la truffe, mais Lars était là avec son bâton et, finalement, chacun partit de son côté. Lars jeta le bâton et reprit sa route, remarquant une reconnaissance retenue, mais aussi une certaine déception dans les regards des spectateurs muets.

Il rentra à la pension.

« J'ai envie de me cacher dans un trou très très noir.

– Vous ne pourrez pas éviter l'université éternellement, dit Mønster. Allez-y et terminez-en. »

À une époque où les jours raccourcissaient vite, celui-là sembla le plus long de l'année. Oui, le plus long de sa vie. L'après-midi, il se rendit à contrecœur à un cours et remarqua le murmure ou le silence qui le suivait. Il n'avait nulle part où se cacher. Croiser des regards compatissants était encore pire que les regards satisfaits. Les insultes sont pour la vie, la sympathie ne dure guère.

Il allait vers Frue Plads lorsque Dreyer le rattrapa en courant. Il était furieux pour M. Mikkelsen, dit-il.

« Vous avez réellement touché un point sensible chez ces nationaux-libéraux avec leur mode de vie hypocrite. Je ne vois pas ça autrement.

– Mais ils sont malheureusement unanimes dans leur condamnation », rétorqua Lars, prêt à accepter toutes les explications qu'il pourrait trouver et presque ému de l'obstination de Dreyer, alors qu'il aurait pu prendre ses distances.

« Le malheur avec les praticiens de l'art, c'est que seule une poignée d'entre eux à chaque génération peut réellement discerner la vraie qualité. Tous les autres font seulement comme si. Vous verrez que les critiques de ce pays, d'un bord comme de l'autre, ont plus de facilité à pointer du doigt une anomalie politique dans un texte que de se rendre compte de la qualité d'une seule belle phrase. Ils sont peu à peu devenus si adroits à ce jeu qu'on dirait presque, après une lecture superficielle, qu'ils ont justement remarqué la qualité de toute une série de belles phrases. Je sais que vous ne deviendrez jamais radical et n'avez pour l'instant besoin que de paix. Mais je *dois* vous dire que d'être trahi par ceux sur lesquels on compte comme les siens semble bien singulier », dit Dreyer.

Il courut vers la librairie, dans Gothersgade, avec le mince espoir d'empêcher Marie de voir les articles injurieux. Il la demanda au comptoir, elle lui avait dit qu'elle serait là. Le vendeur le regarda avec condescendance et appela M. Otterup, qui sortit peu après de l'arrière-boutique.

« Monsieur Mikkelsen, dit-il presque moqueur. Avez-vous l'impudence de venir ici ? »

Lars remarqua près des rayonnages deux dames plus âgées reculer de dégoût à la prononciation de son nom.

« Je m'excuse mille fois, monsieur Otterup. C'est une vaste méprise.

– Il n'y a pas grand-chose sur quoi se méprendre », dit-il en claquant un exemplaire de *Dagstidende* sur la table.

En rentrant chez lui à la pension, Lars rencontra Marie, qui le regarda, confuse.

« Votre père était furieux, dit-il, malheureux.

– Je le sais, répondit Marie, le visage baissé, les bras dans le dos. Je lui ai parlé de nous. Il m'a interdit de vous revoir. Je crains que nos chemins ne doivent se séparer.

– Je comprends, admit Lars.

– Pas les nôtres, imbécile. »

Elle posa un baiser rapide sur sa joue et sortit un livre qu'elle maintenait dissimulé.

« C'est pour vous. Meilleurs vœux pour vos débuts. »

Il s'agissait des *Histoires extraordinaires* d'Edgar Allan Poe, dans la traduction de Robert Watt, et l'ouvrage était noué par un ruban de soie bleu clair. Une petite carte parfumée y était accrochée.

« N'avez-vous pas vu les journaux ? »

Elle opina.

« Mais j'ai aussi lu votre histoire et je la trouve très captivante. »

Lars ne sut que dire. D'un côté, il était à deux doigts de pleurnicher devant tant de loyauté, de l'autre, un amour aussi passionné l'empêchait presque de reprendre sa respiration. Ce qu'elle avait dit était bien ce qu'il fallait dire si elle tenait à lui.

« Mais les critiques, dit-il, presque irrité de son impassibilité. Dans *Dagbladet*, *Dagens Nyheter*, *Fædrelandet* ? Elles sont quand même toutes ravageuses.

– Il y a toujours des aigris. Vous ne devez pas vous en occuper. Auriez-vous envie d'une promenade ? »

Lars sortit sa montre de la poche de sa veste et grimaça, contrarié :

« Je dois malheureusement limiter l'étendue de la catastrophe. J'ai été convoqué au journal et dois y être sous peu. Je suis vraiment d'une fichue compagnie, aujourd'hui.

– Bavardages, protesta-t-elle. Je vous accompagne là-bas. »

Jusqu'ici dépourvu de toute compagnie, il lui était reconnaissant d'avoir quelqu'un à ses côtés sur Strøget et qu'elle fût si peu influencée par l'aversion des journaux. De nouveau, son courage l'impressionna. Il y avait quelque chose de ravissant, de délicieusement non corrompu en elle, qui marchait avec lui en faisant l'éloge de son histoire alors que le reste de la ville, soit se tordait d'un rire dédaigneux ou de joie maligne, soit redoutait ce que le jeune homme pourrait s'aviser de faire après ça. Il l'observait à la dérobée pour voir si, en réalité, elle était aussi déçue par lui qu'il l'était lui-même et le cachait. Mais elle ne semblait pas jouer la comédie. Et sur la route du journal, elle ne voyait pas les regards désapprobateurs qu'on lançait à Lars, ou bien elle ne voulait pas les voir. Elle avait cette ardeur veloutée et légèrement brillante des jeunes filles qui sortent du bain à Rysensteen, Bechs sur Strandpromenaden ou l'établissement *Hambroe*, près de Rundetårn, et elle parlait de tout ce qu'on voulait sauf du feuilleton.

47

Tard dans l'après-midi, Lars arriva enfin dans les locaux de la rédaction. Stein, un peu abattu, avait le matin même été fortement ébranlé chez lui, dans sa villa de la contre-allée Bianco Luno, par les premiers rapports concernant l'événement sensationnel de la journée. Il avait dans sa jeunesse contracté une catarrhe chronique de l'estomac, qu'il combattait au mieux, sur les conseils du professeur *emeritus* Henrik van Dyck, en ne s'abandonnant jamais aux états d'esprit délétères qui des années durant ne semblèrent qu'aggraver ses souffrances. Un lointain cousin l'avait engagé à rechercher des traitements alternatifs, aussi était-il entré en relation avec un fakir indien, qui lui conseilla de pratiquer une fois par jour la position du lotus en marmonnant un mot secret. Il sommeillait donc, assis sur un pouf jaune poussiéreux, vêtu de son kimono de satin vert-de-gris et d'un fez rouge – une trouvaille personnelle – lorsqu'on lui apporta un exemplaire de *Dagstidende.* On pouvait croire soit qu'il méditait, soit qu'il laissait juste se consumer son somptueux repas matinal. Un regard aux journaux suffit à le réveiller et le mettre en route pour le centre-ville, en oubliant presque son mantra.

Ce qui le tourmenta le plus, au journal, ce qui l'empêcha de réfléchir, était précisément d'être obligé de réfléchir. Il parcourut rapidement les *Catacombes*, convaincu d'avoir été trompé par le jeune homme, qui s'était engagé à aplanir certains passages.

« Je le sais et m'en mords profondément les doigts, déclara Lars, honteux, en s'asseyant sur une chaise devant M. Stein. Attirer le discrédit sur vous et votre journal était bien la dernière chose que je souhaitais. Seul le fait qu'aucun des journaux ne massacre les passages mentionnés dans le texte me réconforte. »

Stein l'avait aussi remarqué, mais Lars n'allait pas s'en tirer si facilement.

« Ce que vous écrivez est une chose, ce qui les a fait bouillir en est une autre. On ne peut que supposer les raisons psychologiques de cet accès de folie furieuse. »

Lars opina. Oui, il voyait bien.

« Bon, ne restons pas assis là à désespérer. Vous avez quelques décisions importantes à prendre. Je propose de laisser passer deux ou trois jours afin de voir si les journaux envisagent de poursuivre cette attaque. C'est important pour les deux derniers épisodes.

– Je comprends, convint Lars. Je comprendrais parfaitement que vous souhaitiez supprimer la fin. Je suis également disposé à restituer mon traitement. J'ai apporté l'argent.

– Gardez donc l'argent. Vous en aurez besoin.

– Merci.

– Je ne crois pas que vous compreniez bien, jeune Mikkelsen, commença M. Stein en se levant. J'ai cherché aujourd'hui à calmer le jeu au ministère de la Justice, mais mon influence est très limitée par rapport à celle des institutions qui vous ont déclaré la guerre. Pour être très clair, cette affaire vous vaudra quarante jours de prison ou une amende de l'ordre de cent couronnes ou plus si, et je dis bien *si*, on trouve l'occasion de vous accuser d'impudeur. »

Lars devint blanc comme un linge. La catastrophe était déjà telle qu'il n'avait pas imaginé qu'elle prenne encore davantage d'ampleur. M. Stein tint caché le fait qu'il ne pouvait pas penser laisser le jeune homme se défendre lui-même comme exposé au paragraphe 184 du code civil pénal du 10 février 1866. Pendant la plus grande partie de la journée, il parcourut à la loupe les deux dernières parties sans rien trouver à corriger à part quelques mots sans importance pour le contenu ou pour la valeur esthétique. Le journal reçut également quelques lettres de lecteurs qui prenaient fougueusement la défense du jeune écrivain, ainsi qu'un océan de prises de distance vis-à-vis de la perfidie des journaux concurrents. Tous hochaient la tête devant l'emballement des champions nationaux-libéraux.

Le rédacteur Stein s'assit à son bureau et joignit ses mains devant lui. À la vue de ce jeune blanc-bec plein de remords et manifestement ébranlé, il estima le moment venu de lui rendre un peu de confiance. Inutile d'insister davantage sur ce blâme, reçu avec tant de correction, de bonnes manières et sans râler, ni sur cet effroi que Stein trouvait aussi nécessaire que bienvenu.

« Mon idée d'origine était d'utiliser les *Catacombes* pour une campagne de recrutement, mais étant donné le tour inattendu pris par les circonstances, j'ai décidé de n'en rien faire. J'ai préparé pour demain un éditorial qui, à travers un survol de la littérature de cet automne, effleure avec indulgence la réaction excessive de la presse de droite sans pousser à d'autres attaques. Quand les choses se seront tassées, nous réexaminerons l'affaire.

– Je ne saisis pas, dit Lars en regardant droit devant lui, l'œil vide.

– Je pense que personne ne saisit, répliqua Stein.

– Mais votre nom jouit d'un respect naturel et n'est victime d'aucune polémique bornée. Comment les choses pouvaient-elles si mal se passer ?

– Ne vous laissez pas aller à l'indignation. En règle générale, l'indignation vient vite, mais ne dure presque jamais longtemps. Vous serez lu, Mikkelsen, j'en suis convaincu. Pour peu que personne ne souffle encore sur les braises, tout ça peut même se révéler avantageux pour le journal et vous-même. Nous devons maintenant espérer qu'il n'y ait pas de contre-offensive de la part d'un journal de gauche.

– Une contre-offensive ?

– Moi, personne n'essayera de me convertir. Je suis le journal, et le journal, c'est moi. De plus, je suis plus âgé qu'eux. Personne n'essayera de me faire rallier une cause quelconque. Vous, par contre, vous êtes jeune et talentueux, et bien des forces politiques auront l'occasion de s'ingénier à vous séduire. »

Comme un fauve décharné, Edmund Adler tournait en rond dans son appartement en attendant la réponse de *Morgenbladet*.

Il ramassait de temps à autre un radis dans une assiette posée sur la table, où s'étalaient des journaux vieux de plusieurs jours. Il avait lu avec grand intérêt les débuts du jeune Mikkelsen dans *Dagstidende*, et suivi avec encore plus d'intérêt le massacre caractéristique organisé par les trois plus grands journaux du pays. Pour Edmund Adler, cette attaque disproportionnée contre un étudiant innocent ne signifiait qu'une chose : la droite et les nationaux-libéraux avaient peur. Il avait déjà envoyé au journal sa critique de la première partie du feuilleton – et surtout son opinion sur la folie furieuse de la droite. Bien que renvoyé du journal, il remettait parfois des comptes rendus sous pseudonyme, lorsqu'ils avaient quand même besoin de son aide. Peu après arriva un coursier. L'article était accepté.

Edmund Adler était un maître ès littératures orientales. Avant d'être banni de *Morgenbladet* un an plus tôt et que son acolyte Vilhelm Høyrup fût renvoyé, tous deux en étaient arrivés à dominer le journal des grundtvigiens. À tel point que le rédacteur en chef, J. N. Lassen, éprouvé d'avoir supporté une peine de prison de quatre mois à cause d'un article de Høyrup, avait décidé que le journal, au lieu de chercher à être influent dans la capitale, devait revenir à ses fondements libéraux et grundtvigiens.

Edmund Adler parvint à y travailler pendant deux ans. Il s'y révéla un critique redoutable, qui attaquait sans pitié et non sans polémiques toute personne pensant autrement, s'en prenait sans scrupules aux pires détracteurs de son frère et, à travers de suaves articles presque affectueux, lançait sur le marché les écrivains militants radicaux. *Une vraie nullité... de la plus médiocre espèce... dans un théâtre de faubourg à Berlin ou Paris, cette pièce serait massacrée avant la fin par une grêle de pommes et d'oranges pourries... la pièce est un salmigondis de sottes bouffonneries infantiles et de cortèges de ballets... une fantaisie d'écolier... non seulement mauvaise, mais foncièrement ennuyeuse.* Il avait utilisé ces mots pour frapper l'un des pires ennemis de son frère. Qu'il demeurât complètement isolé dans son attaque, et que la pièce fût partout ailleurs applaudie et obtînt un grand succès ne le souciait pas le moins du monde. Les Adler faisaient bloc. On haïssait et on se vengeait. Et pour les injures et les invectives, il n'avait absolument rien à envier à l'abominé Plov de *Fædrelandet*, qui d'ailleurs devait souvent, même dans les cercles nationaux-libéraux, entendre parler de sa plume polémique.

Edmund était aussi derrière la proclamation de son frère comme « l'une des plus grandes autorités littéraires et philosophiques contemporaine », « savant compétent » et « célébrité ». Il raillait le fait que l'université de Christiania avait refusé l'entrée de l'auditorium à son frère et fit mensongèrement passer l'agression frontale et écumante de Nathan Adler contre les institutions sociales dans *Le courant dominant* et *Littérature d'exilés* pour un acte bienfaisant au service du pays, malheureusement mal compris. Il réussit, en alternant défense et attaque, à faire croire à la partie mobile, copenhaguoise et émerveillée des lecteurs libéraux grundtvigiens que son frère était quasiment l'innocence persécutée, tourmentée par des nationaux-libéraux sans scrupules au point que ce génie méconnu devait fuir le pays.

Jeune, Edmund voulait devenir acteur, mais n'y parvint jamais. Il se présenta à l'examen d'admission du Théâtre Royal, où il échoua. Il voulut alors être poète. Sans plus de succès. Aucune maison ne voulut éditer ses poèmes. Même son frère ne les appréciait pas. Que ni lui ni son frère ne pussent écrire les romans qu'ils rêvaient d'écrire s'expliquait forcément par l'injustice de l'existence.

D'abord obsédé par le *théâtre français*[1] avec Sarah Bernhardt, il suivit à partir du début des années 1870, écumant, un théâtre danois qu'il détestait. Une volonté sourde était commune aux deux frères, ainsi que leur amour pour la littérature, à l'origine peut-être passionné, profond et authentique, mais désormais plutôt proche d'un genre de refoulement. Puisqu'ils ne la maîtrisaient pas, ils devaient la dominer. Le plus grand souci des frères venait de leur claire conscience de devoir tenir les quelques talents réellement capables d'écrire, et donc, en particulier pour Edmund, les textes devaient être sordides, coupants et surtout bouillonnants et haineux envers les institutions de la société. Autrement dit, appartenir à la bonne « tendance ».

1. En français dans le texte.

La bévue des nationaux-libéraux vis-à-vis du feuilleton de qualité mais relativement inoffensif du jeune Mikkelsen n'aurait pu tomber à un meilleur moment. Cela fut peut-être conditionné par une certaine nervosité apparue lors d'une réunion, quelques jours plus tôt, à l'occasion d'une fête chez l'un des plus grands poètes norvégiens, sur Skydebanen. Là, un cercle de politiques, hommes de lettres et savants radicaux s'était fait le serment de rester unis contre l'hégémonie nationale-libérale. Vilhelm Høyrup était derrière ce regroupement. Les grundtvigiens modérés, avec leur rapport à Dieu passionné et presque national-libéral, étaient désormais écartés. Des politiciens plus radicaux pouvaient donc se rattacher de tout leur cœur à une littérature moderne, réaliste, et ces hommes de lettres et de science s'engagèrent à suivre. D'après cette *principium unitatis*, ce principe d'unité, il revenait à Edmund Adler la tâche de recruter de nouvelles troupes capables d'écrire. De la chair à canon. De la piétaille.

Il tira vers lui la soucoupe de porcelaine, peinte en bleu avec de petites pagodes des Indes orientales, trempa un radis dans la coupelle de sel et mordit dedans.

Lars Mikkelsen était un don du ciel. Symboliquement, il devait maintenant devenir un effrayant exemple à offrir aux jeunes hommes inconstants ou inquiets, aux idées non encore claires concernant les nationaux-libéraux et leur emprise étouffante sur l'art. Cela signifiait soit qu'il s'écroulerait totalement, soit que, moyennant quelques transformations, il deviendrait un terroriste qui n'aurait plus qu'un seul endroit où aller, ivre de vengeance. Edmund avait rencontré le directeur Volquartz, qui essayait désormais de toutes ses forces de prendre ses distances vis-à-vis du jeune écrivain. Edmund, stupéfait, fixa ce poltron et lui dit qu'il n'avait à avoir honte de rien. Puis il obtint, sous la menace de hacher menu quelques-unes des prochaines publications de Volquartz, que le directeur utilise certaines relations au *Dansk Folketidende* pour faire une critique positive des *Catacombes*. Un front uni entre les deux journaux grundtvigiens accentuerait l'impression de libéralisme dans l'opposition et en étalerait le manque chez les détenteurs du pouvoir.

« À quoi pensez-vous donc, monsieur Adler ? demanda Volquartz d'une petite voix.

– Je me suis laissé dire que vous aviez rencontré le jeune homme. Dites-moi, comment est-il ?

– Un jeune homme très arrogant. Une attaque contre le trône le tentera difficilement.

– Oh, fit Edmund Adler. Tous les gens de cet âge sont si influençables. »

48

La contre-offensive d'Edmund Adler dans *Morgenbladet* se révéla davantage une attaque contre la droite qu'une défense des *Catacombes*. Rien qui ne fît profession de foi envers l'adlérianisme ne fut plus toléré. Mais les mots « talentueux » et « prometteur », connotés positivement, étaient bien là.

Il lui fallait bien, comme la droite, prendre ses distances vis-à-vis des éléments surnaturels de l'histoire, mais pour de meilleures raisons, écrivit-il. Le petit entrefilet parlait d'« habileté ». Il serait resté sans grande importance s'il n'était bien connu que derrière cette signature se cachaient les recommandations d'Edmund Adler concernant la nouvelle littérature et ses attaques contre l'ancienne.

« Retenons notre souffle et espérons que les journaux de droite ne deviennent pas fous furieux, dit Stein. J'entends des rumeurs selon lesquelles le Dr Adler et ses acolytes, privés de journaux, souhaitent en créer un nouveau. Il semblerait que vous ayez trouvé un ami inattendu en Edmund Adler. J'espère que vous tiendrez compte de l'écurie qui vous a lancé. »

Le coup d'épingle de *Morgenbladet* fut suivi d'un article dans *Dansk Folketidende*, qui traitait formellement des *Catacombes* mais allait surtout dans le sens de *Fædrelandet* et *Dagsbladet*. Le feuilleton n'était déjà plus que secondaire par rapport au combat toujours prêt à reprendre entre la droite et la gauche, l'opposition et le gouvernement, les libéraux et les royalistes.

La petite empoignade entre droite et gauche suffit à faire remarquer le feuilleton de Lars avec plus de pondération. Il s'aperçut d'un discret murmure au cercle étudiant, et Stein put, après la parution du deuxième volet, rapporter que la plupart des abonnés du journal attendaient la dernière partie avec impatience, et que plusieurs de ses amis s'étaient mis à parier sur l'identité du meurtrier.

Les louanges réservées d'Edmund Adler redressaient quelque peu la situation, mais pour Lars la catastrophe avait eu lieu. Il ne pourrait jamais se laver de cette humiliation.

Mønster était désespérément d'accord.

Mikkelsen aurait dû essayer plusieurs maisons d'édition et attendre leur réponse avant d'aller voir la presse, pensait-il.

« C'est épouvantable. Les radicaux vous ont acclamé les premiers, ce qui poussera nécessairement les conservateurs à adopter le point de vue opposé et justifiera à leurs yeux leur indignation, de sorte que vous aurez maintenant la droite sur le dos pour l'éternité. Or la gauche et les radicaux ne sont pas encore en position de force.

– Ne voyez-vous pas les choses trop en noir, Mønster ? demanda Lars, plein d'espoir. Le monde n'est quand même pas si cruel ?

– Je ne parle pas du monde, répondit Mønster. Je parle des journaux. »

« N'êtes-vous pas content, monsieur Mikkelsen ? s'enquit Marie. Votre nom est sur toutes les lèvres. Et moi qui vous donnais de bons conseils pour éveiller l'intérêt. »

Mais Lars n'était pas content. Même pas en compagnie de Marie, qu'il essayait pour les mêmes raisons d'éviter. Ce n'était pas ainsi qu'il s'était jadis imaginé son entrée dans le monde de l'art. Et il n'appréciait pas la lueur de compassion dans ses yeux, même s'il savait, oui, surtout parce qu'il savait, qu'elle était sincère.

Ce matin-là, il avait été réveillé comme Byron. Mais pas par la gloire. Par l'ignominie et le rabaissement.

« Arrêtez de vous plaindre. Vous ne ferez qu'aggraver les choses. Le droit non plus n'est pas toujours juste, dit Mønster. Dans les procès, on plaide la culpabilité et l'innocence, mais un client coupable ne blâmerait pas un avocat adroit qui obtiendrait son acquittement.

– Mais la vérité ? demanda Lars. Si les palais de justice ou les politiciens ne se soucient plus de la vérité, il faut bien que ce soit l'art. Ni ce que les journaux de droite ni ce qu'Edmund Adler ont écrit n'a grand-chose à voir avec mon histoire.

– Vous êtes trop jeune, trop nouveau et trop surpris pour qu'on puisse vous admirer, et trop prêt et trop adroit pour qu'on puisse vous mépriser. Après avoir essayé de vous abattre, on ne peut plus qu'essayer de vous étouffer. Pour ces gens, vous représentez bien une menace. »

Le pire, c'était finalement la concrétisation de son rêve de toujours : Écrire. Car l'aventure était désormais derrière. Ainsi, ses ambitions n'étaient pas que des rêves impétueux. Il était écrivain. Se confronter avec le texte, s'en pénétrer, avait produit quelque chose. Cette expérience lui avait donné des visions de cet avenir tant espéré, où dans de très nombreuses années il pourrait, grâce à la connaissance empirique et au savoir accumulés, dessiner l'essence la plus intime de la littérature, sa morphologie, une nouvelle poétique. Une connaissance décisive, qui lui paraissait à la fois banale et évidente lorsqu'il la formulait pour lui-même : la découverte de l'humble similitude de la littérature avec le désintéressement de la science. Cette découverte s'était presque dérobée à son attention, car elle constituait pour ainsi dire son propre paradoxe incorporé. Pour obtenir quelque chose, l'esprit devait complètement se laver des soucis de tous ordres, notamment de la dimension traîtresse de la conscience qui justement guettait cette découverte, la rendant impossible. Et rendait le travail impossible. Le soi qui se libère de lui-même. Ensuite, toute chose coule, se précipite mécaniquement, et ce qui est mort prend vie. Cet éveil dans et de la lassitude méditative remplissait son existence d'un sentiment de cohérence et de consistance. Car il se souvenait des mêmes pensées à l'époque de sa jeunesse et des promenades solitaires vers le lac de Udsløse. Il voulait devenir tout et rien. C'était son destin. Pour l'instant, il n'était pratiquement rien.

De chez lui, il n'entendit rien sur les *Catacombes*, même s'il était impossible que l'on n'eût rien remarqué.

Dernièrement, il n'avait pas eu beaucoup de temps pour penser à sa famille, tellement absorbé par ses études et son travail qu'à la fin de la journée il ne lui restait aucune force. Sa tête bourdonnait au moment de se poser sur l'oreiller, de sorte qu'en règle générale il sombrait dans le sommeil sans dépasser le stade de l'intention d'envoyer une lettre.

Les enjeux herculéens de ces deux derniers mois n'avaient aucunement résolu ses problèmes financiers, qui demeuraient toujours aussi graves puisqu'il refusait de dépendre de l'argent de son père. Les subsides de sa mère s'épuisaient, et il n'avait demandé à Mønster un peu d'aide, généreusement accordée, que parce qu'il était certain de gagner un peu d'argent avec le feuilleton.

Le tout dernier échange de lettres avec sa mère avait rouvert de vieilles blessures. Elle parlait de Noël qui approchait, occasion pour laquelle on l'attendait naturellement à la maison, à Strørød et Rørsmindegård. Mais il n'avait pas envie de passer Noël à la maison, ni de le fêter à Copenhague où il se sentait également sans foyer.

Il avait rendu compte dans une longue lettre de la maladie de Mønster, qui empêchait ce dernier d'entreprendre le long et épuisant voyage vers le presbytère de Thisted. Avec toutes les épreuves que Mønster avait traversées et toute la générosité dont il avait fait preuve à son égard, Lars estimait, écrivit-il, devoir le soutenir pendant la fête à venir serait juste. Il savait que s'il rentrait à la maison à Noël, le sang qui le liait à William, à sa petite sœur, à sa mère et à son père lui serait rappelé.

Il ne souhaitait pas revoir sa famille maintenant pour une autre raison : il voulait apporter l'anneau d'or au bijoutier de Lille Kannikestræde. Le manque de réaction des siens à son feuilleton ne le surprenait pas complètement, mais il n'arrivait quand même pas à trouver ça naturel, même si, pour être honnête, il se sentait à l'écart de toute espèce de compassion, particulièrement de la part de sa famille. Sa mère n'avait pas remarqué d'un seul mot ses débuts d'écrivain. Son père n'avait pas écrit un seul mot furieux.

Il ne connaissait pas leurs motifs. Que ce mutisme fût encore un brillant exemple du subtil oubli par la famille Mikkelsen d'un sujet pénible et chargé d'émotion n'était pas exclu. On excuserait justement le manque d'intérêt manifesté à son égard. Déchiré par rapport à cette absence de réaction, il avait pris une amère résolution concernant ce stupide anneau. Pourquoi aurait-il des devoirs vis-à-vis de valeurs affectives pour lui inconnues, envers une famille qui ne vint pas une fois à sa rescousse lorsqu'il se fit piétiner par les trois plus puissants organes du pays ?

C'était le langage de sa famille. Son mutisme. Son appauvrissement. Une confidence chuchotée à voix basse à celui qui ne pouvait plus rien entendre. À ce qui est mort. La confession finale de l'amour. Ou alors encore un reproche. Sa famille était une accusation, à la lumière de laquelle il fut soudain obligé de voir ses propres ambitions, ses aspirations artistiques. En prolongement de tout ce que Marie lui avait fait comprendre : l'art, son rêve, était-il en réalité simple bravade ? Construisait-il sa vie sur cela ? Une soif d'acceptation et de reconnaissance ? La prière d'une seule caresse, un seul mot affectueux ? Comme les acteurs du Théâtre Royal.

Par une matinée nuageuse, Lars se rendit chez August Bentzon dans Lille Kannikestræde.

« D'où tenez-vous cet anneau ? demanda le bijoutier.

– Une lettre l'accompagne », dit Lars en lui tendant l'enveloppe adressée au bijoutier.

Ce dernier ouvrit l'enveloppe, déplia la lettre et lut, levant parfois les yeux pour envoyer à Lars un regard examinateur par-dessus ses lunettes avant de se replonger en fredonnant et acquiesçant dans les affaires de sa mère.

« Votre mère me prie de faire évaluer l'anneau par les meilleurs spécialistes du pays : les experts du Musée national. Elle a eu la bonté de joindre divers renseignements sur son histoire. Il faudra cependant attendre quelque temps pour déterminer si l'anneau peut être qualifié de trésor et si vous pouvez donc recevoir une récompense.

– A-t-il de la valeur ? demanda Lars.

– L'or a toujours de la valeur, mais je peux vous expliquer qu'un kilo d'or vaut en ce moment deux couronnes et quarante-huit øres. Vous comprendriez donc, dit-il en soupesant l'anneau dans sa main, qu'il ne faut pas vous attendre à une grosse fortune. »

M. Bentzon demanda à Lars son adresse, puis rédigea une quittance pour l'anneau et la lui tendit :

« Je vous recontacte bientôt, jeune homme. »

Un soir, Lars rentra à la pension. Une lettre l'attendait. Il la retourna. C'était Edmund Adler.

Il frappa immédiatement à la porte de Mønster.

« Entrez. »

Il lui tendit la lettre.

« J'ai besoin de vos conseils, Mønster. »

Il lut la lettre et la lui rendit.

« Que voulez-vous savoir ?

– Il me propose un rendez-vous. La question est : dois-je y aller ? Et, dans ce cas : sans arme ? Je peux difficilement me permettre d'ignorer que sa critique de mon histoire est la seule comprenant des éléments positifs. »

Mønster sourit. Il tendit la main vers deux ou trois vieux numéros du périodique *Nær og Fjern*, cachés au fond du rayonnage.

« Vous êtes trop bon, Mikkelsen. C'est comme ça que le diable mène ses affaires. Je vous conseillerai de jeter d'abord un œil sur ces articles concernant le frère du Dr Adler. Si après vous vous sentez toujours obligé d'aller à ce rendez-vous, faites ce que votre conscience vous dicte. J'ai une croix à vous prêter. Je conseille aussi une guirlande d'ail et une série de conjurations.

– C'est une réponse pour le moins ambivalente. Pensez-vous que je doive aller ou ne pas aller à ce rendez-vous ?

– Lisez, répondit Mønster. Nous en reparlerons après. »

49

Décembre était gris et humide. Les trains arrivaient et repartaient vers de lointaines régions du pays. La seule poussière céleste qui descendait était de la particule de suie. Un brouillard gris et collant noyait Copenhague, et les jours passaient dans la bruine mêlée de neige. Ça sentait le sang de boucherie, l'écorce de tannerie et la poussière de métal. La fumée de charbon, la vapeur et la suie se déposaient en boue triste sur les remises, les entrepôts et les logements de service bordant les voies. Le vent, lorsqu'il soufflait, chassait les nuages de suie vers la ville, où ils se mélangeaient à la fumée des distilleries du quartier latin.

Les critiques de la presse avaient atteint Lars plus durement qu'il n'osait le montrer. Il se sentait las et se cherchait une excuse en accusant le climat de son découragement, mais savait bien qu'il n'expliquait pas tout. Les études l'exténuaient, disait-il, alors qu'il n'avait même pas la force d'ouvrir un livre. Ces nuits-là, il s'obligea à s'asseoir à son bureau. Il parvenait parfois, au prix d'une longue attente, à faire sortir une ou deux misérables lignes utilisables de sa plume, desséchée par ses longues pauses, mais en général il ne se passait rien. Se tourmenter relevait surtout du rituel et de la thérapie. Il ne renonçait pas et pouvait donc, avec meilleure conscience, s'endormir et se reposer les trop peu d'heures dont il avait besoin en sachant qu'au moins il avait essayé.

Si Mønster avait raison, ce que craignait Lars, un avenir aussi impraticable que des taillis de jungle l'attendait. Impensable que les journaux reconnaissent avoir eu tort ou réagi avec excès. Les journaux de droite ne tenaient pas à ce que la culture et les petits prosélytes conservateurs aux petits vers rimés qui acclamaient l'État fussent rossés par un anonyme sans tradition. Les cercles radicaux s'irritaient de tout texte qui n'était pas une attaque contre la droite. S'il écrivait maintenant quelque chose de mauvais, ils y verraient la confirmation qu'ils avaient eu raison. S'il écrivait quelque chose de mieux, ce serait une invitation à prendre une raclée encore pire.

Mønster s'efforça de le distraire, mais cela faisait vraiment écho à la mélancolie de Lars.

« Si vous essayez d'écrire quelque chose de plus sérieux la prochaine fois, on vous qualifiera de lourd et d'ennuyeux. Si vous cherchez au contraire à vous montrer plus léger, on dira que vous avez trahi le potentiel de vos débuts prometteurs. Cela fonctionne ainsi. On persistera à vous tourmenter jusqu'à ce que soit vous abandonniez, soit il ne reste aucun lecteur. »

Lars put enfin rassembler les forces de lire les articles de *Nær og Fjern* que Mønster lui avait donnés.

Il était fatigué en commençant sa lecture mais bien réveillé en terminant le dernier long article, un canonnage systématique du Dr Adler. Mønster s'était référé à ces articles le soir où, dans une ruelle sombre de Copenhague, le Dr Adler apparut devant eux comme une chauve-souris battant des ailes.

L'auteur, Markus Pontoppidan, était disait-on le rival du Dr Adler pour la chaire libre de professeur à l'université, toujours inoccupée. Lars lut les articles à cette lumière critique mais, même ainsi, le Dr Adler était massacré comme un petit gnome prenant une vigoureuse leçon dans la science qu'il prétendait pratiquer. Point par point, sa *Littérature d'exilés* était démontée de façon inspirée, à travers la dénonciation d'emprunts littéraires et de vols purs et simples. De longs passages se révélèrent écrits par Taine et Sainte-Beuve, sans les références nécessaires. Une véritable falaise de démonstrations. Le contraire de la langue gutta-percha gélatineuse et acrobatique du Dr Adler. Tous les mythes implantés depuis ses conférences révolutionnaires à l'université étaient exposés sans leurs faux plumages : le Dr Adler était un simple imposteur.

Dans les cafés, Lars avait entendu tant de discours respectueux envers le génie du Dr Adler, ce génie qui lui avait permis d'interpréter presque sans préparation un matériau aussi volumineux que la littérature européenne. Oui, même les nombreuses erreurs qu'il avait commises et été obligé de corriger dans l'édition révisée parue l'année dernière étaient excusées, dans les cercles où Lars entendait parler de lui, précisément par son manque de temps pour élaborer ses conférences. Mais l'attaque de Markus Pontoppidan, obstiné comme une sangsue, montrait autre chose. L'originalité de l'homme était toujours reconnue, mais quelle originalité. Certains de ses collègues à l'université, qui s'étaient permis de critiquer le Dr Adler, y avaient gagné une réputation de sécheresse et de médiocrité pour avoir défendu leur conception d'une science consistant en observations originales et citations de sources solides, menant à des conclusions qui n'étaient pas plus détaillées que ce que la matière permettait. Le Dr Adler, lui, ne s'était pas senti limité par la science qu'il prêchait, mais plutôt encore plus libre que la liberté, qu'il prêchait aussi.

Comment, des années plus tard, ne pas spéculer ? Pourquoi cet homme s'était-il estimé pressé par le temps avant ses conférences et pourquoi, par quel miracle, se servait-il de cela comme excuse pour s'approprier les idées originales d'autres personnes ? Un chercheur honnête s'apercevant que seul un détournement rendait son projet réalisable aurait suspendu ses conférences. Pas le Dr Adler. Lu des années plus tard, tout cela ressemblait à un vaste numéro d'escroc qui aurait réussi. Sa folle attaque frontale contre le Danemark, la littérature danoise et l'ensemble des institutions de la société avait plongé les gens bien établis dans un état de choc qui les rendait incapables de réfléchir rationnellement. Ce qui au premier abord ressemblait à du courage était ici démasqué comme bluff, manipulation et escroquerie. Mais entre-temps, les gens bien établis en étaient venus à incarner la répression et la stagnation, et le Dr Adler le progrès et la modernité.

« Lecture effrayante, n'est-ce pas ? dit Mønster lorsqu'un soir, Lars vint lui rendre les revues.

– Le plus effrayant étant peut-être qu'il a survécu à ces articles.

– Oh, vous savez quoi, Mikkelsen ? Ils sont déjà en route pour l'oubli. Et pour commencer, combien de gens les ont lus, à votre avis ? Non, il est bien plus important que le

Dr Adler ait été mentionné par la fameuse revue anglaise *The Academy*.

– Mais enfin, il a été mis à nu des pieds à la tête !

– En cette vie misérable, nos illusions nous sont enlevées sans grâce, dit Mønster. Mais voilà qui devrait vraiment vous rendre l'espoir, même s'il faudra évidemment des années pour faire oublier vos débuts.

– Et pourvu que j'aie la nature perverse du Dr Adler. Tout cela est-il réellement vrai ?

– Autant que je puisse en juger. Je n'ai trouvé aucune inexactitude.

– C'est bien horrible. Je ne peux aller au rendez-vous. S'allier à ces gens serait un contresens, contraire à tout ce que je crois.

– Juste à l'instant, le Dr Adler vous paraît peut-être un homme fini, mais attendez et voyez. Sainte-Beuve pense que rien ne peut mieux décrire la portée et la profondeur du talent de quelqu'un que d'observer quels adversaires et rivaux il se choisit de prime abord. Il faut bien dire que choisir le Dr Adler fait de vous quelqu'un de très prometteur. »

50

Il commença à neiger au tout début décembre. Les flocons s'effilochaient entre les cheminées fumantes de la ville, silencieux, et se déposaient sur le mastic, les panneaux des rues, les ponts et les chemins.

Lars se préparait à rencontrer Edmund Adler, ce qu'il regrettait déjà un peu d'avoir accepté. Devant son miroir, il nouait sa cravate. Dehors, la lune apparaissait de temps à autre haut dans le ciel au nord-est, entre de lourds nuages marbrés. Comme une pièce de monnaie ancienne et mal frappée, aux contours irréguliers tant qu'elle n'était pas encore pleine.

Ils étaient convenu de se rencontrer près de Christianborg, où Edmund Adler devait le jour même voir un membre du Parlement.

La neige s'était déjà déposée sur les bâtiments du château. Les statues avaient des calottes blanches. Les conducteurs de fiacre avançaient prudemment et les chevaux dérapaient de temps en temps sur les pavés, s'efforçant de garder l'équilibre sur le sol lisse comme un miroir, d'un blanc d'émail.

Lars arriva à l'heure dite. Adler n'étant visible nulle part, il commença à inspecter les lieux. Ils avaient échangé deux lettres. Lars avait proposé de simplement se rencontrer au restaurant *La Mer* de Nyhavn, où ils pourraient déjeuner. Mais Adler avait insisté pour le voir au Parlement. Lars comprenait bien qu'il voulait l'intimider. Il avait visité l'endroit deux ou trois fois, mais la solennité concentrée du château restait toujours impressionnante. Les bâtiments le long du manège, les étables avec les arcades, le manège couvert, le théâtre de la cour et les pavillons, près du pont de Marbre sur le canal de Frederiksholm. Tout l'apparat du pouvoir. Le Parlement lui-même occupait le rez-de-chaussée et une partie de la mezzanine qui menait vers la cour de cavalerie. Partout pendaient des peintures guerrières de précédents ministres et premiers ministres portant le ruban bleu de l'ordre de l'éléphant, les portraits graves et frappants des nationaux-libéraux. Lars se sentait comme une fourmi.

« Ainsi voici donc le jeune géant, dit Edmund Adler en apparaissant soudain derrière lui. Oui, nous n'avons pas encore eu le plaisir de nous rencontrer. »

Son visage allongé et ses yeux tristes avaient quelque chose d'un peu mélancolique, qui inspirait presque confiance.

« En fait, j'ai envoyé un manuscrit à votre frère il y a un certain temps. »

Edmund Adler leva les sourcils marquant sa surprise.

« Le manuscrit des *Catacombes* ?

– Non, un autre », dit Lars.

Ils se mirent à trotter vers Nyhavn.

« Qu'en a-t-il pensé ?

– Il ne l'a pas lu. Mais il a malgré tout estimé que je n'avais aucun talent. »

Edmund Adler éclata d'un grand rire.

« Ne vous en formalisez pas. Il refusa aussi, à l'époque, les premiers poèmes de Jens Jakob Jensen. Jensen est maintenant notre joyau de la couronne. Vous voyez bien ? »

Ils parvinrent au restaurant et s'assirent à une table réservée, dans un coin. Lars contempla, curieux, ce visage pâle et sans expression. Son front gardait encore la petite marque rouge du haut-de-forme. Au restaurant, on connaissait M. Adler et ses habitudes. Il lui suffit de claquer une seule fois des doigts pour attirer l'attention du serveur, puis les garçons fourmillèrent autour d'eux. Des pâtés de Bourgogne et de Strasbourg, ainsi que des fruits, arrivèrent sur la table. Du jambon de Bayonne luisant à la sauce Cumberland suivit puis, dans les couleurs danoises délavées : des homards rosés parés de mayonnaise et, enfin, des steaks de bœuf dans leur graisse.

Ils parlèrent de choses et d'autres, puis Edmund Adler leva son verre et porta un toast :

« Vous n'avez pas à vous sentir redevable à notre... mouvement. Je pense à l'article dans *Morgenbladet*. Ni... » Il fit de grands gestes : « ... à ça. Le repas est évidemment pour moi.

Mais nous avons pensé qu'il serait intéressant de lier plus étroitement votre nom au mouvement, puisqu'on semble suivre...

– La bonne tendance ?

– Exactement.

– Je ne me sens pas redevable d'une quelconque manière. Je pars du principe que vous avez écrit ce que vous pensiez sur les *Catacombes.*

– Naturellement. Je pensais seulement qu'après le savon que vous a passé la presse de droite, il se pourrait... il serait naturel que vous dussiez quelque chose... et donc, ce n'est pas le cas ?

– Non, ce n'est pas le cas, dit Lars. Et que veut précisément votre mouvement ? »

Edmund Adler tripota un peu les manchettes de sa chemise et regarda Lars sans comprendre :

« La liberté de pensée, la liberté de rechercher. La liberté de l'être humain. L'humanité.

– Au service de l'humanité, vous serez aussi pour l'avortement et l'abolition de la peine capitale ? Quelqu'un qui connaît la médecine doit-il régner sur les êtres non nés ? Qui doit déterminer la limite à partir de laquelle un fœtus est une personne ?

– Faites attention à ce que vous dites, répliqua Edmund Adler en agitant l'index devant lui. Vous êtes un jeune homme très intéressant, qui devrait avoir du succès auprès des dames. Mettez-vous donc dans la situation où vous mettriez une jeune fille innocente enceinte par accident. Vous, qui n'avez pas de revenus. Que feriez-vous ?

– Mais je ne parle justement pas de ce qui me conviendrait le mieux, répondit Lars. Si je devais vraiment me trouver dans cette situation, ce serait un malheur effrayant, mais je me serais mis moi-même dans ce pétrin, et donc devrais par moi-même chercher à m'en sortir. C'est ça que je comprends par liberté de l'individu : elle est liée à un devoir. C'est justement là que je vois la différence. Je parle de principes, alors que vous semblez surtout parler de ce qui vous convient le mieux. »

Edmund Adler s'éclaircit la gorge deux ou trois fois.

« Comme je l'ai dit et écrit, je trouve votre texte brillant. Mais on peut être un grand auteur et un piètre artiste. Nous pouvons vous aider à devenir un grand artiste. Vous avez envie de rendre la monnaie de leur pièce aux personnes qui vous ont attaqué sans raison ?

– Ne peut-on se contenter d'avoir une opinion sur ce sur quoi on a une opinion, et se déclarer d'accord ou pas d'accord ?

– Nous avons largement de ce genre d'opportunistes. Non, il nous faut des soldats. Des gens courageux. Sinon nous ne deviendrons jamais un vrai mouvement et une alternative sérieuse. Il n'y a pas de voie médiane. On est avec nous ou contre nous.

– Je crois, et j'ai toujours cru, que le pouvoir ne faisait que corrompre. Quels que soient ceux qui l'exercent. »

Edmund Adler le regarda avec une stupéfaction indulgente :

« Vous êtes donc anarchiste.

– Non, je n'ai pas la moindre envie de renverser la société.

– Alors vous êtes juste... irresponsable.

– Pourquoi votre frère persiste-t-il à diffuser des éditions révisées de *Littérature d'exilés* ? »

Edmund Adler le regarda, de nouveau surpris et attentif :

« Je n'en sais rien. Il a entrepris quelques corrections ici et là. Ce fut effectivement l'objet de quelques remarques à l'époque. Et ça se lit encore. Pourquoi cette question ?

– Ça paraît davantage traiter de politique que de littérature. »

Edmund Adler claqua la langue avec indulgence :

« Tout art est politique. Et, de temps en temps, la politique peut être de l'art.

– N'est-ce pas Bismarck qui a dit quelque chose dans ce genre ? »

Edmund Adler ne répondit pas.

« On promet beaucoup aux élections et on oublie tout une fois au Parlement. N'est-ce pas ce que votre frère a fait ?

– Souilleriez-vous, simple bachelier, l'intégrité du Dr Nathan Adler, mon vénérable frère ?

– Non, il me semble qu'il y arrive merveilleusement tout seul. Avec la meilleure volonté, je ne parviens pas à voir la différence entre vous, votre frère et l'ordre établi.

– Vous êtes bien impudent, jeune homme. » Il frappa des poings sur la table et se leva à moitié. « J'ai défié des adultes en duel pour des insultes moins graves. Que vous imaginez-vous donc ?

– Que vous ne souhaitez pas me défier. Si vous le faites, d'après les règles, je choisis l'arme. Et ce ne sera pas le pistolet. Les pistolets sont pour les gamines. Et vous, monsieur Adler, vous seriez un homme mort avant que votre témoin ait eu le temps de dire stop. »

Edmund Adler se rassit, le visage blanc, des perles de sueur sur son crâne à moitié chauve.

Lars se leva. Il le remercia pour le repas d'une révérence. Il le remercia aussi pour l'offre, mais il devait, dit-il, s'excuser de la décliner.

« Je sais que c'est certainement une grande erreur et que ma raideur d'esprit me vaudra des difficultés toute ma vie. Mais je vous demande pardon : je ne peux écrire avec un bras tordu dans le dos. Ni pour un parti, ni pour l'autre.

– Vous n'irez pas loin, jeune homme.

– J'irai jusqu'où je peux aller par mes propres forces.

– C'est bien ce que je dis : vous n'irez pas loin. Dans la vie, on ne combat pas toujours pour ce que l'on croit et on ne croit pas toujours en ce pour quoi on combat. Vous êtes très naïf. Pour qui vous prenez-vous ? Croyez-vous réellement être le seul qui, à tort ou à raison, ait été malmené par la presse ? Comment imaginez-vous les relations de Søren Kierkegaard avec Corsaren ? Comment imaginez-vous le sort de H. C. Andersen, une fois son époque de gloire passée ? Et vous vous compareriez à eux, vous, auteur inconnu ? »

51

Marie vit bien peu Lars pendant le mois de Noël. Elle lut les deux derniers épisodes du feuilleton, qui sortirent sans être attaqués. Elle prit soin de lui envoyer le jour même une carte de félicitations, mais l'histoire ne lui faisait pas plus forte impression. Elle s'était sentie un peu bête à certains passages, qu'elle trouva peu clairs, mais même Rebekka Levi ne put interpréter les endroits les plus obscurs du texte. Elle ne réussit qu'à contribuer, dans le portrait de l'impénétrable cavalier de Marie, aux « regrets indéfinis » qu'elle accentuait en clignant de l'œil. Marie rougissait et toutes deux se mettaient à ricaner. Rebekka avait déduit cette interprétation de l'examen lourd de sens que Dreyer avait fait de l'exploration des souterrains de Copenhague.

Marie avait rencontré nombre d'écrivains pendant son enfance et sa jeunesse, mais le processus de création restait pour elle mystérieux. Sans que le tableau se cristallisât bien dans sa tête, elle voyait presque l'élaboration de poèmes et de romans comme une activité placée à un moment de la journée ou de la soirée, lorsque le vrai, le véritable travail, laissait une heure de libre. Elle passa avec Lars, après leurs promenades près des lacs, plusieurs après-midi au café, et il lui envoya aussi plusieurs cartes, mais elle trouvait désormais le temps bien long entre ses visites. L'intervalle entre les déclarations pleines de douceur de ses courtes lettres aurait pu, lui aussi, être plus court ; et ses déclarations, plus claires. Elle trouvait que ses derniers télégrammes recelaient quelque chose de sec, de presque mathématique. À sa grande surprise, elle se rendit compte, attentive et même vigilante lorsqu'ils passaient une heure ensemble, qu'il ne s'agissait pas que de ses lettres.

Ce qu'elle écoutait auparavant sans s'attacher à autre chose qu'au son agréable de sa voix ressemblait davantage à des phrases de politesse qu'à des déclarations d'amour.

Il essaya d'expliquer pourquoi il fallait des jours, oui, des semaines pour obtenir une atmosphère permettant de monnayer quelques lignes de poésie, mais elle ne le prit pas vraiment au sérieux. Elle vivait dans une ville où des gens écrivaient en une demi-heure lettre exemplaire sur lettre exemplaire, et ne distinguait pas très clairement une correspondance « au style de Copenhague » du simple placement, plus ou moins exact mais conquis de haute lutte, d'un iambe ou d'un trochée. Elle le trouva prétentieux lorsqu'il s'efforça d'utiliser l'art pour les diviser, dit-elle en le soupçonnant sans détour d'y chercher une mauvaise excuse parce qu'en réalité elle l'ennuyait.

Ainsi avait-elle bravement conquis sa compagnie et remporté une série de petites victoires, plus importantes qu'elle l'imaginait, car c'était cette langue amoureuse franche par excellence qui l'avait séduit chez elle. Son courage à exprimer des sentiments que lui, maladroit et un peu blasé, dissimulait ou dont il doutait. Sa simplicité concrète dans ce monde auquel Lars ne se sentait souvent lié que de façon théorique.

Il s'était surtout éloigné d'elle après les critiques des journaux. Elle savait qu'elles l'avaient atteint. Puis il avait évité de participer à une promenade prévue depuis longtemps au bazar de Noël, près de l'église Nikolai.

Rebekka et Dreyer accompagnèrent Marie à sa place. Les deux jeunes femmes achetèrent également leurs derniers cadeaux de Noël à Østergade, et consacrèrent un temps disproportionné, au goût de Dreyer, à l'exposition d'articles de blanc de Wessel et Vett, près de l'Hôtel du Nord.

Il neigeait.

Dans les rues, les fiacres se traînaient devant la foule des petits marchands en fourrure. Les cochers se plaignaient, enveloppés de nuages de vapeur, de ne pouvoir apporter leurs marchandises aux boutiques de la ville. De petits troupeaux d'enfants écrasaient leur nez sur les masses de jouets des boutiques pendant que d'autres, en petits cortèges, allaient chanter aux lanternes dans les rues latérales.

La somptuosité de la soirée précédente, pour l'union de la

princesse Thyra avec le duc de Cumberland, absorbait les deux jeunes filles. La fête s'était conclue par un feu d'artifice sans pareil, avant que Leurs Altesses royales la duchesse et le duc fussent accompagnées à la gare, puis vers Fredensborg. De deux cent soixante-cinq dames, la princesse avait reçu un écrin resplendissant comme la pluie de neige brillante qui les réveilla ce matin-là. Resplendissant comme l'idée qu'ils se faisaient de la manière d'entrer dans le saint mariage, ce qui ne conviendrait peut-être pas à d'autres moments moins affectés. L'écrin avait été fabriqué par le joaillier P. Hertz, une copie aux trois-quarts de l'écrin de Sofie Amalie, conservé dans la collection de Rosenborg. Le petit coffret rayonnait de vermeil, garni de huit diamants et de cinquante-deux authentiques grenats de Bohême. L'intérieur du coffret était doublé de maroquin véritable d'un bleu profond et, sur le devant, la signature de la princesse était inscrite en diamants.

« Toutes les femmes devraient recevoir de tels cadeaux », déclara Rebekka, exaltée, pressée comme une conspiratrice contre Marie, avec qui elle chuchotait sans arrêt en faisant la folle.

Mais elle remarqua que toutes ces discussions relatives au mariage avaient suscité chez Marie une petite mélancolie, et lui demanda ce qui n'allait pas.

« Je crains qu'il soit déjà lassé de moi », dit Marie, qui lui raconta combien Lars s'était renfermé, se trouvant toutes les besognes possibles pour éviter de la voir.

Rebekka n'imaginait pas que les critiques du feuilleton eussent pu ainsi éloigner Lars, et pensa immédiatement qu'autre chose se tramait. Seigneur, elle aussi avait subi l'expérience de mauvaises critiques pour son premier livre, mais sans désespérer. Elle avait toujours trouvé chez M. Mikkelsen quelque chose de mystérieux. Qu'il lui eût dit la vérité ou non concernant le Dr Adler et son manuscrit du *Meurtre du roi Godfred*, cet épisode témoignait de sa volonté, de son ardeur : arriver de province et croire qu'il pourrait passer par-dessus tous les intermédiaires. Cet épisode témoignait d'un caractère fort et d'une mentalité de fauve. Puis il avait choisi, à son grand plaisir mais aussi à sa grande surprise, d'offrir son amour à Marie. Rebekka croyait qu'il irait vers une jeune fille plus disgracieuse mais riche, susceptible de lui apporter l'assurance financière qui lui manquait et cette si nécessaire promotion sociale. Quelle nature complexe. Paradoxale. Elle interrogea Marie et fut à nouveau surprise. Après le bal, Rebekka s'était imaginé M. Mikkelsen en palefrenier galant un peu démodé, un protecteur qui défendrait chevaleresquement jusqu'à la fin l'innocence de Marie. Mais elle s'était apparemment bien trompée sur le bon M. Mikkelsen. Ses mains avaient touché partout le corps de Marie, réalisait-elle, sa respiration brûlante avait mouillé ses oreilles, et son baiser avait laissé Marie toute faible et sans défense. Pensez, il avait cela en lui. Sigurd aussi. Mais ils étaient si différents sur d'autres plans. Sigurd glousserait avec dédain de mauvaises critiques et se débarrasserait de ses ennemis, sans se laisser marcher dessus.

Un soir, elle avait observé le torse nu de Sigurd et vu son visage de profil, et la ressemblance entre les deux hommes l'avait frappée. Sigurd n'avait pas le buste large et les bras puissants de M. Mikkelsen, mais leurs mains à tous deux étaient fines et soignées. Ils avaient tant de particularités en commun, le sourire, les yeux, les oreilles. En s'allongeant entre ses draps pour s'endormir, elle eut brièvement l'illusion que les deux visages se chevauchaient, et Sigurd dut la tenir fermement, très fermement, car elle faisait rouler sa tête sur l'oreiller pour chasser l'un des deux visages.

Une crainte traversa soudain Rebekka. Elle se sentit en partie responsable d'avoir poussé Marie dans les bras de M. Mikkelsen et en vint à penser à la scène de bordel que, selon Sigurd, M. Mikkelsen avait écrite avant de l'enlever.

« Que M. Mikkelsen s'intéresse de moins en moins à vous... comment cela a-t-il commencé ?

– Que voulez-vous dire ?

– Vous aurait-il fait des avances que vous auriez refusées ?

– Des avances ? »

Rebekka soupira :

« M. Mikkelsen pourrait avoir des besoins qu'il ne se sent plus en mesure de contrôler en votre présence ?

– Je n'y ai pas pensé », dit Marie en se mordant la lèvre.

Ils marchèrent vers Købmagersgade et atteignirent le coin de Ranchs. Là où normalement les jeunes amoureux se retrouvaient, le trottoir était occupé par un chœur d'église, qui chantait Noël au bénéfice des pauvres.

« Mais s'il s'agit de cela, que dois-je faire ? Que me conseilleriez-vous, mademoiselle Levi ?

– Puisqu'il ne vous a pas encore demandé votre main, je peux difficilement vous conseiller l'inconvenance, non ? Je veux dire qu'en cas de fiançailles, le scandale est moins grave s'il se produit quelque chose, si vous me comprenez ?

– Je comprends », dit Marie.

Dreyer, qui marchait derrière elles, s'éclaircit la voix. Il avait fait l'homme occupé à étudier la cohue affairée et les vitrines de Noël ornées d'ouate des boutiques, mais saisissait en réalité bien assez de mots pour se faire une idée de ce dont parlaient les deux jeunes filles.

Rebekka se retourna vers lui et dit :

« Sigurd, retrouvons-nous ici dans une heure. Je crois bien que je vais suivre Mlle Otterup à la maison.

– S'agit-il de M. Mikkelsen ? demanda Dreyer. Je suis certain qu'il n'a besoin que de paix et de calme... »

Convaincu que les femmes en général, mais Marie en particulier, feraient exactement le contraire de ce qu'il proposait, il suivit un peu les filles des yeux, puis tourna les talons et se rendit en hâte à la pension, où il savait que l'auteur malheureux pansait ses blessures dans une majesté triste et solitaire.

« Est-ce vous, Dreyer ? » demanda Lars en ouvrant la porte de la mansarde.

Il était enveloppé dans une épaisse couverture et tournait en rond, en chaussures de jonc, ressemblant à un chat étranglé.

« Mon Dieu, vous allez mourir de froid. »

Dreyer s'assit près du bureau et se délecta à la vue d'une feuille de papier blanche comme neige.

« Arrivez-vous à écrire en abandonnant ainsi vos obligations sociales envers nous autres ? demanda-t-il en se tournant vers Lars qui, assis sur le lit, balançait ses jambes pour faire circuler le sang.

– Pas beaucoup, répondit-il.

– Ça reviendra. »

Lars posa quelques questions sur les jeunes filles, ce qui fit prendre au visage de Dreyer des traits plus graves. Il allait lui faire part de l'affaire telle qu'elle se présentait, dit-il, et s'excusait à l'avance si M. Mikkelsen pensait qu'il se mêlait de choses qui ne le concernaient pas.

La question était bien, continua Dreyer, que Marie tournait en rond, malheureuse, certainement à cause de M. Mikkelsen. Avec son humeur inégale, elle pourrait trouver à s'occuper de manière bien inspirée, mais aussi agir inconsidérément.

« Un scandale vous apporterait encore davantage de honte et de malheurs. Imaginez-vous que quelqu'un ait vent de votre éventuel assaut irresponsable d'une jeune fille innocente, en plus de l'hommage déjà rendu au feuilleton. Vos ennemis y trouveraient matière à être justifiés. Et après le débat dont votre histoire a accouché dans de nombreux cercles, on pourrait par-dessus le marché se charger de faire connaître publiquement un tel méfait pour apaiser un peu la mauvaise conscience qui pèse nécessairement sur les critiques.

– Vous avez raison, Dreyer. Je le sais. Je dois me comporter de manière froide et contrôlée en toute circonstance. Le pire serait d'amener la honte sur Marie. »

Dreyer se leva et tourna la poignée de la porte.

« Je reviendrai. Froid et contrôlé, oui. Ou alors défoulez-vous, mais là où ça n'est pas grave, dit-il en clignant de l'œil.

– Encore une fois merci, Dreyer. Je vous suis profondément reconnaissant. »

52

Marie Otterup faisait dans sa tête un compte compliqué. Comme chaque soir, elle dénombrait dans son journal depuis combien de jours, d'heures, de minutes et de secondes ils se connaissaient. Un matin juste après Noël, elle termina un petit paquet pour Lars. Mais devant la fenêtre de sa mansarde, elle se mit à douter. Elle regretterait tant de l'embarrasser.

C'était un stylographe, sur lequel elle avait fait graver son nom. Il aurait dû l'avoir le soir de Noël, mais sans nouvelles de lui depuis des jours, elle n'avait pas osé le lui apporter. Elle remit le paquet à Tine et la pria de le déposer dans sa chambre, puis s'éloigna rapidement. Mais à la vue de la médiocre pension, où son pauvre aimé gelait comme un oiseau transi, son cœur se serra. Aussi prit-elle vite une décision, fit demi-tour et se fit ouvrir la porte de service par Tine.

Ni Lars ni Mønster n'étaient à la maison. Elle entra dans la chambre de Lars et marcha d'abord un peu dans son capharnaüm solitaire, puis s'employa à débarrasser le linge qui traînait par terre et le pendit à un siège. Elle posa ses chemises contre sa poitrine et respira son odeur. Ils étaient vraiment faits l'un pour l'autre. Elle le savait.

Elle s'était interdit de fouiner et ne lut donc pas les nombreux tas de papiers qui gisaient sur le bureau, mais les déplaça juste un peu, afin que cela paraisse mieux rangé. Elle alluma une paire de bougies et finalement s'enveloppa d'une couverture, s'assit sur le lit et attendit.

« Mademoiselle Otterup, dit Lars, ahuri, lorsqu'il apparut une demi-heure plus tard.

– C'était à mon tour de vous effrayer. Voici votre cadeau de Noël.

– Vous êtes bien trop bonne, dit-il en s'asseyant près de ses pieds, le dos contre le lit, pour déchirer le papier.

– Et vous êtes trop dur avec vous-même », répliqua-t-elle en se glissant à côté de lui. Elle mit sa main dans la sienne et fit de la place à son bras derrière son dos.

« Et je n'ai rien pour vous, mademoiselle Otterup.

– Tant pis. Nous n'étions convenu de rien concernant les cadeaux de Noël. J'avais juste envie de vous offrir quelque chose. »

Elle le regarda, méditative.

« Je me suis demandée si vous ne voudriez pas ne plus me vouvoyer lorsque nous sommes seuls. Ne pourrions-nous pas nous dire tu désormais, Lars ? »

C'était la première fois qu'elle l'appelait par son prénom.

Il la serra contre lui et ils restèrent longtemps enlacés, sans parler.

Un soir, devant son miroir, Marie avait pris la décision de laisser Lars faire ce qu'il voudrait, s'il fallait ça pour le garder. Elle avait un instant retenu sa respiration en fermant les yeux et fait le signe de croix, se sentant comme un agneau de sacrifice. Mais maintenant qu'ils étaient assis ensemble, si proches, ça allait mieux.

Elle prit son visage dans sa main et l'embrassa.

« Tu peux, si tu n'arrives pas à attendre », lança-t-elle.

À l'instant où elle le dit, elle le regarda d'une manière qui le fit se sentir monstrueux.

Il était un raté et se sentait raté. Tous le haïssaient et lui avaient déclaré la guerre. Sa famille, les journaux, son père à elle, tous ensemble. Il s'était complètement trompé. Personne ne le comprenait.

Il réfléchit à relater étourdiment son enfance misérable mais se retint. On pouvait faire croire aux gens qu'on traînait un spectre venu de son passé, sans toutefois pouvoir leur montrer. Alors à quoi bon ? De plus, quel droit avait-il de l'embarrasser avec ça ? Sa mauvaiseté ? Et bientôt, le doute s'insinua. Qui parlait désormais ? Lui-même ? N'était-ce justement pas l'excuse de sa famille afin d'évincer, par ce mutisme qui l'écrasait maintenant lui aussi, toute chose importante ?

Le pire de tout était : comment le lui expliquer ? Entre eux s'élevait son opposition d'enfant contre sa famille. Il ne pourrait pas l'exprimer sous une forme facilement compréhensible. Il parvenait à peine à la formuler pour lui-même. Mais le mauvais traitement infligé à sa personne et à son histoire dans les journaux avaient fait remonter l'amertume. C'était lui face à la bourrasque. Lui contre le reste du monde. Comment mesurer cela à l'amour qu'il ressentait pour Marie ? Pourquoi ne pourrait-il pas passer outre et oublier ? Mais il savait qu'il en allait ainsi. Elle lui faisait parfois sentir qu'elle était le miracle de l'amour, qu'elle pourrait l'aider. Elle lui avait fait comprendre comment sa vie, par certains côtés, serait peut-être cohérente. Plusieurs fois, en le regardant, en l'embrassant ou en lui tenant la main, il avait vu en elle un don inimaginable. Absolument nécessaire. Il serait un sale gosse ingrat de ne pas écrire immédiatement une lettre de réconciliation à sa famille, avant d'aller trouver le fondé de pouvoir de la Caisse d'épargne C. J. Reisz pour retirer une somme conséquente et la noyer sous les fleurs et la soie suédoise. De ne pas immédiatement abandonner ses études de philologie sans objet pour s'inscrire en droit. Il cligna des yeux et s'imagina l'avenir, chef de bureau à la cour du contredit, dans un quelconque local poussiéreux, un petit appartement avec Marie à ses côtés et une portée de « gosses » aux pieds, et cela ne lui parut ni absurde, ni impensable. Mais des objections surgirent tout de suite : faire de Marie et de l'amour un moyen de soigner sa maladie soulevait bien, à nouveau, le problème de la cohérence. Où cela menait-il ? Cet amour plus mûr n'était-il pas qu'une nouvelle fuite, comme l'amour immature auparavant ? Et, de nouveau, la même question lui courut dans la tête : qui parlait ? Lui ou sa famille ? Était-ce ce sang misanthrope et sans amour qui coulait ? Qu'il se trouvait comme excuse ? À quel point était-il vraiment lui ?

« Tu es redevenu tellement silencieux, dit-elle. Tu n'es pas fâché contre moi ? »

Non, il n'était pas fâché contre elle à cause de sa proposition. Au contraire, il en était ému. Mais il éprouvait de la colère contre lui-même. Et il ne *pouvait pas* se résigner à jeter encore plus de honte sur sa vie.

« J'ai besoin de temps pour réfléchir », répondit-il.

Elle le regarda, effrayée, et la lueur des bougies erra un instant dans ses yeux.

« À nouveau ce regard, dit-elle. Ne me regarde pas ainsi. »

Mais à l'instant où elle disait ces mots, il sentit qu'elle venait de voir toutes ses limites, comme lui maintenant pensait voir celles de Marie. Il scruta et scruta les flammes, ses yeux, le lointain avenir, scruta profondément dans son âme, et, même si le jugement était dur, il le savait exact. Son âme d'artiste marquée au fer était condamnée à une vie de loup solitaire, à mi-chemin entre le monde sauvage d'où il venait et qui le tuerait s'il y retournait, et les maisons des hommes, dont il ne devrait contempler les flammes enjouées qu'à distance. Trois noms s'agitaient au fond de lui : K. J. Gandrup, Charles Ebers et Nicolaj Richardt. *Fædrelandet*, *Dagbladet* et *Dagens Nyheter*. Il ne connaissait aucun d'eux et ne les haïssait pas non plus. Mais il souhaitait, étrangement sans aucune passion, les voir morts. Il ne connaissait pas leurs raisons personnelles pour avoir écrit ce qu'ils avaient écrit. Mais il savait qu'il se vengerait d'eux, l'un après l'autre. Que cela lui prenne un an ou dix était indifférent. Mais tous, qui avaient étanché leur illégitime soif de sang sur son nom, étaient responsables de leurs actes. Lorsqu'ils cassaient un doigt, il couperait un bras, et, pour un coup reçu à l'estomac, il décapiterait. De Charles Ebers et Nicolaj Richardt, il savait par Morten Kraft qu'ils étaient certainement plus adlériens que nationaux-libéraux. Ce qu'on est capable de faire aux autres, pensa Lars, en proie à la soif de vengeance plus qu'à l'amour. Il lui faisait tellement plus mal de regarder Marie et de savoir que les actes de ces trois exécuteurs allaient beaucoup plus loin qu'eux-mêmes en avaient conscience. Tout cela devrait simplement lui faire aimer Marie, mais non, ça ne faisait qu'aggraver sa colère. C'était désespérant. Il était né avec un sang maudit dans les veines. Il était un guerrier. Et ce sang de guerrier, même elle ne pourrait le délayer. Tout ne serait qu'un effrayant combat, et il ne pouvait pas lui offrir ça.

Avec lui, elle se flétrirait, dépérirait, mourrait. Elle qui se nourrissait de la vie autour d'elle et à son tour la semait généreusement irait vers l'isolement auquel il se savait voué et s'y décomposerait. Elle qui répandait la joie ne devait pas être destinée à l'amertume qui, il le savait, l'attendait.

Lorsqu'ils se dirent au revoir, Lars avait conscience qu'il devait rompre.

Il aurait besoin d'un asile existentiel. Avoir la permission d'arrêter le temps. Pouvoir être exactement aussi misérable que ce qu'il ressentait. Chercher le réconfort au crépuscule. Et une délivrance entre les bras d'une prostituée aux gros seins.

« Tu ne devineras jamais à quel point je suis heureux de ton cadeau, dit-il en voyant comme elle était triste.

– Voilà bien quelque chose de singulier », répondit-elle. Et lorsqu'elle partit, il se rendit compte de ce qu'elle avait voulu dire, et trouva que c'était singulier.

« Besoin de temps pour réfléchir », se répéta Marie en pensant qu'il aurait aussi bien pu poser ses mains sur son cou et serrer.

Les soirs suivants, avant le nouvel an, elle monta la garde près de la pension. Elle ne comprenait pas, elle ne se fiait plus à lui et elle avait peur. Elle gelait, elle se sentait jetée au rebut comme une vieille marionnette et elle était jalouse. Dès le deuxième soir où elle le suivait, il quitta la pension vers huit heures trente pour descendre vers Helsingørsgade.

Elle fut à un moment tout près de crier après lui mais abandonna et se contenta de le suivre. Lorsqu'il disparut dans un étroit escalier menant à une cave, où il n'avait à sa connaissance rien à faire, son cœur commença à battre violemment. En passant devant, elle vit les lumières rouges brûler en contrebas et se mit à pleurer.

Gelée, elle demeura une heure derrière un arbre, à proximité, avec le plaisir étouffant d'avoir été avilie comme une misérable chienne. Lorsqu'il reparut, des larmes roulèrent sur ses joues. Elle fit attention à ne pas être vue. Elle arrangea son visage couvert de pleurs et respira profondément. Personne ne devait la voir. Personne ne devait rien découvrir. Elle voulait faire comme si rien n'était arrivé et purger son sang du souvenir de Lars. Comment *pouvait*-il ?

53

Le soir du nouvel an, un petit homme mince avec une moustache grise et des sourcils broussailleux gris foncé, portant une redingote grise, une veste grise et aux cheveux gris sous un chapeau de soie gris quitta son appartement de Gothersgade, à l'étage au-dessus du *Commerce et Édition musicale Wilhelm Hansen.* Cet homme de quarante-deux ans, qui portait sous le bras une petite serviette en cuir de Russie gris, était avocat et s'appelait Kristian Mantzius. En plus de son occupation d'avocat, qui impliquait le droit de postuler devant la Cour suprême, il était administrateur d'une longue série d'immeubles de rapport ainsi que d'un certain nombre de fonds, dont la fondation Nonny Klein.

Cet avocat correct, qui normalement allait son chemin sur des sols mieux cirés, monta, complètement impassible, l'escalier sombre de la pension. Dans les coins gisaient quelques restes de bouts d'écorce et de petits morceaux de charbon noirs. Du dos de son gant, il frappa à la porte de la mansarde.

« Vous êtes Lars Mikkelsen ? » demanda-t-il lorsque Lars ouvrit.

Lars opina.

« Je viens à propos de l'anneau.

– L'anneau ? demanda Lars en pâlissant.

– Puis-je entrer ? » s'enquit l'avocat Mantzius en s'asseyant sur la chaise de bureau de Lars, indifférent au désordre et au froid. Il ouvrit ensuite sa serviette et en sortit une pile de papiers.

« Vous êtes le Lars Mikkelsen qui, il y a un certain temps, a apporté à la boutique du joaillier August Bentzon, sur Lille Kannikestræde, un antique anneau d'or.

– Oui, mais...

– Je ne suis pas autorisé à entrer dans les détails. Mais un mécène très intéressé par l'archéologie et très heureux de l'apparition de cet anneau, également homme de lettres passionné, se trouve derrière une fondation qu'on ne sollicite pas, mais qui peut offrir de l'argent lorsque cela paraît justifié. J'ai donc le plaisir de vous communiquer que vous êtes l'heureux bénéficiaire de la fondation Nonny Klein. »

Il tendit à Lars quelques papiers et lettres et ajouta :

« Et je n'ai reçu aucun autre message que celui de vous remettre la lettre. »

Sur laquelle était inscrit : *De la part d'un admirateur.*

« Vous verrez, dit l'avocat Mantzius, qu'il s'agit en partie de mainmortes, conditionnées par un voyage d'études à Paris pour une période spécifiée. L'argent du voyage ainsi que de l'argent de poche sont compris. De plus, vous recevrez en trois ans à dater de ce jour quinze cents couronnes, à utiliser pour vous perfectionner en tant qu'auteur.

– Pardon ?

– Lisez, jeune homme », dit l'avocat en indiquant la lettre.

Lars lut la lettre, regarda l'avocat et cligna des yeux, soupçonneux. Il se rappela soudain les blagues du nouvel an de son enfance, quand on ligotait la chèvre du voisin sur la cheminée ou que l'on mettait un seau rempli de fumier au-dessus d'une porte ouverte. Il se leva, marcha et s'immobilisa devant le petit homme. Il le regarda avec curiosité et ricana.

« Aïe, lança l'avocat lorsque Lars lui tira un petit coup la moustache.

– Qui donc joue à l'amusant avec moi ?

– Je vous assure que ça n'a absolument rien d'amusant. Cela a même fait un peu mal. Je ne porte pas non plus de perruque, au cas où vous ressentiriez le besoin de me tirer les cheveux.

– Qui vous a envoyé ?

– Je n'ai pas la permission de...

– Mais je devrais avoir droit à ce que...

– Il est de votre plein droit de refuser le don de la fondation. Mais étant donné votre situation économique...

– Que savez-vous de ma situation économique ?

– Je ne suis pas autorisé à... »

Un froid rigoureux s'installa au nouvel an et les lacs se couvrirent de glace. Les bouchons de champagne sautèrent dans les appartements, les rues, les ruelles et les palais de Copenhague. Le nouvel an s'accompagna de fusées et de pétards, les rues se remplirent de gens ivres habillés pour la fête. Toute la soirée, Lars eut envie de courir raconter à Marie l'heureuse nouvelle, mais y renonça. Il voulait s'assurer que la chance qui venait de lui sourire de manière si inattendue n'était pas une erreur. Car elle signifiait... elle signifiait tout.

Mønster arriva, habillé pour la fête, verre de champagne en main. Il descendait, la maison était pleine d'invités.

« Mønster, ce n'est pas vous qui... ?

– Moi ? Je suis ici pour gratter l'argent que vous me devez, dit-il en tapant sur l'épaule de Lars.

– *De la part d'un admirateur* ? Paris ?

– Réjouissez-vous donc, jeune homme. Tout commence à s'arranger. »

Presque juste le jour anniversaire du premier terrible meurtre, l'inspecteur Leo Farker observait de son appartement quelques jeunes gens qui, dehors dans la nuit, mettaient à l'épreuve la glace du lac Sortedam. Même à cette distance et malgré leurs bonnets en peau d'ours, il pensait reconnaître en l'un d'eux le jeune homme rencontré au cours d'un dîner chez le conseiller à la chancellerie Jørner. L'autre était en tout cas le fils du pasteur bien connu, Mønster.

Il tenait son genièvre dans une main et un long cigare dans l'autre. L'hiver s'était installé. Il faisait presque tout le temps sombre, et il faudrait attendre longtemps le printemps, avant que le soleil puisse se deviner sous une autre forme qu'un petit rideau de nuage allumé en fin de journée à l'ouest.

La neige reposait partout sur la ville, sur les appuis des fenêtres et dans les rainures du mastic. Les cristaux de glace accrochaient la lueur des lanternes à gaz rougeoyantes.

Les temps étaient difficiles. Une dépression économique pesait sur l'Europe comme un dais de nuages qui ne voudrait pas s'alléger. Toute la décennie, avant cette année, avait été marquée par un mouvement de croissance. La richesse et le bien-être n'avaient pas disparu d'un coup, ils étaient juste inégalement répartis. Il y avait davantage de riches et davantage de pauvres. Ainsi qu'un grand chômage.

C'était pareil dans toute l'Europe. Dans l'Allemagne de Bismarck, dans la France de Mac-Mahon, dans l'Angleterre de Victoria, chez le tsar russe. La nouvelle que la princesse Dagmar, très occupée par ailleurs au palais impérial russe à rapprocher les Romanoff et la famille royale britannique, avait mis au monde un fils, Michael, se noya presque dans l'inquiétude générale. Dans tous les pays sourdait l'agitation des travailleurs ou des mouvements libéraux, et, par-dessus tout, les gouvernements de tous les pays craignaient de nouvelles guerres. En Suède et en Norvège, la question de la défense était presque aussi intensément débattue qu'au Danemark. Au centre de la conscience de chaque pays se trouvaient Bismarck et la grande puissance allemande. Bismarck avait interdit la social-démocratie en Allemagne. Et ici, le mouvement unitaire tel qu'il avait existé jusqu'ici s'était disloqué en un parti et un mouvement ouvrier.

Il courut quelques rumeurs non confirmées selon lesquelles l'Allemagne et l'Autriche devaient par un traité en octobre annuler le paragraphe 5 de la paix de Prague de 1866. Tout espoir de récupérer la partie danophone du Schleswig était perdu : la question de l'appartenance du duché était tranchée. Les rumeurs prétendaient qu'il s'agissait de la réponse de Bismarck au mariage, en décembre, de la princesse Thyra avec le duc de Cumberland. Mais ce n'étaient que des rumeurs.

Le monde personnel de Leo Farker reflétait presque la pesante atmosphère politique.

Deux semaines plus tôt, lui, K. L. Trier, et deux employés étaient allés sur Dyvekestræde attraper Ole Nielsen, qui avait disparu un certain temps.

Mais un soir, Leo Farker, convaincu qu'Ole Nielsen se trouvait chez lui, doutait pourtant déjà qu'il fût leur homme. Farker s'était rendu à Amager deux ou trois fois pour discuter avec les habitants du voisinage, qui le connaissaient. Ces gens lui avaient, indépendamment les uns des autres, donné un alibi qui couvrait toute la nuit du meurtre. Tous mentionnèrent son humeur instable, mais dirent aussi qu'il ne ferait pas de mal à une mouche. Plus tôt dans la soirée, il était sorti pêcher et, au moment où le meurtre d'Alberta Grüner avait vraisemblablement été commis, la femme qui lui louait une chambre l'avait entendu chanter fort au point de devoir lui taper dessus pour le faire taire.

Devant la porte de cette petite habitation minable d'Amager, ils entendirent aussi des chansons paillardes s'élever depuis la chambre d'Ole Nielsen. Et lorsqu'ils ouvrirent, puisqu'ils n'arrivèrent pas à hurler assez fort pour se faire entendre, ils trouvèrent un homme apparemment fou qui chantait assis sur la table, une bouteille d'eau-de-vie à la main.

Ils examinèrent la chambre mais ne découvrirent rien de probant.

K. L. Trier interrogea l'homme, qui se sentait si bien qu'il devait être malade.

« Je me sens merveilleusement bien, dit-il.

– Le nom d'Alberta Grüner vous dit-il quelque chose ?

– Alberta est morte.

– Saviez-vous qu'elle était enceinte ?

– Alberta est morte. »

Le jeune homme chanta pendant toute la séance. Trier s'efforça de le calmer et l'interrogea avec prudence. Pour finir, il se leva et se tourna vers Farker, la mine déconfite.

« Pupilles différentes. La droite plus grosse que la gauche, réaction lente. *Strabismus divergens.* Forte hypermétropie. Aucune déviation, aucun spasme, réflexe rotulien accentué. Autrement dit : il louche et est tellement presbyte qu'il lui serait impossible dans une obscurité complète de frapper si précisément – surtout deux fois. Une paire de lentilles convexes d'une puissance peu commune pourrait peut-être l'en rendre capable mais, autant que je m'en souvienne, vous avez vu que l'homme enfui par les toits portait des lunettes. »

Farker acquiesça.

« On ne peut certes rien écarter, mais il devient difficile de le soupçonner.

– Je suis désolé, Farker, mais le bon endroit où l'enfermer est une institution pour fous. Il prétend que parti pêcher, il a attrapé une baleine. Cette paralysie est si avancée qu'il a dû être malade longtemps. Certainement avec des périodes de bonne humeur qui lui ont valu du succès auprès des filles. »

Farker fêta le soir du nouvel an chez Trier mais rentra chez lui de bonne heure. Toute la pièce était remplie de rapports d'interrogatoires concernant les deux meurtres, écrits avec de l'encre chromographique. Seuls le genièvre et le fait que son nez ne l'avait pas trompé le réconfortaient. Il avait remonté la piste juste parce qu'il semblait trop évident qu'Ole Nielsen fût leur homme, et le père des deux enfants qui, de désespoir, avait tué deux femmes. Mais son flair lui avait toujours dit autre chose. Ils ne sauront peut-être jamais si Ole Nielsen était le père de l'enfant d'Alberta Grüner. Mais s'il n'était le père d'aucun des enfants ? Qui avait-il négligé ? Que n'avait-il pas découvert ? Qui avait connu à la fois Ernestine Jensen et Alberta Grüner ?

La nuit du nouvel an, Farker se sentit cerné par une épaisse obscurité, pas uniquement due à l'ivresse mais aussi aux circonstances qui entouraient ces meurtres. Il n'avait aucune idée de qui il pourchassait.

Les attaques de la presse s'étaient un peu calmées. Et Farker s'estimait heureux de ne pas avoir tout raconté. Il se serait fait lyncher depuis longtemps. Avec K. L. Trier, il avait tu les découvertes effectuées dans la mansarde d'où le meurtrier s'était échappé par les toits. Déjà la tête cet automne, puis le buste n'expliquaient pas en soi les macabres détails de la mansarde. Ils l'examinèrent à l'aide d'une lampe à pétrole et trouvèrent tout de suite du sang. De longs jets de sang artériel sombre, presque noir, au milieu du sol. Le professeur en conclut que les jets clairs en haut du mur venaient des gros vaisseaux. Le sang était caillé. Ernestine Jensen avait été assassinée sur les sentiers derrière Lucie Mølle. Ils en étaient certains. Alberta Grüner ne pouvait évidemment pas avoir été tuée plus tôt que le soir où Adda Johansen l'avait accompagnée. En fin de compte, cela signifiait que ce n'était pas l'une des deux filles qui avait été tuée dans la mansarde. Qu'il y avait une troisième victime. Une victime dont ils ne connaissaient pas l'identité et dont ni la tête ni le buste n'avaient été retrouvés.

À suivre...

Collection Littérature étrangère

James Cain
La Fille dans la tempête

Elizabeth Dewberry
Son adorable épouse

Mavis Gallant
Laisse couler

Ring Lardner
Y' en a qui les aiment froides
De l'influence négative des femmes sur les performances des champions

John O'Hara
Rendez-vous à Samarra
Une lueur de paradis

Luanne Rice
Les Carillons du bonheur

Budd Schulberg
Sanctuary V

Kathryn Chetkovich
En cas d'urgence

www.bernardpascuitoediteur.com

Cet ouvrage a été imprimé par

FIRMIN DIDOT

GROUPE CPI

Mesnil-sur-l'Estrée

pour le compte des Éditions Bernard Pascuito
en septembre 2006

Mise en page PCA
44400 Rezé

Imprimé en France
Dépôt légal : septembre 2006
N° d'impression : 81251